FANTASY

Autorin

Patricia A. McKillip war Konzertpianistin, bevor sie sich ganz aufs Schreiben verlegte. Ihre »Erdzauber«-Trilogie gehört zu den wenigen Klassikern der modernen Fantasy und war weltweit ein Bestseller. Patricia McKillip wurde mit dem World Fantasy Award ausgezeichnet und zählt heute zu den profiliertesten Autorinnen des Genres. Patricia McKillip lebt in San Francisco.

Die »Erdzauber«-Trilogie im Goldmann Verlag

Erdzauber 1:
Die Schule der Rätselmeister (24727)
Erdzauber 2:
Die Erbin von Wasser und Feuer (24728)
Erdzauber 3:
Harfner im Wind (24726)

FANTASY

Patricia McKillip

Erdzauber

3

Harfner im Wind

DER FANTASY-KLASSIKER

Aus dem Amerikanischen
von Mechtild Sandberg

GOLDMANN

Die amerikanische Originalausgabe erschien 1979
unter dem Titel »Harpist in the Wind«

Umwelthinweis:
Alle bedruckten Materialien dieses Taschenbuches
sind chlorfrei und umweltschonend.
Das Papier enthält Recycling-Anteile.

Der Goldmann Verlag
ist ein Unternehmen der Verlagsgruppe Bertelsmann

Neuausgabe 7/97

Umschlaggestaltung: Design Team München
Umschlagillustration: Firuz Askin
Satz: Mohndruck, Gütersloh
Druck: Elsnerdruck, Berlin
Verlagsnummer: 24726
Redaktion: Harry Vogeler
Herstellung: Peter Papenbrok
Made in Germany
ISBN 3-442-24726-8

1 3 5 7 9 10 8 6 4 2

Für alle,
die es erwarten konnten,
und besonders
für Steve Donaldson,
der immer zur
rechten Stunde anrief,
für Gail,
die mein Bewußtsein für
den Unterschied zwischen
Logik und Anmut schärfte,
und für Kathy,
die am längsten warten mußte.

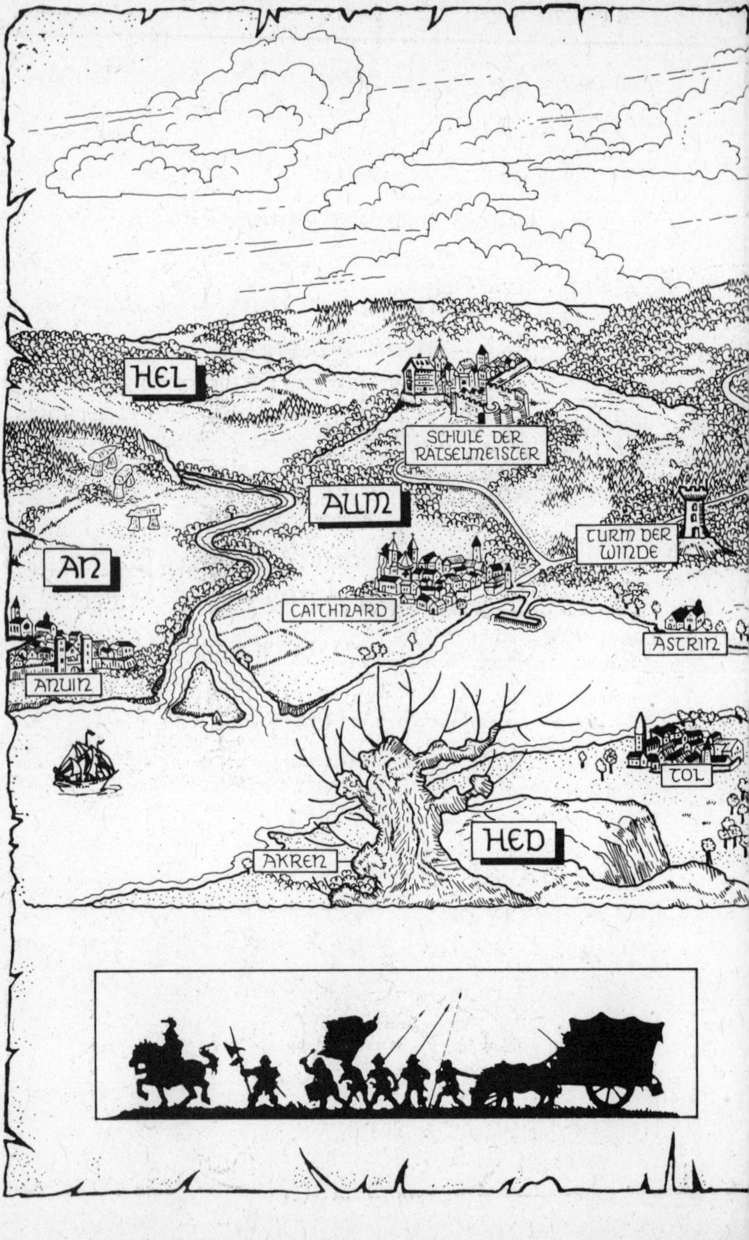
HEL
SCHULE DER RÄTSELMEISTER
AUM
AN
TURM DER WINDE
CAITHNARD
ASTRIN
ANUIN
TOL
HED
AKREN

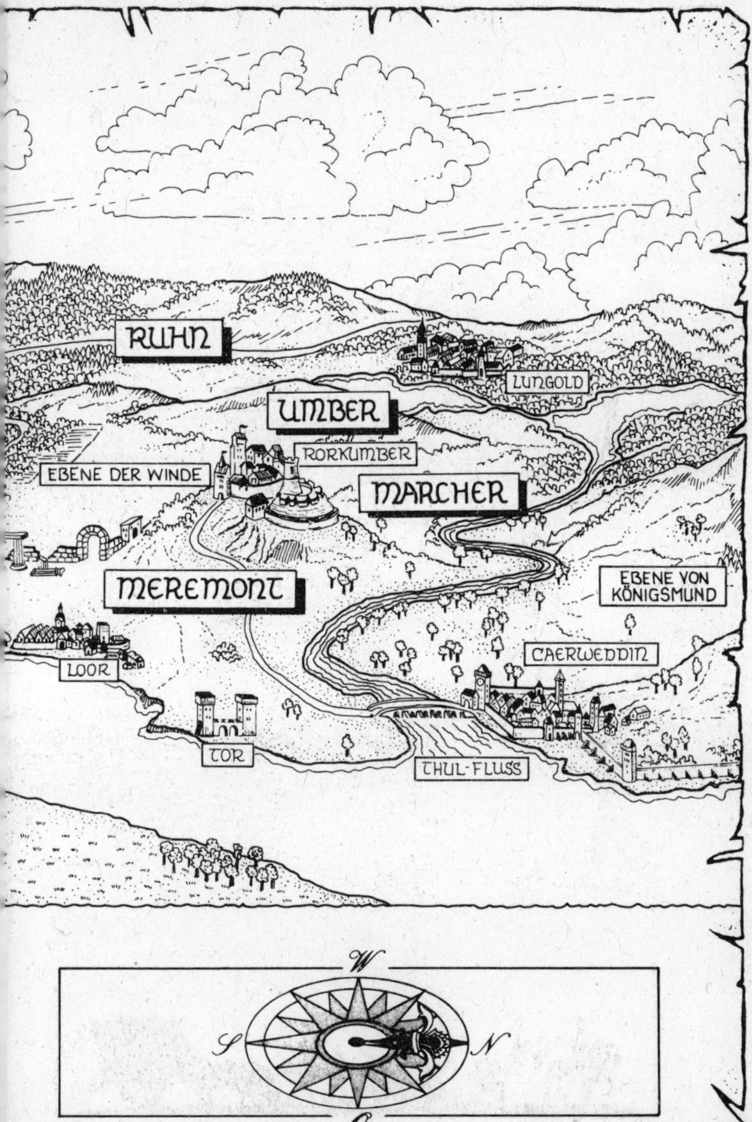

RUHN
LUNGOLD
UMBER
RORKUMBER
EBENE DER WINDE
MARCHER
MEREMONT
EBENE VON KÖNIGSMUND
CAERWEDDIN
LOOR
TOR
THUL-FLUSS
W
S
N
O

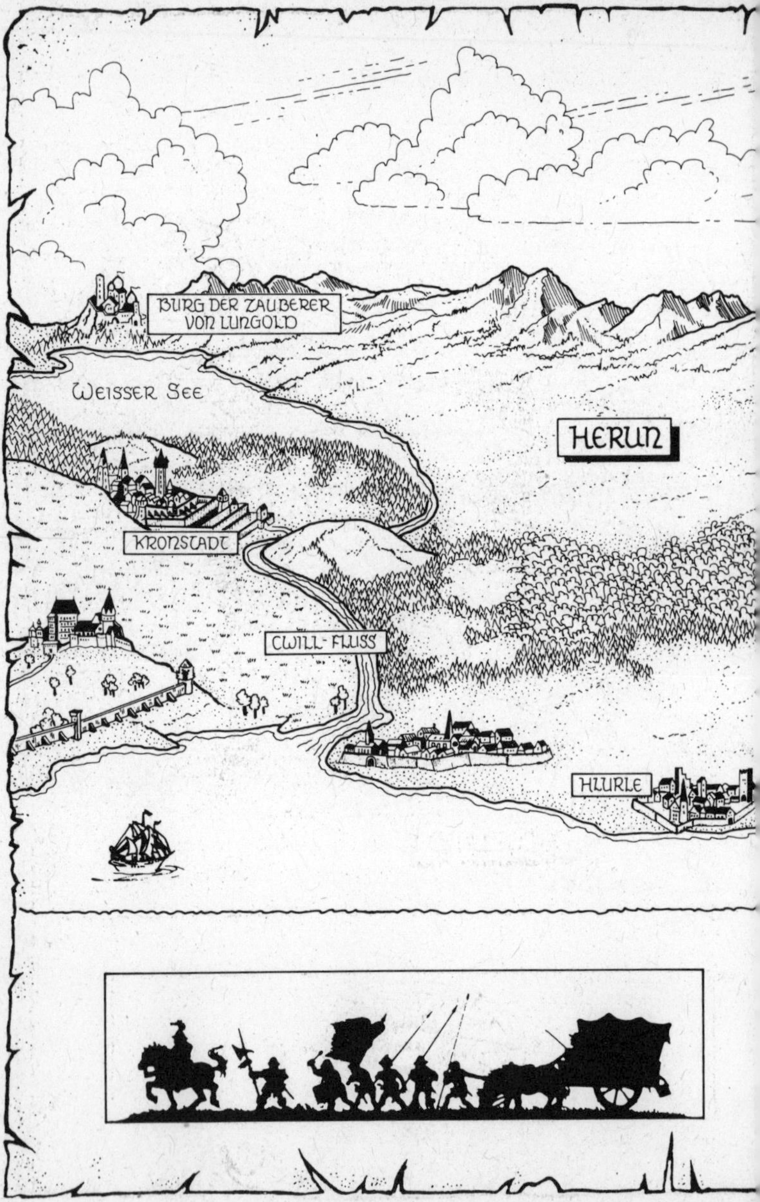
BURG DER ZAUBERER
VON LUNGOLD
WEISSER SEE
HERUN
KRONSTADT
CWILL-FLUSS
HLURLE

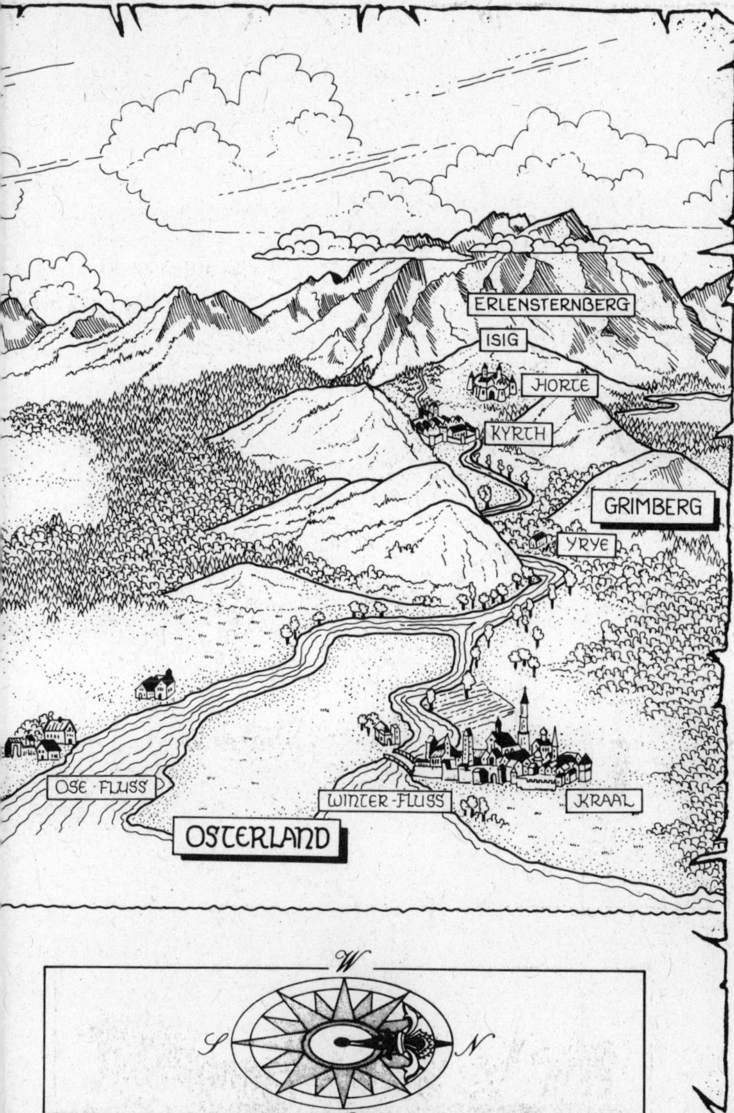
ERLENSTERNBERG
ISIG
HORTE
KYRTH
GRIMBERG
YRYE
OSE · FLUSS
WINTER-FLUSS
KRAAL
OSTERLAND
W
S
N
O

Was sich bisher ereignete:

Das Sternenmal, das Morgon auf seiner Stirn entdeckte, und die Sternenharfe, die Thod, der Harfner des Erhabenen, ihm zuspielte, lassen den Fürsten von Hed auf seiner kleinen Insel kein beschauliches Leben mehr führen. Mit Thod zusammen wandert er immer weiter nach Norden zum Erlenstern-Berg, wo der Erhabene seinen Sitz hat. Viele Auseinandersetzungen, vor allem mit den Gestaltwandlern aus dem Meer, müssen beide bestehen, ehe sie in Osterland ankommen. Morgon hat inzwischen selbst einen Teil der magischen Kraft erlernt, die das Gestaltwandeln erlaubt. Auf dem Grund des Berges Isig erhält er von den versteinerten Kindern der Erdherren ein magisches Schwert, das ebenfalls die Sterne trägt. Und so trifft er auf den Erhabenen – der sich als Rätselmeister von Caithnard und Gründer der Zaubererschule von Lungold erweist, also gar nicht der Erhabene ist. Dieser bleibt weiterhin verborgen; Morgon ist von Thod verraten worden. Der Erhabene scheint sich aus dem Reich zurückgezogen zu haben und seinen Geschöpfen nicht mehr beizustehen. Die Erlösung der Welt soll und kann nur durch den Sternenträger kommen – und Morgon sieht sich durch die bösen Kräfte im Erlenstern-Berg bereits am Ende seiner Suche und seines Lebens. Rendel, die Morgon zur Frau versprochen ward, macht sich nun auf die Suche nach dem Sternenträger. Auf der Reise dorthin lernt sie nicht nur ihre magischen Fähigkeiten kennen, sondern sie trifft auch viele Weggefährten und Verbündete. Thod, dessen Weg sie ebenfalls kreuzt, gesteht seinen Verrat an Morgon. Sie glaubt Morgon auf dem Weg nach Anuin und will ihm vor den Gestaltwandlern sicheres Geleit dorthin geben. Dazu erweckt sie die toten Könige von An aus ihrem Todesschlaf. Doch wie sich in Anuin herausstellt, haben diese nicht Morgon sondern Thod beschützt. Bei der Auseinandersetzung im Palast von Anuin taucht plötzlich doch noch Morgon auf, will zuerst Thod töten, sieht dann aber ein, daß er dadurch die Antworten auf das Rätsel seiner Person nie be-

kommen wird. So erlöst er nur die toten Könige von ihrem Bann, läßt Thod ohne Bestrafung wieder fort und will sich nun gemeinsam mit Rendel auf die gefährliche Reise zu den Zauberern nach Lungold wagen, damit ihm diese vielleicht die Antworten geben, die er beim Erhabenen vergebens suchte.

1

Der Sternenträger und Rendel von An saßen auf den Zinnen des höchsten der sieben Türme von Anuin. Endlos, wie es schien, ergoß sich der weiße Stein abwärts, hinunter zu dem sommergrünen Hügel, auf dem das gewaltige Hauptgebäude stand. Die Stadt, die am Fuß des Hügels ausgebreitet lag, reichte bis zum Meer. Klar und blau dehnte sich über ihnen der Himmel, dessen Stille nur gelegentlich vom kreisenden Flug eines Habichts gestört wurde. Zwei Stunden saß Morgon ohne jede Bewegung dort. Die Sonne, die am Morgen sein Profil gestreichelt hatte, war weitergewandert, ohne daß er es merkte, und hatte seinen Schatten mitgenommen. Er war sich Rendels Nähe bewußt, doch er empfand sie wie das weite Land rundum, wie den leichten Wind und wie die Krähen, die schimmernde schwarze Linien durch die grünen Obstpflanzungen zogen — als etwas Friedvolles und Fernes, dessen Schönheit hin und wieder in seinen Gedanken aufblitzte.

Sein Geist spann endlose Fäden der Mutmaßung und Überlegung, die sich immer wieder in seiner Unwissenheit verfingen. Sterne, Kinder mit steinernen Gesichtern, die feurigen Scherben einer Schale, die er in Astrins Hütte zerschmettert hatte, untergegangene Städte, ein dunkelhaariger Gestaltwandler, ein Harfner, all diese Erinnerungen verwirrten sich unter seiner forschenden Betrachtung zu Rätseln, für die er keine Lösung finden konnte. Er blickte auf sein eigenes Leben zurück, auf die Geschichte des Reiches und stocherte in den

Tatsachen herum wie in einem Haufen Scherben, in dem Bemühen, sie zusammenzusetzen. Nichts paßte; nichts hielt; ständig wurde er aus seinen Erinnerungen in die milde Sommerluft hinausgeschleudert.

Steif wie ein Stein bewegte er sich schließlich und strich sich mit der Hand über die Augen. Unstet flackernde Gestalten wie uralte Geschöpfe ohne Namen huschten hinter seinen Augenlidern ins Licht. Wieder entleerte er seinen Geist, ließ Bilder in sein Bewußtsein emporsteigen, bis sie wiederum an den Klippen des Undenkbaren zerschellten.

Der weite blaue Himmel drängte sich in sein Blickfeld und das Gewirr der Straßen und Häuser tief unter ihm. Er konnte nicht mehr denken; er lehnte sich an seinen Schatten. Die Stille, die in dem uralten Steinquader eingeschlossen lag, durchflutete ihn; seine Gedanken, bis zur Sinnlosigkeit strapaziert, wurden wieder ruhig.

Er bemerkte einen weichen Lederschuh und den Schimmer eines blaßgrünen Gewandes. Er drehte den Kopf und sah, daß Rendel mit gekreuzten Beinen auf dem Sims neben ihm saß.

Er neigte sich zu ihr hinüber und zog sie an sich. Er drückte sein Gesicht in ihr langes Haar, in dem der Wind spielte, und sah hinter seinen geschlossenen Lidern die flammenden Strähnen. Eine Zeitlang schwieg er still und hielt sie ganz fest, als spürte er das Herannahen eines Windes, der sie von ihrem hohen, gefährlichen Ruheplatz herabfegen könnte.

Sie hob das Gesicht, um ihn zu küssen, und widerstrebend ließen seine Arme sie los.

»Mir war gar nicht bewußt, daß du hier bist«, sagte er, als sie ihn sprechen ließ.

»Das habe ich gemerkt, nach der ersten Stunde ungefähr. Worüber hast du nachgedacht?«

»Über alles.« Er kratzte ein Stück Mörtel aus einem Riß in der Mauer und schnippte es in die Bäume hinunter. Eine Schar Krähen flatterte schimpfend in die Höhe. »Ich zermartere mir das Gehirn über meine Vergangenheit und komme immer wieder zu der gleichen Schlußfolgerung. Ich weiß nicht, was, in Hels Namen, ich eigentlich tue.«

Sie zog ihre Knie hoch und lehnte sich nach rückwärts an den Stein, um ihm ins Gesicht sehen zu können. Ihre Augen füllten sich mit Licht und schimmerten wie von Wasser geschliffener Bernstein. Seine Kehle zog sich plötzlich zusammen, übervoll von Worten.

»Du löst Rätsel«, erwiderte sie. »Du hast mir gesagt, daß das das einzige ist, was du tun kannst, blind und taub und stumm, wie du bist, nicht wissend, wohin dein Weg dich führt.«

»Ich weiß.« Er kratzte wieder Mörtel aus dem Mauerriß und schleuderte ihn mit solcher Gewalt von sich, daß er beinahe das Gleichgewicht verloren hätte. »Ich weiß. Aber seit sieben Tagen bin ich nun hier bei dir in Anuin und kann nicht einen Grund oder ein Rätsel finden, das mich aus diesem Haus hinaustreibt. Ich weiß nur, wenn wir noch viel länger hierbleiben, werden wir beide sterben.«

»Das ist schon mal ein Grund«, versetzte sie ernst.

»Ich weiß nicht, warum meinem Leben von den drei Sternen in meinem Gesicht Gefahr droht. Ich weiß nicht, wo der Erhabene ist. Ich weiß nicht, was die Gestaltwandler sind, ich weiß nicht, wie ich einem Grab voller Kinder helfen soll, die auf dem Grund eines Berges zu Stein geworden sind. Ich weiß nur einen Ort, wo ich versuchen kann, Antwort auf diese Fragen zu finden. Und die Aussicht ist nicht verlockend.«

»Wo?«

»In Ghisteslohms Geist.«

Sie sah ihn an, schluckte einmal und senkte dann stirnrunzelnd den Blick zum sonnenwarmen Stein hinunter.

»Nun . . .« Ihre Stimme zitterte beinahe unmerklich. »Ich habe nicht geglaubt, daß wir ewig hierbleiben können. Aber, Morgon —«

»Du könntest hierbleiben.«

Sie hob den Kopf. Das Licht der Sonne fing sich wieder in ihren Augen, und er konnte den Ausdruck in ihnen nicht lesen. Doch ihre Stimme verriet hartnäckige Entschlossenheit. »Ich werde dich nicht allein lassen. Ich habe selbst den Reichtum von Hel samt all seinen Schweinen um deinetwillen ausgeschlagen. Du mußt lernen, mit mir zu leben.«

»Es ist schwierig genug, überhaupt zu leben«, murmelte er, ohne zu überlegen, und errötete dann. Doch ihr Mund zuckte. Er neigte sich zu ihr und nahm ihre Hand. »Für ein einziges silbernes Schweinehaar würde ich dich mit mir nach Hed nehmen und den Rest meines Lebens damit zubringen, in Ost-Hed Ackergäule zu züchten.«

»Das Schweinehaar kann ich dir bringen.«

»Ich will dich heiraten, Rendel. Wie stelle ich das in diesem Land an?«

»Du kannst mich nicht heiraten«, erwiderte sie ruhig, und seine Hand wurde schlaff.

»Was?«

»Nur der König kann seine Erben verheiraten. Und mein Vater ist nicht hier. Wir müssen das also aufschieben, bis er die Zeit findet, nach Haus zurückzukehren.«

»Aber, Rendel —«

Sie schleuderte einen Krümel Mörtel über die Schwanzfedern einer vorüberfliegenden Krähe hinweg, so daß diese mit einem lauten Krächzen abschwenkte. »Aber, was?« fragte sie düster.

»Ich kann doch nicht — erst dringe ich in das Land deines Vaters ein und störe die Toten auf, begehe in seinem Sitzungssaal beinahe einen Mord, und dann soll ich auch noch dich mit mir fortnehmen und mit dir durch das Reich ziehen, ohne dich zu heiraten! Das geht doch nicht! Was, in Hels Namen, soll dein Vater von mir denken?«

»Das wird er dich schon wisssen lassen, wenn er endlich mit dir zusammentrifft. Ich jedenfalls, und das ist hier von größerem Belang, bin der Meinung, daß mein Vater sich lange genug in mein Leben eingemischt hat. Kann sein, daß er unsere Begegnung vorausgesehen hat, vielleicht sogar unsere Liebe zueinander, aber ich finde, er soll nicht in allem seinen Willen haben. Ich werde dich nicht heiraten, nur weil er das auch irgendeinem Traum vorhergesehen hat.«

»Glaubst du, daß dies der Grund für sein befremdliches Gelöbnis hinsichtlich Pevens Turm war?« fragte er neugierig. »Vorherwissen?«

»Du wechselst das Thema.«

Er sah sie einen Moment lang stumm an, während er sich das, was sie erörtert hatten, durch den Kopf gehen ließ.

»Nun«, sagte er dann leise, und ihm war dabei, als überließe er ihre gemeinsame Zukunft dem Spiel der Winde, die in schwindelnder Höhe über den Turm hinstrichen, »wenn du dich weigerst, mich zu heiraten, dann kann ich wohl nichts daran ändern. Und wenn du dich entschieden hast, mit mir zu kommen — wenn du das wirklich willst —, dann werde ich dich nicht daran hindern. So groß ist mein Verlangen nach dir. Aber ich habe trotzdem entsetzliche Angst. Ich glaube, wir hätten mehr Hoffnung auf Überleben, wenn wir kopfüber von diesem Turm stürzten. Und wenigstens wüßten wir dann, wie der Weg aussieht, der vor uns liegt.«

Ihre Hand lag auf den Steinen zwischen ihnen. Sie hob sie und berührte sein Gesicht.

»Du hast einen Namen und eine Bestimmung. Ich kann nur daran glauben, daß du früher oder später auf einen Funken Hoffnung stoßen wirst.«

»Bisher habe ich keinen gesehen. Nur dich. Wirst du mich in Hed heiraten?«

»Nein.«

Wieder schwieg er, während seine Augen die ihren festhielten.

»Warum nicht?«

Rasch wandte sie sich von ihm ab; er spürte einen plötzlichen, unverständlichen Aufruhr in ihr.

»Aus vielen Gründen.«

»Rendel —«

»Nein. Und frage mich nicht noch einmal. Und sieh mich nicht so an.«

»Also gut«, meinte er schließlich. »Ich hatte ganz vergessen«, fügte er hinzu, »daß du so eigensinnig bist.«

»Starrköpfig.«

»Starrköpfig.«

Sie sah ihn wieder an. Ihr Mund verzog sich zu einem widerstrebenden Lächeln. Sie rückte nahe an ihn heran, legte ihren

Arm um seine Schultern und schwang ihre Füße über das Sims ins Nichts hinunter.

»Ich liebe dich, Morgon von Hed. Wohin reisen wir zuerst, wenn wir endlich dieses Haus verlassen? Nach Hed?«

»Ja. Nach Hed . . .« Der Name berührte plötzlich sein Herz, wie ein Zauberwort. »Ich habe zu Hause nichts verloren. Ich möchte einfach hin. Für ein paar Stunden, nachts . . . Da wird vielleicht nichts zu fürchten sein.« Das Meer fiel ihm ein, das sie von seiner Heimat trennte, und Kälte umkrallte sein Herz. »Ich kann dich nicht über das Meer mit mir nehmen.«

»Warum nicht?« fragte sie.

»Es ist viel zu gefährlich.«

»Das ist doch unsinnig. Lungold ist auch gefährlich, und dorthin werde ich mit dir ziehen.«

»Das ist etwas anderes. Zum einen ist nie ein Mensch, den ich geliebt habe, je in Lungold zu Tode gekommen. Noch nicht jedenfalls. Zum zweiten —«

»Morgon, ich werde nicht im Meer sterben. Ich kann das Wasser wahrscheinlich so gut beherrschen wie das Feuer.«

»Das weißt du gar nicht mit Sicherheit. Oder?« Er sah sie im Wasser gefangen, dessen Wogen sich in meerbleiche Gesichter und naßglänzende Leiber verwandelten, und seine Stimme bebte vor Angst. »Dir bliebe nicht einmal Zeit, es zu lernen.«

»Morgon —«

»Rendel, ich war auf einem Schiff, das mitten auf dem Meer geborsten ist. Ich will dein Leben nicht auf diese Weise aufs Spiel setzen.«

»Es ist nicht dein Risiko. Es ist meines. Außerdem bin ich von Caithnard bis Kyrth und wieder zurück auf Schiffen gefahren, während ich nach dir suchte, und mir ist nichts zugestoßen.«

»Du könntest in Caithnard bleiben. Nur für ein paar —«

»Ich werde nicht in Caithnard bleiben«, fiel sie ihm heftig ins Wort. »Ich reise mit dir nach Hed. Ich möchte das Land sehen, das du liebst. Wenn es nach dir ginge, würde ich in einem kleinen Bauernhaus in Hed sitzen und Bohnen entschoten und brav auf dich warten, so wie ich beinahe zwei Jahre lang gewartet habe.«

»Du entschotest aber keine Bohnen.«

»Nein. Höchstens, wenn du neben mir sitzt und mir hilfst.«

Er hatte ein Bild von sich selbst, wie er, ein magerer, sehniger, zottelhaariger Mann mit einem ausgemergelten, asketischen Gesicht, ein gewaltiges Schwert an seiner Seite und eine gestirnte Harfe über der Schulter, auf der Veranda von Akren saß, auf den Knien eine Schale mit Bohnen. Er lachte plötzlich. Sie lächelte ebenfalls wieder, während sie ihn ansah, und aller Streit war vergessen.

»Das ist das erste Mal seit sieben Tagen.«

»Ja.« Er saß ganz still, seinen Arm um sie, und das Lächeln in seinen Augen erlosch langsam. Er dachte an Hed, unbewehrt und angreifbar inmitten des Meeres, ohne den Schutz auch nur eines Trugbildes des Erhabenen. Er flüsterte: »Ich wünschte, ich könnte Hed mit einem Zauberwall umgeben, so daß nichts von dem Aufruhr des Festlandes es berühren könnte und es die Furcht niemals kennenzulernen brauchte.«

»Sprich mit Duac. Er wird dir ein Heer geben.«

»Ich wage es nicht, ein Heer nach Hed zu bringen. Das würde die Katastrophe herausfordern.«

»Nimm ein paar Geister mit«, schlug sie vor. »Duac wäre froh, sie los zu sein.«

»Geister.« Er hob die Augen von den fernen Wäldern, um sie anzusehen. »In Hed.«

»Sie sind unsichtbar. Keiner würde sie sehen und angreifen können.« Dann schüttelte sie den Kopf über ihre eigenen Worte. »Was rede ich da? Sie würden sämtliche Bauern in Hed in Beunruhigung stürzen.«

»Aber nicht, wenn die Bauern von ihrer Anwesenheit nichts wüßten.« Seine Hände, die die ihren umschlossen, waren plötzlich eiskalt. »Was geht mir da durch den Kopf?« hauchte er.

Sie rückte ein wenig von ihm ab und blickte ihm forschend in die Augen.

»Nimmst du das, was ich gesagt habe, denn ernst?«

»Ich glaube — ich glaube, ja.« Er sah nicht ihr Gesicht, sondern die Gesichter der Toten, voll von ungestilltem Machthunger. »Ich könnte sie bannen. Ich verstehe sie ... Ihren Zorn, ihr Verlangen nach Rache, ihre Landliebe. Diese Liebe und all ihre Gier nach Krieg könnten sie nach Hed mitnehmen ... Aber dein Vater — wie kann ich etwas einfach aus der Geschichte von An herausreißen und nach Hed führen, wo die Gefahr wartet? Ich kann nicht so willkürlich in das Landrecht von An eingreifen.«

»Duac hat die Erlaubnis gegeben. Und nach dem Interesse zu urteilen, das mein Vater für das Landrecht von An an den Tag legt, könnte er ebensogut selbst ein Geist sein. Aber was ist mit Eliard, Morgon?«

»Eliard?«

»Ich kenne ihn nicht, aber wäre er nicht — würde es ihn nicht vielleicht ein wenig beunruhigen, wenn du ein ganzes Heer von Toten nach Hed brächtest?«

Er dachte an den Landherrscher von Hed, seinen Bruder, an dessen Gesicht er sich kaum noch erinnern konnte.

»Ein wenig«, meinte er leise. »Er muß es inzwischen gewöhnt sein, von mir beunruhigt zu werden, selbst im Schlaf. Ich würde mein Herz unter seinen Füßen begraben, wenn das seine und Heds Sicherheit gewährleisten würde. Ich würde selbst einen Streit mit ihm darüber in Kauf nehmen —«

»Was wird er sagen?«

»Ich weiß es nicht ... Ich kenne ihn ja nicht einmal mehr.« Der Gedanke schmerzte ihn, brachte Wunden zum Bluten, die noch nicht verheilt waren. Aber das ließ er sie nicht sehen; widerstrebend glitt er vom Fenstersims. »Komm mit. Ich möchte mit Duac sprechen.«

»Nehmt sie«, sagte Duac. »Nehmt sie alle.«

Sie hatten ihn im großen Saal vorgefunden, wo er sich die Beschwerden der Bauern und der Boten der Edlen von An anhörte, deren Leben und Besitz die Unrast und die Zänkereien der Toten in Aufruhr gebracht hatten. Als der Saal sich schließlich leerte und Morgon mit ihm sprechen konnte, lauschte er ungläubig.

»Ihr wollt sie tatsächlich haben? Aber Morgon, sie werden den Frieden von Hed zerstören.«

»Nein, das werden sie nicht tun. Ich werde ihnen erklären, weshalb sie da sind —«

»Aber wie? Wie wollt Ihr Euch einer Horde von Toten verständlich machen, die auf Kuhweiden und Dorfangern einen jahrhundertealten Krieg ausfechten?«

»Ich werde ihnen ganz einfach das anbieten, was sie haben wollen. Einen Gegner, den sie bekriegen können. Aber, Duac, wie soll ich das Eurem Vater erklären?«

»Meinem Vater?« Duac ließ den Blick durch den Saal schweifen, dann hinauf zu den Dachbalken und schließlich hinüber in alle vier Ecken. »Ich kann ihn nirgends sehen. Und wenn ich ihn sehe, dann wird er so viel damit zu tun haben, den Lebenden Erklärungen abzugeben, daß keine Zeit bleiben wird, die Köpfe der Toten zu zählen. Wie viele wollt Ihr haben?«

»So viele, wie ich von jenen Königen und Kriegern, die einst Mitgefühl und Erbarmen kannten, unter meinen Bann stellen kann. Sie werden Mitgefühl und Erbarmen brauchen, um Hed zu verstehen. Rood könnte mir helfen —« Er brach unvermittelt ab, und Röte stieg Duac ins Gesicht. »Wo ist Rood? Ich habe ihn seit Tagen nicht gesehen.«

»Er ist seit Tagen nicht mehr hier gewesen.« Duac räusperte sich. »Es fiel Euch nicht auf. Deshalb beschloß ich zu warten, bis Ihr fragtet. Ich habe ihn ausgesandt, Thod zu finden.«

Morgon schwieg. Der Name warf ihn sieben Tage zurück, als stünde er jetzt wie damals in einem Strahl von Sonnenlicht, während sein Schatten vor ihm auf dem gesprungenen Steinboden lag. »Thod«, flüsterte er, und die Zweideutigkeit des Namens wollte ihn nicht mehr loslassen.

»Ich habe ihm Anweisung gegeben, den Harfner hierher zurückzubringen. Ich habe ihm vierzehn Bewaffnete mitgegeben. Ihr habt ihn gehen lassen, doch das entbindet ihn nicht seiner Verpflichtung, den Landherrschern des Reiches Rede und Antwort zu stehen. Ich hatte vor, ihn hier gefangenzulegen, bis die Meister in Caithnard ihn befragen könnten. Ich selbst nämlich will das gar nicht erst versuchen.« Mit zögernder Hand berührte er Morgon. »Ihr hättet nie erfahren, daß er hier ist. Ich bin nur verwundert, daß Rood noch nicht zurückgekehrt ist.«

Farbe kam langsam wieder in Morgons Gesicht.

»Mich wundert das nicht«, entgegnete er. »Ich möchte nicht in Roods Stiefeln stecken. Thod läßt sich von keinem befehlen.«

»Vielleicht.«

»Niemals wird Rood ihn hierher zurückbringen. Ihr habt ihn umsonst in das Chaos der Drei Teile hinausgeschickt.«

»Nun«, meinte Duac resigniert, »Ihr kennt den Harfner besser als ich. Und Rood hätte ihm so und so nachgestellt, ob ich ihn nun darum gebeten hätte oder nicht. Auch er hatte Fragen an den Harfner.«

»Diesem Rätselmeister stellt man die Fragen nicht mit einem Schwert. Das hätte Rood wissen müssen.«

Er hörte den harten Unterton, der sich in seine Stimme geschlichen hatte. Ein wenig heftig drehte er sich um, trat aus dem Licht und setzte sich an einem der Tische nieder.

Duac sagte hilflos: »Verzeiht mir. Es war etwas, was Ihr nicht hättet zu wissen brauchen.«

»Doch, ich muß es wissen. Ich wollte nur nicht denken. Noch nicht.« Er breitete seine Hände auf der satten, goldenen Maserung des Eichentisches aus und dachte wieder an Akren mit seinen sonnenbeschienenen Wänden aus Eichenholz. »Ich reise nach Hause.« Die Worte öffneten ihm das Herz, erfüllten es mit einem stechenden, süßen Verlangen. »Nach Hause ... Duac, ich brauche Schiffe. Handelsschiffe.«

»Du willst die Toten über das Wasser führen?« fragte Rendel erstaunt. »Werden sie sich darauf einlassen?«

»Wie sonst sollen sie nach Hed kommen?« gab er zurück. Während er sein Spiegelbild betrachtete, das ihm aus dem glänzenden Holz verschwommen entgegenblickte, überlegte er. »Ich wage es nicht, dich auf einem Schiff mit ihnen reisen zu lassen. Deshalb — deshalb werden wir zusammen nach Caithnard reisen und sie dort erwarten. Gut?«

»Du willst durch Hel zurückreisen?«

»Wir könnten auch fliegen«, meinte er, doch sie schüttelte hastig den Kopf.

»Nein. Ich reite.«

Er musterte sie, aufmerksam geworden durch einen seltsamen Unterton in ihrer Stimme.

»Es wäre doch einfach für dich, die Gestalt einer Krähe anzunehmen.«

»Eine Krähe in der Familie ist genug«, entgegnete sie finster. »Morgon, Bri Corvett könnte dir Schiffe besorgen. Und Leute, die bereit sind, sie zu segeln.«

»Es wird ein kleines Vermögen kosten, sie dazu zu bewegen«, bemerkte Morgon, doch Duac zuckte nur die Achseln.

»Die Toten haben uns bereits ein großes Vermögen gekostet. Sie haben unsere Ernte zerstört und zahllose Tiere getötet. Morgon, wie, in Hels Namen, wollt Ihr sie in Hed beherrschen?«

»Sie werden kein Verlangen haben, mich zu bekämpfen«, gab er schlicht zurück, und Duac schwieg, während er ihn aus klaren, meerfarbenen Augen nachdenklich betrachtete.

»Ich möchte wirklich gern wissen«, sagte er langsam, »was Ihr seid. Ein Mensch aus Hed, der die Toten von An beherrschen kann . . . Der Sternenträger.«

Morgon sah ihn mit Dankbarkeit an. »Wärt Ihr nicht gewesen, so hätte ich in diesem Saal vielleicht meinen eigenen Namen hassen gelernt.« Er stand auf, in Gedanken bei dem Problem, das es jetzt zu bewältigen galt. »Duac, ich muß die Namen wissen. Ich könnte Tage damit zubringen, die Gräber mit meinem Geist zu durchforschen, aber ich weiß nicht, wen ich dann erwecke. Ich weiß viele der Königsnamen aus den Drei Teilen, aber die Geringeren unter den Toten sind mir unbekannt.«

»Auch mir«, erwiderte Duac.

»Ich weiß, wo wir ihre Namen finden können«, erklärte Rendel seufzend. »Dort, wo ich die meiste Zeit verbrachte, als ich ein Kind war. In der Bibliothek unseres Vaters.«

Sie und Morgon brachten den Rest des Tages und den ganzen Abend dort zu, vergraben zwischen alten Büchern und verstaubten Pergamentrollen, während Duac zum Hafen hinuntersandte und Bri Corvett holen ließ. Als es Mitternacht wurde, hatte Morgon in den Tiefen seines Geistes zahllose Namen von Kriegsherren, ihren Söhnen und weitverzweigten Familien verankert, hatte sich die Legenden von Liebe, Blut und Krieg zu eigen gemacht, die die ganze Geschichte von An durchwirkten. Danach verließ er das Haus, schritt allein durch die stille Sommernacht in die Felder hinter dem Haus des Königs, wo die Gebeine der vielen ruhten, die in den Schlachten um Anuin umgekommen waren. Und dort rief er sie.

Mit seiner Stimme und mit seinem Geist sprach er Namen um Namen, während er jene Fragmente von Wahrheit oder Dichtung wieder auferstehen ließ, derer er sich erinnern konnte. Die Toten erhoben sich beim Klang ihrer Namen, traten aus den Obstpflanzungen und aus den Wäldern, tauchten aus der Erde selbst empor. Manche ritten ihm mit wilden, gespenstischen Schreien entgegen, während ihre Rüstung über den bleichen Gebeinen im Mondlicht wie Feuer blitzte. Andere kamen schweigend; finstere, grimmige Gestalten, die ihre schrecklichen Todeswunden zeigten. Sie wollten ihn ängstigen, doch er blickte ihnen aus Augen entgegen, die bereits alles gesehen hatten, was er fürchten mußte. Sie wollten ihn bekriegen, doch er öffnete ihnen seinen Geist und ließ sie eine Ahnung seiner Kraft und seiner Macht spüren. Er hielt sie in Schach, während sie ihn immer wieder herausforderten, bis sie in langer Reihe, die von einem Ende des Feldes zum anderen reichte, vor ihm standen und ehrfürchtige Scheu und Neugier sie aus ihren Erinnerungen rissen, so daß sie etwas von der Welt sehen konnten, in die sie freigesetzt worden waren.

Dann erklärte er, was er wollte. Er erwartete nicht, daß sie Hed verstehen würden, doch sie verstanden ihn, seinen Zorn, seine Verzweiflung und seine Liebe zum Land. In einem Ritual, das so alt war wie An, schworen sie ihm den Treueeid, und ihre modrigen Schwertklingen blitzten grau im Mondlicht. Dann verschmolzen sie langsam wieder mit der Nacht, mit der Erde, um zu warten, bis er sie erneut rief.

Wieder stand er allein auf einem stillen Feld, den Blick auf eine reglose, dunkle Gestalt gerichtet, die sich nicht entfernte. Er beobachtete sie neugierig; als sie sich noch immer nicht rührte, berührte er vorsichtig ihren Geist. Augenblicklich war sein eigener Geist erfüllt vom lebenden Landrecht von An.

Hart schlug ihm sein Herz gegen die Rippen. Der König von An ging langsam auf ihn zu, ein hochgewachsener Mann in Kutte und Kapuze wie ein Rätselmeister oder ein Geist. Als er näher kam, konnte Morgon seine Züge im Mondlicht erkennen. Die dunklen Brauen in dem müden, bitteren Gesicht saßen über einem Paar Augen, die ihn an Rood erinnerten. Dicht vor ihm blieb der König stehen und musterte ihn schweigend.

Ganz unerwartet lächelte er, und die Bitterkeit in seinen Augen wich staunender Verwunderung.

»Ich habe Euch in meinen Träumen gesehen«, sagte er. »Sternenträger.«

»Mathom.« Seine Kehle war trocken. Er neigte den Kopf vor dem König, den er aus der Nacht von An hervorgerufen hatte. »Ihr müßt — Ihr wundert Euch gewiß, was ich tue.«

»Nein. Ihr habt es ja deutlich kundgetan, als Ihr es dem Heer, das Ihr zusammengerufen habt, erklärtet. Ihr vollbringt erstaunliche Dinge in meinem Land.«

»Ich habe mir Duacs Erlaubnis geholt.«

»Ich bin überzeugt, Duac war dankbar über Euren Vorschlag. Ihr wollt sie zu Schiff nach Hed bringen? Habe ich da richtig gehört?«

»Ich — ich hatte vor, mit Rendel nach Caithnard zu reiten und dort auf die Schiffe zu warten, jetzt aber glaube ich, daß es vielleicht besser ist, wenn ich mit den Toten segle. Es würde den Lebenden ihre Aufgabe erleichtern, wenn ich an ihrer Seite bin.«

»Ihr nehmt Rendel mit Euch nach Hed?«

»Sie — sie läßt nicht mit sich reden.«

Der König brummte. »Eine seltsame Frau.« Seine Augen waren so scharf und neugierig wie die eines Vogels, während sie sich mühten, hinter Morgons Worte zu blicken.

Morgon fragte ihn unvermittelt: »Was von mir habt Ihr in

Euren Träumen gesehen?«

»Bruchstücke. Fetzen. Wenig, was Euch helfen wird, und weit mehr, als für mich gut ist. Vor langer Zeit träumte mir, Ihr kämt mit einer Krone in Euren Händen und drei Sternen auf Eurem Gesicht aus einem Turm . . . Aber der Name träumte mir nicht. Ich sah Euch mit einer schönen jungen Frau, von der ich wußte, daß sie meine Tochter war, aber noch immer blieb mir verborgen, wer Ihr wart. Ich sah . . .« Er schüttelte den Kopf und wandte den Blick von irgendeinem verwirrenden, gefährlichen Bild.

»Was?«

»Ich bin mir nicht sicher.«

»Mathom.« Ihm war plötzlich kalt in der warmen Sommernacht. »Seid vorsichtig. Es sind Dinge in Eurem Geist, die Euch das Leben kosten könnten.«

»Oder mein Landrecht?« Seine magere Hand umschloß Morgons Schulter. »Vielleicht. Das ist der Grund, weshalb ich selten meine Gedanken erkläre. Kommt mit ins Haus. Es wird ein Donnerwetter geben, wenn ich zurückkehre, doch wenn Ihr das geduldig ertragen könnt, dann haben wir später Zeit, miteinander zu reden.« Er setzte sich in Bewegung, doch Morgon folgte ihm nicht. »Was ist?«

Morgon schluckte. »Ich muß Euch etwas sagen. Bevor ich mit Euch in Euren großen Saal gehe. Vor sieben Tagen stürzte ich dort hinein, um einen Harfner zu töten.«

Er hörte, wie der König scharf Atem holte.

»Thod kam hierher.«

»Ich habe ihn nicht getötet.«

»Aus irgendeinem Grund überrascht mich das nicht.« Seine Stimme klang hohl, als käme sie aus der Tiefe einer Gruft. Er zog Morgon mit sich zu dem mächtigen Haus, das weiß im Mondlicht stand. »Berichtet mir.«

Morgon berichtete ihm noch viel mehr, ehe sie den Saal erreichten. Er sprach sogar ein wenig von den vergangenen sieben Tagen, die ihm so kostbar waren, daß er sich manchmal fragte, ob es sie wirklich gegeben hatte. Mathom sagte wenig, ließ nur hin und wieder einen undeutlichen, kehligen Laut hören, der wie das Murmeln einer Amsel klang. Als sie in den Innenhof gelangten, sahen sie schnaubende, schwitzende Pferde, die zu den Stallungen geführt wurden. Ihre Statteldecken, purpurn und blau, trugen die Farben der königlichen Wache. Mathom fluchte leise.

»Rood scheint zurück zu sein. Mit leeren Händen, wütend und ungewaschen, von Geistern gejagt.«

Sie betraten den Saal, der im strahlenden Licht unzähliger Fackeln lag, und Rood, der zusammengesunken über einem Becher Wein saß, starrte seinen Vater fassungslos an. Duac und Rendel waren an seiner Seite. Sie drehten die Köpfe, doch er war als erster auf den Füßen, und seine Stimme übertönte die ihren.

»Wo, in Hels Namen, bist du gewesen?«

»Schrei mich nicht an«, gab der König gereizt zurück. »Wenn du nicht mehr Verstand hast, als in diesem Chaos auf der Jagd nach diesem Harfner herumzuirren, dann bekommst du von mir kein Mitleid.«

Er wandte seinen Blick zu Duac, während Rood, noch immer offenen Mundes, sich wieder in seinen Sessel fallen ließ. Duac blickte den König mit Kälte an, doch seine Stimme war beherrscht.

»So, so. Was hat dich nach Hause zurückgeführt? Fällst da plötzlich aus dem Himmel nieder wie ein böser Zauber! Doch nicht etwa die Bekümmerung über das Unheil, das du durch deine Abwesenheit hier angerichtet hast!«

»Nein«, antwortete Mathom unerschüttert, während er sich Wein eingoß. »Du und Rood habt eure Sache ohne mich sehr gut gemacht.«

»Was haben wir ohne dich sehr gut gemacht?« stieß Rood zwischen zusammengebissenen Zähnen hervor. »Ist dir klar, daß wir am Rande eines Krieges stehen?«

»Ja. Und An hat sich in bemerkenswert kurzer Zeit dafür gerüstet. Selbst du hast dich in weniger als drei Monaten vom Gelehrten zum Krieger gewandelt.«

Rood holte tief Luft, um eine heftige Erwiderung zu geben. Duacs Hand schlug plötzlich hart auf seinen Arm und brachte ihn zum Schweigen.

»Krieg?« Duacs Gesicht hatte alle Farbe verloren. »Mit wem?«

»Wer steht noch unter Waffen?«

»Ymris?« Er wiederholte es ungläubig. »Ymris?«

Mathom trank von seinem Wein. Sein Gesicht sah älter aus als zuvor im Schein des Mondlichts, hager und von Müdigkeit gezeichnet. Er setzte sich neben Rendel nieder.

»Ich habe den Krieg in Ymris gesehen«, sagte er leise. »Die Hälfte der Küstengebiete ist in der Hand der Rebellen. Es ist ein geheimnisvoller, blutiger, erbarmungsloser Krieg, und er wird die Kräfte von Heureu Ymris erschöpfen. Er hat keine Hoffnung, ihn auf sein eigenes Land zu beschränken, wenn jene, gegen die er kämpft, beschließen, den Krieg über die Grenzen von Ymris hinauszutragen. Diesen Verdacht hatte ich schon früher, doch selbst ich konnte von den Drei Teilen nicht verlangen, sich zu bewaffnen, ohne einen Grund anzugeben. Und hätte ich einen Grund angegeben, so hätte das vielleicht einen Angriff noch heraufbeschworen.«

»Du bist absichtlich verschwunden?« flüsterte Duac. »Du hast uns im Stich gelassen, damit wir uns bewaffnen würden?«

»Es war eine extreme Maßnahme«, bekannte Mathom, »aber sie hat gewirkt.«

Er warf wieder einen Blick auf Rood, als dieser den Mund öffnete und mit gesenkter Stimme sprach.

»Wo warst du? Und hast du jetzt vor, eine Weile zu Hause zu bleiben?«

»Ich war hier und dort, bin den Neigungen meiner Neugier gefolgt. Und ja, ich denke, ich werde jetzt hier bleiben. Wenn du es dir verkneifen kannst, mich anzuschreien.«

»Wenn du nicht so starrköpfig wärst, würde ich nicht schreien.«

Mathom machte ein skeptisches Gesicht.

»Du hast sogar den Dickschädel eines Kriegers. Was wolltest du eigentlich mit Thod anfangen, wenn du seiner habhaft geworden wärst?«

Ein kurzes Schweigen trat ein.

»Ich hätte ihn früher oder später zu Schiff nach Caithnard gesandt«, erklärte Duac, »und es den Rätselmeistern überlassen, ihn zu befragen.«

»Die Schule in Caithnard ist kein Gerichtshof.«

Duac sah ihn an, und in seinen Augen blitzte Zorn.

»Dann sag du mir, was du getan hättest? Wenn du statt meiner hier gewesen wärst und erlebt hättest, wie Morgon — wie Morgon allein auf sich gestellt um Gerechtigkeit kämpfen mußte gegen einen Mann, der an kein Gesetz des Reiches gebunden ist, der jeden im Reich verraten hat — was hättest du dann getan?«

»Gerechtigkeit«, wiederholte Mathom leise. Morgon blickte ihn an, während er auf seine Antwort wartete. Er sah den fernen Widerschein von Schmerz in den dunklen, müden Augen. »Er ist der Harfner des Erhabenen. Ich würde es dem Erhabenen überlassen, ihn zu richten.«

»Mathom?« sagte Morgon, den die Frage bedrängte, was der König in seinem Geiste sah.

Doch Mathom antwortete ihm nicht. Auch Rendel sah ihn wartend an. Der König strich ihr leicht über das Haar, doch keiner von beiden sprach.

»Der Erhabene!« sagte Rood. Nichts von der Härte des Kriegers lag mehr in seiner Stimme. Die Worte waren ein Rätsel voller Bitterkeit und Verzweiflung, ein Flehen um eine Antwort. Seine Augen trafen die von Morgon mit einem vertrauten Aufblitzen von Selbstironie. »Du hast meinen Vater gehört. Ich bin kein Rätselmeister mehr. Dieses Rätsel wirst du beantworten müssen, Rätselmeister.«

»Ja, ich werde es beantworten«, erwiderte er müde. »Es scheint, daß ich keine Wahl habe.«

»Ihr seid viel zu lange hiergeblieben«, bemerkte Mathom.

»Ich weiß. Ich konnte nicht fort. Jetzt werde ich gehen . . .« Er warf einen Blick auf Duac. »Morgen? Sind die Schiffe bis morgen bereit?«

Duac nickte. »Bri Corvett sagte mir, daß sie mit der Ebbe um Mitternacht auslaufen werden. Er hat noch eine Menge mehr zu mir gesagt, als ich ihm erklärte, was Ihr wollt. Aber er kennt

Männer, die gegen Gold bereit sind, selbst eine Ladung von Toten zu befördern.«

»Morgen«, murmelte Mathom.

Er blickte zuerst auf Morgon und dann auf Rendel, die schweigend in das Licht einer tropfenden Kerze starrte. Ihr Gesicht war trotzig, als bereitete sie sich auf eine Auseinandersetzung vor. Mathom schien hinter seinen schwarzen, unergründlichen Augen seine eigenen Vermutungen anzustellen. Sie hob langsam den Blick, als spürte sie seine Gedanken.

»Ich reise mit Morgon, und ich bitte dich nicht, uns zu verheiraten. Willst du nicht einmal Widerspruch erheben?«

Er schüttelte seufzend den Kopf.

»Ich bin zu alt und zu müde, um zu streiten, und das einzige, was ich für euch beide wünsche, ist, daß ihr irgendwo in diesem von Unrast geschüttelten Reich euren Frieden findet.«

Sie starrte ihn an. Ihr Gesicht begann plötzlich zu beben, und sie streckte die Arme nach ihm aus, während Tränen ihr über die Wangen liefen.

»Oh, warum warst du nur so lange fort?« flüsterte sie, als er sie fest an sich drückte. »Ich brauchte dich.«

Er sprach mit ihr und mit Morgon, bis die Kerzen in ihren Haltern heruntergebrannt waren und die Fenster bleich wurden vom grauen Licht der Morgendämmerung. Sie schliefen fast den ganzen folgenden Tag, und spät am Abend, als die Welt wieder still war, führte Morgon sein Heer von Toten zum Hafen von Anuin.

Sieben Handelsschiffe lagen im Mondlicht vertäut, beladen mit feinen Tuchen und Gewürzen. Morgon, in dessen Geist eine wirre Masse von Namen, Gesichtern und Erinnerungen aus den Gehirnen der Toten brodelte, sah zu, wie die Krieger langsam im dunklen Hafen schattenhaft Gestalt annahmen. Bewaffnet und gepanzert warteten sie schweigend auf ihren Pferden. Die Stadt hinter ihnen lag im Dunklen; die schwarzen Finger der Masten im Hafen hoben sich mit der Dünung, um die Sterne zu berühren, und sanken wieder nieder. In traumhafter Stille hatten sich die Toten unter den Augen Ducacs und Bri Corvetts und der schaudernden Seeleute auf den

Schiffen versammelt. Gerade wollten sie an Bord gehen, als ein Pferd das Dock heruntergaloppierte und Morgon aus seiner Konzentration riß. Wie benommen starrte er auf Rendel, als diese vom Pferd sprang, konnte nicht verstehen, wieso sie nicht noch schlafend auf ihrem Lager lag. Während sein Geist sich mit ihrer unerwarteten Anwesenheit herumschlug, wurde er langsam wieder in die Nacht der Lebenden zurückgezogen. Nicht weit von ihnen brannte eine einsame Fackel; ihr Licht übergoß Rendels Haar, das sich aus den mit Edelsteinen besetzten Nadeln löste, mit einem feurigen Glanz. Ihr Gesicht konnte er nicht gut sehen.

»Ich komme mit dir nach Hed«, sagte sie.

Er hob die Hand, um ihr Gesicht dem Licht zuzuwenden. Die Verärgerung darin holte ihn in die Gegenwart zurück.

»Wir haben das doch besprochen«, versetzte er. »Nicht auf diesen Schiffen, die voll sind von den Geistern der Toten.«

»Du hast es mit meinem Vater besprochen. Du hast vergessen, mit mir darüber zu sprechen.«

Er fuhr sich mit der Hand über die Stirn, merkte, daß er schwitzte. Bri Corvett stand nicht weit von ihnen über die Reling gelehnt, sein Ohr auf ihre Stimmen gerichtet, sein Auge aufs Wasser.

»Herr«, rief er leise, »wenn wir nicht bald auslaufen, sitzen hier sieben Schiffe voller Toter bis zum Morgen fest.«

»Gut.« Er reckte sich, um die stechenden Knoten der Anspannung in seinem Rücken zu lockern. Rendel verschränkte die Arme. Er fing eine Nadel auf, die ihr aus dem Haar fiel. »Es wäre das beste, wenn du durch Hel nach Caithnard hinaufreitest und dort auf mich wartest.«

»Du wolltest mit mir reiten. Nicht mir einer Ladung von Geistern nach Hed segeln.«

»Ich kann nicht ein Heer von Toten über Land nach Caithnard führen und sie dort aufs Schiff bringen, wo sämtliche Händler —«

»Darum geht es nicht. Der springende Punkt ist: Ganz gleich, auf welchem Weg du nach Hed reist, ich komme mit dir. Der springende Punkt ist: Du wolltest direkt nach Hed segeln und mich in Caithnard auf dich warten lassen.«

Zornig blickte er sie an. »Das ist nicht wahr«, erwiderte er empört.

»Aber es wäre dir schon noch eingefallen«, gab sie kurz zurück. »Unterwegs wäre es dir bestimmt eingefallen, mich sicher und wohlbehalten wie ein braves Bräutchen in Caithnard warten zu lassen. Ich habe ein Bündel auf meinem Pferd. Ich kann jederzeit abreisen.«

»Nein. Vier Tage lang mit mir und den Toten von An auf hoher See, das kommt nicht in Frage.«

»Doch.«

»Nein.«

»Doch.«

»Nein!«

Seine Hände waren zu Fäusten geballt. Schatten verdunkelten sein hageres Gesicht, während er sie betrachtete. Das Fakkellicht streichelte ihr Gesicht, so wie er es in den vergangenen Tagen gestreichelt hatte. Licht sammelte sich in ihren Augen, und ihm fiel ein, daß sie in die Augen eines Totenschädels geblickt und toten Königen Trotz geboten hatte.

»Nein«, sagte er nochmals mit Härte. »Ich weiß nicht, was für Spuren die Toten auf dem Wasser zurücklassen werden. Ich weiß nicht —«

»Du weißt nicht, was du tust. Du weißt nicht, ob dir irgendwo Sicherheit beschieden ist, ob dir nicht auch in Hed Gefahr droht.«

»Und genau das ist der Grund, weshalb ich dich nicht auf diese Schiffe lassen werde.«

»Und genau das ist der Grund, weshalb ich an deiner Seite sein werde. Mir wenigstens wurde bei der Geburt ein Wissen um das Meer mitgegeben.«

»Und wenn es das Holz unter deinen Füßen zertrümmert und Planken und Gewürze und die Toten in die Wellen schleudert, was willst du dann tun? Du wirst ertrinken, weil ich dich nicht werde retten können, ganz gleich, welche Gestalt ich annehme, und was werde ich dann tun?«

Sie schwieg. Die Toten, die hinter ihr aufgereiht standen,

schienen ihn mit dem gleichen unzugänglichen, unversöhnlichen Ausdruck anzusehen. Langsam wandte er sich um. Seine Hände öffneten sich und schlossen sich wieder. Er fing den spöttischen Blick eines der Könige auf und ließ seinen Geist still werden. Ein Name rührte Schatten der Erinnerung hinter den toten Augen auf. Gleich darauf regte sich der Geist des Toten, verschwamm mit der Luft und der Dunkelheit und ging aufs Schiff.

Wieder verlor er alles Zeitgefühl, während die sieben Handelsschiffe sich langsam füllten. Die Stimmen von Jahrhunderten murmelten in ihm und vermischten sich mit dem Plätschern des Wassers und dem Klang der Stimmen von Duac und Rendel, die in irgendeinem fernen Land miteinander sprachen. Endlich gelangte er zum letzten Namen und begann zu sehen.

Die dunklen, stillen Schiffe schaukelten unruhig auf dem Wasser. Kapitäne gaben mit gedämpften Stimmen ihre Befehle, als fürchteten sie, sie könnten die Toten wecken, wenn sie zu laut sprächen. Auf leisen Sohlen huschten Seeleute über die Decks. Rendel und Duac standen allein und schweigend auf dem Pier und ließen Morgon nicht aus den Augen. Er ging zu ihnen. Ein salziger Wind, der vorher nicht geblasen hatte, trocknete den Schweiß auf seinem Gesicht.

»Ich danke Euch«, sagte er zu Duac. »Ich weiß nicht, wie dankbar Eliard sein wird, aber es ist der beste Schutz, den ich mir für Hed denken kann, und das ist mir eine Beruhigung. Sagt Mathom . . . Sagt ihm —« Er brach ab und suchte nach den rechten Worten.

Duac legte eine Hand auf seine Schulter.

»Er weiß es schon. Seid vorsichtig.«

»Natürlich.« Er drehte den Kopf und traf Rendels Blick. Sie rührte sich nicht, und sie sagte kein Wort, machte ihn so ebenfalls sprachlos, und er verlor sich erneut in Erinnerungen. Schließlich brach er ihr Schweigen, als bräche er einen Bann.

»Wir sehen uns in Caithnard.«

Er küßte sie und wandte sich rasch ab. Mit großen Schritten eilte er auf das Führungsschiff. Die Rampe wurde hinter ihm hochgezogen. Bri Corvett stand an einer offenen Luke.

Als Morgon die Leiter in den lichtlosen Laderaum hinunterstieg, fragte er besorgt: »Wollt Ihr wirklich da unten bei den Toten bleiben?«

Morgon nickte wortlos. Bri schloß die Luke hinter ihm. Er stolperte über Tuchballen und fand schließlich einen Stapel von Gewürzsäcken, auf dem er sich niederließ. Er spürte, wie das Schiff langsam aus dem Hafen glitt, fort von Anuin, dem offenen Meer entgegen. Er saß gegen die Planken des Laderaums gelehnt, hörte das Klatschen des Wassers, das von außen ans Holz schlug. Stumm und unsichtbar umgaben ihn die Toten, und ihre Seelen wurden still, als sie ihrer Vergangenheit davonsegelten. Morgon ertappte sich dabei, wie er versuchte, ihre Gesichter aus dem schwarzen Dunkel herauszuheben. Er zog die Knie hoch, drückte sein Gesicht gegen die Arme und lauschte dem Wasser. Wenig später hörte er, wie die Luke geöffnet wurde.

Lautlos holte er Atem und blies die Luft wieder aus. Licht flackerte vor seinen geschlossenen Lidern. Jemand stieg die Leiter herab, bahnte sich einen Weg zwischen Säcken und Tuchballen hindurch, setzte sich neben ihm nieder. Würziger Duft von Pfeffer und Ingwer wehte auf. Die Luke wurde wieder geschlossen.

Er hob den Kopf und sagte zu Rendel, die nur ein Schemen war, das er atmete, die nur einen feinen Hauch frischer Meeresluft verströmte: »Willst du denn dein Leben lang mit mir streiten?«

»Ja«, antwortete sie trotzig.

Er ließ den Kopf wieder auf die Knie sinken. Nach einer Weile hob er einen Arm, fand in der Dunkelheit ihr Handgelenk und dann ihre Finger. Er starrte in die Nacht, während er ihre von Narben gezeichnete linke Hand in seinen beiden hielt und an sein Herz drückte.

2

Vier Nächte später trafen sie in Hed ein. Sechs der Handelsschiffe waren nach Westen in den Kanal abgeschwenkt, um in Caithnard zu warten; Bri segelte sein Schiff nach Tol. Morgon, der erschöpft war vom stetigen Horchen auf Unheil und Verhängnis, wurde aus einem leichten Dämmerschlaf gerissen, als der Rumpf des Schiffes leicht gegen das Dock prallte. Schreckhaft fuhr er hoch und hörte, wie Bri mit irgend jemandem schimpfte. Die Luke öffnete sich; Licht blendete ihn. Er roch Erde.

Sein Herz begann plötzlich heftig zu hämmern. Rendel, die in Pelze eingehüllt neben ihm lag, hob schläfrig den Kopf.

»Ihr seid zu Hause«, verkündete Bri, der lächelnd hinter dem Licht stand.

Morgon stand auf und kletterte zum Deck hinauf. Tol war eine Handvoll von Häusern, die verstreut im Schatten der dunklen Küstenfelsen lagen. Die warme, stille Luft roch vertraut nach Kühen und Getreide.

Er wurde sich erst bewußt, daß er gesprochen hatte, als Bri das Licht löschte und ihm antwortete.

»Noch vor Mitternacht. Wir haben es schneller geschafft, als ich dachte.«

Eine Woge rollte träge den Strand hinauf, zerfloß in einem Gespinst silbern schimmernden Schaums, als sie sich brach. Knochenbleich wand sich die Küstenstraße vom Hafen weg, um im Schatten der Felsen zu verschwinden. Morgon blickte zur Höhe der Felsen hinauf, um jene Stelle zu suchen, wo ihr helles Band wieder auftauchte, um Weiden und Felder zu teilen, bis es schließlich an der Schwelle von Akren abriß. Seine Hände an der Reling verkrampften sich; aus blinden Augen blickte er zurück auf die lange, gewundene Straße, die ihn auf einem Schiff voll von Toten nach Hed geführt hatte, und die Küstenstraße nach Akren schien ihm plötzlich nicht viel mehr als ein weiteres kurzes Stück Wegs, das in die Finsternis führte.

Rendel sprach seinen Namen, und seine Hände lockerten sich. Er hörte das Aufschlagen der Rampe auf dem Dock.

»Ich bin vor Morgengrauen zurück«, sagte er zu Bri. Mit einer raschen Bewegung berührte er die Schulter des Kapitäns. »Danke Euch.«

Er führte Rendel vom Hafen fort, vorbei an den träumenden Fischerhäusern und den morschen, alten Booten, auf denen die Möwen schliefen. Den Weg, der durch die Schatten zum Felsplateau hinaufführte, hatte er noch im Kopf. Sanft gekräuselt lagen die Felder im Mondlicht, umwogten Hügel und Gräben, um sich aus allen Richtungen um Akren zu schließen. Die Nacht war still; als er lauschte, hörte er die trägen, friedlichen Atemzüge der Kühe und das sachte Wimmern eines Hundes, der träumte. Auf Akren brannte ein Licht, über der Veranda, meinte Morgon, doch als sie näher kamen, sah er, daß der Lichtschein aus dem Inneren des Hauses drang. Rendel, die schweigend an seiner Seite ging, ließ ihren Blick über niedrige Mauern schweifen, die die Felder abgrenzten, über Reihen von Bohnenstangen, über halbreifen Weizen. Sie brach ihr Schweigen erst, als sie so nahe an Akren herangekommen waren, daß man die Linien des Daches sehen konnte, die sich schräg vor dem Sternenhimmel abhoben.

»So ein kleines Haus«, sagte sie überrascht.

Er nickte. »Kleiner, als ich es in Erinnerung habe . . .«

Seine Kehle war wie zugeschnürt. In einem Stubenfenster sah er Bewegung im trüben Kerzenlicht, und er fragte sich, wer so spät in der Nacht im Haus noch aufsaß. Dann traf ihn unerwartet der Geruch nach feuchter Erde und rankendem Wurzelwerk; Erinnerung auf Erinnerung durchdrang ihn mit Trieben und Wurzeln von Landrecht, bis er den Bruchteil einer

Sekunde lang seinen Körper gar nicht mehr spürte und sein Geist sich im endlosen Wurzelwerk Heds verästelte.

Er mußte stehenbleiben, weil ihm der Atem stockte. Die Gestalt am Fenster bewegte sich. Das Licht verdunkelnd, starrte sie in die Nacht hinaus: groß, breitschultrig, gesichtslos. Abrupt drehte sie sich um, eilte an den Fenstern der Stube vorbei. Die Türen von Akren flogen krachend auf; ein Hund bellte einmal. Morgon hörte Schritte. Sie durchquerten den Hof und blieben vor dem schrägen Schatten des Daches stehen.

»Morgon?« Fragend hing der Name in der stillen Luft. Dann wurde aus der Frage ein Ruf, der sämtliche Hunde weckte, als sein Echo über die Felder flog. »Morgon!«

Eliard war bei ihm, noch ehe er eine Bewegung machen konnte. Er hatte nur einen flüchtigen Eindruck von buttergelbem Haar, muskelbepackten Schultern und einem Gesicht, das im Mondlicht eine frappante Ähnlichkeit mit dem ihres Vaters hatte. Dann umschlang Eliard ihn mit beiden Armen und drückte ihm die Luft ab, während er mit den Fäusten hart auf Morgons Schultern schlug.

»Du hast dir Zeit gelassen«, sagte er.

Er weinte. Morgon wollte sprechen, doch seine Kehle war zu trocken; er senkte seine brennenden Augen an Eliards massige Schulter.

»Du Bär«, flüsterte er. »Willst du dich wohl beruhigen?«

Eliard schob ihn von sich weg, begann, ihn zu schütteln.

»Ich hab' deinen Geist in mir gespürt, so wie ich ihn in meinen Träumen spürte, als du in jenem Berg gefangen warst.« Tränen rannen ihm über das Gesicht. »Morgon, verzeih mir, verzeih mir —«

»Eliard . . .«

»Ich wußte, daß du in Nöten warst, aber ich habe nichts getan — ich wußte nicht, was ich tun sollte —, und dann bist du gestorben, und die Landherrschaft ging an mich über. Und jetzt bist du wieder da, und ich habe alles, was dir gehört. Morgon, ich schwöre es, wenn es einen Weg gäbe, würde ich mir die Landherrschaft aus der Seele reißen und sie dir zurückgeben . . .«

Morgons Hände schlossen sich in plötzlicher, grimmiger Umklammerung um seine Arme, und er brach ab.

»Sag das nie wieder zu mir. Nie wieder.«

Eliard starrte ihn wortlos an, und Morgon spürte, während er ihn so hielt, daß er in sich die ganze Kraft und Unschuld von Hed barg.

»Du gehörst hierher«, sagte er ruhiger. »Und mehr als sonstwo brauche ich dich hier in Hed, das Land zu hüten und zu bewahren.«

»Aber Morgon — du gehörst doch hierher. Dies ist deine Heimat, du bist nach Hause gekommen —«

»Ja. Bis zum Morgengrauen.«

»Nein!« Wieder bohrten sich seine Finger in Morgons Schultern. »Ich weiß nicht, wovor du auf der Flucht bist, aber ich werde nicht zulassen, daß du wieder fortgehst. Du bleibst hier; wir können für dich kämpfen, mit Heugabeln und Eggen, wenn es sein muß. Ich leihe mir irgendwo ein Heer aus —«

»Eliard —«

»Sei still! Du magst zupacken können wie ein Schraubstock, aber du kannst mich nicht mehr in Tristans Rosenbüsche werfen. Du bleibst hier, wo du hingehörst.«

»Eliard, willst du wohl aufhören zu brüllen!«

Er schüttelte Eliard ein wenig, und er war so erstaunt über die plötzliche Heftigkeit, daß er schwieg.

Da stürzte wie ein kleiner Wirbelwind Tristan aus dem Haus, umringt von den bellenden, springenden Hunden. Sie sprang an Morgon hoch, ihre Arme umklammerten seinen Hals, und sie vergrub ihr Gesicht an seiner Schulter. Er küßte ihr Haar und ihre Wangen, schob sie dann von sich weg, hob ihr Gesicht mit seinen Händen. Er erkannte es kaum wieder. Es begann zu zucken, als sie ihm in die Augen blickte, und wieder warf sie die Arme um seinen Hals. Dann entdeckte sie Rendel und streckte die Arme nach ihr aus, und die Hunde tobten kläffend um Morgon herum.

In den Fenstern ferner Bauernhäuser flammten ein paar Lichter auf. Einen Moment lang fühlte sich Morgon von Panik gepackt. Dann wurde er einfach still, so still wie das reglose

Band der Straße unter seinen Füßen, wie die vom Mondlicht durchflutete Luft. Die Hunde ließen von ihm ab; Tristan und Rendel hörten auf zu sprechen, um ihn anzusehen. Eliard stand ganz ruhig da, unbewußt in Morgons Stille gefangen.

»Was ist?« fragte er voll Unbehagen.

Morgon wartete nur einen Moment, dann trat er zu ihm und legte ihm müde einen Arm um die Schultern.

»Eliard«, sagte er, »allein durch meine Anwesenheit hier bringe ich euch in Gefahr. Gehen wir wenigstens ins Haus.«

»Gut.«

Doch er rührte sich nicht. Sein Gesicht wandte sich von Morgon ab, und sein Blick schweifte zu Rendel, deren Gesicht ein helles, von dunklen Linien und Flecken beschattetes Oval war. Hier und dort blitzten Edelsteine im zerzausten Haar, sprenkelten es mit Feuer. Sie lächelte, und Morgon hörte, wie Eliard schluckte.

»Rendel von An?« fragte er zaghaft, und sie nickte.

»Ja.« Sie streckte ihm die Hand hin, und Eliard nahm sie, als wäre sie aus Spreu und könnte jederzeit vom Wind fortgeblasen werden. Er schien die Sprache verloren zu haben.

Tristan sagte stolz: »Wir sind bis nach Isig und wieder zurück gesegelt, um Morgon zu suchen. Wo warst du? Wo hast du —?« Sie geriet plötzlich ins Stocken. »Woher kommst du jetzt?«

»Aus Anuin«, antwortete Morgon. Er sah die Unsicherheit in ihren dunklen Augen und las ihre Gedanken. »Gehen wir ins Haus«, sagte er nochmals müde. »Dort könnt ihr mich fragen.«

Sie schob ihre Hand in die seine und ging mit ihm ins Haus hinein. Sie ging in die Küche hinunter, um etwas zu essen zu holen, während Eliard Fackeln entzündete und ein Durcheinander von Pferdegeschirren von den Bänken fegte, damit sie sich setzen konnten. Er selbst blieb stehen und blickte auf Morgon hinunter, während er mit dem Fuß verdrießlich gegen die Bank trat.

»Sag mir, warum du nicht bleiben kannst«, bat er dann unvermittelt. »Sag es mir, damit ich es verstehen kann. Wohin mußt du jetzt so dringend?«

»Ich weiß es nicht. Nirgendwohin. Überallhin. Zu verharren ist der Tod.«

Eliard hieb mit seinen Stiefeln Kerben in die Bank.

»Warum?« fragte er heftig, und Morgon legte seine Hände vor sein Gesicht.

»Ich bemühe mich, das herauszufinden«, murmelte er. »Ich bemühe mich, die Lösung des Ungelösten —« Er brach ab, als er den Ausdruck auf Eliards Gesicht sah. »Ich weiß. Wenn ich daheimgeblieben wäre, anstatt nach Caithnard zu gehen, dann säße ich jetzt nicht mitten in der Nacht hier und wünschte, ich könnte die Morgendämmerung mit meinen Händen zurückhalten, und hätte Angst, dir zu sagen, was für Fracht ich mit mir nach Hed gebracht habe.«

Eliard setzte sich langsam und zwinkerte verständnislos.

»Was?«

Tristan kam mit einem riesigen Tablett mit Bier, Milch, frischem Brot und Obst, den kalten Resten einer gebratenen Gans, Butter und Käse die Treppe herauf. Sie stellte es auf einem Hocker ab. Morgon rückte ein Stück, und sie setzte sich neben ihn und schenkte Bier ein. Einen Becher reichte sie Rendel, die etwas zaghaft kostete. Morgon betrachtete sie, während sie einschenkte; ihr Gesicht war schmaler geworden, seine Konturen ausgeprägter.

Stirnrunzelnd blickte sie auf den Schaum auf dem Bier, während sie darauf wartete, daß er zusammensank, damit sie weiter eingießen konnte. Ihr Blick huschte zu ihm, dann senkte sie die Lider, und er sagte leise: »Ich habe Thod in Anuin gefunden. Ich habe ihn nicht getötet.«

Sie stützte den Bierkrug auf das eine Knie, den Becher auf das andere und sah Morgon endlich doch an.

»Ich wollte dich nicht danach fragen.«

Er hob die Hand und strich ihr über die Wange. Er sah, wie ihr Blick die weißen Vesta-Narben auf seiner Handfläche einfing, als er den Arm wieder senkte.

»Es geht mich ja nichts an«, bemerkte Eliard, »aber du hast ihn doch durch das ganze Reich verfolgt.« Ein Schimmer von

Hoffnung glomm in seinen Augen. »War er — hat er erklärt —?«

»Er hat nichts erklärt.« Er nahm Tristan den Becher mit dem Bier aus der Hand und trank. Er spürte, wie das Blut wieder in sein Gesicht stieg. Ruhiger fügte er hinzu: »Ich habe Thod durch ganz An verfolgt und ihn schließlich vor zwölf Tagen in Anuin eingeholt. Im Königssaal stand ich vor ihm und sagte ihm, daß ich ihn töten würde. Dann hob ich mein Schwert mit beiden Händen, um eben das zu tun, während er völlig reglos dastand und wartete.«

Er verstummte. Eliards Gesicht war wie erstarrt.

»Und dann?«

»Dann . . . « Er suchte nach Worten, zog sich in seine Erinnerung zurück. »Ich habe ihn nicht getötet. Es gibt ein altes Rätsel aus Ymris: Wer waren Belu und Bilo, und wodurch waren sie aneinander gebunden? Zwei Fürsten aus Ymris, die im selben Moment geboren waren, und deren Tod der Weissagung zufolge im selben Moment eintreten würde. Sie haßten einander, doch der Bann, der sie fesselte, war solcher Art, daß der eine den anderen nicht töten konnte, ohne sich selbst zu vernichten.«

Eliard betrachtete ihn mit seltsamem Blick.

»Ein Rätsel hat das bewirkt? Ein Rätsel hielt dich davon ab, ihn zu töten?«

Morgon lehnte sich zurück. Einen Moment lang trank er von seinem Bier und sprach nichts. Er fragte sich, ob irgend etwas, das er in seinem Leben getan hatte, Eliard je verständlich gewesen war. Dann beugte sich Eliard vor und umfaßte sachte sein Handgelenk.

»Du hast mir einmal gesagt, ich hätte ein Hirn aus Eichenholz. Vielleicht stimmt das. Aber ich bin froh, daß du ihn nicht getötet hast. Ich hätte es verstanden, wenn du es getan hättest. Doch nie wieder hätte ich sicher sein können, was zu tun du imstande bist und was nicht.« Er ließ Morgon los und reichte ihm eine Gänsekeule. »Iß.«

Morgon sah ihn an und sagte leise: »Du hast das Zeug zu einem Rätselmeister.«

Eliard prustete verächtlich, während sein Gesicht rot anlief. »Keine zehn Pferde würden mich nach Caithnard bringen. Iß!«

Er schnitt Brot und Fleisch und Käse in dünne Scheiben und reichte sie Rendel. Zum erstenmal sah er ihr in die Augen, und sie lächelte. Da wagte er es, zu sprechen.

»Seid Ihr — seid Ihr verheiratet?«

Sie schüttelte den Kopf, während sie kaute. »Nein.«

»Warum seid Ihr dann — seid Ihr hierhergekommen, um zu warten?« Ungläubigkeit lag auf seinem Gesicht, doch seine Stimme war warm. »Ihr wärt uns hochwillkommen.«

»Nein.« Sie sprach mit Eliard, doch Morgon schien es, als gäbe sie ihm Antwort auf seine eigenen Hoffnungen. »Ich habe genug gewartet.«

»Was wollt Ihr dann tun?« fragte Eliard verwirrt. »Wo wollt Ihr leben?« Sein Blick wanderte zu Morgon. »Was hast du vor? Ich meine, wenn du beim Morgengrauen von hier fortgehst? Hast du schon eine Ahnung?«

Morgon nickte. »Eine verschwommene Ahnung, ja. Ich brauche Hilfe. Und ich brauche Antworten. Es wird gemunkelt, daß die letzten der Zauberer sich in Lungold versammeln, um Ghisteslohm zum Kampf zu fordern. Von den Zauberern kann ich Hilfe bekommen. Vom Gründer kann ich einige Antworten bekommen.«

Fassungslos starrte Eliard ihn an. Mit einer plötzlichen Bewegung sprang er auf.

»Warum hast du ihm deine Fragen nicht gestellt, als du im Erlenstern-Berg warst? Damit hättest du dir die Mühe erspart, nach Lungold ziehen zu müssen. Du willst ihm Fragen stellen. Morgon, ich schwöre, ein Korken in einem Bierfaß hat mehr Verstand als du. Was glaubst du wohl, was er tun wird? Meinst du vielleicht, er stellt sich ganz höflich vor dich hin und beantwortet dir deine Fragen?«

»Was soll ich denn tun?«

Jetzt war auch Morgon aufgesprungen. In seiner Stimme mischten sich Zorn und Bekümmerung. Er stellte sich die Frage, ob er hier nur mit Eliard stritt oder mit der unerbittlichen Verbohrtheit der Insel, auf der es plötzlich keinen Platz mehr für ihn gab.

»Soll ich hier sitzen bleiben und warten, bis er an deine Tür klopft, um mich zu holen? Willst du wohl endlich deine Augen aufmachen und mich so sehen, wie ich jetzt bin, statt so, wie du mich in Erinnerung hast? Ich bin gebrandmarkt; ich trage Sterne auf meinem Gesicht und Vesta-Narben auf meinen Händen. Ich kann beinahe jede Gestalt annehmen, für die es einen Namen gibt. Ich habe gekämpft, ich habe getötet, ich beabsichtige, wieder zu töten. Ich trage einen Namen, der älter ist als dieses Reich, und ich habe keine Heimat außer in der Erinnerung. Vor zwei Jahren habe ich eine Rätselfrage gestellt, und jetzt bin ich in einem Irrgarten von Rätseln gefangen, aus dem ich kaum mehr herausfinde. Im Herzen dieses Irrgartens liegt der Krieg. Blick doch einmal in deinem Leben über Hed hinaus. Versuch, mit diesem Bier etwas Furcht zu trinken. Dieses Reich steht am Rande des Krieges. Es gibt keinen Schutz für Hed.«

»Krieg! Was redest du da? Gewiß, in Ymris wird gekämpft, aber Ymris liegt immer im Krieg.«

»Hast du eine Ahnung davon, gegen wen Heureu Ymris kämpft?«

»Nein.«

»Und er selbst auch nicht. Eliard, ich habe das Heer der Rebellen gesehen, als ich durch Ymris kam. Männer sind in diesem Heer, die längst gestorben sind und dennoch weiter kämpfen. Nichts Menschliches wohnt in ihren Körpern. Wenn sie es sich einfallen lassen, Hed anzugreifen, welchen Schutz habt ihr dann gegen sie?«

Eliard stieß einen unartikulierten Laut aus. »Den Erhabenen«, erwiderte er dann. Doch plötzlich wich ihm alles Blut aus dem Gesicht. »Morgon«, flüsterte er, und Morgon krampfte die Hände zusammen.

»Ja. Tote Kinder haben mich einen Mann des Friedens genannt, aber ich glaube, ich habe nichts als Chaos gebracht. Eliard, in Anuin habe ich mit Duac darüber beraten, wie Hed zu schützen ist. Er erbot sich, Krieger und einige Schiffe zu entsenden.«

»Und die hast du mitgebracht?«

Er sagte mit ruhiger, fester Stimme: »Das Handelsschiff, das uns nach Tol gebracht hat, führt neben seiner regulären Fracht bewaffnete Könige und Edle, große Krieger der Drei Teile —«

Eliards Finger schlossen sich um seinen Arm.

»Könige?«

»Sie wissen um die Liebe zum Land, und sie wissen um den Krieg. Das Wissen um Hed fehlt ihnen, aber sie werden für es kämpfen. Sie sind —«

»Du hast die Toten von An nach Hed gebracht?« flüsterte Eliard. »Sie sind in Tol?«

»Sechs Schiffe liegen noch in Caithnard und warten —«

»Morgon von Hed, hast du völlig den Verstand verloren!«

Seine Finger gruben sich bis auf den Knochen in Morgons Arm, und Morgons ganzer Körper spannte sich. Doch mit einer abrupten Bewegung wandte sich Eliard plötzlich von ihm ab. Wie ein schwerer Hammer sauste seine Faust auf das Tablett, so daß Speisen und Geschirr durcheinanderflogen, nur der Milchkrug nicht, den Tristan gerade aufgenommen hatte. Mit bleichem Gesicht saß sie da, den Krug an sich gepreßt, während Eliard brüllend seinem Zorn Luft machte.

»Morgon, ich habe Berichte über das Chaos in An gehört! Wie des Nachts die Tiere zu Tode gehetzt werden und die Ernte auf den Feldern verdirbt, weil keiner wagt, sie einzuholen. Und du verlangst von mir, daß ich das in mein Land lasse! Wie kannst du mich darum auch nur bitten?«

»Eliard, ich brauche nicht zu bitten!« Ihre Blicke verklammerten sich ineinander. Und während Morgon zusah, wie sein Abbild sich in Eliards Augen wandelte, während er spürte, wie etwas Kostbares, nicht Faßbares weiter und weiter von ihm fortglitt, fuhr er erbarmungslos fort: »Wenn ich die Landherrschaft von Hed für mich wollte, könnte ich sie mir wieder nehmen. Als Ghisteslohm sie mir Stück um Stück entriß, erkannte ich, daß die Macht des Landrechts Form und Gestalt hat, und ich kenne die Form des Landrechts von Hed bis zur feinsten Haarwurzel einer Hopfenranke. Wenn ich dir dies aufzwingen wollte, dann könnte ich es, genau wie ich lernte, die alten Toten der Drei Teile zu zwingen, hierher zu kommen —«

Eliard, der keuchend durch den offenen Mund atmete, an die Steine der Feuerstelle gelehnt, schauderte plötzlich.

»Was bist du eigentlich?«

»Ich weiß es nicht.« Morgons Stimme zitterte unkontrolliert. »Es ist Zeit, daß du danach fragst.«

Einen Moment war Stille: die friedliche, ungebrochene Stille der Nacht von Hed. Dann stemmte sich Eliard mit einem Achselzucken von der Herdstelle ab, lief an Morgon vorbei, während er mit den Füßen Scherben aus seinem Weg schleuderte. Er beugte sich zu einem Tisch, die Hände flach auf die Platte gelegt, den Kopf gesenkt. Seine Stimme klang erstickt, als er sprach.

»Morgon, sie sind doch tot.«

Morgon ließ seinen Arm auf den Kaminsims sinken und legte sein Gesicht darauf.

»Dann sind sie den Lebenden in einer Schlacht wenigstens in diesem Punkt voraus.«

»Hättest du nicht einfach mit einem Heer von Lebenden kommen können? Das wäre einfacher gewesen.«

»Wenn du ein Heer von Bewaffneten auf diese Insel führst, dann forderst du einen Angriff heraus und wirst ihn auch bekommen.«

»Bist du da so sicher? Bist du so sicher, daß sie es wagen werden, Hed anzugreifen? Es könnte doch sein, daß du Gespenster siehst.«

»Ja, das könnte sein.« Seine Worte schienen sich in den abgeschliffenen, alten Steinen zu verlieren. »Sicher bin ich mir über gar nichts mehr. Nur Angst habe ich um alles, was ich liebe. Soll ich dir sagen, was ich in all der Zeit, die ich im Erlenstern-Berg gefangen war, nicht von Ghisteslohm lernen konnte? Es ist eine einfache, aber lebenswichtige Kunst. Ich konnte nicht lernen, im Dunklen zu sehen.«

Eliard drehte sich um. Er weinte wieder, als er Morgon vom Herd wegzog.

»Verzeih mir. Morgon, ich mag dich anschreien, aber wenn

du mir die Landherrschaft bei den Wurzeln entrissest, würde ich dir dennoch blind vertrauen. Willst du nicht hier bleiben? Bitte, willst du nicht bleiben? Sollen die Zauberer zu dir kommen. Soll Ghistlohm kommen. Wenn du Hed wieder verläßt, wirst du getötet werden.«

»Nein. Ich werde nicht sterben.« Er winkelte einen Arm um Eliards Hals und drückte ihn fest an sich. »Ich bin zu neugierig. Die Toten werden deine Bauern nicht belästigen. Das schwöre ich. Du wirst sie kaum bemerken. Sie sind an mich gebunden. Ich habe ihnen die Geschichte und den Frieden von Hed vor Augen geführt, und sie haben einen Eid geleistet, diesen Frieden zu verteidigen.«

»Du hast sie an dich gebunden?«

»Mathom entließ sie aus seinem Bann, sonst hätte ich es niemals in Betracht gezogen.«

»Wie kannst du die toten Könige von An unter deinen Bann bringen?«

»Ich sehe durch ihre Augen. Ich verstehe sie. Vielleicht allzugut.«

Eliard betrachtete ihn. »Du bist ein Zauberer«, sagte er, doch Morgon schüttelte den Kopf.

»Kein Zauberer außer Ghisteslohm hat je an das Landrecht gerührt. Ich bin ganz einfach mächtig und so verzweifelt, daß ich vor nichts mehr zurückschrecke.«

Er blickte auf Rendel hinunter. Wenn sie auch gegen die gelegentlichen wilden Ausbrüche im Hause ihres Vaters abgehärtet war, so lag in ihren Augen jetzt doch ein Ausdruck qualvoller Spannung. Tristan starrte stumm in den Milchkrug. Morgon strich ihr über das dunkle Haar. Sie hob das Gesicht, das bleich war und wie gefroren.

»Verzeih mir«, flüsterte er. »Es tut mir leid. Ich wollte nicht nach Hause kommen und einen Streit vom Zaun brechen.«

»Es macht nichts«, erwiderte sie. »Das wenigstens ist etwas, was an dir noch vertraut ist.« Sie stellte den Milchkrug nieder und stand auf. »Ich hole einen Besen.«

»Nein, ich hole ihn.«

Darauf blitzte ein Lächeln in ihren Augen auf. »Gut, du

kannst kehren. Ich hole frisches Essen.« Zaghaft berührte sie seine vernarbte Hand. »Und dann erzählst du mir, wie du die Gestalt wechselst.«

Er erzählte es ihnen, nachdem er die Scherben und die verstreuten Speisen aufgekehrt hatte, und sah, wie Eliards Gesicht sich mit ungläubigem Staunen füllte, während er erklärte, was für ein Gefühl es war, langsam zu einem Baum zu werden. Er zerbrach sich den Kopf nach anderen Dingen, die er ihnen erzählen konnte, um sie wenigstens eine Zeitlang die schreckliche Seite seiner langen Wanderung vergessen zu machen. Er schilderte ihnen, wie er in Gestalt einer Vesta die Regionen im Norden durchstreift hatte, wo die Welt nur aus Wind und Schnee und Sternen zu bestehen schien. Er beschrieb ihnen die überwältigende Schönheit des Isig-Passes und berichtete vom Hof des Wolfskönigs, wo die wilden Tiere ein und aus gingen. Er erzählte ihnen von den Nebeln und den trügerischen Sümpfen von Herun. Und während er sprach, entdeckte er in seinem Inneren eine unvermutete Liebe zu den wilden, rauhen und schönen Gegenden des Reiches, so daß er für eine kleine Weile den Schmerz vergaß, der ihn quälte. Und er vergaß auch die Zeit, bis er sah, daß der Mond, der plötzlich durch eines der Fenster hereinschien, unterzugehen begann. Unvermittelt brach er ab und sah, wie Beklommenheit das Lächeln in Eliards Augen verdrängte.

»Ich habe die Toten ganz vergessen.«

Es war offensichtlich, daß Eliard eine heftige Erwiderung hinunterschluckte.

»Es ist noch nicht Morgengrauen«, sagte er. »Der Mond ist noch nicht einmal untergegangen.«

»Ich weiß. Aber die Schiffe werden eines nach dem anderen aus Caithnard nach Tol kommen, sobald ich das Signal gebe. Ich möchte, daß sie Hed schon wieder weit hinter sich gelassen haben, ehe ich fortgehe. Sorge dich nicht. Du wirst die Toten nicht sehen, aber du solltest zur Stelle sein, wenn sie Hed betreten.«

Widerstrebend stand Eliard auf. Sein Gesicht war kreidebleich unter der Sonnenbräune.

»Aber du bleibst an meiner Seite?«

»Ja.«

Gemeinsam schritten sie alle die Straße hinunter nach Tol, die blank wie eine Schwertklinge zwischen den dunklen Kornfeldern lag. Morgon, der Hand in Hand mit Rendel ging, spürte die Spannung, die noch immer in ihr war, und die Mattigkeit nach der langen, gefährlichen Seereise. Sie erriet seine Gedanken und lächelte ihm zu, als sie sich Tol näherten.

»Ich habe eine starrköpfige Familie gegen die andere eingetauscht . . .«

Der Mond, zu drei Vierteln voll, schien schräg am Himmel zu hängen, als spähte er auf Tol hinunter. Jenseits des schwarzen Kanals glitzerten zwei flammende Augen: die Leuchtfeuer, die die Hafenbucht von Caithnard flankierten. Silbrigglänzend lagen die Fischernetze im Sand; Wasser leckte an den kleinen vertäuten Booten, an denen sie auf dem Weg zum Dock vorüberschritten.

Bri Corvett beugte sich weit über die Reling, als sie kamen, und rief leise: »Jetzt?«

»Jetzt«, bestätigte Morgon, und Eliard stieß zwischen zusammengebissenen Zähnen hervor: »Wenn du nur wüßtest, was du tust!«

Dann glitt die Rampe herunter, und er trat zurück, so nahe an den Rand des Piers, daß er beinahe hinuntergestürzt wäre.

Morgon spürte wieder seinen Geist. Die Starrsinnigkeit, die geistige Unbeweglichkeit, die zum Lebensblut von Hed gehörte, schienen wie eine Barriere am Ende der Rampe herunterzufallen. Sie legten sich fesselnd um Morgons Geist; er durchbrach sie und füllte Eliards Geist mit satten, leuchtenden, ständig wechselnden Bildern aus der Geschichte der Drei Teile, die er dem Gedächtnis der Toten entrissen hatte. Und während sich Eliards Geist langsam öffnete, entströmte etwas dem Schiff und ging in Hed auf.

Eliard fröstelte plötzlich.

»Sie sind ganz still«, murmelte er überrascht.

Morgons Hand schloß sich um seinen Ellbogen.

»Bri segelt jetzt nach Caithnard hinüber und schickt das

nächste Schiff. Es kommen noch sechs. Das letzte bringt Bri selbst, und auf ihm werden Rendel und ich wieder abreisen.«

»Nein —«

»Ich komme zurück.«

Eliard schwieg. Vom Schiff her kamen das Ächzen von Tauen und Planken und Bri Corvetts leise, scharfe Befehle. Das Schiff stieß vom Dock ab, die dunklen Segel voll gehißt, um den flauen Wind einzufangen. Riesig und schwarz schob es sich lautlos durch das mondglitzernde Wasser in die Nacht hinein, hinterließ eine schimmernde Spur, die immer weiter auseinanderlief und langsam verschwand.

»Niemals«, sagte Eliard, während er aufs Wasser hinausblickte, »wirst du hierher zurückkommen, um zu bleiben.«

Noch sechs Schiffe glitten ebenso langsam, ebenso still durch die Nacht. Einmal, kurz bevor der Mond unterging, sah Morgon auf dem Wasser die Schatten von waffenbehängten, gekrönten Gestalten. Bleich und müde versank der Mond am Sternenhimmel; das letzte Schiff legte an. Tristan stand an Morgon gelehnt und trat von einem Fuß auf den anderen; er drückte sie an sich, um ihr warm zu machen. Wie ein verwischter Schatten hob sich Rendel vor dem sternenschimmernden Wasser ab; ihr Gesicht war eine dunkle Silhouette zwischen den Leuchtfeuern. Morgons Augen wanderten zum Schiff. Die Toten gingen von Bord; der dunkle Schlund des Laderaums würde geöffnet bleiben, um ihn von Hed fortzubringen. Tausend Dinge, die er Eliard sagen wollte, schossen ihm plötzlich durch den Kopf, doch nichts davon besaß die Macht, das Schiff auszulöschen. Und dann standen sie wieder allein am Pier; die Toten hatten sich über Hed verstreut, und Morgon blieb nichts mehr zu tun. Er mußte aufbrechen.

Er drehte sich nach Eliard um. In dieser letzten, endlosen Stunde vor dem Morgengrauen war der Himmel sehr finster geworden. Ein leichter Wind strich seufzend über die Wellen. Er konnte Eliards Gesicht nicht sehen, spürte nur seine Nähe und die Nähe des Landes, das hinter ihm lag. Leise, mit wehem Herzen, vor Augen ein Bild des Landes, wie es golden in der Sommersonne lag, sagte er: »Ich werde nach Hed zurückfinden. Irgendwie. Irgendwann.«

Eliard berührte sein Gesicht mit einer sanften Zärtlichkeit, die ihn an ihren Vater erinnerte. Tristan hing noch immer an ihm; Morgon drückte sie an sich, küßte sie auf das dunkle Haar. Dann trat er zurück, stand plötzlich allein in der Nacht und spürte, wie das Holz unter seinen Füßen beim Anprall des Wassers erzitterte.

Er drehte sich um und schritt blind die Rampe hinauf, um wieder hinunterzusteigen in den schwarzen Rumpf des Schiffes.

3

Gegen Morgen fand das Schiff einen ruhigen Anlegeplatz im Hafen von Caithnard. Morgon hörte, wie der Anker klatschend ins stille Wasser stieß, und sah durch das Gitterwerk der Lukendecke Quadrate perlgrauen Himmels. Rendel schlief. Einen Moment lang betrachtete er sie, erschöpft und doch erfüllt von einem inneren Frieden, als hätte er einen kostbaren Schatz sicher und wohlbehalten außer Gefahr gebracht. Dann warf er sich auf den Gewürzsäcken nieder und schlief ein. Das morgendliche Lärmen und Rumoren an den Docks, die erstickende Mittagshitze, die sich im Laderaum staute, störten kaum seine Träume. Am späten Nachmittag schließlich erwachte er und sah Rendel, übergossen von einem stetig fließenden Schleier von Lichtkringeln, die neben ihm saß und ihn betrachtete.

Langsam setzte er sich auf, während er versuchte, sich zu erinnern, wo er war.

»Caithnard«, sagte sie.

Sie hatte die Arme um ihre Knie geschlungen; auf ihrer Wange war ein Abdruck des Gewebes der Sackleinwand. In ihren Augen lag ein merkwürdiger Ausdruck, den zu deuten ihm Schwierigkeiten machte, bis ihm klarwurde, daß es ganz einfach Angst war.

»Und jetzt?« fragte sie leise.

Er lehnte sich nach rückwärts gegen die Planken, umfaßte flüchtig mit leichter Hand ihren Arm und rieb sich dann die Augen.

»Bri Corvett sagte, er würde uns Pferde besorgen. Du mußt aber die Nadeln aus deinem Haar nehmen.«

»Was? Morgon, schläfst du noch?«

»Nein.« Sein Blick fiel auf ihre Füße. »Und sieh dir deine Schuhe an.«

Sie sah hinunter. »Was ist denn mit ihnen?«

»Sie sind sehr schön. Wie du. Kannst du dich verwandeln?«

»In was?« fragte sie verwirrt. »Eine scheußliche alte Hexe?«

»Nein. In deinen Adern fließt das Blut von Gestaltwandlern; du müßtest eigentlich —«

Er hielt inne, als er den Ausdruck in ihren Augen sah, eine Mischung aus Angst, Schmerz und Ekel.

»Nein«, sagte sie klar und deutlich.

Er verwünschte sich im stillen. Der Gedanke an den langen Weg quer durch das Reich, in gerader Linie der untergehenden Sonne entgegen, löste in diesem Augenblick auch in ihm einen Anflug von Panik aus. Er schwieg still, versuchte zu denken, doch die abgestandene Luft im Laderaum schien sein Hirn mit Stroh zu füllen.

»Wir werden lange auf der Straße nach Lungold wandern«, sagte er, »wenn wir reiten. Ich hatte die Absicht, die Pferde nur so lange zu behalten, bis ich dich lehren könnte, die eine oder andere fremde Gestalt anzunehmen.«

»Nimm du fremde Gestalten an. Ich reite.«

»Rendel, sieh dich doch an«, entgegnete er hilflos. »Auf dieser Straße ziehen Händler aus allen Teilen des Reiches. Mich haben sie länger als ein Jahr nicht mehr zu Gesicht bekommen, aber dich werden sie erkennen, und dann brauchen sie nicht zu fragen, wer der Mann an deiner Seite ist.«

»Na schön.« Sie schleuderte die Schuhe von den Füßen, zog sich die Nadeln aus dem Haar. »Dann besorg mir ein anderes Paar Schuhe.«

Wortlos blickte er sie an, wie sie da in einer Wolke zerknitterter, reichbestickter Gewänder vor ihm saß. Die üppigen Wellen ihres feinen Haares umrahmten eine schmales, nobel geschnittenes Gesicht, das, selbst müde und bleich, wie ein Antlitz aus einer alten Ballade schien. Seufzend stand er auf.

»Also gut. Warte auf mich.«

Ihre Stimme ließ ihn kurz innehalten, als er schon die Leiter hinaufkletterte.

»Aber nur diesmal.«

Er sprach mit Bri Corvett, der den ganzen Tag lang geduldig darauf gewartet hatte, daß sie erwachen würden. Die Pferde, die er ihnen besorgt hatte, standen am Dock bereit, schon mit Proviant bepackt. Es waren friedliche, schwerfällige Arbeitspferde, die allmählich unruhig zu werden begannen, weil sie so lange angepflockt waren. Bri, dem erst jetzt die ganze Tragweite und Gefährlichkeit der langen Wanderung aufging, versuchte Morgon mit allen möglichen, hitzig vorgetragenen Argumenten zurückzuhalten, die Morgon geduldig widerlegte. Am Ende erbot sich Bri, sie zu begleiten.

»Nur, wenn ihr die Gestalt wechseln könnt«, entgegnete Morgon müde.

Da gab Bri auf. Er ging von Bord, kehrte eine Stunde später mit einem Bündel Kleider zurück, das er durch die Luke zu Morgon hinunterwarf. Rendel besah sich die Sachen mit einem ausdruckslosen Gesicht und zog sie dann an. Ein dunkler Rock, ein leinenes Hemd und ein formloser Kittel darüber, der ihr bis zu den Knien ging. Die Stiefel waren aus weichem Leder, gut, aber einfach. Ihr Haar schob sie unter einen breitkrempigen Strohhut. Dann stellte sie sich resigniert vor Morgon hin, um sich von ihm begutachten zu lassen.

»Zieh die Hutkrempe tiefer«, sagte er.

Sie riß daran. »Hör auf, mich auszulachen.«

»Ich lache dich nicht aus«, entgegnete er ernst. »Warte, bis du siehst, worauf du reiten mußt.«

»Unscheinbar bist du auch nicht gerade. Du magst ja gekleidet sein wie ein armer Bauer, aber du hast einen Gang wie ein Landherrscher, und deine Augen könnten Steine sprengen.«

»Paß auf«, sagte er. Er ließ es still werden in seinem Inneren, ließ seine Gedanken mit seiner Umgebung verschmelzen: mit Holz und Pech, mit dem unbestimmten Murmeln des Wassers und dem fernen, gedämpften Lärmen des Hafens. Sein Name schien von ihm fortzugleiten und sich in der Hitze aufzulösen.

Sein Gesicht trug keinen bestimmbaren Ausdruck; einen Moment lang waren seine Augen klar und leer wie der Sommerhimmel.

»Wenn du dir deiner selbst nicht bewußt bist, werden nur wenige Menschen dich gewahren. Dies war auf meiner Wanderung durch das Reich eines von hundert Mitteln, mich am Leben zu erhalten.«

Ihr Gesicht zeigte Bestürzung.

»Beinahe hätte ich dich nicht erkannt. Ist es Täuschung?«

»Nur zu einem geringen Teil. Es ist Überleben.«

Sie schwieg. Er las den Widerstreit ihrer Gefühle von ihrem Gesicht ab. Ohne ein Wort zu sagen, wandte sie sich ab und kletterte die Leiter hinauf an Deck.

Glühend neigte sich die Sonne an den fernen Grenzen des Reiches zur Nacht, als sie Bri Lebewohl sagten und sich auf ihre Pferde schwangen. Die langen Schatten der Schiffsmasten und Warenstapel verdunkelten ihren Weg durch den Hafen. Die Stadt, über der ein Dunstschleier rotgoldenen Lichts abendlicher Schatten hing, schien Morgon plötzlich fremd, als wäre er selbst sich ein Fremder geworden, nun, da er am Anfang einer fremden Straße stand. Er führte Rendel durch das Gewirr von Gassen und Straßen, vorbei an Läden und Gasthäusern, die ihm einmal vertraut gewesen waren, hinaus zum westlichen Stadtrand, eine mit Kopfsteinen gepflasterte Straße hinunter, die breiter wurde, als sie die Stadt hinter sich ließen, sich allmählich ihrer Kopfsteine entledigte, wieder breiter wurde, tiefe Furchen zeigte, im Lauf von Jahrhunderten von zahllosen Wagenrädern in sie eingegraben, wieder breiter wurde und ihnen durch Hunderte von Meilen von Niemandsland vorauseilte, bis sie sich schließlich am Rand des erforschten Reiches nordwärts wandte, Lungold zu.

Sie hielten ihre Pferde an, um wortlos die endlose Straße hinunterzublicken. Die spielenden Schatten der Eichen verblaßten, als die Sonne langsam unterging; müde und grau dehnte sich die Straße vor ihnen in der Abenddämmerung. Das Laub der Eichen, deren Äste die Straße überdachten, raschelte über ihren Köpfen. Matt und kraftlos sahen die alten Bäume aus, deren Blätter unter dem von Wagen und Pferden aufgewirbelten Staub ihren Glanz verloren hatten. Der Abend war sehr still; die letzten Händler und Wanderer hatten schon ihren Weg in die Stadt gefunden. Grau verschwammen die Wälder in der Ferne und wurden zusehends dunkler. Und im Grau erwachte eine Eule und sang ein Rätsel.

Sie ritten weiter. Der Himmel wurde schwarz, und der Mond ging auf, überspülte den Wald mit einem milchigen Licht. Stetig ritten sie weiter, dem höhersteigenden Mond folgend, bis sich ihre Schatten schließlich unter den Bäuchen ihrer Pferde verkrochen. Da merkte Morgon, daß das Laub zu ihren Füßen unter seinen Augen zu einer einzigen weiten Finsternis verschwamm. Er zügelte sein Pferd; Rendel hielt neben ihm an.

Nicht weit entfernt war das sachte Rauschen von Wasser zu hören. Morgon, dessen Gesicht mit einer Maske aus Staub überdeckt war, sagte müde: »Ich erinnere mich. Ich durchquerte einen Fluß, als ich von der Ebene der Winde südwärts ritt. Ich vermute, die Straße folgt seinem Lauf.« Er lenkte sein Pferd von der Straße weg. »Dort können wir unser Lager aufschlagen.«

Sie fanden den Fluß nicht weit von der Straße entfernt, ein silbernes Band im Mondlicht. Rendel sank am Fuß eines Baumes zusammen, während Morgon die Pferde absattelte und sie trinken ließ. Er trug ihr Bündel und die Decken zu einer kleinen Lichtung im Farn. Dann setzte er sich neben Rendel nieder und ließ seinen Kopf auf die verschränkten Arme sinken.

»Ich bin das Reiten auch nicht gewöhnt«, murmelte er.

Sie nahm ihren Hut ab und lehnte ihren Kopf an seine Schulter.

»Ein Ackergaul«, murmelte sie.

Sie schlief ein, wo sie saß. Morgon legte seinen Arm um sie. Eine Zeitlang blieb er wach und lauschte in die Dunkelheit. Doch er hörte nur die verstohlenen Geräusche jagender Nachttiere, den sanften Flügelschlag einer Eule, und als der Mond langsam unterging, fielen ihm die Augen zu.

Die leuchtenden Strahlen der sommerlichen Sonne blendeten sie, als sie erwachten, und von der Straße her drang das Ächzen und Stöhnen von Wagenrädern zu ihnen. Sie aßen und wuschen sich, und als sie schließlich wieder auf die Straße hinausritten, wimmelte es dort von Wagen und Karren, von berittenen Händlern, von Bauern, die Obst und Gemüse oder Tiere von abgelegenen Höfen nach Caithnard brachten, von Männern und Frauen mit Bediensteten und schwerbeladenen Saumpferden, die aus unerfindlichen Gründen die lange Reise quer durch das Reich nach Lungold machten. Morgon und Rendel paßten den Schritt ihrer Pferde der langsamen, gleichmäßigen Gangart an, die die monotone sechswöchige Reise bis zu ihrem Ende bestimmen würde. Auf der belebten Straße, zwischen Schweinetreibern und reichen Edelleuten, fielen sie nicht auf. Händler, die ein müßiges Gespräch anknüpfen wollten, schreckte Morgon ab, indem er mürrisch und verdrießlich auf ihre Annäherungsversuche reagierte. Einmal erschreckte er Rendel dadurch, daß er einen reichen Kaufmann beschimpfte, der eine Bemerkung über ihr Gesicht gemacht hatte. Einen Moment lang schien der Mann zornig, und die Hand, die die Reitgerte hielt, ballte sich zusammen; dann aber warf er einen Blick auf Morgons geflickte Stiefel und das staubige, von Schweißrinnsalen durchzogene Gesicht, und er lachte, nickte Rendel zu und galoppierte davon.

Rendel ritt schweigend, den Kopf gesenkt, die Zügel in einer Faust zusammengedrückt. Morgon, der gern gewußt hätte, was ihr durch den Kopf ging, streckte den Arm zu ihr hinüber und berührte sie leicht. Sie sah ihn an, das Gesicht schweißnaß und müde.

Er sagte leise: »Du hast es so gewollt.«

Sie begegnete seinem Blick, ohne etwas zu erwidern. Schließlich seufzte sie, und die Hand an den Zügeln lockerte sich.

»Kennst du die neunundneunzig Verwünschungen, die die Hexe Madir über einen Mann verhängte, der eines ihrer Schweine stahl?«

»Nein.«

»Ich werde sie dir beibringen. Es könnte ja sein, daß dir im

Lauf von sechs Wochen die Flüche und Verwünschungen ausgehen.«

»Rendel —«

»Hör auf, mich zu ermahnen, vernünftig zu sein.«

»Ich habe dich nicht ermahnt!«

»Du hast mich mit deinem Blick ermahnt.«

Er fuhr sich mit der Hand durch das Haar.

»Du bist manchmal aller Vernunft so unzugänglich, daß du mich an mich selbst erinnerst. Ja, lehre mich die neunundneunzig Verwünschungen. Dann habe ich etwas, worüber ich nachdenken kann, während ich Straßenstaub schlucke.«

Sie war wieder still. Ihr Gesicht war im Schatten ihrer Hutkrempe verborgen.

»Verzeih mir«, sagte sie. »Dieser Kaufmann hat mich erschreckt. Er hätte dir etwas antun können. Ich weiß, daß ich für dich eine Gefahr bin, aber das war mir vorher nicht klar. Aber, Morgon, ich kann doch nicht — ich kann nicht —«

»Ja, fliehe vor deinem Schatten. Vielleicht wird es dir besser gelingen als mir.«

Sie wandte ihr Gesicht von ihm ab. Ohne etwas zu sagen, ritt er weiter. Vor ihm brach sich funkelnd das Sonnenlicht in den Metallbändern einer Ladung Weinfässer. Er legte schließlich eine Hand über seine Augen, um sie gegen das blendende Licht zu schützen.

»Rendel«, sagte er, »es belastet mich nicht. Jedenfalls nicht um meinetwegen. Wenn es einen Weg gibt, dich sicher bei mir zu behalten, dann werde ich ihn finden. Du bist Wirklichkeit, wie du neben mir bist. Ich kann dich berühren. Ich kann dich lieben. Ein ganzes Jahr lang, während ich dort in dem Berg war, habe ich nicht einen Menschen berührt. Ich sehe nichts vor mir, was ich lieben könnte. Selbst die Kinder, die mir meinen Namen gegeben haben, sind tot. Wenn du dich entschieden hättest, in Anuin auf mich zu warten, würde ich mich jetzt fragen, welchen Wert die Wartezeit für uns beide hätte. Aber du bist bei mir, und du entreißt meine Gedanken einer hoffnungslosen Zukunft, bringst sie immer wieder zurück in diesen Moment, zurück zu dir — so, daß ich sogar zufrieden bin,

Straßenstaub zu schlucken.« Er nahm die Hand von den Augen und sah sie an. »Lehre mich die neunundneunzig Flüche.«

»Ich kann nicht.« Er konnte ihre Stimme kaum hören. »Du hast mich vergessen gemacht, wie man flucht.«

Doch er entlockte sie ihr später, um den langen Nachmittag zu verkürzen. Ehe das abendliche Zwielicht dämmerte, hatte sie ihn vierundsechzig Flüche gelehrt, eine abwechslungsreiche, detaillierte Litanei, die sich mit sämtlichen Körperteilen des Schweinediebs von Kopf bis Fuß befaßte und letzten Endes einen Eber aus ihm machte. Danach schwenkten sie von der Straße ab, fanden den Fluß nur fünfzig Meter entfernt. Es gab keine Gasthäuser oder Dörfer in der Gegend, und so schlugen die anderen Reisenden, die wie sie der langen Straße folgten, rund um sie herum ihre Lager auf. Der Abend hallte wider von Gelächter und Musik, in die Luft woben sich Düfte brennenden Holzes und bratenden Fleisches. Morgon wanderte ein Stück flußaufwärts und fing mit den Händen ein paar Fische. Er nahm sie aus, füllte sie mit wilder Zwiebel und trug sie zu ihrem Lager zurück.

Rendel hatte gebadet und ein Feuer angefacht; sie saß daneben und kämmte sich das nasse Haar. Als er sie so im Schein ihres Feuers sitzen sah, als er selbst in den Lichtkreis trat und sah, wie sie den Kamm senkte und zu ihm aufblinzelte, stiegen neunundneunzig Flüche über seine eigene Grobheit in seiner Kehle auf. Sie sah es in seinen Zügen, und ihr Gesicht veränderte sich, als er neben ihr niederkniete. Er legte ihr die in Blätter eingehüllten Fische zu Füßen wie ein Geschenk. Ihre Finger streichelten seine Wangen und zeichneten seinen Mund nach.

»Verzeih mir«, flüsterte er.

»Was? Daß du recht hast? Was hast du mir mitgebracht?« Neugierig schälte sie ein Blatt weg. »Fisch.«

Wieder verfluchte er sich im stillen. Sie umfaßte sein Gesicht mit ihren Händen und küßte ihn wieder und wieder, bis der Staub und die Erschöpfung des Tages verflogen und die lange Straße wie ein Lichtstrahl im Gewirr seiner Erinnerungen funkelte.

Später, nachdem sie gegessen hatten, lagen sie am Feuer,

und sie lehrte ihn die restlichen Flüche. Sie hatten den imaginären Dieb bis auf die Ohren, Eckzähne und Fußknöchel in einen Eber verwandelt, als die stockenden, zaghaften Klänge einer Harfe die Nachtluft kräuselten und sich mit dem Murmeln des Flusses mischten. Morgon, der ihnen lauschte, merkte erst, daß Rendel mit ihm sprach, als sie ihm die Hand auf die Schulter legte. Er fuhr zusammen.

»Morgon.«

Abrupt stand er auf, trat an den Rand des Lichtkreises, den das Feuer warf, und spähte angestrengt in die Nacht. Seine Augen gewöhnten sich an das Mondlicht; er sah verstreut flakkernde Feuer, die die mächtigen, vernarbten Stämme der Eichen erleuchteten. Die Luft war still, dünn drangen Stimmen und Musik aus der Ferne durch das Schweigen. Er erstickte einen plötzlichen drängenden Impuls, die Saiten der Harfe mit einem Gedanken zu zerreißen, und ließ wieder Frieden in die Nacht einkehren.

Rendel sagte hinter ihm: »Du spielst nie auf deiner Harfe.«

Er erwiderte nichts. Die Klänge der Harfe verstummten nach einer Weile; langsam holte er Atem und rührte sich wieder. Er drehte sich um und sah Rendel, die am Feuer saß und ihn beobachtete. Sie wartete, bis er neben ihr saß, ehe sie sprach. Da sagte sie wieder: »Du spielst nie auf deiner Harfe.«

»Ich kann hier nicht spielen. Nicht auf dieser Straße.«

»Nicht auf der Straße, nicht auf dem Schiff, als du vier Tage lang nichts tatest —«

»Jemand hätte es hören können.«

»Nicht in Hed, nicht in Anuin, wo du sicher warst —«

»Ich bin niemals sicher.«

»Morgon«, hauchte sie ungläubig. »Wann willst du lernen, auf dieser Harfe zu spielen? Sie birgt deinen Namen, vielleicht dein Geschick. Es ist die schönste Harfe im Reich, und du hast sie mir noch nicht einmal gezeigt.«

Endlich sah er sie an.

»Ich werde lernen, wieder auf ihr zu spielen, wenn du lernst, dich zu verwandeln.«

Er legte sich auf den Rücken. Er sah nicht, was sie mit dem

Feuer tat, doch es erlosch plötzlich, als wäre die Nacht wie ein Stein auf es niedergefallen.

Er schlief unruhig, in ständigem Bewußtsein ihrer Nähe, und einmal wachte er auf, hätte sie am liebsten wachgerüttelt, um mit ihr zu sprechen, sich ihr zu erklären, doch der Anblick ihres Gesichts, das im Mondlicht fern und verschlossen wirkte, hielt ihn davon ab. Er drehte sich um, schob einen Arm vor die Augen und schlief wieder ein. Und wieder erwachte er, ohne jeden Grund, wie es schien; doch irgend etwas, das er gehört oder gewittert hatte, der Fetzen eines Traums, den er unmittelbar vor dem Erwachen gehabt hatte, sagte ihm, daß es einen Grund gab. Er sah den Mond tiefer in die Nacht hineingleiten. Dann stand etwas vor ihm auf und verdunkelte den Mond.

Er schrie. Eine Hand drückte sich auf seinen Mund. Er stieß mit den Füßen zu und hörte ein Stöhnen. Er wälzte sich herum und sprang auf die Beine. Irgend etwas traf klatschend sein Gesicht, so daß er torkelnd gegen einen Baumstamm stürzte. Er hörte Rendel schreien, voll Schmerz und voll Angst, und warf einen Flammenstrahl in die glühende Asche ihres Feuers.

Das Licht erhellte flackernd ein halbes Dutzend bulliger Gestalten, die wie Händler gekleidet waren. Einer der Männer hielt Rendel an den Handgelenken fest; verschreckt und verwirrt starrte sie in die plötzliche Helligkeit. Die Pferde stampften und schnaubten, während schattenhafte Gestalten zwischen ihnen hin und her huschten und die Stricke lösten, mit denen sie angebunden waren. Eilig wollte Morgon hinlaufen. Ein Ellbogen traf ihn schmerzhaft in die Rippen; er krümmte sich, stieß mit dem letzten bißchen Luft, das seinen Lungen entwich, den neunundfünfzigsten Fluch aus. Der Dieb, der ihn gepackt hielt und wieder hochreißen wollte, ließ einen heiseren Schreckensschrei hören und rannte davon, verschwand in den Bäumen. Der Mann hinter Rendel ließ ihre Handgelenke mit einem plötzlichen unterdrückten Schrei los. Sie wirbelte herum, berührte ihn, und sein Bart ging in Flammen auf. Morgon erhaschte einen flüchtigen Blick auf sein Gesicht, ehe er zum Fluß hetzte. Die Pferde drohten in Panik zu geraten. Er bemächtigte sich ihres Geistes und warf einen Bann mondheller Stille über sie, bis sie reglos dastanden, wie aus Fels gemeißelt, ohne der Männer zu achten, die an ihnen zogen und zerrten. Die Männer fluchten und schimpften, doch es half nichts. Einer von ihnen sprang auf, trat dem Pferd wütend die Fersen in den Bauch, doch es bebte nicht einmal. Morgon sandte einen stummen Schrei zu ihm, und der Mann fiel rückwärts vom Pferd. Die anderen stoben auseinander, stürzten sich erneut auf ihn, voller Wut und voller Unbehagen. Er leerte seinen Geist, um einen neuen Schrei loszulassen, haschte nach den Fäden ihrer Gedanken. Doch da kam irgend etwas von hinten auf ihn zu, der Mann aus dem Fluß, prallte gegen seinen Rükken und warf ihn zu Boden. Er wälzte sich herum, als er auf der Erde aufschlug, und dann erstarrte er.

Das Gesicht war dasselbe und doch nicht dasselbe. Die Augen kannte er, doch von einem anderen Ort, einem anderen Kampf her. Erinnerung kämpfte gegen Sehen. Das Gesicht war voll, naß, der Bart angesengt, doch die Augen waren zu still, zu berechnend. Ein Stiefel traf von hinten Morgons Schulter. Verspätet rollte er weg. Brennend fuhr etwas über seinen Hinterkopf oder durch seinen Geist, er wußte es selbst nicht. Dann brach ein Großer Schrei wie Donnerkrachen über sie alle herein. Er drückte sein Gesicht ins Farnkraut und krallte die Hände in eine schwankende Erde, während er an seinem Bann über die Pferde festhielt, als wäre dies der einzige feste Punkt in der Welt.

Langsam verklang das Echo des Schreis. Er hob den Kopf. Sie waren wieder allein; die Pferde standen ruhig da, unberührt vom Gewirr der Stimmen und dem Schreien und Wimmern der Tiere rundum in der Finsternis. Rendel ließ sich neben ihm niederfallen, die Brauen zusammengezogen vor Schmerz.

»Haben sie dir etwas angetan?« fragte er.

»Nein.« Sie berührte seine Wange, und er zuckte zusammen. »Aber der Schrei hat mir weh getan. Für einen Mann aus Hed war das ein fantastischer Schrei.«

Er starrte sie an, plötzlich wieder wie erstarrt. »Du hast doch geschrien.«

»Ich habe nicht geschrien«, flüsterte sie. »Du warst es.«

»Nein, ich war es nicht.« Er setzte sich auf und hielt sich den Kopf. »Wer, in Hels Namen, hat geschrien?«

Sie schauderte plötzlich, während ihre Augen durch die Nacht schweiften.

»Jemand, der uns beobachtet hat, der uns vielleicht immer noch beobachtet . . . Seltsam. Morgon, waren das wirklich nur Männer, die unsere Pferde stehlen wollten?«

»Ich weiß es nicht.« Er betastete seinen Hinterkopf mit den Fingern. »Ich weiß es nicht. Sicher waren es Männer, die unsere Pferde stehlen wollten, und deshalb war es so schwer für mich, gegen sie anzugehen. Für einen Kampf waren es zu viele, aber um sie zu töten, waren sie zu harmlos. Und ich wollte nicht allzuviel geistige Kraft gebrauchen, weil ich keine Aufmerksamkeit erregen möchte.«

»Einem hast du den ganzen Körper mit Schweineborsten überzogen.«

Morgon fuhr sich mit der Hand über seine Rippen. »Er hat es verdient«, versetzte er säuerlich. »Aber dieser letzte Mann, der aus dem Wasser kam —«

»Der, dem ich den Bart in Brand setzte?«

»Ich weiß nicht.« Er schob seine Hände über seine Augen, während er versuchte, sich zu erinnern. »Das eben ist es, was ich nicht weiß. Ob der Mann, der aus dem Fluß kam, derselbe war, der hineinlief.«

»Morgon«, flüsterte sie.

»Es kann sein, daß er geistige Kraft gebrauchte; ich bin nicht sicher. Ich weiß es nicht. Vielleicht sah ich nur, was ich zu sehen erwartete.«

»Wenn er ein Gestaltwandler war, warum hat er dann nicht versucht, dich zu töten?«

»Vielleicht war er nicht sicher, daß ich es wirklich bin. Sie haben mich nicht mehr gesehen, seit ich im Erlenstern-Berg verschwand. Ich war vorsichtig, als ich das Reich durchquerte. Sie würden kaum erwarten, daß ich am hellichten Tag auf einem Ackergaul die Handelsstraße hinunterreite.«

»Aber wenn er argwöhnte — Morgon, du hast die Pferde

mit geistigem Bann zur Ruhe gebracht.«

»Es war ein einfacher Ruf der Stille und des Friedens; das hätte seinen Verdacht nicht erregt.«

»Und er wäre auch nicht vor dem Großen Schrei geflohen. Oder? Es sei denn, er lief fort, um Hilfe zu holen. Morgon —« Sie versuchte plötzlich, ihn auf die Füße zu ziehen. »Wollen wir untätig hier herumsitzen? Wollen wir auf den nächsten Angriff warten, diesmal vielleicht von Gestaltwandlern?«

Er entzog ihr seinen Arm.

»Nicht! Das tut mir weh.«

»Wärst du lieber tot?«

»Nein.« Einen Moment lang saß er grübelnd da, den Blick auf dem rasch dahinfließenden, seichten Wasser des Flusses. Ein Gedanke ging ihm durch den Kopf und machte ihn frösteln. »Die Ebene der Winde. Sie liegt direkt nördlich von uns . . . Dort, wo Heureu Ymris seinen Krieg gegen Menschen und Halbmenschen führt . . . Dort drüben über dem Fluß könnte ein ganzes Heer von Gestaltwandlern sein.«

»Laß uns aufbrechen. Jetzt gleich.«

»Wir würden nur Aufmerksamkeit auf uns ziehen, wenn wir mitten in der Nacht losreiten. Wir können unser Lager verlegen. Dann will ich den suchen, der geschrien hat.«

So leise wie möglich brachten sie ihre Pferde und ihre Sachen an einen anderen Ort, der weiter entfernt war vom Fluß und näher einer Gruppe von Wagen. Danach verließ Morgon Rendel, um im Dunkel der Nacht einen Fremden zu suchen.

Rendel wollte ihn nicht allein gehen lassen und protestierte.

Er sagte geduldig: »Kannst du so sachte über welkes Laub gehen, daß es nicht raschelt? Kannst du so still stehen, daß die Tiere an dir vorüberziehen, ohne dich zu bemerken? Außerdem muß ja einer die Pferde bewachen.«

»Und was ist, wenn diese Männer wiederkommen?«

»Ja, was ist dann? Ich habe selbst gesehen, wie du mit dem Geist eines Toten umspringen kannst.«

Sie hockte sich unter einen Baum und murmelte etwas vor sich hin. Er zögerte; sie sah so wehrlos und verwundbar aus.

Er holte sein Schwert aus der Luft, hielt die Sterne unter seiner Hand versteckt und legte es vor sie hin. Es verschwand wieder; leise sagte er zu ihr: »Es ist da, falls du es brauchen solltest, unsichtbar durch Blendung. Wenn du es nehmen mußt, werde ich es wissen.«

Er ging davon und glitt lautlos in das Schweigen unter den Bäumen.

Ruhe war wieder eingekehrt nach dem Großen Schrei. Unbemerkt wanderte er von Lager zu Lager, suchte einen, der noch wach war. Doch die Reisenden schliefen friedlich in Wagen oder Zelten oder zusammengerollt unter Decken neben ihren Feuerplätzen. Der Mond warf einen grauschwarzen Schleier über die Welt; Bäume und Farnkraut wirkten wie durchbrochen im Spiel der Schatten. Kein Lüftchen regte sich. Vereinzelte Blätterhände, ein verschlungener Dornenbusch, der sich schwarzumrissen aus dem Licht hob, schienen wie aus Stille gemeißelt. Auch die Eichen standen starr und schweigend. Er legte seine Hand auf eine von ihnen, ließ seinen Geist unter ihre Rinde schlüpfen und spürte den ruhigen Pulsschlag ihrer uralten Träume. Er ging weiter zum Fluß hinunter, schlug einen Bogen um ihr altes Lager. Nichts regte sich. Er horchte durch die Stimme des Flusses hindurch, nahm in seinem Geist die Vielfalt ihrer Töne auf, bestimmte sie einen nach dem anderen und hörte keine menschlichen Stimmen. Er wanderte weiter flußabwärts, still und geräuschlos, begleitet nur von den beherrschten Zügen seines Atems. Er ließ sich in die Oberfläche hineinsinken, auf der er ging, paßte sich dem federleichten Gewicht der Blätter an, der Spannung in einem dürren Zweig. Langsam verdunkelte sich der Himmel, bis er kaum noch sehen konnte, und er wußte, daß er hätte umkehren müssen. Doch er verharrte am Rand des Flusses, das Gesicht der Ebene der Winde zugewandt, und lauschte, als könnte er das Klirren des Schlachtgetümmels in den unruhigen Träumen von Heureus Heer vernehmen.

Schließlich jedoch machte er kehrt und wanderte wieder flußaufwärts. Drei geräuschlose Schritte machte er, dann hielt er an, wechselte anmutig wie ein Tier von Bewegung in Starrheit. Dort unter den Bäumen stand jemand; ein Schatten ohne

Gesicht und ohne Farbe, halbverschmolzen, wie Morgon, mit der Nacht. Morgon wartete, doch der Schatten bewegte sich nicht. Und schließlich, während er noch unschlüssig am Flußufer stand, verschmolz der Schatten einfach mit der Dunkelheit. Morgons Mund war ausgetrocknet, und das Blut hämmerte hohltönend in seinem Schädel. Er schmiegte sich in eine Schwingung von Luft und flog lautlos wie eine Eule, scharfäugig wie ein nächtlicher Jäger durch die Bäume zurück zum Lager.

Er erschreckte Rendel, als er vor ihren Augen seine natürliche Gestalt annahm. Sie griff nach dem Schwert; er beruhigte sie, indem er vor ihr niederkauerte und ihre Hand nahm.

»Rendel«, flüsterte er.

»Du hast Angst«, hauchte sie.

»Ich weiß es nicht. Ich weiß es noch immer nicht. Wir müssen sehr vorsichtig sein.« Er ließ sich neben ihr nieder, holte das Schwert aus der Luft und hielt es lose in der Hand. Den anderen Arm legte er um ihre Schulter. »Schlaf du. Ich werde aufpassen.«

»Worauf?«

»Das weiß ich nicht. Ich wecke dich vor Sonnenaufgang. Wir müssen vorsichtig sein.«

»Wie sollen wir vorsichtig sein«, fragte sie ratlos, »wenn sie wissen, wo sie dich finden können? Irgendwo auf der Handelsstraße, auf dem Weg nach Lungold.«

Er antwortete ihr nicht. Er zog sie nur näher an sich, und sie lehnte ihren Kopf an seine Schulter. Er lauschte ihren Atemzügen und glaubte, sie wäre eingeschlafen. Doch nach einem langen Schweigen sprach sie wieder, und da wußte er, daß auch sie suchend in die Nacht geblickt hatte.

»Also gut«, sagte sie gepreßt. »Lehre mich die Gestalt wechseln.«

4

Er versuchte es, als sie bei Morgendämmerung erwachte. Die Sonne war noch nicht aufgegangen; kühl und schweigend standen die Bäume um sie herum. Ruhig hörte sie ihm zu, während er ihr den Vorgang in seiner grundlegenden Einfachheit erklärte, während er einen Falken weckte, der hoch in den Bäumen saß, und ihn herunterholte. Der Falke schimpfte mit schriller Stimme, während er auf seinem Handgelenk saß; er war hungrig und wollte auf Jagd gehen. Geduldig beruhigte er ihn mit seiner geistigen Kraft. Dann sah er den düsteren, gequälten Ausdruck, der sich in Rendels Augen geschlichen hatte, und er warf den Falken hoch in die Luft, um ihn freizulassen.

»Du kannst dich nur verwandeln, wenn du wirklich willst.«

»Ich will ja«, beteuerte sie.

»Nein, du willst nicht.«

»Morgon —«

Er wandte sich ab, hob einen Sattel auf und schleuderte ihn auf den Rücken eines der Pferde. »Es ist ja gut«, sagte er, während er den Gurt festzog.

»Nein, es ist nicht gut«, entgegnete sie zornig. »Du hast es nicht einmal versucht. Ich hab' dich gebeten, es mich zu lehren, und du hast gesagt, du würdest es tun. Ich möchte doch, daß wir uns sicher fühlen können.« Sie trat vor ihn hin, als er den anderen Sattel aufhob. »Morgon!«

»Es ist ja gut«, sagte er nochmals beschwichtigend und bemühte sich, es zu glauben. »Mir wird schon etwas einfallen.«

Stundenlang sprach sie kein Wort mit ihm. Schnellen Schritts trabten sie durch den frühen Morgen, bis sie inmitten des sich langsamer voranwälzenden Stroms auffielen. Überall waren Tiere — Schafe, Schweine, junge weiße Stiere, die von abgelegenen Bauernhöfen nach Caithnard getrieben wurden. Sie behinderten den Verkehr und machten die Pferde reizbar und übellaunig. Die Wagen der Händler rollten mit einer aufreizenden Trägheit dahin; die Fuhrwerke der Bauern, mit Rüben und Kohl beladen, schwankten langsam, wie betrunken vor ihnen her. Die Mittagshitze brannte das letzte bißchen Feuchtigkeit aus der Erde und verwandelte sie in trockenen Staub, den sie atmeten und schluckten. Nirgends konnte man dem Geruch und dem Gebrüll der Tiere entkommen. Rendels Haar, strähnig von Staub und Schweiß, huschte immer wieder unter dem Hut hervor und flatterte ihr in die Augen. Einmal hielt sie ihr Pferd an, klemmte den Hut zwischen die Zähne, drehte ihr Haar vor den Augen einer alten Frau, die ein Schwein zum Markt trieb, in einen Knoten und drückte sich den Hut mit Gewalt wieder auf den Kopf. Morgon, der ihr zusah, unterdrückte eine Bemerkung. Ihr beharrliches Schweigen begann, ihn langsam mürbe zu machen, wie die Hitze und die ständig auftauchenden Hindernisse, die sie immer wieder zwangen, ihre Pferde zu zügeln. Forschend blickte er zurück, fragte sich, ob er es falsch gemacht hatte, fragte sich, ob sie sein Gespräch oder sein Schweigen wünschte, fragte sich, ob sie es bedauerte, Anuin verlassen zu haben. Er stellte sich die Reise ohne sie vor; halb Ymris hätte er schon hinter sich, wenn er den Weg der Krähe nach Lungold genommen hätte; sein fester Flügelschlag in stiller Nacht hätte ihn über das Hinterland in eine fremde Stadt getragen, wo er Ghisteslohm erneut gegenübertreten wollte. Ihr Schweigen baute sich Stein um Stein um seine Erinnerungen auf, ließ eine finstere Nacht erstehen, in der es nach Kalkstein roch, während irgendwo aus der Ferne das schwache Plätschern von Wasser zu hören war, das von ihm fortfloß.

Er zwinkerte die Finsternis weg, sah wieder die Welt, den Staub und das schmutzige Grün der Bäume, das Licht der

Sonne, das in den Messingkesseln auf dem Wagen eines Trödlers rhythmisch auf und nieder tanzte. Er wischte sich den Schweiß vom Gesicht. Und endlich schlug Rendel selbst eine Kerbe in die Mauer ihres Schweigens.

»Was habe ich falsch gemacht? Ich habe dir doch genau zugehört.«

Er antwortete müde: »Mit deiner Stimme hast du ›ja‹ gesagt, und ›nein‹ mit deinem Geist. Aber es ist der Geist, der die Arbeit tut.«

Sie schwieg wieder, während sie ihn stirnrunzelnd anblickte.

»Was ist mit dir?«

»Nichts.«

»Es tut dir leid, daß ich mit dir gekommen bin.«

Er riß an seinen Zügeln. »Hör auf! Du drückst mir das Herz ab. Du bist doch diejenige, der es leid tut.«

Jetzt hielt auch sie ihr Pferd an; er sah die plötzliche schmerzliche Verzweiflung in ihrem Gesicht. Bestürzt und hilflos sahen sie einander an. Ein Maultier wieherte hinter ihnen, und sie ritten wieder, eingeschlossen in das vertraute, drückende Schweigen, aus dem es, wie es schien, keinen Ausweg gab, so wenig wie aus einem Turm ohne Tür.

Nach einer Weile hielt Morgon ihre beiden Pferde plötzlich an und führte sie von der Straße weg, um sie trinken zu lassen. Das Getöse von der Straße verhallte; die Luft war klar und rein, von Vogelgesang erfüllt. Am Flußufer kniete er nieder und trank von dem kalten, flinken Wasser, benetzte sein Haar und Gesicht. Rendel stand neben ihm, und das Spiegelbild ihrer Gestalt wirkte selbst im bewegten Wasser steif und starr. Er ließ sich auf die Fersen zurückfallen und betrachtete die verschwommenen Linien und Farben. Langsam drehte er den Kopf und blickte zu ihrem Gesicht hinauf.

Er wußte nicht, wie lange er sie so ansah. Plötzlich jedoch begann ihr Gesicht zu zucken, und sie kniete neben ihm nieder und umklammerte ihn.

»Wie kannst du mich so ansehen!«

»Es waren nur Erinnerungen«, sagte er. Ihr Hut fiel herunter; er streichelte ihr Haar. »Ich hab' in den letzten zwei Jahren so häufig an dich gedacht. Jetzt brauch' ich nur den Kopf zu drehen, um dich neben mir zu sehen. Es erstaunt mich manchmal immer noch, wie ein Stück Zauberei, von dem ich nicht wußte, daß ich es vollbringen kann.«

»Morgon, was wollen wir nur tun? Ich habe Angst — ich habe solche Angst vor dieser Kraft, die ich besitze.«

»Vertrau dir selbst.«

»Das kann ich nicht. Du hast gesehen, was ich mit dieser Kraft in Anuin angestellt habe. Ich war ja kaum noch ich selbst; ich war der Schatten eines anderen Erbes — eines Erbes, das dich zerstören will.«

Er drückte sie fest an sich.

»Du hast mir Gestalt gegeben«, flüsterte er. Lange hielt er sie schweigend in den Armen. Dann sagte er ein wenig zaghaft: »Kannst du es aushalten, wenn ich dir eine Rätselgeschichte erzähle?«

Sie rückte ein wenig von ihm ab, um ihn anzusehen, und lächelte leicht. »Vielleicht.«

»In Herun war mal eine Frau, eine Frau, die in den Bergen lebte. Sie hieß Arya und sammelte Tiere. Eines Tages fand sie ein winziges schwarzes Tier, dem sie keinen Namen geben konnte. Sie nahm es in ihr Haus, fütterte es, hegte und pflegte es. Und es wuchs. Und es wuchs. Es wurde so groß, bis all ihre anderen Tiere aus dem Haus flohen, und dann lebte es allein mit ihr, schwarz, von ungeheurer Größe, namenlos. Von Zimmer zu Zimmer wanderte es mit ihr, während sie in ständiger Angst lebte, unfrei, nicht wußte, was sie mit diesem Tier tun sollte, nicht wagte, es herauszufordern —«

Sie hob die Hand und preßte sie auf seinen Mund. Dann senkte sie wieder ihren Kopf an seine Schulter. Er spürte ihren Herzschlag.

»Und«, flüsterte sie schließlich. »Was hat die Frau getan?«

»Was wirst du tun?«

Er wartete auf ihre Antwort, doch wenn sie ihm eine gab, so trug der Fluß sie fort, ehe er sie hörte.

Es war ruhiger auf der Straße, als sie wieder hinausritten. Abendliche Schatten lagen wie dunkle Streifen auf ihrem staubweißen Band. Die Sonne hing blitzend zwischen Eichenästen. Der Staub hatte sich gelegt; die meisten Wagen waren weit vor ihnen. Morgon verspürte einen Anflug von Unbehagen angesichts ihres Alleinseins. Er sagte nichts zu Rendel, doch er war erleichtert, als sie eine Stunde später den größeren Teil der Händler einholten. Ihre Wagen und Pferde standen draußen vor einem Gasthaus, einem windschiefen Bau, groß wie eine Scheune, mit Stallungen und einer Schmiede dabei. Nach dem Gelächter zu urteilen, das aus seinem Inneren kam, gab es dort gut zu essen und zu trinken, und das Geschäft florierte. Morgon führte die Pferde zu der Tränke vor dem Stall. Er lechzte nach einem Bier, doch er schreckte davor zurück, sich in der Gaststube zu zeigen. Die Schatten auf der Straße verblichen, als sie weiterritten; das Grau des Abends stand wie ein Geist vor ihnen.

Die Vögel wurden still; das Hufgetrappel ihrer Pferde war das einzige Geräusch auf der verödeten Straße. Zweimal ritten sie an einer Gruppe von Pferdehändlern vorüber, die um ein großes Feuer lagerten, während ihre Tiere angebunden und bewacht ruhig im Schatten der Bäume standen. In ihrer Nähe wären sie vielleicht sicher gewesen, doch Morgon verspürte einen plötzlichen Widerwillen anzuhalten. Die Stimmen verklangen hinter ihnen; sie ritten tiefer hinein in das Grau des Abends. Rendel war es nicht geheuer, das spürte er, doch er konnte nicht anhalten. Schließlich neigte sie sich zu ihm hinüber und berührte ihn, und er sah sie an. Ihr Gesicht war nach rückwärts gewandt, dem Stück Straße zu, das hinter ihnen lag, und er zügelte heftig sein Pferd.

Eine Gruppe von Reitern, die sich etwa eine Meile hinter ihnen befanden, verschwand in einer Mulde der Straße. Das Zwielicht verwischte ihre Gestalten, als sie auftauchten. Sie ritten schneller, als der späten Stunde angemessen war. Morgon beobachtete sie einen Augenblick lang. Wortlos schüttelte er den Kopf in Antwort auf Rendels stumme Frage.

»Ich weiß es nicht . . .«

Unvermittelt lenkte er sein Pferd von der Straße weg in die Bäume hinein. Sie folgten dem Fluß, bis es beinahe zu dunkel war, um noch etwas zu sehen. Erst da machten sie halt, entzündeten aber kein Feuer, begnügten sich zum Abendessen mit Brot und Trockenfleisch. Dort, wo sie ihr Lager aufgeschlagen hatten, war der Fluß tief und strömte träge, beinahe lautlos dahin. Deutlich konnte Morgon die Geräusche der Nacht hören; die Reiter überholten sie nicht. Seine Gedanken glitten zurück zu der schattenhaften, schweigenden Gestalt, die er in den Bäumen gesehen hatte, zu dem geheimnisvollen Schrei, der zu so gelegener Zeit aus dem Nichts gekommen war. Lautlos zog er sein Schwert.

»Morgon«, sagte Rendel, »du warst fast die ganze letzte Nacht auf. Heute halte ich Wache.«

»Ich bin das gewöhnt«, erwiderte er.

Doch er gab ihr sein Schwert und streckte sich auf einer Decke aus. Er schlief nicht; er lag lauschend in der Dunkelheit, blickte zu den Sternen auf, deren Konstellationen sich im Laufe der Nacht langsam verschoben. Wieder hörte er die schwachen, stockenden Klänge der Harfe, die aus der Finsternis kamen wie eine Verhöhnung seiner Erinnerungen.

Ungläubig setzte er sich auf. Er konnte keine Lagerfeuer zwischen den Bäumen sehen; er hörte keine Stimmen, nur das ungeschickte Harfenspiel. Die Saiten waren fein gestimmt; die Harfe hatte einen sanften, weichen Ton, doch der Harfner stolperte immer wieder über seine Noten. Morgon verschränkte seine Finger vor seinen Augen.

»Wer, in Hels Namen . . .?« Abrupt sprang er auf.

»Morgon«, sagte Rendel leise, »es gibt auch noch andere Harfner auf der Welt.«

»Er spielt im Dunklen.«

»Woher weißt du, daß es ein Mann ist? Vielleicht ist es eine Frau oder ein Junge mit seiner ersten Harfe, der allein nach Lungold reist. Wenn du alle Harfen auf der Welt zerstören willst, dann fängst du am besten mit der an, die du auf dem Rücken trägst, weil das die einzige ist, die dir niemals Frieden lassen wird.«

Er erwiderte nichts.

»Kannst du es aushalten«, fügte sie hinzu, als wäre sie ein

Echo von ihm, »wenn ich dir eine Rätselgeschichte erzähle?«

Er drehte sich um, sah die von Mondlicht umflossenen Konturen ihres Körpers, die Klinge, die sanftglitzernd in ihren Händen lag.

»Nein«, antwortete er.

Nach einer Weile setzte er sich neben ihr nieder, ausgelaugt von der Anstrengung, die Töne einer vertrauten Ballade aus Ymris aufzufangen, die der Harfner immer wieder verfehlte.

»Wenn ich schon von einem Harfner verfolgt werden muß«, brummte er grimmig, »dann wünschte ich, es wäre ein besserer.« Er nahm ihr das Schwert ab. »Ich wache.«

»Laß mich nicht allein«, flehte sie, seine Gedanken lesend.

Er seufzte. »Gut.« Er legte das Schwert quer über seine Knie und blickte auf es nieder, während der Mond es zu kaltem Feuer schmiedete, bis endlich die Harfenklänge verstummten und er wieder denken konnte.

Auch in der nächsten Nacht und in der übernächsten und der überübernächsten hörte Morgon das Harfenspiel. Es erklang zu seltsamen Stunden der Nacht, gewöhnlich wenn er aufsaß und lauschte. Er hörte es an den äußersten Rändern seines Bewußtseins. Rendel schlief ungestört von seinen Klängen. Und manchmal hörte er es in seinen Träumen, und es weckte ihn, so daß er wie betäubt und schwitzend aus einem Traum von Dunkelheit in Dunkelheit emporfuhr, hier wie dort von denselben, unentrinnbaren Klängen der Harfe verfolgt. Eines Nachts machte er sich auf die Suche nach dem Harfner, doch er verlief sich nur in den Bäumen. Und als er kurz vor Morgengrauen todmüde in der Gestalt eines Wolfes zurückkehrte, erschreckte er die Pferde, und Rendel warf einen Feuerkreis um die Tiere und um sich selbst, an dem er sich beinahe das Fell versengt hätte. Wütend redeten sie aufeinander ein, bis der Anblick ihrer hochroten, verschmutzten Gesichter sie beide in Gelächter ausbrechen ließ.

Je länger sie ritten, desto länger schien die Straße sich hinzuziehen, Meile um Meile durch endlose Wälder, die immer gleich blieben. Unaufhörlich irrte Morgons Geist suchend durch Fetzen von Gesprächen, hinter Gesichter, an denen sie vorüberkamen, zu Geräuschen, die vor ihnen und hinter ihnen lagen, über die stummen Bilder hinter den Augen eines Vogels, der über ihnen flog. Er verlor sich in seinem Bemühen, gleichzeitig vorwärts und rückwärts zu schauen, nach Harfnern Ausschau zu halten, nach Pferdedieben, nach Gestaltwandlern. Er hörte Rendel kaum, wenn sie sprach. Als sie einmal ganz aufhörte, mit ihm zu reden, merkte er es erst Stunden später. Je weiter sie sich von Caithnard entfernten, desto spärlicher wurde das Treiben auf der Handelsstraße; hin und wieder kam es jetzt vor, daß sie Meile um Meile ritten, ohne einem Menschen zu begegnen. Nur die Hitze war unverändert, jeder Fremde, der nach einem einsamen Stück Wegs hinter ihnen auftauchte, war ihnen verdächtig. Abgesehen von dem allnächtlichen Harfenspiel jedoch waren ihre Nächte ruhig und friedlich. An dem Tag, an dem Morgon sich zum erstenmal sicher fühlte, verloren sie ihre Pferde.

Sie machten früh halt an diesem Tag. Sie waren beide erschöpft. Morgon ging davon, während sich Rendel im Fluß das Haar wusch. Zu Fuß marschierte er eine halbe Meile zurück zu einem Gasthaus, an dem sie vorübergekommen waren, um Proviant einzukaufen und vielleicht ein paar Neuigkeiten aufzuschnappen. Die Gaststube war zum Brechen voll mit Reisenden; Händlern, die den letzten Klatsch austauschten; fahrenden Musikanten, die um den Preis einer Mahlzeit jedes Instrument außer einer Harfe spielten; Kaufleuten; Bauern, Familien, die auf der Flucht zu sein schienen, ihr ganzes Hab und Gut in Bündeln bei sich.

Es summte von Gerüchten in der von Wein und Bier angeheizten Atmosphäre. Morgon wählte ganz willkürlich eine satte, volltönende Stimme an einem entfernt stehenden Tisch, folgte ihr, als folgte er dem Klang eines Instruments.

»Zwanzig Jahre«, sagte der Mann. »Zwanzig Jahre habe ich direkt gegenüber gewohnt. Ich verkaufte Tuch und Pelze aus allen Teilen des Reiches in meinem Laden, und nie hat sich drüben in den Ruinen der alten Schule auch nur ein Mäuschen gemuckst. Aber eines Abens dann, ziemlich spät, als ich meine

Bücher durchging, sah ich hier und dort in den zerbrochenen Fenstern Licht. Kein Mensch hat sich da je hinübergewagt, trotz all der Pracht und Üppigkeit; der ganze alte Bau ist verzaubert. Es riecht dort förmlich nach Unglück. Ich die Lichter sehen und nichts wie weg. Jeden Ballen Stoff hab' ich aus dem Laden mitgenommen, und meinen Lieferanten hab' ich Nachricht hinterlassen, mir alles, was sie für mich eingekauft haben, direkt nach Caithnard zu bringen. Dann hab' ich mich davongemacht. Wenn es in der Stadt noch einmal zu einem Krieg der Zauberer kommt, dann ohne mich. Ich werde sicher und wohlbehalten auf der anderen Seite des Reiches sitzen.«

»In Caithnard?« fragte ein anderer Kaufmann ungläubig. »Wo gleich nördlich davon in den Küstengebieten von Ymris der Krieg tobt? In Lungold gibt es wenigstens Zauberer. Caithnard hat nur Fischweiber und Gelehrte zu bieten. Ein toter Fisch ist als Waffe ebenso untauglich wie ein Buch. Ich bin aus Caithnard weggegangen. Ich bin auf dem Weg ins Hinterland; in fünfzig Jahren komm' ich da vielleicht wieder raus.«

Morgon ließ die Stimmen wieder mit dem allgemeinen Lärmen verschmelzen. Er merkte, daß der Wirt neben ihm stand.

»Herr?« fragte der Wirt kurz, und Morgon bestellte Bier. Es kam aus Hed, und es spülte den Straßenstaub von hundert Meilen seine Kehle hinunter. Sporadisch tauchte er in andere Gespräche ein. Eine Bemerkung von einem Händler mit säuerlichem Gesicht fesselte seine Aufmerksamkeit.

»Es ist dieser verwünschte Krieg in Ymris. Den Bauern in Ruhn sind fast sämtliche Pferde beschlagnahmt worden — die Nachkommen der Schlachtrösser von Ruhn, die jetzt zum Pflügen gezogen werden. Der König behauptet sich noch immer auf der Ebene der Winde, aber er zahlt einen blutigen Preis für das Patt. Seine Krieger kaufen alle Pferde, die ihnen angeboten werden — und die Bauern genauso. Keiner fragt mehr, woher die Pferde kommen. Ich laß mein Gespann jede Nacht von zwei bewaffneten Leuten bewachen, seit ich aus Caithnard fortgezogen bin.«

Morgon stellte sein leeres Glas hin. Plötzliche Unruhe packte ihn. Rendel war mit den Pferden allein. Ein Händler neben ihm stellte ihm eine freundliche Frage; er knurrte eine mürrische Antwort. Er wollte eben gehen, als sein eigener Name ihm ans Ohr drang.

»Morgon von Hed? Ich hab' gehört, er wäre in Caithnard gewesen, als Rätselschüler verkleidet. Er verschwand wieder, noch ehe die Meister ihn erkannt hatten.«

Morgon blickte sich um. Eine Gruppe von Spielleuten scharrte sich um einen Krug Wein, den sie miteinander teilten.

»Er war in Anuin«, bemerkte ein Flötenspieler, während er Speichel aus seinem Instrument wischte. Er blickte auf die stummen Gesichter rundum. »Ihr habt die Geschichte nicht gehört? Er holte den Harfner des Erhabenen schließlich in Anuin ein, im großen Königssaal —«

»Den Harfner des Erhabenen!« sagte ein hochaufgeschossener Jüngling, der mit mehreren kleinen Trommeln behangen war, bitter. »Und was hat der Erhabene in dieser ganzen Zeit getan? Ein Mann verliert seine Landherrschaft, wird im Namen des Erhabenen von einem Harfner verraten, der jeden König im Reich belogen hat, und der Erhabene rührt keinen Finger — wenn er überhaupt einen hat —, um ihm Gerechtigkeit widerfahren zu lassen.«

»Wenn ihr mich fragt«, mischte sich ein Sänger ein, »dann ist der Erhabene nichts weiter als ein Märchen. Erfunden vom Gründer von Lungold.«

Darauf trat ein kurzes Schweigen ein. Der Sänger zwinkerte ein wenig nervös, als hätte er Angst, der Erhabene könnte neben ihm stehen und zuhören, während er ein Bier trank.

»Keiner hat dich um deine Meinung gefragt«, knurrte ein anderer Sänger. »Haltet jetzt endlich den Mund alle miteinander. Ich möchte hören, was in Anuin passiert ist.«

Abrupt wandte Morgon sich ab. Eine Hand hielt ihn fest. Der Händler, der ihn zuvor angesprochen hatte, sagte langsam und verwirrt: »Ich kenne Euch. Euer Name liegt mir auf der Zunge, ich weiß ihn . . . Es hat irgend etwas mit Regen zu tun . . .«

Morgon erkannte ihn; es war der Händler, mit dem er vor langer Zeit an einem regnerischen Herbsttag in Hlurle gesprochen hatte, nachdem er das Hügelland von Herun hinter sich gelassen hatte.

Er sagte brüsk: »Ich weiß nicht, was, in Hels Namen, Ihr da redet. Es hat seit Wochen nicht mehr geregnet. Wollt Ihr Eure Hand behalten, oder soll ich sie mit mir nehmen?«

»Meine Herren, meine Herren«, murmelte der Wirt. »Keine Ausfälligkeiten in meinem Gasthaus.«

Der Händler nahm zwei Bier von seinem Tablett und stellte eines vor Morgon hin.

»Nichts für ungut.« Noch immer neugierig und verwirrt, blickte er forschend in Morgons Gesicht. »Sprecht ein wenig mit mir. Ich war seit Monaten nicht mehr zu Hause in Kraal und hab' dringend ein bißchen Geschwätz —«

Morgon entzog sich mit einem Ruck seiner Hand. Sein Ellbogen stieß gegen den Krug, so daß das Bier über den Tisch floß und einem Pferdehändler auf die Knie sickerte. Der Mann sprang fluchend auf. Etwas, das sich in Morgons Gesicht regte, ein Aufblitzen von bezwingender Macht vielleicht oder von Verzweiflung, erstickte seinen ersten Impuls.

»So geht man mit gutem Bier wirklich nicht um«, bemerkte er finster. »Und auf so rüde Weise schlägt man ein so freundliches Angebot nicht aus. Es wundert mich, daß Ihr noch am Leben seid, wenn Ihr des öfteren auf solche Weise Händel sucht.«

»Ich kümmere mich um meine eigenen Geschäfte«, gab Morgon kurz zurück.

Er warf eine Münze auf den Tisch und ging wieder hinaus in die Abenddämmerung. Seine eigene Grobheit lag ihm wie ein schlechter Geschmack im Mund. Erinnerungen, die die Spielleute in ihm aufgewühlt hatten, geisterten durch seinen Kopf: das Licht, wie es sich in der Klinge seines Schwertes fing, das Gesicht des Harfners, als dieser den Kopf hob, den Schwertschlag zu empfangen. Schnellen Schrittes eilte er durch die Bäume, verwünschte die endlose Länge der Straße, den Staub, der sie bedeckte, die Sterne auf seinem Gesicht und all die Schatten der Erinnerung, vor denen er nicht fliehen konnte.

Beinahe wäre er an ihrem Lagerplatz vorbeigelaufen, ohne

ihn zu erkennen. Dann aber blieb er stehen und sah sich verwundert um. Rendel und beide Pferde waren verschwunden. Flüchtig schoß ihm die Frage durch den Kopf, ob er sie mit irgend etwas, was er getan hatte, so schwer gekränkt hatte, daß sie beschlossen hatte, mit beiden Pferden nach Anuin zurückzureiten. Die Bündel und die Sättel lagen dort, wo er sie niedergelegt hatte; es gab keine Spuren eines Kampfes, keine aufgewirbelten Blätter, keine abgebrochenen Äste. Dann hörte er sie rufen und sah sie, wie sie an einer seichten Stelle stolpernd durch den Fluß watete.

Ihr Gesicht war naß von Tränen.

»Morgon, ich war am Fluß und wollte Wasser holen, als zwei Männer an mir vorbeiritten. Sie hätten mich beinah niedergetrampelt. Ich war so wütend, daß ich gar nicht merkte, daß sie unsere Pferde ritten. Erst als sie drüben am anderen Ufer waren, sah ich es. Da bin ich —«

»Du bist ihnen nachgelaufen?« fragte er ungläubig.

»Ich dachte, sie würden durch den Wald vielleicht langsamer reiten. Aber sie fingen an zu galoppieren. Es tut mir so leid.«

»Sie werden in Ymris einen guten Preis für die Pferde bekommen«, stellte Morgon grimmig fest.

»Morgon, sie sind bestimmt noch keine Meile weg. Du könntest sie leicht zurückholen.«

Er zögerte, blickte in ihr zorniges, müdes Gesicht. Dann wandte er sich von ihr ab, hob das Bündel auf, in dem ihr Proviant verstaut war.

»Heureus Heer braucht die Pferde dringender als wir.«

Er spürte ihr plötzliches Schweigen in seinem Rücken wie etwas Greifbares. Er schlug das Bündel auf und verfluchte sich selbst, als ihm aufging, daß er vergessen hatte, neuen Proviant zu kaufen.

Sie sagte leise: »Heißt das, daß wir bis nach Lungold zu Fuß gehen müssen?«

»Wenn du willst.« Seine Finger an den Schnüren des Bündels zitterten leicht.

Endlich hörte er Bewegung von ihr. Sie ging wieder zum

Fluß hinunter, um ihren Wasserschlauch zu holen. Als sie zurückkam, fragte sie mit ruhiger Stimme: »Hast du Wein mitgebracht?«

»Den hab' ich vergessen. Ich hab' alles vergessen.« Er fuhr herum, griff sie an, noch ehe sie überhaupt etwas sagen konnte. »Und ich kann nicht noch mal hingehen. Da gerate ich höchstens in eine Prügelei.«

»Hab' ich das denn von dir verlangt? Ich wollt' es nicht einmal verlangen.« Sie ließ sich am Feuer nieder und warf einen Zweig in die Flammen. »Ich hab' die Pferde verloren, du hast das Essen vergessen. Du hast mir auch keinen Vorwurf gemacht.« Sie drückte ihr Gesicht plötzlich gegen ihre Knie. »Morgon«, flüsterte sie, »verzeih mir. Lieber will ich auf allen vieren nach Lungold kriechen als meine Gestalt wechseln.«

Er stand stumm da und blickte auf sie hinunter. Nach einer Weile wandte er sich ab, marschierte im Halbkreis um das Feuer und starrt in das knorrige, alte Auge eines Baumstamms. Er drückte sein Gesicht dagegen, spürte, wie es in ihn hineinblickte, auf all die verschlungenen Wurzeln seiner eigenen Kraft. Einen Moment lang nagte Zweifel an ihm, und er hielt sich vor, daß es Unrecht war von ihm, etwas Derartiges von ihr zu verlangen, daß selbst seine eigene Kraft, die unter so finsteren Umständen und mit solcher Gewalt freigesetzt worden war, verdächtig war. Die Unsicherheit verebbte langsam, und es blieb, wie immer, das einzige, was er mit einiger Sicherheit erfassen konnte, die fragile, zwingende Struktur der Rätselkunst.

»Man kann nicht vor sich selbst fliehen.«

»Du fliehst doch auch. Vielleicht nicht vor dir selbst, aber vor dem Rätsel in deinem Rücken, dem du niemals ins Gesicht siehst.«

Müde hob er den Kopf und sah sie an. Er trat zum Feuer und schürte die sterbenden Flammen neu an.

»Ich fang' uns ein paar Fische. Morgen früh geh' ich noch einmal ins Gasthaus und hole alles, was wir brauchen. Vielleicht kann ich dort die Sättel verkaufen. Wir könnten das Geld gebrauchen. Es ist ein langer Weg bis Lungold.«

Am folgenden Tag sprachen sie kaum miteinander. Glühend stach die Sommerhitze auf sie hinunter, selbst wenn sie im Schatten der Bäume neben der Straße wanderten. Morgon trug beide Bündel. Bis zu diesem Moment war ihm gar nicht bewußt geworden, wie schwer sie waren. Die Riemen schnitten in seine Schultern ein und rieben seine Haut auf, so wie der Hader, den sie miteinander hatten, seine Seele aufrieb. Rendel erbot sich, eines zu tragen, doch er lehnte zornig ab, und sie wiederholte ihr Angebot nicht.

Am Mittag setzten sie sich an den Fluß und ließen die Füße ins Wasser hängen, während sie aßen. Das kalte Wasser tat ihnen beiden wohl, und sie sprachen ein wenig miteinander. Am Nachmittag war die Straße ziemlich ruhig; lange ehe ein Wagen auftauchte, konnten sie das Knarren seiner Räder hören. Doch die Hitze war sengend, beinahe unerträglich. Schließlich schwenkten sie von der Straße ab und trotteten bis zum Einbruch der Abenddämmerung am Flußufer entlang.

Als sie einen Lagerplatz gefunden hatten, ließ Morgon Rendel allein. Sie setzte sich ans Ufer und ließ die Beine ins Wasser baumeln, während er in Falkengestalt auf Jagd ging. Er schlug einen Hasen, der in den letzten Strahlen der Sonne auf einer Wiese träumte. Bei seiner Rückkehr fand er Rendel dort vor, wo er sie zurückgelassen hatte. Er häutete den Hasen und nahm ihn aus, hängte ihn dann an einem Spieß aus grünem Holz über das Feuer. Schweigend betrachtete er Rendel, die noch immer reglos am Ufer saß und ins Wasser starrte. Schließlich sprach er ihren Namen.

Sie stand langsam auf, kletterte stolpernd die Böschung herauf. Dicht vor dem Feuer ließ sie sich nieder und zog ihren feuchten Rock fest unter ihren Füßen zusammen. Im Flammenschein sah er sie lange an und vergaß, den Spieß zu drehen. Ihr Gesicht war sehr still; unter ihren Augen sah er winzige Linien des Schmerzes. Er holte plötzlich Atem; ihre Augen trafen die seinen, und eine klare, eindeutige Warnung stand in ihnen. Doch seine Sorge um sie mußte sich trotz ihrer Warnung Luft machen.

»Warum hast du mir nicht gesagt, daß du solche Schmerzen

hast? Laß mich deine Füße sehen.«

»Laß mich in Ruhe!« Die Heftigkeit ihrer Stimme erschreckte ihn. Sie hockte zusammengekrümmt da. »Ich hab' dir gesagt, daß ich zu Fuß nach Lungold wandern werde, und das werde ich auch tun.«

»Wie denn?« Er sprang auf, und Zorn gegen sich selbst hämmerte in seinem Hals. »Ich besorge dir ein Pferd.«

»Womit denn? Wir konnten ja nicht einmal die Sättel verkaufen.«

»Ich verwandle mich in eines. Du kannst auf mir reiten.«

»Nein.« Ihre Stimme zitterte mit dem gleichen, seltsamen Zorn. »Das wirst du nicht tun. Ich werde nicht auf deinem Rücken bis nach Lungold reiten. Ich habe gesagt, daß ich zu Fuß gehe.«

»Du kannst ja kaum noch zehn Schritt gehen!«

»Ich tu' es trotzdem. Wenn du den Spieß nicht umdrehst, brennt unser Abendessen an.«

Er rührte sich nicht; sie beugte sich vor und drehte den Spieß selbst. Ihre Hand zitterte. Während Licht und Schatten über sie hinspielten, fragte er sich plötzlich, ob er sie überhaupt kannte.

»Rendel«, sagte er flehend, »was, in Hels Namen, willst du denn tun? Du kannst doch so nicht laufen. Du willst nicht reiten. Du willst dich nicht verwandeln. Willst du nach Anuin zurückkehren?«

»Nein.« Schmerz lag in ihrer Stimme, als hätte er sie mit seiner Frage verletzt. »Ich kann vielleicht mit Rätseln nicht viel anfangen, aber Gelöbnisse, die ich einmal gemacht habe, breche ich nicht.«

»Wie kannst du Ylons Namen Ehre zuteil werden lassen, wenn du für ihn und sein Erbe nichts übrig hast als Haß?«

Sie beugte sich wieder vor, um den Spieß zu drehen, glaubte er, doch statt dessen nahm sie eine Handvoll Feuer. »Er war einmal König von An. Das gibt ihm eine gewisse Ehre.« Ihre Stimme zitterte stark. Sie formte einen Keil aus Feuer, wob mit den Fingern fadendünne Saiten. »Ich hab' in seinem Namen geschworen, daß ich niemals zulassen werde, daß du mich verläßt.«

Er sah plötzlich, was sie aus dem Feuer formte. Sie hatte es fertig und hielt es ihm hin: eine Harfe aus Feuer, die die Dunkelheit rund um ihre Hand verzehrte.

»Du bist der Rätselmeister. Wenn du solchen Glauben an Rätsel hast, dann beweise es mir. Du kannst ja nicht einmal deinem eigenen Haß ins Auge blicken, und du willst mir Rätsel aufgeben. Für einen Menschen wie dich gibt es einen Namen.«

»Na«, sagte er, ohne die Harfe zu berühren. Sein Blick folgte dem Licht, das geräuschlos über die Saiten sprang. »Wenigstens weiß ich meinen Namen.«

»Du bist der Sternenträger. Warum kannst du mich nicht in Ruhe lassen? Warum kannst du mich nicht meine eigenen Entscheidungen treffen lassen? Was ich bin, spielt keine Rolle.«

Über die flammende Harfe hinweg blickte er sie an. Etwas, das er sagte oder dachte, ohne sich dessen bewußt zu sein, zerriß die Harfe in ihrer Hand. Er griff über das Feuer hinweg, umfaßte ihre Schultern und zog sie auf die Füße. »Wie kannst du das zu mir sagen? Wovor, in Hels Namen, hast du Angst?«

»Morgon —«

»Du wirst dich nicht in etwas verwandeln, das keiner von uns beiden mehr wiedererkennen würde!«

»Morgon!« Sie schüttelte ihn plötzlich, in dem Bemühen, ihn sehend zu machen. »Muß ich es denn aussprechen? Ich fliehe nicht vor etwas, das ich hasse, sondern vor etwas, nach dem mich verlangt. Ich fliehe vor der Macht dieses belasteten Erbes. Ich begehre sie. Jene Macht, die Ymris verschlingt, die das Reich und dich vernichten will — nach ihr verlangt mich. Ich bin unlösbar an sie gefesselt. Und ich liebe dich. Den Rätselmeister, den Mann, der alles, was zu diesem Erbe gehört, bekämpfen muß. Du verlangst Dinge von mir, die du nur hassen wirst.«

»Nein«, flüsterte er.

»Wie kann ich den Landherrschern, den Zauberern von Lungold gegenübertreten? Wie kann ich ihnen sagen, daß ich eine Verwandte deiner Feinde bin? Wie sollen sie mir je vertrauen? Wie kann ich mir selbst vertrauen, da ich nach so schrecklicher Macht verlange —«

»Rendel!«

Mit steifer Bewegung hob er eine Hand, streichelte ihr Gesicht, wischte das Feuer und die Tränen fort, in dem Bemühen, es klar zu sehen. Doch unruhige Schatten lagen flackernd auf ihm, so daß es wie aus Feuer und Finsternis geformt schien, das Gesicht einer Frau, das er zuvor nie recht gesehen hatte und das er auch jetzt nicht recht sehen konnte. Irgend etwas wich vor ihm zurück, löste sich unter seinen Händen auf, als er es berührte.

»Ich habe nie etwas anderes von dir verlangt als die Wahrheit.«

»Du wußtest nie, was du verlangtest —«

»So ist es immer. Ich weiß es nicht, ich frage einfach.«

Das Feuer zwischen ihnen formte sich zu der Lösung des Rätsels, nach der sein Geist haschte. Er sah sie plötzlich, und zur gleichen Zeit sah er wieder Rendel, die Frau, für die so viele Männer in Pevens Turm gestorben waren, die Erbin des Feuers, die ihn liebte und mit ihm stritt und die nach einer Macht verlangte, die ihn vielleicht vernichten würde. Einen Moment lang kämpften Fragmente des Rätsels in seinem Geist gegeneinander. Dann glitten sie ineinander, und er sah die Gesichter von Gestaltwandlern, die er kannte; er sah Eriel, den Harfner Corrig, den er getötet hatte, die Gestaltwandler, die er in Isig getötet hatte. Ein kalter Schauder der Furcht und des Staunens durchrann ihn.

»Wenn du — wenn du etwas von Wert in ihnen siehst«, flüsterte er, »was, ins Hels Namen, sind sie dann?«

Sie hielt ihn ganz fest. Ihr Gesicht war reglos, feurig von Tränen.

»Das habe ich nicht gesagt.«

»Doch, das hast du gesagt.«

»Nein. Ihre Macht hat nichts von Wert.«

»Doch. Du spürst es in dir selbst. Und danach verlangt dich.«

»Morgon —«

»Entweder verwandelst du dich in meinem Geist, oder sie

verwandeln sich. Dich kenne ich.«

Langsam ließ sie ihn los. Sie war unsicher. Er hielt sie noch immer fest, während er sich den Kopf zerbrach, was für Worte er ihr sagen mußte, damit sie ihm vertrauen konnte. Ganz allmählich wurde ihm klar, auf welche Argumente sie hören würde.

Er ließ sie los und gab der Harfe Gestalt, die er auf seinem Rücken trug. Sie lag in seinen Händen wie eine Erinnerung. Er setzte sich nieder, während sie reglos, wortlos am Rand des Feuers stand und ihn beobachtete. Die Sterne auf der Stirnseite der Harfe, rätselhaft und voller Geheimnisse, auf die es keine Antwort gab, trafen blitzend seinen Blick. Dann drehte er sie herum und begann zu spielen. Eine ganze Weile trug er nur Rendel in seinen Gedanken, eine schattenhafte Gestalt am Rande des Lichts, die sein Harfenspiel in Bann zog. Seine Finger erinnerten sich an Rhythmen und Formen, zupften zögernd Fragmente alter Weisen aus einem Jahr des Schweigens. Die uralte, makellos schöne Stimme der Harfe, die seine Hand zum Klingen brachte, weckte wiederum ein ungeahntes Staunen der Verzauberung in ihm. Rendel kam näher zu ihm, während er spielte, näherte sich Schritt um Schritt, bis sie an seiner Seite war. Dann blieb sie wieder stillstehen. Das Feuer loderte hinter ihr, und er konnte ihr Gesicht nicht erkennen.

Ein Harfner spielte in den Schatten seiner Erinnerung ein Echo. Je mehr er spielte, um die Erinnerung zu löschen, desto heftiger brannte sie: fernes, kunstfertiges, bestrickendes Harfenspiel, das von jenseits der Schwärze kam, von jenseits des Wassers, das nirgendwo hinfloß und seit Jahrtausenden nirgendwo hingeflossen war. Das Feuer hinter Rendel schrumpfte zu einem Lichtpunkt, der sich weiter und weiter von ihm entfernte, bis die Schwärze sich wie eine Hand über seine Augen senkte. Eine Stimme erschreckte ihn, brach sich dröhnend in der steinernen Kammer, verlor sich in immer dünner werdendem Nachhall. Immer kam die Stimme unerwartet, ganz gleich, wie angespannt er auf einen Schritt lauschte. Es wurde so, daß er ständig horchte, während er auf kaltem Stein lag, die Muskeln verkrampft vom Warten. Und mit der Stimme kamen die suchenden Finger, die seinen Geist durchforschten und gegen die er sich nicht wehren konnte; kam der Schmerz, wenn er sich mit seinen Fäusten zur Wehr setzte; kamen endlose Fragen, die er aus Wut und Verzweiflung nicht beantwortete, bis plötzlich seine Wut in Entsetzen umschlug, als er spürte, wie die zarten, komplexen Instinkte für das Landrecht in ihm zu sterben begannen. Er hörte seine eigene Stimme antworten, hörte sie ein wenig lauter werden, hörte sie antworten, hörte sie wieder lauter werden, war plötzlich nicht mehr fähig zu antworten . . . Er hörte das Harfenspiel.

Seine Hände hielten inne. Sein Gesicht, das gegen das Holz der Harfe gedrückt war, schmerzte. Rendel saß ganz nahe bei ihm, den Arm um seine Schultern. Noch immer woben die Klänge der Harfe abgerissen durch seinen Geist. Er wollte weg von ihnen, doch sie verstummten nicht. Rendel drehte den Kopf; in einem Schwall schoß das Blut durch seinen Körper, als ihm klarwurde, daß auch sie die Klänge hörte.

Dann erkannte er das vertraute, zaghaft stockende Spiel. Er stand auf. Sein Gesicht war weiß und starr. Er griff sich eine Fackel aus dem Feuer. Rendel sprach seinen Namen; er konnte ihr nicht antworten. Sie wollte ihm folgen, hinkte auf bloßen Füßen durch das Farnkraut, doch er wartete nicht auf sie. Er jagte den Klängen der Harfe nach, hetzte durch die Bäume, über die Straße zur anderen Seite hinüber, wo er einen Händler erschreckte, der unter seinem Karren schlief; er stolperte durch dorniges Gebüsch und Unterholz, während das Harfenspiel lauter wurde und ihn zu umkreisen schien. Schließlich traf das Licht der Fackel, das über welkes Laub dahinglitt, eine Gestalt, die, über eine Harfe gebeugt, unter einem Baum saß. Morgon hielt an. Sein Atem kam in Stößen. Worte, Fragen, Flüche stauten sich in seiner Kehle. Langsam hob der Harfner das Gesicht zum Licht.

Morgon stockte der Atem. In der schwarzen Nacht jenseits des Fackelscheins war kein Geräusch zu hören. Der Harfner, den Blick auf Morgon gerichtet, spielte noch immer leise und ungelenk mit Händen, die knorrig waren wie Eichenwurzeln, verkrüppelt bis zur Unbrauchbarkeit.

5

Morgon flüsterte: »Thod!«

Die Hände des Harfners wurden still. Sein Gesicht war so abgezehrt und verfallen, daß kaum noch etwas Vertrautes in ihm war. Nur der edle Schnitt der Züge und der Ausdruck in den Augen waren geblieben. Er hatte kein Pferd und kein Bündel, keinerlei Habe, soweit Morgon sehen konnte, außer einer dunklen Harfe, deren einziger Schmuck ihre schlanken, feinen Linien waren. Die zerstörten Hände ruhten einen Moment lang auf den Saiten, dann glitten sie abwärts, um die Harfe zu Boden zu stellen.

»Morgon.« Seine Stimme war rauh vor Müdigkeit und Verwunderung. Mit einer Sanftheit, die Morgon zum sprachlosen Gefangenen seines eigenen inneren Aufruhrs machte, fügte er hinzu: »Ich wollte Euch nicht stören.«

Morgon stand reglos. Selbst die Flamme in seiner Hand stach still in die windlose Nacht. Das tödliche, makellose Spiel der Harfe, das immer irgendwo im Dunklen hinter seinen Gedanken perlte, verwirrte sich plötzlich mit den mühsamen, stockenden Klängen, die er in den vergangenen Nächten gehört hatte. Er stand am Rande des Lichtscheins seiner eigenen Fackel und wollte schreien vor Wut, wollte kehrtmachen und gehen, ohne ein Wort zu sagen, und fühlte sich dennoch viel stärker getrieben, noch einen Schritt vorwärts zu gehen und eine Frage zu stellen. Und schließlich ging er diesen Schritt, so lautlos, daß er sich selbst kaum bewußt war, wie er sich bewegte.

»Was ist Euch geschehen?«

Seine eigene Stimme klang ihm fremd in den Ohren, als zuckte sie ein wenig zurück vor ihrer eigenen Ruhe.

Der Harfner blickte auf seine Hände hinunter, die wie Gewichte zu beiden Seiten seines Körpers lagen.

»Ich hatte einen Streit«, sagte er, »mit Ghisteslohm.«

»Ihr verliert nie einen Streit.«

Er war noch einen Schritt vorwärts gegangen, noch immer so angespannt und lautlos wie ein Tier.

»Ich habe auch diesen nicht verloren. Hätte ich ihn verloren, so gäbe es im Reich einen Harfner weniger.«

»Ihr sterbt nicht leicht.«

»Nein.«

Er beobachtete Morgon, der noch einen Schritt machte, und Morgon, der es merkte, erstarrte. Klaren Blicks sah ihm der Harfner in die Augen, bekannte alles, fragte nichts. Morgon schob die Fackel in seiner Hand höher. Sie brannte dicht über seiner Haut; er ließ sie fallen und entfachte im toten Laub ein kleines Feuer. In der veränderten Beleuchtung lag Thods Gesicht im Schatten; Morgon sah es so, wie er es in früheren Tagen hinter anderen Feuern gesehen hatte. Er schwieg still, eingeschlossen wieder in das Schweigen des Harfners. Und dieses Schweigen zog ihn vorwärts, wie über eine Brücke, die schmal war wie eine Schwertklinge und die Schlucht seines Zorns und seiner Verwirrung überspannte. Er kauerte schließlich neben dem Feuer nieder, zog einen Kreis darum und hielt es klein mit seinem Geist.

Nach einer Weile fragte er: »Wohin wollt Ihr?«

»Dorthin zurück, wo ich geboren wurde. Nach Lungold. Es gibt sonst keinen Ort, wohin ich mich wenden könnte.«

»Ihr wandert zu Fuß nach Lungold?«

Der Harfner zuckte leicht die Achseln. »Ich kann nicht reiten.«

»Was wollt Ihr in Lungold tun? Ihr könnt nicht auf der Harfe spielen.«

»Ich weiß es nicht. Betteln.«

Morgon schwieg wieder, während er ihn ansah. Seine Finger, die im welken Laub gruben, fanden eine Eichel und schnippten sie ins Feuer.

»Ihr habt Ghisteslohm sechshundert Jahre lang gedient. Ihr habt mich ihm ausgeliefert. Ist er so undankbar?«

»Nein«, antwortete Thod ohne alle Leidenschaft. »Er war argwöhnisch. Ihr ließt mich lebendigen Leibs aus Anuin fortgehen.«

Morgons Hand erstarrte unter den dürren Blättern. Irgend etwas durchrann ihn in diesem Moment, wie ein schwacher, wilder Hauch eines Windes, der über die nördlichen Einöden und über das ganze Reich hinweggefegt war, um dieser stillen Sommernacht eine Ahnung seines Wesens mitzuteilen. Nach einer Weile regte er seine Hand wieder; ein Zweig knickte zwischen seinen Fingern. Er warf die zerbrochenen Teile ins Feuer und tastete sich seinen Weg zu seinen Fragen, als begänne er einen Rätselkampf mit einem, über dessen Fähigkeiten er nichts wußte.

»Ghisteslohm war in An?«

»Er war im Hinterland gewesen, um seine Kräfte aufzubauen, nachdem Ihr Euch von ihm befreit hattet. Er wußte nicht, wo Ihr wart, doch da mein Geist ihm immer offen ist, war es ihm ein leichtes, mich in Hel zu finden.«

Morgon hob den Blick. »Euer Geist ist noch immer mit dem seinen verbunden?«

»Ich vermute es. Mich braucht er jetzt nicht mehr, aber es kann sein, daß Ihr in Gefahr seid.«

»Er kam aber nicht nach Anuin, um mich dort zu suchen.«

»Er begegnete mir sieben Tage nachdem ich Anuin verlassen hatte. Es schien unwahrscheinlich, daß Ihr noch dort sein würdet.«

»Ich war dort.« Er legte eine Handvoll Äste ins Feuer, sah zu, wie sie aufloderten, sich dann in der Hitze verbogen und krümmten. Seine Augen glitten plötzlich zu den verkrüppelten Fingern des Harfners. »Was, in Hels Namen, hat er Euch angetan?«

»Er machte mir eine Harfe, da Ihr die meine zerstört hattet

und ich keine hatte.« Ein Licht flackerte in den Augen des Harfners, wie eine Erinnerung an Schmerz oder wie distanzierte, kalte Erheiterung. Das Licht trübte sich, und er neigte leicht den Kopf, so daß sein Gesicht im Schatten war. Gelassen fuhr er fort: »Die Harfe war aus schwarzem Feuer. Auf ihrer Front waren drei brennende, weißglühende Sterne.«

Morgons Kehle zog sich zusammen. »Ihr habt darauf gespielt«, flüsterte er.

»Er befahl es mir. Solange ich noch bei Bewußtsein war, spürte ich, wie sein Geist aus dem meinen die Erinnerungen an die Ereignisse in Anuin heraussog, Erinnerungen an die Monate meiner Wanderschaft mit Euch, an die Jahre und Jahrhunderte meines Dienstes für ihn, und an die Zeit davor . . . Die Harfe hatte eine befremdende, gequälte Stimme wie die Stimmen, die ich des Nachts hörte, als ich durch Hel ritt.«

»Er ließ Euch das Leben.«

Der Harfner lehnte seinen Kopf an den Baumstamm und erwiderte Morgons Blick.

»Er fand keinen Grund, es mir nicht zu lassen.«

Morgon schwieg. Die Flammen des Feuers vor ihm brachen knisternd dürres Holz wie kleine Knochen. Ihm war plötzlich kalt, selbst in der warmen Sommernacht, und er rückte näher ans Feuer. Ein Tier, vom Licht aus den Bäumen gelockt, richtete glühende Augen auf ihn, zwinkerte und verschwand wieder. Das Schweigen um ihn herum war beladen mit tausend Rätselfragen, die er hätte stellen sollen, und er wußte, daß der Harfner sie nur mit neuen Rätselfragen beantworten würde. Einen Moment lang rastete er in der Schwerelosigkeit der Stille.

»Ein trauriger Lohn für sechs Jahrhunderte«, sagte er schließlich. »Was habt Ihr eigentlich von ihm erwartet, als Ihr in seinen Dienst tratet?«

»Ich sagte ihm, daß ich einen Herrn brauchte, und daß kein König, der sich durch seine Lügen täuschen ließ, mir genügen könne. Wir entsprachen einander. Er schuf eine Täuschung; ich erhielt sie aufrecht.«

»Das war eine gefährliche Täuschung. Hat er nie den Erhabenen gefürchtet?«

»Hat ihm der Erhabene denn Anlaß gegeben, ihn zu fürchten?«

Morgon schob ein Blatt ins Feuer.

»Nein.«

Er ließ seine Hand flach im Feuer liegen, ließ sie im Herzen der Flammen brennen, während Erinnerungen auf ihn einstürmten. »Nein«, flüsterte er wieder. Das Feuer loderte plötzlich unter seiner Hand auf, als er es einen Moment lang aus seiner Bewußtheit entließ. Er fuhr zurück, und Tränen sprangen ihm in die Augen. Wie durch einen Schleier sah er die knorrigen, flammenlodernden Hände des Harfners, der selbst in höchster Qual an seinem Schweigen festhielt. Er krümmte sich über seine eigene Hand und schluckte die Flüche hinunter.

»Das war unvorsichtig.«

»Morgon, ich habe kein Wasser —«

»Das ist mir schon aufgefallen.« Seine Stimme war hart vor Schmerz. »Ihr habt nichts zu essen, und Ihr habt nichts zu trinken, Ihr habt keine Gesetzesgewalt und keinen Reichtum, Ihr seid nicht einmal Zauberer genug, Euch selbst vor dem Verbranntwerden zu schützen. Ihr könnt kaum noch das eine, das Ihr besitzt, gebrauchen. Für einen Mann, der innerhalb von sieben Tagen zweimal dem Tod entronnen ist, erzeugt Ihr eine großartige Täuschung von Machtlosigkeit.«

Er zog seine Knie hoch und ließ seinen Kopf auf sie niedersinken. Eine Zeitlang war er still, er wartete nicht, daß der Harfner sprechen würde. Es kümmerte ihn nicht mehr. Das Feuer sprach zwischen ihnen in einer uralten Sprache, die keine Rätsel brauchte. Er dachte an Rendel und wußte, daß er hätte gehen sollen, doch er rührte sich nicht. Der Harfner saß in gelassener Ruhe, so still wie uralte Wurzeln oder verwitterter Stein. Das Feuer, das Morgon aus seiner Gewalt entlassen hatte, erstarb. Durch die Bögen seiner Arme hindurch sah er zu, wie das Licht immer schwächer wurde. Schließlich hob er den Kopf. Die Flamme lag zuckend in ihrer Asche; das Gesicht des Harfners war dunkel.

Er stand auf, die verbrannte Hand mit der anderen umschlossen. Er hörte das schwache Rascheln, als der Harfner sich bewegte, und wußte, daß der Harfner, schweigend und schlaflos, auch bei Morgengrauen noch dagewesen wäre, wenn er die ganze Nacht an diesem Feuer geblieben wäre. Er schüttelte den Kopf, sprachlos über die Verwirrung seiner eigenen Impulse.

»Ihr reißt mich mit Eurem Harfenspiel aus meinen Träumen, und ich komme und kauere wie ein Hund in Eurer Stille. Ich wünschte, ich wüßte, ob ich Euch trauen soll oder ob ich Euch töten soll, oder ob ich vor Euch fliehen soll, weil Ihr ein Spiel treibt, das tödlich ist. Braucht Ihr Nahrung? Wir können etwas von unserem Proviant entbehren.«

Es dauerte lange, ehe Thod ihm antwortete; die Antwort selbst war beinahe unhörbar.

»Nein.«

»Gut.« Immer noch verharrte er, beide Hände zu Fäusten geballt, immer noch hoffte er auf ein einziges markloses Knöchelchen der Wahrheit. Schließlich jedoch drehte er sich mit einer heftigen Bewegung um. Der Rauch, der vom verkohlten Holz aufstieg, brannte ihm in den Augen. Er ging drei Schritt in die Dunkelheit hinein, und beim vierten trat er in blauen Feuerschein, der aus dem Nichts hervorsprang und heller und heller wurde, ihn einhüllte und durchdrang, bis er aufschrie und stürzte.

Beim Morgengrauen erwachte er, an jener Stelle auf dem Boden liegend, wo er gestürzt war. Sein Gesicht war verklebt von Schmutz und zerfetzten dürren Blättern. Jemand schob ihm einen Fuß unter die Schulter und wälzte ihn auf den Rükken. Er sah wieder den Harfner, der noch immer unter dem Baum saß, vor sich einen Kreis von Asche. Und dann sah er, wer sich da über ihn beugte, um ihn beim Kragen seines Kittels zu packen und emporzureißen.

Er sog Luft ein, um aufzuschreien in Qual und Wut; Ghisteslohms Hand schlug ihm scharf auf den Mund und brachte ihn zum Schweigen. Im selben Augenblick sah er die Augen des Harfners, nachtfinster, still wie das schwarze, unbewegte Wasser auf dem Grund des Erlenstern-Bergs, und irgend etwas in ihnen war ihm eine Herausforderung, die Bitterkeit, die in ihm aufstieg, hinunterzuschlucken. Mit steifen, ungelenken Bewegungen, die Morgon verrieten, daß er die ganze Nacht dort gesessen hatte, stand der Harfner auf. Mit einer merkwürdigen Bedachtsamkeit legte er seine Harfe über die Asche ihres Feuers. Dann wandte er den Kopf, und Morgon folgte seinem Blick und sah Rendel, die weiß und stumm im Auge der aufgehenden Sonne stand.

Ein lautloser, verzweifelter Schrei schwoll in Morgons Brust an und zerschellte. Sie hörte ihn; sie erwiderte seinen Blick mit der gleichen Verzweiflung. Ihr Haar war zerzaust, und sie sah sehr müde aus, doch es schien ihr nichts geschehen zu sein.

Ghisteslohm sagte brüsk: »Wenn Ihr meinen Geist berührt, werde ich sie töten. Versteht Ihr mich?« Er schüttelte Morgon grob, um seinen Blick von Rendel zu lösen. »Habt Ihr verstanden?«

»Ja«, antwortete Morgon.

Und sogleich griff er den Gründer mit den Fäusten an. Ein weißes Feuer schlug ihm entgegen, fraß sich sengend durch seine Knochen, und er rutschte über den Boden, während er den Schweiß der Anstrengung aus seinen Augen zwinkerte, sich an Steinen und Ästen festklammerte, um nur ja keinen Laut aus seinem Inneren herauszulassen. Rendel war zu ihm gelaufen; er spürte ihren Arm um seinen Körper. Sie half ihm auf die Füße.

Er schüttelte den Kopf, versuchte, sie aus dem Feuerstrahl des Zauberers hinauszustoßen, doch sie hielt ihn nur noch fester und sagte: »Hör auf.«

»Ein vernünftiger Rat«, bemerkte der Gründer. »Nehmt ihn Euch zu Herzen.«

Er sah matt und abgekämpft aus im plötzlichen heißen Licht. Morgon sah dunkle Schatten und scharfe Kanten in der Maske heiterer Gelassenheit, die er jahrhundertelang getragen hatte. Er war ärmlich gekleidet in eine grobes, formloses Gewand, das ihn trügerisch gebrechlich erscheinen ließ. Das Gewand war sehr staubig, als wäre auch er zu Fuß die Handelsstraße hinuntergewandert.

Morgon, der sich abmühte, an der Wut und dem Schmerz, die in ihm tobten, Worte vorbeizuzwängen, sagte: »Konntet Ihr das Spiel Eures Harfners nicht hören, daß Ihr raten mußtet, wo Ihr mich an dieser Straße finden würdet?«

»Ein Blinder hätte der Spur folgen können, die Ihr quer durch das Reich gezogen habt. Ich ahnte, daß Ihr nach Hed reisen würdet, und ich verfolgte Euch sogar dorthin, aber —«

Seine erhobene Hand gebot Morgons plötzlicher Bewegung Einhalt. »Ihr wart dort gewesen und schon wieder fort. Ich habe keinen Krieg mit Bauern und Kühen; ich habe dort alles so gelassen, wie es war.« Schweigend betrachtete er Morgon einen Moment lang. »Ihr habt die Geister der Toten von An nach Hed gebracht. Wie?«

»Wie, glaubt Ihr wohl? Ihr habt mich die Macht des Landrechts gelehrt.«

»Aber nicht in diesem Ausmaß.«

Morgon spürte plötzlich, wie sein Geist durchforscht wurde. Die Berührung blendete ihn, ließ Erinnerungen an Entsetzen und Hilflosigkeit wach werden. Wieder war er hilflos mit Rendel an seiner Seite, und Tränen der Verzweiflung und der Wut verschlossen ihm die Kehle. Der Zauberer, der das geistige Band abtastete, das Morgon in Anuin zu den Toten hergestellt hatte, brummte leise vor sich hin und ließ ihn wieder frei. Das Licht der Morgensonne überflutete wieder den Boden; er sah den Schatten des Harfners, der über den verkohlten Blättern lag. Er starrte auf ihn hinunter; seine Reglosigkeit nagte an ihm, und seine Bestürzung wandelte sich in Erstarrung. Dann fielen ihm Ghisteslohms Worte wieder ein, und er hob den Blick.

»Was meint Ihr damit? Alles, was ich weiß, habe ich von Euch gelernt.«

Der Zauberer blickte ihn zweifelnd an, als wäre er ein Rätsel auf einer staubigen Rolle Pergament. Er antwortete nicht; statt dessen sagte er abrupt zu Rendel: »Könnt Ihr die Gestalt wechseln?«

Sie trat einen Schritt näher an Morgon heran und schüttelte den Kopf.

»Nein.«

»Fast sämtliche Könige in der Geschichte von An haben zu irgendeiner Zeit einmal die Gestalt der Krähe angenommen, und ich habe von Thod gehört, daß Ihr die geistigen Kräfte eines Gestaltwandlers geerbt habt. Ihr werdet schnell lernen.«

Blut schoß ihr in das bleiche Gesicht, doch sie sah den Harfner nicht an.

»Ich weigere mich, die Gestalt zu wechseln«, sagte sie leise und fügte in so wenig verändertem Ton hinzu, daß sowohl Morgon als auch der Zauberer überrascht waren: »Ich verfluche Euch in meinem Namen und in Madirs Namen. Augen sollt Ihr haben klein und feurig, die nicht höher sehen als bis zum Knie eines Menschen und nicht tiefer als bis zum Schlamm unter —«

Der Zauberer drückte ihr seine Hand auf den Mund, und sie brach ab. Er zwinkerte, als hätte er einen Moment lang einen Schleier vor den Augen gehabt. Seine Hand glitt zu ihrem Hals hinunter, und in Morgon spannte sich etwas bis zum gefährlichen Äußersten, wie die Saite einer Harfe, die gleich reißt.

Doch der Zauberer sagte nur trocken: »Erspart mir die nächsten achtundneunzig Flüche.«

Er hob die Hand, und sie räusperte sich. Morgon spürte, daß sie zitterte.

Sie sagte nochmals: »Ich werde nicht meine Gestalt wechseln. Eher will ich sterben. Das schwöre ich bei meinem —«

Wieder verschloß der Zauberer ihr den Mund. Er betrachtete sie mit mildem Interesse, sagte dann über seine Schulter hinweg zu Thod: »Nimm sie durch das Hinterland mit dir zum Erlenstern-Berg. Ich habe für derlei keine Zeit. Ich werde ihren Geist bannen; sie wird nicht versuchen zu fliehen. Der Sternenträger wird mir nach Lungold folgen und dann zum Erlenstern-Berg.« Er schien etwas zu wittern, das von dem starren, schwarzen Schatten ausging, der auf dem Farnkraut lag; er drehte den Kopf. »Ich werde Männer besorgen, die für Euch jagen und die sie bewachen.«

»Nein!«

Der Zauberer trat mit einer raschen, fließenden Bewegung

neben Morgon, so daß dieser nichts tun konnte, ohne daß Ghisteslohm es gewahrte. Seine Brauen waren zusammengezogen; er hielt die Augen des Harfners fest, bis Thod wieder zu sprechen anfing.

»Ich stehe in ihrer Schuld. In Anuin hätte sie mich frei davongehen lassen, noch ehe Morgon je kam. Sie schützte mich unwissentlich vor ihm, indem sie mich mit einem kleinen Heer von Geistern umgab. Ich stehe nicht mehr in Euren Diensten, und Ihr schuldet mir den Dienst von sechshundert Jahren. Laßt sie ziehen.«

»Ich brauche sie.«

»Ihr könntet jeden der Zauberer von Lungold nehmen und Morgon auf diese Weise entmachten.«

»Die Zauberer von Lungold sind unberechenbar und allzu mächtig. Weiterhin haben sie eine Neigung dazu, wegen sehr merkwürdiger Anwandlungen zu sterben. Das hat Suth bewiesen. Gewiß, du hast recht, ich stehe in deiner Schuld, wenn für nichts anderes, so doch zumindest für dein verkrüppeltes Harfenspiel, das den Sternenträger lockte, sich dir zu Füßen zu knien. Aber verlange etwas anderes von mir.«

»Ich will nichts anderes. Höchstens vielleicht eine Harfe, die mit Wind besaitet ist, für einen, der keine Hände hat, zu spielen.«

Ghisteslohm schwieg. Morgon, in dessen Erinnerung sich das schwache Echo irgendeines Rätsels rührte, hob langsam den Kopf und sah den Harfner an. Seine Stimme klang nüchtern und leidenschaftslos wie immer, doch in seinen Augen lag eine Härte, die Morgon nie zuvor gesehen hatte. Ghisteslohm schien einen Augenblick lang auf einen Unterton zu lauschen: auf eine Stimme, die er durch das Rauschen des Morgenwindes hindurch nicht recht auffangen konnte.

Er sagte schließlich beinahe interessiert: »So. Selbst deine Geduld hat ihre Grenzen. Ich kann deine Hände heilen.«

»Nein.«

»Thod, du bist starrköpfig. Du weißt so gut wie ich, um welchen Preis es in diesem Spiel geht, Morgon stolpert wie ein Blinder in seine Macht hinein. Ich will ihn im Erlenstern-Berg haben, und ich will nicht mit ihm kämpfen müssen, um ihn dort hinzubringen.«

»Ich gehe nie wieder zum Erlenstern-Berg zurück«, sagte Morgon unwillkürlich.

Der Zauberer ignorierte ihn; seine Augen ruhten gespannt, ein klein wenig zusammengezogen auf Thods Gesicht.

Thod sagte leise: »Ich bin alt und verkrüppelt und sehr müde. Ihr habt mir in Hel wenig mehr gelassen als mein Leben. Wißt Ihr, was ich danach getan habe? Ich habe mein Pferd nach Caithnard geführt und einen Händler gefunden, der mir nicht ins Gesicht spie, als ich ihn ansprach. Bei ihm tauschte ich mein Pferd gegen die letzte Harfe, die ich je besitzen werde. Und ich versuchte, auf ihr zu spielen.«

»Ich habe gesagt, daß ich —«

»In diesem ganzen Reich steht mir nicht ein Hof offen, an dem ich spielen könnte, selbst wenn Ihr meine Hände heiltet.«

»Dieses Risiko hast du vor sechs Jahrhunderten angenommen«, entgegnete Ghisteslohm. Seine Stimme war dünn geworden. »Du hättest einen geringeren Hof als den meinen wählen können, um dort auf deiner Harfe zu spielen, irgendeinen unschuldigen, machtlosen Hof, dessen Unschuld diesen letzten Kampf nicht überleben wird. Du weißt das. Du bist zu weise, um zu Vorwürfen zu greifen, und du mußtest niemals verlorener Unschuld nachtrauern. Du kannst hierbleiben und verhungern oder Rendel von An zum Erlenstern-Berg bringen und mir helfen, diesen Kampf zu beenden. Dann kannst du dir jede Belohnung nehmen, die du für deine Dienste haben willst.« Er machte eine Pause, dann fügte er unwirsch hinzu: »Oder bist du mit einem geheimen, verborgenen Teil deines Wesens, den ich nicht erreichen kann, an den Sternenträger gebunden?«

»Ich schulde dem Sternenträger nichts.«

»Das war nicht meine Frage.«

»Ihr habt mir diese Frage schon einmal gestellt. In Hel. Wollt Ihr noch einmal eine Antwort?« Er hielt inne, als wäre ihm der plötzliche Zorn in seiner Stimme selbst unvertraut, und ruhiger fuhr er dann fort: »Der Sternenträger ist der

Dreh- und Angelpunkt eines Spiels. Ich wußte so wenig wie Ihr, daß er in Gestalt eines jungen Fürsten von Hed erscheinen würde, der in mir eine Zuneigung erwecken sollte, die der Liebe gefährlich nahe kam. Eine andere Bindung besteht nicht, und dies ist kaum von Bedeutung. Ich habe ihn Euch zweimal verraten. Aber Ihr müßt Euch einen anderen suchen, Rendel von An zu verraten. Ich stehe in ihrer Schuld. Auch dies ist eine Sache von geringer Bedeutung. Sie ist keine Bedrohung für Euch, und jeder Landherrscher im Reich kann an ihrer Stelle —«

»Die Morgol?«

Thod war ganz still, atmete nicht, zuckte mit keinem Muskel. Er stand wie von Wind und Wetter aus Stein gemeißelt. Morgon wischte sich mit dem Handrücken etwas aus dem Gesicht; erstaunt sah er, daß er weinte.

Schließlich sagte Thod sehr leise: »Nein.«

»So.« Der Zauberer betrachtete ihn, und um seine Mundwinkel bildeten sich haarfeine Linien der Ungeduld und der Gewalt. »Hier haben wir also etwas, das keine so bedeutungslose Angelegenheit ist. Ich habe mich schon gewundert. Wenn ich dich nicht wieder in meine Dienste aufnehmen kann, dann kann ich dich vielleicht überreden. Die Morgol von Herun hat mit zweihundert ihrer Wachen vor Lungold ihr Lager aufgeschlagen. Die Wachen sind da, vermute ich, um die Stadt zu schützen; die Morgol wartet, einem Gefühl folgend, das mir unverständlich ist, auf dich. Ich gebe dir die Wahl. Wenn du dich dafür entscheidest, Rendel hier zurückzulassen, werde ich die Morgol mit mir zum Erlenstern-Berg nehmen, sobald ich mit Morgons Hilfe die letzten der Zauberer von Lungold bezwungen habe. Wähle!«

Er wartete. Der Harfner stand wieder reglos; selbst die verkrüppelten Knochen seiner Hände schienen spröde. Die Stimme des Zauberers peitschte ihm ins Gesicht, und er zuckte zusammen. »Wähle!«

Rendel drückte beide Hände auf ihren Mund.

»Thod, ich gehe mit«, flüsterte sie. »Ich werde Morgon sowieso folgen. Ich werde nicht eidbrüchig werden.«

Der Harfner sprach nicht. Sehr langsam schließlich ging er auf sie zu, die Augen auf Ghisteslohms Gesicht geheftet. Einen Schritt vor ihr blieb er stehen und holte Atem, um zu sprechen. Mit einer blitzartigen Bewegung dann schlug er dem Gründer mit dem Rücken seiner verkrüppelten Hand ins Gesicht.

Ghisteslohm wich zurück. Seine Finger bohrten sich bis auf den Knochen in Morgons Arm, aber der hätte sowieso keinen Schritt tun können. Der Harfner fiel auf die Knie, über den frisch gebrochenen Knochen seiner Hand zusammengekrümmt. Er hob das Gesicht, das weiß war, verzerrt von Schmerz und Qual, und das um nichts bat.

Einen Moment lang blickte Ghisteslohm stumm auf ihn hinunter, und Morgon sah in seinen Augen ein Flimmern, das der Widerschein zusammengebrochener Erinnerungen vieler Jahrhunderte hätte sein können. Dann hob der Zauberer selbst die Hand. Eine Feuergarbe traf den Harfner über den Augen, schleuderte ihn nach rückwärts ins Farnkraut, wo er reglos liegenblieb, blind zur Sonne emporstarrend.

Der Zauberer hielt Morgon mit seiner Hand und mit seinen Augen fest, bis dieser langsam merkte, daß er von einem trokkenen, tränenlosen Schluchzen geschüttelt wurde, daß seine Muskeln zum Angriff gespannt waren. Der Zauberer berührte flüchtig seine Augen, als hätte der Feuerstrahl, den sein Geist entzündet und abgeschleudert hatte, ihm Kopfschmerzen verursacht.

»Warum, in Hels Namen«, fragte er, »vergeudet Ihr Euren Gram an ihm? Seht mich an. Seht mich an!«

»Ich weiß es nicht!« schrie Morgon ihn an.

Er sah neue Feuerzungen durch die Luft schießen und über den Körper des Harfners lecken. Sie berührten die dunkle Harfe, und das Instrument ging in Flammen auf. Die Luft war erfüllt vom Wimmern zerreißender Saiten. Rendel schimmerte plötzlich in reinem Feuer; der Zauberer riß sie erbarmungslos mit seinem Geist in ihre natürliche Gestalt zurück. Sie war noch immer halb Feuer, und Morgon kämpfte gegen eine plötzliche Aufwallung unbändiger Kraft, die ihr zum Verhängnis geworden wäre, als etwas in ihm gefror. Er wirbelte herum.

Ein Dutzend Reiter standen unter den Bäumen und blickten neugierig herüber. Ihre Pferde hatten die Farbe der Nacht, ihre Gewänder die feuchtglänzenden, schillernden Farben des Meeres.

»Die Welt«, sagte einer der Männer in die plötzliche Stille hinein, »ist für Harfner kein sicherer Ort.« Er neigte seinen Kopf in Richtung zu Morgon. »Sternenträger.« Sein bleiches, ausdrucksloses Gesicht schien im leichten Wind ein wenig zu wabern. Ein Geruch nach Salzwasser strömte von ihm aus. »Ylons Tochter.« Der Blick seiner schimmernden Augen wanderte zu Ghisteslohm. »Erhabener.«

Fassungslos starrte Morgon die Reiter an. Sein Geist, der in rasender Geschwindigkeit Möglichkeiten des Handelns abspulte, wurde plötzlich leer. Sie hatten keine Waffen; ihre schwarzen Rosse standen unbewegt wie Stein, doch jeder Hauch einer Bewegung, spürte er, ein Wechsel im Licht, ein Vogelruf im falschen Ton, konnte einen erbarmungslosen Angriff auslösen. Sie schienen von absoluter Reglosigkeit befangen, wie gebannt in jenem Moment, bevor die Woge, nachdem sie ihren höchsten Stand erreicht hat, sich bricht; ob aus Neugier oder einfach aus Unsicherheit, das wußte er nicht. Er spürte, wie Ghisteslohms Hand seine Schulter umklammerte, und seltsamerweise war es ihm eine Beruhigung zu wissen, daß der Zauberer ihn lebend sehen wollte.

Der Gestaltwandler, der gesprochen hatte, beantwortete seine Frage mit feinem, zweideutigem Spott.

»Seid Jahrtausenden warten wir darauf, dem Erhabenen zu begegnen.«

Morgon hörte, wie der Zauberer Luft holte.

»So. Ihr seid also die Brut der Meere von Ymris und An —«

»Nein. Wir sind nicht des Meeres. Wir haben unsere Gestalt nach seinem Gesang geformt, der wie Harfenspiel ist. Ihr geht achtlos um mit Eurem Harfner.«

»Der Harfner ist meine Sache.«

»Er hat Euch treu gedient. Wir haben ihn über die Jahrhunderte beobachtet, wie er Eure Befehle ausführte, Eure Maske trug, wartete ... So, wie wir warteten, lange schon, ehe Ihr den

Fuß auf diese Erde des Erhabenen setztet, Ghisteslohm. Wo ist der Erhabene?«

Lautlos und fließend wie ein Schatten ging sein Pferd vorwärts, blieb drei Schritte vor Morgon stehen. Er widerstand einem Impuls, zurückzuweichen. Die Stimme des Gründers, die verdrossen und ungeduldig klang, verwunderte ihn.

»Ich habe kein Interesse an Rätselspielen. Auch nicht an einem Kampf. Ihr nehmt Eure Gestalt von Toten und von Tang; Ihr atmet, Ihr spielt auf Euren Harfen und Ihr sterbt — das ist alles, was ich weiß, das ist alles, was mich interessiert. Zurück mit Eurem Pferd, sonst reitet Ihr auf einem Haufen Seetangasche.«

Der Gestaltwandler zog sein Pferd einen Schritt zurück, ohne eine Miene zu verziehen. In seinen Augen fing sich das Licht wie in Wasser; einen Moment lang war es, als lächelten sie.

»Meister Ohm«, sagte er, »kennt Ihr das Rätsel von dem Mann, der um Mitternacht die Tür seines Hauses öffnete und vor sich nicht den schwarzen Himmel erblickte, sondern das pechschwarze Auge irgendeines unbekannten Geschöpfes, das sich weit über sein Blickfeld hinaus bis in unmeßbare Dimensionen erstreckte? Schaut uns noch einmal an. Und dann geht, ruhig und friedlich, und laßt den Sternenträger und unsere Verwandte zurück.«

»Schaut doch Ihr!« entgegnete der Gründer brüsk.

Morgon, der noch immer unter seinem Bann stand, wurde unter der Kraft, die aus ihm herausfloß, nach rückwärts geschleudert; eine überwältigende Kraft, die den Gestaltwandlern entgegenbrandete, eine Eiche fällte und verängstigte Vögel kreischend in die Lüfte trieb. Das lautlose Donnern des Feuers rollte ihnen mit rasender Geschwindigkeit entgegen; Morgon fühlte es, doch wie aus weiter Ferne, da der Zauberer seinen Geist dagegen abgeschirmt hatte. Als die geborstenen Bäume ruhig lagen, tauchten die Gestaltwandler langsam wieder aus der Schar der Vögel auf, die erschreckt in die Luft geflattert waren. Ihre Anzahl hatte sich verdoppelt; auch die reglosen Pferde waren Gestaltwandler gewesen. Ganz allmählich nahmen sie wieder ihre früheren Gestalten an, während Ghisteslohm, das spürte Morgon, darüber rätselte, wie weit ihre Macht und ihre Kraft reichten. Seine Hand, die immer noch Morgons Schulter umfaßt hielt, war schlaff geworden. Ein Zweig in einem Busch knackte leise, und da griffen die Gestaltwandler an.

Eine Woge schimmernder Schwärze, von lautlosen, muschelschwarzen Hufen getragen, wälzte sich ihnen so schnell entgegen, daß Morgon kaum Zeit hatte zu reagieren. Er warf ein Trugbild von Nichts über sich selbst, das, so vermutete er, nur Rendel bemerkte; sie stieß einen unterdrückten Schrei aus, als er sie am Handgelenk packte. Etwas traf ihn — ein Pferdehuf oder das Heft eines Schwertes, und er spürte, wie seine Muskeln sich spannten, den Todesstoß zu empfangen. Doch nichts berührte ihn, nur ein flüchtiger Wind streifte über ihn hin. Er schickte seinen Geist voraus, meilenweit die Straße hinunter, wo ein Händler auf dem Kutschbock eines Wagens, der mit Tuchballen beladen war, sich seine Langeweile mit Pfeifen vertrieb. Er füllte Rendels Geist mit demselben lebendigen Bild, packte sie fest und zog sie mit sich in diese andere Wirklichkeit hinein.

Einen Augenblick später lag er neben ihr auf dem Boden des großen, überdachten Wagens, und sein Blut floß auf einen Ballen bestickten Leinens.

6

Rendel schluchzte. Er versuchte, sie zu beruhigen, drückte sie an sich, während er lauschte, doch sie konnte nicht aufhören. Durch ihr Weinen hindurch hörte er das Knirschen der Räder im Staub und das Pfeifen des Fahrers, das durch die Tuchballen, die hinter ihm aufgestapelt waren, und durch die Plane, die den Wagen überspannte, nur gedämpft zu vernehmen war. Auf der Straße war es still; er hörte keine Geräusche, keinen Tumult hinter ihnen. Sein Kopf schmerzte; er lehnte sich gegen das Leinen. Seine Augen schlossen sich. Wieder donnerte Finsternis geräuschlos auf ihn zu. Ein Wagenrad rumpelte polternd durch ein Schlagloch, und er fuhr hoch. Rendel entwand sich seinen Armen und setzte sich auf. Sie schob sich das Haar aus den Augen.

»Morgon, er kam in der Nacht und holte mich, und ich war barfuß — ich konnte nicht einmal rennen. Ich dachte, du wärst es. Ich habe nicht einmal Schuhe an. Was, in Hels Namen, wollte dieser Harfner nur? Ich verstehe ihn nicht. Ich —« Sie brach plötzlich ab und starrte ihn an, als wäre er ein Gestaltwandler, den sie unversehens neben sich gefunden hatte. Sie drückte eine Hand auf ihren Mund und berührte mit der anderen sein Gesicht. »Morgon . . .«

Er legte seine Hand auf ihre Stirn, blickte auf das Blut an seinen Fingern und stieß einen Laut der Überraschung aus. Eine Hälfte seines Gesichts brannte von der Schläfe bis zum Unterkiefer hinunter wie Feuer. Seine Schulter schmerzte; sein Kittel fiel auseinander, als er ihn berührte. Ein blutender, breiter Riß, wie von einem scharfen Pferdehuf geschlagen, pflanzte sich von seinem Gesicht über seine Schulter bis zur Mitte seiner Brust fort.

Langsam richtete er sich auf und starrte auf die Blutflecken, die er auf dem Boden des Wagens, auf dem feinen Tuch des Händlers zurückgelassen hatte. Ein heftiges Zittern überkam ihn plötzlich und drückte sein Gesicht gegen seine Knie.

»Ich bin mit offenen Augen in diese Falle hineingelaufen.« Er fing an, sich selbst nach allen Regeln der Kunst zu verwünschen, bis er sie aufstehen hörte. Er packte sie am Handgelenk und zog sie wieder herunter. »Nein!«

»Willst du mich wohl loslassen! Ich werde dem Händler sagen, daß er anhalten soll. Wenn du mich nicht sofort losläßt, schreie ich.«

»Nein. Rendel, hör mir zu. Willst du wohl zuhören! Wir befinden uns nur ein paar Meilen westlich von der Stelle, wo wir gefangen wurden. Die Gestaltwandler werden uns suchen. Und Ghisteslohm auch, wenn er nicht tot ist. Wir müssen ihnen entkommen.«

»Ich habe nicht einmal Schuhe an den Füßen! Und wenn du mir jetzt sagst, daß ich mich verwandeln soll, dann verfluche ich dich.« Dann streichelte sie wieder seine Wange und schluckte. »Morgon, kannst du nicht aufhören zu weinen?«

»Hab' ich noch nicht aufgehört?«

»Nein.« Ihre eigenen Augen füllten sich wieder mit Tränen. »Du siehst aus wie ein Gespenst aus Hel. Bitte laß dir von dem Händler helfen.«

»Nein!«

Der Wagen kam plötzlich mit einem Ruck zum Stehen. Morgon stöhnte. Unsicher stand er auf und zog sie hoch. Das verdutzte Gesicht des Händlers blickte durch einen Spalt in der Plane nach rückwärts zu ihnen.

»Bei den Augen des Wolfskönigs, was macht Ihr dort hinten?« Er zog die Plane weiter auseinander, so daß das Licht auf sie fiel. »Schaut doch, was Ihr da mit dem bestickten Stoff angestellt habt! Ist Euch eigentlich klar, wieviel das kostet? Und der weiße Samt dort . . .«

Morgon hörte, wie Rendel Atem holte, um etwas zu erwidern. Er umfaßte ihre Hand und schickte seinen Geist vorwärts wie einen Anker, der an seiner Kette über das Wasser geworfen wird und versinkt, um in den Wellen einen Ruheplatz zu finden. Er fand ein stilles, sonnenbeschienenes Stück Straße, wo nur ein einsamer Musikant auf dem Rücken seines Pferdes vor sich hin trällerte, während er gen Lungold ritt. Morgon bannte Rendels Geist, so daß sie mitten im Satz innehielt, und trat mitten hinein in den Gesang.

Nur kurz standen sie auf der Straße, während der Sänger sich von ihnen entfernte, ohne sie zu bemerken. Das plötzliche Licht drehte sich in wirbelnden Kreisen um Morgon. Rendel lehnte sich mit einer überraschenden Kraft gegen die Umklammerung durch seinen Geist auf. Sie war zornig, das spürte er, und darunter voller Angst. Sie hätte seinen Bann brechen können, das wußte er plötzlich, als er den unerschöpflichen Kraftquell in ihr witterte, doch sie war zu verängstigt, um ihre Gedanken und ihre Energien zu bündeln. Formlos, weit geöffnet flog sein Geist wieder über die Straße dahin, berührte das Wesen von Pferden, eines Falken, von Krähen, die pickend um ein erloschenes Lagerfeuer hockten. Ein Bauernbursche, der sein Erbe hinter sich ließ und auf einem alten Ackergaul die Straße hinunterritt, um in Lungold sein Glück zu machen, war neuer Ankerplatz für Morgons Geist. Wieder ging Morgon vorwärts. Während sie in der Staubwolke standen, die der Ackergaul aufgewirbelt hatte, hörte Morgon sein eigenes keuchendes, erschöpftes Atmen. Irgend etwas traf mit schmerzhaften Schlägen seinen Geist, und beinahe hätte er sich gewehrt; dann aber merkte er, daß es Rendels geistiger Schrei war. Er brachte ihren Geist und den seinen zur Ruhe und blickte weit voraus, die Straße hinunter.

Ein Schmied, der von Dorf zu Dorf wanderte, Pferde beschlug und Kessel flickte, saß dösend in seinem Wagen und träumte von kühlem Bier. Morgon träumte seinen Traum mit ihm und folgte ihm durch den heißen Morgen. Rendel war seltsam still. Ein heftiges Verlangen, mit ihr zu sprechen, überkam ihn, doch er wagte nicht, seine Konzentration zu brechen.

Wieder öffnete er seinen Geist und warf ihn aus und hörte schließlich das Gelächter einer Gruppe von Händlern. Er sog es in sich ein, bis es unmittelbar neben ihm unter den Bäumen war. Und da entglitt ihm plötzlich Rendels Geist. Bestürzt suchte er nach ihm, berührte aber nur die unbestimmten Gedanken von Bäumen oder Tieren. Er konnte sie mit seinem Geist nicht finden. Als seine Konzentration zerbrach, sah er sie vor sich stehen.

Sie atmete hastig, während sie ihn anstarrte. Ihr Körper war gespannt, als wollte sie schreien oder zuschlagen.

»Noch einmal«, sagte er. »Bitte. Zum Schluß.«

Sie zögerte einen Moment, dann nickte sie. Er berührte ihre Hand und ihren Geist. Er tastete im Sonnenlicht nach kühlen Wesen: Fischen, Wasservögeln, Flußbewohnern. Der Fluß tauchte vor ihnen auf; sie standen an seinem Ufer auf einer weichen, grasbewachsenen Lichtung, von hohem Farnkraut umgeben.

Er gab Rendel frei, fiel auf Hände und Knie und trank. Die Stimme des Wassers kühlte das Brennen der Sonne, deren sengende Strahlen seinen Geist blendeten. Er blickte zu Rendel auf und wollte sprechen. Er konnte sie nicht sehen. Da streckte er sich wieder aus, das Gesicht nahe am Wasser, und schlief ein.

Mitten in der Nacht erwachte er und sah Rendel neben sich sitzen. Im sanften Schein ihres Feuers wachte sie über ihn. Lange sahen sie einander an, ohne zu sprechen, wie in Erinnerungen versunken. Dann berührte Rendel sein Gesicht. Ihre Züge waren gespannt; in ihren Augen stand ein Ausdruck, den er nie zuvor gesehen hatte.

Ein merkwürdiger Schmerz lag ihm beengend in der Kehle.

»Verzeih mir«, flüsterte er. »Es war der letzte Ausweg.«

»Es ist ja gut.« Sie prüfte den Verband auf seiner Brust; er sah, daß er aus Streifen ihres Hemdes war. »Ich habe dir Kräuter aufgelegt, wie die Schweinehirtin — ich meine Nun — sie verletzten Schweinen aufzulegen pflegte. Ich hoffe, sie tun auch bei dir ihre Wirkung.«

Er nahm ihre Hände in die seinen und hielt sie fest.

»Bitte. Sag es.«

»Ich weiß nicht, was ich sagen soll. Niemand hat je zuvor meinen Geist beherrscht. Ich war so wütend auf dich, daß ich mich nur noch von dir befreien und nach Anuin zurückkehren wollte. Und dann — es gelang mir, mich zu befreien. Und ich bin bei dir geblieben, weil du — weil du um das Wesen der Macht weißt. Die Gestaltwandler, die mich ihre Verwandte nannten, besitzen dieses Wissen auch, aber dir vertraue ich.«

Sie schwieg; er wartete. Er sah sie seltsam verwandelt im Feuerschein. Die wirre Masse ihres Haares war wie frischer Seetang, ihre Haut glatt schimmernd wie Perlmutt, der Ausdruck auf ihrem Gesicht ständig wechselnd wie das Spiel des Lichts auf dem Meer.

Ganz plötzlich wandte sie ihr Gesicht von ihm ab.

»Ich will nicht, daß du mich so ansiehst!«

»Verzeih mir«, sagte er wieder. »Du hast so schön ausgesehen. Weißt du, was für eine Macht man besitzen muß, um die Fesseln eines Banns zu zerreißen, den ich gelegt habe?«

»Ja. Die Macht eines Gestaltwandlers. Und die besitze ich.«

Stumm sah er sie an. Ein feiner Schauder von Kälte durchrann ihn.

»Und diese Macht haben sie.« Abrupt setzte er sich auf, bemerkte kaum das schmerzhafte Ziehen von seiner Schulter abwärts. »Warum wenden sie sie nicht an? Sie wenden sie niemals an. Sie hätten mich längst töten sollen. In Herun hätte der Gestaltwandler Corrig mich töten können, während ich schlief; statt dessen spielte er nur auf seiner Harfe. Er forderte mich heraus, ihn zu töten. In Isig — drei Gestaltwandler brachten es nicht fertig, einen Bauernfürsten aus Hed zu töten, der in seinem Leben nie ein Schwert in der Hand gehabt hatte! Was, in Hels Namen, sind sie? Was wollen sie von mir? Was will Ghisteslohm?«

»Glaubst du, sie haben ihn getötet?«

»Ich weiß es nicht. Er war wahrscheinlich gescheit genug zu fliehen. Es wundert mich, daß wir ihn nicht neben uns im Wagen fanden.«

»Sie werden dich in Lungold suchen.«

»Ich weiß. Er strich sich mit der Hand über das Gesicht. »Ich weiß. Vielleicht gelingt es mir mit der Hilfe der Zauberer, sie von der Stadt fortzuschicken. Ich muß schnell hin. Ich muß —«

»Ich weiß.« Sie holte einmal tief Atem und stieß müde die Luft wieder aus. »Morgon, lehre mich die Krähengestalt. Das ist wenigstens eine Maske der Könige von An. Und fliegen ist schneller als barfuß marschieren.«

Er hob den Kopf. Dann streckte er sich aus und zog sie zu sich herunter, während er versuchte, all die Gedanken in Worte zu fassen, die sich in seinem Kopf drängten.

»Ich werde lernen, auf der Harfe zu spielen«, sagte er schließlich und spürte ihr Lächeln an seiner Brust.

Seine Gedanken verdichteten sich plötzlich zu einer einzigen Erinnerung an die stockenden Klänge einer Harfe in der Finsternis. Erst als er die Hand hob, um seine Augen zu berühren, merkte er, daß er wieder weinte. Rendel war still, hielt ihn nur zärtlich umfangen.

Nach langer Zeit, als das Feuer weit heruntergebrannt war, sagte er: »Ich habe in dieser letzten Nacht nicht bei Thod gesessen, weil ich hoffte, ihn zu verstehen, sondern weil er mich dort hinzog, weil er mich dort haben wollte. Und er hielt mich nicht mit seinem Harfenspiel oder mit seinen Worten, sondern mit einer Kraft, die so mächtig war, daß sie mich über all meinen Zorn hinweg an ihn band. Ich kam, weil er es wollte. Er wollte es, deshalb kam ich. Verstehst du das?«

»Morgon, du hast ihn geliebt«, flüsterte sie. »Das war die Bindung.«

Er schwieg wieder, während er vor sich das stille, beschattete Gesicht jenseits der Flammen sah und dem Schweigen des Harfners lauschte, bis er den dünnen Gesang von Rätseln zu hören glaubte, die wie Spinnweben in der Dunkelheit zu einem weitverzweigten, geheimen Spiel gesponnen wurden, das seinen Tod selbst zum Rätsel machte. Schließlich benebelte eines der Kräuter, die Rendel auf seine Brust und seine Wange gelegt hatte, seinen Geist, und er schlief wieder.

Am folgenden Morgen, als sie zur Zeit der Dämmerung erwachten, lehrte er sie die Krähengestalt. Er trat in ihren Geist ein, fand tief in seinem Inneren Bilder von Krähen, Geschichten von ihnen, Erinnerungen, von denen sie kaum wußte, daß sie vorhanden waren; die unergründlichen, krähenschwarzen Augen ihres Vaters, Krähen unter Eichen, die Raiths Schweineherden umringten, Krähen, die durch die Geschichte von An flogen, Totenvögel, Botenvögel, Grabwächter, und ihre Stimmen waren voll von Spott, voll grimmiger Warnung und voll Poesie.

»Woher sind die alle gekommen?« murmelte sie erstaunt.

»Sie gehören zum Landrecht von An. Sie sind ein Teil der Kraft und des Herzens von An. Nicht mehr.«

Eine schläfrige Krähe rief nach ihr von einem der Bäume herunter, die um sie herum standen; sie landete auf seinem Arm.

»Kannst du in meinen Geist eintreten? Hinter meine Augen in meine Gedanken sehen?«

»Ich weiß nicht.«

»Versuch es. Es wird dir nicht schwerfallen.«

Er öffnete seinen Geist dem der Krähe, sog ihn in sich hinein, bis er sein eigenes verwischtes, namenloses Gesicht aus ihren Augen sah. Unter welkem Laub, unter Eichenwurzeln hörte er das Rascheln und Knistern von Bewegung, so klar und präzise wie die Töne einer Flöte. Er fing an, die Sprache der Krähe zu verstehen. Sie krächzte einmal kurz, mehr neugierig als ungeduldig. Dann füllte sich sein Geist mit einer Bewußtheit von Rendel, so als wäre sie in ihm, berührte ihn sanft, durchflutete ihn wie Licht. Einen Moment lang nährten sich die drei Wesen furchtlos, suchend voneinander. Dann schrie die Krähe auf; ihre Schwingen rauschten schwarz an Morgons Augen vorüber. Er war allein in seinem Geist, suchte tastend nach etwas, das aus ihm entwichen war. Eine Krähe flatterte auf und landete auf seiner Schulter. Er sah ihr in die Augen.

Er lächelte langsam. Mit ungeschickt flatternden Schwingen schwang sich die Krähe zu einem hohen Ast hinauf. Sie verfehlte ihn, als sie landen wollte. Dann fing sie sich, und die feine Ausgewogenheit von Instinkt und Verstand in ihr geriet ins Schwanken. Aus der Krähe wurde Rendel.

Atemlos und verdutzt blickte sie auf Morgon hinunter.

»Hör auf zu lachen. Morgon, ich bin geflogen. Und wie, in Hels Namen, komm ich da jetzt wieder hinunter?«

»Flieg.«

»Ich weiß nicht mehr, wie das geht.«

Er flog zu ihr hinauf. Die Schwinge über der nur halb verheilten Wunde war steif. Er verwandelte sich wieder in seine natürliche Gestalt. Warnend ächzte der Ast unter seinem Gewicht.

»Gleich fallen wir in den Fluß!« schrie sie auf. »Morgon, der Ast bricht —«

Mit einem Krächzen flatterte sie wieder auf. Morgon folgte ihr. Sie zogen schwarze Linien durch das Licht des Sonnenaufgangs, erhoben sich hoch über die Wälder, unter sich endloses dunkles Grün und das helle Band der Straße, die es auf ihrem Weg quer durch das ganze Reich durchschnitt. Sie stiegen so weit in die Lüfte, daß die Wagen der Händler nur noch winzige, mühsam dahinkriechende Insekten waren. Sie ließen sich langsam abwärts fallen, kreisten miteinander, während ihre Flügel im gleichen gemächlichen Rhythmus schlugen und sie immer kleiner werdende Ringe in das Sonnenlicht schnitten, bis sie schließlich dicht über dem Fluß einen letzten schwarzen Kreis zogen. Sie landeten im Farnkraut am Ufer und wechselten die Gestalt. Wortlos blickten sie einander an.

»Deine Augen sind voll des Flugs«, flüsterte Rendel.

»Deine Augen sind voll der Sonne.«

Zwei Wochen lang flogen sie in Krähengestalt. Die stillen, goldenen Eichenwälder wichen am Rand des Hinterlands unter ihnen zurück. Die Straße machte einen Knick, wandte sich nordwärts durch üppige, dunkle Fichtenwälder, deren Schweigen unberührt schien vom Lauf der Jahrhunderte. Sie wand sich kahle, steinige Hügel hinauf, die in der Mittagssonne wie heißes Messing schimmerten, überspannte Schluchten, auf deren Grund silbernes Wasser aus den Lungoldseen blitzte und schäumend gegen steile Felswände schlug. Die Bäume verschmolzen unter den Augen der Krähen zu einem dunkelgrünen Schleier, der sanft wogend dem schwachen blauen Dunst der Berge entgegenwehte, die die fernen westlichen Ränder des Hinterlandes begrenzten. Bei Tag erhitzte die Sonne den Himmel zu einem harten, metallischen Blau. Die Nacht bestreute ihn von einem Horizont zum anderen, bis hinunter zum Rand der Welt mit glitzernden Sternen. Die Stimmen des Hinterlands, die Stimmen von Erde und Stein und uralten, ungezähmten Winden waren wie die Ewigkeit. Unter ihnen lag eine Stille, die so unerbittlich war wie Granit. Morgon fühlte sie, während er flog; er sog sie mit seinem Atem in seine Knochen ein, spürte ihre fremde, kalte Berührung an seinem Herzen. Zu Beginn versuchte er, ihr zu entrinnen, versuchte, Rendels Geist zu erreichen, um die unbestimmte, unartikulierte Sprache teilen zu können. Dann aber verwob sich die Stille langsam mit dem Rhythmus seines Flugs und wurde ihm schließlich zum Gesang. Endlich, als er sich kaum noch seiner eigenen Sprache erinnerte und Rendel nur noch als einen dunklen, vom Wind gemeißelten Schatten kannte, sah er, daß sich die Bäume vor ihnen teilten. In der Ferne leuchtete an den Gestaden des ersten der Lungoldseen die wunderbare Stadt, die Ghisteslohm gegründet hatte. Kupfer und Bronze und Gold erglänzten in den letzten Strahlen der Sonne.

Mit müdem Flügelschlag näherten sich die Krähen ihrem Ziel. Rund um die Stadt waren die Wälder meilenweit zurückgedrängt, um Feldern, Weiden und Obstpflanzungen Raum zu geben. Der kühle Duft der Fichten wich dem Geruch frisch gepflügter Erde und reifenden Getreides. Von Schatten gefleckt war das letzte Stück zerfurchter Straße, das in die Stadt hineinführte. Das Stadttor war ein anmutiger, sich hoch emporwölbender Bogen aus glänzendem, dunklem Holz und weißem Stein. Die Stadtmauern waren gewaltig und von ungeheurer Dicke, von Strebepfeilern aus Holz und Stein getragen, die sich hoch über die Gebäude jenseits der alten Grenzen der Stadt emporschwangen. Neuere Straßen hatten Breschen in die alten Mauern geschlagen; kleinere Tore waren in sie eingelassen; Häuser und Läden waren an den Mauern gewachsen und sogar auf ihnen, als hätten ihre Erbauer die Angst und das Entsetzen längst vergessen, das sieben Jahrhunderte zuvor die Mauern errichtet hatte.

Die Krähen erreichten das Haupttor, rasteten unter den Bögen. Die Torflügel sahen aus, als wären sie seit Jahrhunderten nicht mehr geschlossen worden. Sie waren aus massiver Eiche, mit Bronze beschlagen, in bronzenen Angeln aufgehängt. Vögel nisteten auf den Angeln. Innerhalb der Mauern verzweigte sich ein Gewirr kopfsteingepflasterter Straßen in alle Richtungen; leuchtend bemalte Gasthäuser wechselten ab mit Zunfthäusern, Kaufläden und Werkstätten von Handwerkern, Wohnhäusern, deren Fenster mit Blumen geschmückt waren. Morgon schwang seinen Blick über seine Krähenaugen hinaus und spähte über Dächer und Kamine hinweg zum Nordrand der Stadt. Die untergehende Sonne lag leuchtend auf dem Weg, entzündete ihn in rotgoldenem Feuer, bis die Fischerboote, die an den Docks vertäut lagen, auf dem Wasser zu brennen schienen.

In der Nische zwischen dem offenen Torflügel und der Stadtmauer flatterte er zu Boden und wechselte die Gestalt. Rendel folgte ihm. Sie standen da und sahen einander an. Ihre Gesichter waren schmal und mager, geprägt von der Wildnis und der Stille des Hinterlandes. Ihre eigenen Körper waren ihnen selbst halb fremd. Dann fiel Morgon ein, daß er einen Arm hatte, und er legte ihn um Rendels Schultern und küßte sie beinahe zaghaft. Langsam kam wieder Ausdruck in ihre Züge.

»Was, in Hels Namen, haben wir getan?« flüsterte sie. »Morgon, mir ist, als hätte ich hundert Jahre lang geträumt.«

»Nur zwei Wochen. Wir sind in Lungold.«

»Laß uns nach Hause zurückkehren.« Dann trat ein seltsamer Ausdruck in ihre Augen. »Was haben wir gegessen?«

»Denk nicht daran.«

Er lauschte. Durch das offene Tor kamen kaum noch Wagen; er hörte nur einen gemächlich trottenden Reiter, der wie eine Vorhut des Zwielichts in die Stadt kam. Morgon nahm Rendels Hand.

»Komm, gehen wir.«

»Wohin?«

»Riechst du es nicht? Es ist da, an den Rändern meiner Wahrnehmung. Ein Gestank nach Macht ...«

Er zog ihn durch die gewundenen Straßen. Die Stadt war ruhig, die Menschen saßen beim Essen; die verlockenden Düfte, die aus den Gasthäusern drangen, machten ihnen den Mund wäßrig. Aber sie hatten kein Geld, sahen beinahe aus wie Bettler in ihren abgerissenen Kleidern. Der giftige Hauch verfallener, mißbrauchter Macht zog Morgon zum Herzen der Stadt, durch breite Straßen, die von eleganten Läden und den Häusern wohlhabender Händler gesäumt waren. In der Mitte der Stadt stiegen die Straßen an. Auf dem Gipfelpunkt der Anhöhe verloren sich die prächtigen Häuser. Die Straßen endeten abrupt. Auf einer weiten, verwüsteten Fläche Landes erhob sich die steinerne Hülle der uralten Schule, einstmals aus der Macht und der Kunst der Zauberer erschaffen. Ihre verfallenen, leeren Mauern leuchteten im letzten Licht.

Morgon blieb stehen. Eine seltsame Sehnsucht regte sich schmerzhaft in ihm, als hätte er einen Blick auf etwas getan, das er niemals besitzen konnte und von dem er nie zuvor gewußt hatte, daß er es würde besitzen wollen. Ungläubig sagte er: »Kein Wunder, daß sie kamen. Er hat ihr eine solche Schönheit gegeben ...«

In riesigen, halbzerstörten Sälen enthüllte sich ihnen der Reichtum des Reiches. Geborstene Fenster mit zackig gebrochenen Scheiben, die in den Farben von Edelsteinen leuchteten, waren in Gold gerahmt. An den inneren Wänden, die von Feuer geschwärzt waren, erinnerten halbverkohlte Balken aus heller Esche und Ebenholz, aus Eiche und Zeder noch an kostbare Täfelungen. Hier und dort blitzten an einem vom Feuer angefressenen, umgestürzten Pfeiler noch Beschläge aus Kupfer und Bronze. Hohe Bogenfenster, durch die die Regenbogenstrahlen gebrochenen Lichts fielen, ließen die Illusion von Frieden und Beschaulichkeit ahnen, die die rastlosen, getriebenen Geister, die in der Schule Zuflucht gesucht hatten, eingelullt hatte. Über sieben Jahrhunderte hinweg spürte Morgon ihren Trug und ihre Verheißung — hier hatten sich die begabtesten und mächtigsten Männer und Frauen des Reiches eingefunden, um ihr Wissen miteinander zu teilen, um ihre geistigen Kräfte zu erforschen und beherrschen zu lernen. Wieder bedrängte jene unbestimmte Sehnsucht sein Herz; er konnte ihr keinen Namen geben. Schweigend stand er da und blickte auf die tote Schule, bis Rendel ihn berührte.

»Was ist?«

»Ich weiß nicht. Ich wünschte — ich wünschte, ich hätte hier studieren können. Die einzige Kraft, die ich je kennengelernt habe, ist die Ghisteslohms.«

»Die Zauberer werden dir helfen«, sagte sie, aber darin fand er keinen Trost.

Er sah sie an.

»Würdest du mir einen Gefallen tun? Nimm wieder Krähengestalt an. Ich trage dich auf meiner Schulter, während ich sie suche. Ich weiß nicht, was für Fallen oder Bannsprüche hier noch verwurzelt sind.«

Sie nickte müde, ohne etwas zu sagen, und verwandelte sich. Sie hockte sich auf seine Schulter, dicht an sein Ohr, und er trat auf das Gelände der Schule. Nirgends wuchsen Bäume; Gras wucherte nur stellenweise in den weißen Furchen versengter Erde. Zertrümmerte Steine lagen noch dort, wo sie niedergefallen waren, bargen tief in ihrem Inneren noch immer eine brennende Erinnerung der Macht. Seit Jahrhunderten war hier nichts berührt worden. Morgon fühlte es, als er sich dem Schulgebäude selbst näherte. Der schreckliche Hauch der Zerstörung hing wie eine Warnung über all der Pracht. Er schritt leise vorwärts, öffnete seinen Geist, um ihn in die stillen Hallen vorauseilen zu lassen.

Zimmer und Säle stanken nach einem vertrauten Namen. In vielen fand er Skelette, die unter den Trümmern eingestürzter Wände begraben waren. Erinnerungen an Hoffnung und Kraft und Verzweiflung sammelten sich um ihn wie Gespenster. Er begann leicht zu schwitzen, während Schatten einer alles verheerenden, hoffnungslosen Schlacht sich fein und leicht wie Staub über ihn senkten. Als er den großen, runden Saal im Herzen des Gebäudes betrat, spürte er im Inneren seiner Mauern noch immer den donnernden Widerhall einer entsetzlichen Explosion von Haß und Verzweiflung. Er hörte, wie die Krähe auf seiner Schulter einen rauhen, kehligen Laut ausstieß; ihre Krallen bissen in seine Schulter. Er stieg über die Zimmerdecke hinweg, die in unzählige Teile zerschmettert auf dem Boden lag, und gelangte zu einer Tür im Hintergrund des Saales. Die Tür, die nur noch in Splittern in ihren Angeln hing, führte in eine weiträumige Bibliothek. Ein unermeßlicher Schatz an Büchern lag zerfetzt und verkohlt auf dem Boden. Unerbittlich hatte das Feuer in den Regalen gewütet und wenig mehr zurückgelassen als die Rücken und Skelette der Zauberbücher, die so alt waren wie das Reich oder älter. Der Geruch von verbranntem Leder hing noch immer im Raum, als hätte in sieben Jahrhunderten nichts die Luft bewegt.

Er wanderte von Gemach zu Gemach. In einem fand er geschmolzene Pfützen von Gold und Silber, wertvolle Metalle und geborstene Edelsteine, mit denen die Schüler gearbeitet hatten; in einem anderen die Gebeine kleiner Tiere. In einem dritten fand er Betten. Das Skelett eines Kindes lag zusammengekrümmt unter den Decken eines dieser Betten. Da drehte er um und suchte sich seinen Weg durch die geborstene Mauer zurück in den Abend. Doch die Luft war erfüllt von stummen Schreien, und die Erde unter seinen Füßen war tot.

Er hockte sich auf einem Haufen Steine nieder, die aus einer Ecke des Gebäudes herausgerissen waren. Von der kahlen Höhe des Hügels abwärts dehnte sich das Gewirr von Dächern zu den verfallenden Mauern hin. Sie waren alle aus Holz. Lebhaft sah er vor sich ein Meer von Feuer, das sich über die ganze Stadt ausbreitete, Felder und Obstpflanzungen niederbrannte, am Seeufer entlang in die Wälder hineinwogte, über denen sich ein heißer Sommerhimmel spannte, ohne Hoffnung auf Regen, der das Feuer hätte ersticken können. Er ließ sein Gesicht in die Hände sinken und flüsterte: »Was, in Hels Namen, tue ich hier? Er hat Lungold einmal zerstört; und jetzt werden er und ich es wieder zerstören. Die Zauberer sind nicht hierher zurückgekehrt, um ihm den Kampf anzusagen; sie sind hierher zurückgekehrt, um zu sterben.«

Die Krähe murmelte etwas. Er stand wieder auf, blickte auf die massige Ruine des Hauses, die sich dunkel vor dem leuchtenden Abglanz der untergehenden Sonne abhob. Er warf seinen Geist aus und berührte nur Erinnerungen. Er lauschte und hörte nur das Echo eines Namens, der seit Jahrhunderten verflucht wurde. Entmutigt ließ er die Schultern sinken.

»Wenn sie hier sind, dann hüten sie sich wohl ... Ich weiß nicht, wie ich sie suchen soll.«

Rendels Stimme brach mit einer kurzen, nur im Geist gesprochenen Bemerkung durch das Wesen der Krähe. Er drehte den Kopf und blickte in die schwarzen, forschenden Augen.

»Ja, gut. Ich weiß, daß ich sie finden kann. Ich kann ihre Trugbilder durchschauen und ihre geistigen Fesseln durchbrechen. Aber, Rendel — sie sind große Zauberer. Sie gelangten durch Neugier, Disziplin, Integrität — vielleicht sogar Freude an ihre Macht. Sie eroberten sie sich nicht, indem sie schreiend auf dem Grund des Erlenstern-Bergs lagen. Niemals haben sie in das Landrecht eingegriffen oder einen Harfner von einem Ende des Reichs zum anderen gehetzt, um ihn zu töten. Mag sein, daß sie mich hier brauchen, um mit ihnen zu kämpfen, aber ich frage mich, ob sie mir vertrauen werden ...« Die Krähe schwieg; er streichelte mit einem Finger ihre Brust. »Ich weiß. Es gibt nur einen Weg, das herauszufinden.«

Er wanderte wieder zurück in die Ruine. Diesmal öffnete er sich ganz und gar all der Qual der Zerstörung und den noch umherirrenden Erinnerungen an einen vergessenen Frieden. Wie ein facettenreicher Edelstein reflektierte sein Geist alle Farben und Tönungen verbliebener geistiger Macht, wie sie aus geborstenen Steinen, aus der unberührten Seite eines Zauberbuchs, aus vielen uralten Geräten aufstieg, die er bei den Toten fand — aus Ringen, seltsam geschnitzten Stäben, Kristallen, in denen erstarrtes Licht eingeschlossen war, Skelette geflügelter Tiere, denen er keinen Namen geben konnte. Er tastete all die verschiedenen Nuancen der Macht ab, fand all ihre Quellen. Einmal, als er ein schwelendes Feuer zu seinem Ursprung tief in einem Tümpel geschmolzenen Eisens verfolgte, sprengte er das Becken versehentlich und erkannte, daß das Eisen selbst ein Schmelztiegel des Wissens gewesen war. Die Druckwelle warf die Krähe hoch in die Luft und riß Steine aus der Decke. Er selbst war wie in einem Reflex mit dem Kraftstoß verschmolzen, hatte sich nicht gegen ihn aufgelehnt; die Krähe, die ängstlich krächzend umherflatterte, sah, wie er aus starrem Stein wieder zum Menschen wurde. Er hielt sie in seinen Händen, um sie zu beruhigen, während er voll Verwunderung und Staunen über die Geheimnisse der alten Zauberkunst nachdachte. Alles, was sein Geist berührte — Holz, Glas, Gold, Pergament, Knochen —, barg in sich ein Aschestäubchen von geistiger Kraft. Er forschte geduldig, nichts auslassend, entzündete einen Holzspan, den er von einem Dachbalken abriß, als es so dunkel wurde, daß er nichts mehr sehen konnte. Gegen Mitternacht schließlich, als die Krähe auf seiner Schulter schlummerte, wanderte sein Geist durch eine Tür, die es nicht gab.

Es war ein machtvoller Trug; er hatte zuvor schon auf die Tür geblickt und nicht durch sie hindurchgesehen, keinen Drang verspürt, sie zu öffnen. Sie war aus Eichenholz und aus Eisen, vergittert und verriegelt. Er mußte über einen Haufen zertrümmerter Steine und verkohlten Holzes hinwegsteigen, wenn er sie öffnen wollte. Rund um die Tür herum waren die Mauern fast bis zum Boden abgebröckelt; nichts schien hinter ihr zu liegen als die von der Schlacht verwüstete Erde zwischen zwei verfallenen Gebäuden. Doch sie war zu einem ganz bestimmten Zweck von einer lebenden Kraft geschaffen worden. Er kletterte über die Trümmer, um zu ihr zu gelangen, und legte seine Hand flach gegen sie. Ein fremder Geist versperrte ihm den Zutritt, ließ ihn Holzmaserung unter seinen Fingern fühlen. Er hielt inne, ehe er sie durchbrach, verwirrt, wie schon früher, durch das ungewisse Ausmaß seiner eigenen Kräfte. Dann schritt er vorwärts, wurde einen Herzschlag lang zu wurmstichiger Eiche und verrosteten Schlössern, faßte in sich die Kraft, die all dies dort festhielt.

Abrupt ging es abwärts in schwarze Finsternis. Stufen, die unter einem Trugbild versengter Erde verborgen waren, führten in die Tiefe. Seine Flamme flackerte, wurde kleiner und kleiner, bis er gewahr wurde, was das für eine Kraft war, die gegen das Feuer kämpfte. Er speiste die Flamme mit einem Feuer, das tief im Verborgenen seines Geistes loderte, und sie brannte ruhig und klar.

Die ausgetretenen Stufen führten steil abwärts durch einen schmalen Gang. Allmählich wurden sie flacher, und schließlich hatte Morgon ebenen Boden unter den Füßen. Ein schwarzes, undurchdringliches Gesicht von Dunkelheit blickte ihm entgegen. Es roch nach verfaulendem Holz und feuchtem Stein. Er ließ seine Fackel heller brennen; mit zaghaften Fingern erforschte die Flamme die Finsternis. Eisige Kälte, wie hoch oben auf einem Berggipfel, machte ihn frösteln. Die Krähe stieß wieder ein heiseres Krächzen aus. Er spürte, daß sie die Gestalt wechseln wollte, und hastig schüttelte er den Kopf. Sie kroch wieder unter sein Haar. Während er sein Feuer heller und heller aufflammen ließ und nach einer Grenze der Dunkelheit suchte, kroch langsam etwas in seine Gedanken. Er spürte sehr nahe eine Kraft, die mit einem unendlich weiten, unterirdischen Gewölbe nichts zu tun hatte. Verwundert fragte er sich, ob der Schacht selbst Blendwerk war.

Lautlos holte er Atem und hielt die Luft an. Nur eine Möglichkeit der Erklärung bot sich ihm dar: ein Paradox der Zauberei. Er hatte keine andere Wahl, als kehrtzumachen und zu gehen. Er ließ seine Fackel zu Boden fallen und sah zu, wie sie in Schwärze erlosch. Wie lange er so stand und mit der Dunkelheit rang, wußte er nicht. Je mehr er sich anstrengte zu sehen, desto mehr wurde er sich seiner Blindheit bewußt. Schließlich hob er die Hände und drückte sie über seine Augen. Er fröstelte wieder; die Finsternis schien über ihm zu kauern wie ein unermeßlich großes, erdrückendes Geschöpf. Doch er konnte nicht gehen; stumm, starrsinnig stand er da und hoffte auf Hilfe.

Eine Stimme beinahe direkt neben ihm sagte: »Die Nacht ist nicht etwas, das man bis Tagesanbruch erträgt. Sie ist ein Element wie der Wind oder das Feuer. Die Finsternis ist ihr eigenes Königreich; sie richtet sich nach ihren eigenen Gesetzen, und viele lebende Dinge wohnen in ihr. Ihr versucht, Euren

Geist von ihr zu trennen. Das ist fruchtlos. Nehmt die Gesetze der Finsternis an.«

»Das kann ich nicht.«

Er ließ die Hände sinken und ballte sie zu Fäusten. Reglos wartete er.

»Versucht es.«

Seine Hände verkrampften sich; Schweiß brannte in seinen Augen.

»Ich kann gegen den Gründer kämpfen, aber ich habe nie von ihm gelernt, wie ich gegen das hier kämpfen soll.«

»Ihr habt den Zauber meiner Täuschung durchbrochen, als existierte er kaum.« Die Stimme war ruhig, und doch klirrte sie wie Stahl. »Ich habe ihn mit all der Kraft, die ich noch besitze, aufrechtzuerhalten versucht. Es gibt nur zwei andere, die ihn hätten durchbrechen können. Und Ihr seid machtvoller als jeder dieser beiden. Sternenträger, ich bin Iff.« Darauf sprach er seinen ganzen Namen, eine Reihe klirrender Silben, die dennoch einen fließenden, melodischen Klang hatten. »Ihr habt mich aus der Macht des Gründers befreit, und ich stelle mich in Eure Dienste bis an mein Lebensende. Könnt Ihr mich sehen?«

»Nein«, flüsterte Morgon. »Aber ich möchte gern.«

Sterne aus Fackellicht ergossen sich in einem Lichtbogen über ihn. Das Gefühl unendlicher Weite schmolz dahin. Die sachte, stumme Erkenntnis von etwas, das nicht wirklich war, das wie eine Erinnerung war, die an den Rändern seines Bewußtseins zupfte, war sehr intensiv. Dann sah er einen Totenkopf, der ihn mit rätselhaftem Blick ansah, und dann noch einen, mitten in einem Haufen von Gebeinen. Die unterirdische Kammer, in der er sich befand, war kreisrund; die feuchten Wände aus lebendiger Erde waren gespickt mit tiefen Spalten. Das Haar in seinem Nacken stellte sich auf. Er befand sich in einer Gruft, die unter der großen, alten Schule verborgen war, und er hatte die letzten lebenden Zauberer von Lungold beim Begräbnis ihrer Toten gestört.

7

Er erkannte Nun sofort; eine große, dürre Frau mit langem, grauem Haar und einem klugen, kantigen Gesicht. Sie rauchte eine kleine edelsteinblitzende Pfeife; ihre Augen, die ihn mit einer seltsamen Mischung aus Staunen und Beunruhigung betrachteten, waren eine Schattierung dunkler als der Rauch. Hinter ihr im Fackellicht stand ein hochgewachsener, hagerer Zauberer, dessen breites, edel geschnittenes Gesicht von Schlachten gezeichnet war wie das eines Königs. Sein weißes Haar war mit silbernen und goldenen Lichtern gesprenkelt; in den lebhaften Augen schwelten blaue Flammen. Er blickte Morgon aus den Tiefen der Vergangenheit an, als hätten drei Sterne in der Dunkelheit einen flüchtigen Moment lang vergessene Jahrhunderte vor seinen Augen aufblitzen lassen.

Vor einer der Spalten in der Mauer kniete ein dunkeläugiger Zauberer mit einem spitzen Gesicht, das an einen Raubvogel erinnerte. Er schien grimmig und humorlos, bis Morgon seinem Blick begegnete und ein feines Lächeln, wie über irgendeine Ungereimtheit, sah. Morgon wandte sich dem hochgewachsenen, hageren Zauberer an seiner Seite zu, der die Stimme eines Meisters von Caithnard hatte. Sein Gesicht war abgezehrt wie das eines Asketen, doch Morgon, der ihn aufmerksam betrachtete, als er nähertrat, spürte die unerwartete Kraft und die Stärke in seinem mageren Körper.

Fragend sagte er: »Iff?«

»Ja.«

Seine Hand glitt sehr behutsam zu Morgons Schulter hinauf und nahm die Krähe. Morgon mußte plötzlich an die Bücher denken, die die Morgol von Herun nach Caithnard gebracht hatte. Zeichnungen wilder Blumen hatten die Ränder der Seiten geschmückt.

»Ihr seid der Gelehrte, der die wilden Geschöpfe liebt.«

Der Zauberer blickte von der Krähe auf; sein Gesicht zeigte Überraschung, wirkte plötzlich sehr weich. Die Krähe starrte ihn aus dunklen Augen an, und keine Feder ihres Kleides regte sich. Der Zauberer mit dem Habichtsgesicht schob den Totenschädel, den er in Händen hielt, in eine Spalte und kam durch die Kammer.

»Vor nicht allzu langer Zeit sandten wir eine Krähe, die dieser sehr ähnlich war, nach Anuin zurück.«

Seine Stimme war wie seine Augen, scharf und geduldig zugleich.

»Rendel!« rief Nun. »Was, in Hels Namen, tust du hier?«

Iff machte ein verdutztes Gesicht. Er setzte die Krähe wieder auf Morgons Schulter und sagte zu ihr: »Verzeiht mir.« Zu Morgon gewandt fügte er hinzu: »Eure Gemahlin?«

»Nein. Sie weigert sich, mich zu heiraten. Und sie weigert sich auch, nach Hause zurückzukehren. Aber sie ist imstande, auf sich selbst aufzupassen.«

»Gegen Ghisteslohm?«

Ein Falkenauge traf einen Moment lang die Augen der Krähe, die nervös wieder unter Morgons Haar schlüpfte.

Er verspürte plötzlich ein Verlangen, den Vogel zu nehmen und ihn unter seinem Kittel, an seinem Herzen zu verbergen. Die dünnen Brauen des Zauberers waren hochgezogen.

»Jahrhundertelang habe ich den Königen von An und Aum gedient. Nach der Zerstörung von Lungold wurde ich ein Falke, der immer wieder gefangen wurde und in der Gefangenschaft alterte und entwischte, um sich wieder zu verjüngen. Jahrhundertelang trug ich Fessel und Haube und reiste auf den Winden, um immer wieder in die Hände der Könige von Anuin zurückzukehren. Nicht einer von ihnen, nicht einmal Mathom von An, besaß die Gabe, hinter meine Augen zu sehen. In ihr wohnt eine großartige, rastlose Kraft ... Sie erinnert mich an jemanden, die Erinnerung eines Falken ist es ...«

Morgon streichelte die Krähe sachte, unsicher ob des Schweigens.

»Sie wird es Euch sagen«, erklärte er schließlich, und der Ausdruck auf dem alten, stolzen Gesicht veränderte sich.

»Hat sie Angst vor uns? Aus welchem denkbaren Grund? In Falkengestalt nahm ich Fleisch aus ihres Vaters nackter Hand.«

»Ihr seid Talies«, sagte Morgon plötzlich, und der Zauberer nickte. »Der Geschichtskundige. In Caithnard habe ich gelesen, was Ihr über Hed geschrieben habt.«

»Nun«, die scharfen Augen lächelten beinahe wieder, »ich habe das vor vielen Jahrhunderten geschrieben. Zweifellos hat Hed sich seitdem verändert, wenn es neben Ackergäulen und Bier den Sternenträger hervorbringen kann.«

»Nein. Wenn Ihr zurückkehrtet, würdet Ihr es wiedererkennen.« Die Toten von An fielen ihm ein, und seine Stimme gehorchte ihm nicht mehr ganz. Er wandte sich dem Zauberer zu, der wie ein Krieger aus Ymris gebaut war. »Und Ihr seid Aloil. Der Poet. Ihr habt Liebeslieder für —« Wieder versagte ihm die Stimme, diesmal vor Verlegenheit.

Doch Nun lächelte. »Man stelle sich vor, daß jemand sich dessen nach tausend Jahren und mehr noch erinnert. Ihr wurdet gut gebildet in dieser Schule.«

»Die Schriften der Zauberer von Lungold — jene, die nicht hier zerstört wurden — bildeten die Grundlage der Rätselkunst.« Er verspürte eine plötzliche Frage in Aloils Geist und fügte hinzu: »Ein Teil Eures Werks ist in Caithnard, der Rest in der Bibliothek des Königs in Caerweddin. Astrin Ymris besaß den größten Teil Eurer Lieder und Gedichte.«

»Lieder und Gedichte.« Der Zauberer fuhr sich mit knorriger Hand durch das Haar. »Sie hätten hier zerstört werden sollen. Mehr waren sie kaum wert. Ihr kommt hierher und bringt uns Erinnerungen aus einem Reich, das wir als Lebendige nie wiedersehen werden. Wir sind hierhergekommen, um Ghisteslohm zu töten oder zu sterben.«

»Ich nicht«, entgegnete Morgon leise. »Ich bin hergekommen, um dem Gründer Fragen zu stellen.«

Der nach innen gewandte Blick des Zauberers schien sich loszureißen von den Bildern der Erinnerung und wandte sich ihm zu.

»Fragen!«

»Das ist doch angemessen«, sagte Nun beschwichtigend. »Er ist ein Rätselmeister.«

»Was hat die Rätselkunst mit alledem zu tun?«

»Nun . . .«

Ihre Zähne bissen wieder auf die Pfeife, und sie paffte einen Strom kleiner, hastig emporschießender Wölkchen in die Luft, ohne zu antworten.

»Besitzt Ihr die Kraft?« fragte Iff, den Sinn auf das Praktische gerichtet.

»Ihn zu töten? Ja. Um seinen Geist in Besitz zu nehmen und ihm all das Wissen zu entreißen, das ich brauche — ich weiß es nicht. Ich werde die Kraft finden. Tot hilft er mir nichts. Aber ich kann nicht gleichzeitig gegen die Gestaltwandler kämpfen. Und ich bin mir nicht sicher, wieviel Macht sie besitzen.«

»Ich muß sagen, Ihr kompliziert die Dinge«, murmelte Nun. »Wir sind in so simpler Absicht hierhergekommen . . .«

»Ich brauche Euch lebendig.«

»Nun, es ist angenehm, gebraucht zu werden. Seht Euch um.« Das Licht des Feuers schien ihrer Hand zu folgen, als sie eine ausholende Bewegung machte. »Vor sieben Jahrhunderten haben hier neunundzwanzig Zauberer und über zweihundert Männer und Frauen mit großer Begabung studiert. Und von diesen begraben wir jetzt zweihundertvierundzwanzig. Zweihundertdreiundzwanzig, wenn wir Suth nicht zählen. Und Ihr wißt ja, wie er gestorben ist. Ihr seid durch dieses Haus gewandert. Es ist eine einzige große Totengruft der Zauberkunst. Noch immer wohnt Kraft in den ausgebleichten Gebeinen; das ist der Grund, weshalb wir sie begraben. In den kommenden Jahrhunderten sollen nicht kleine Hexen und Hexer des Reiches hier zusammenströmen, um nach Knochen und Knöchelchen zu suchen, die ihren Zaubersprüchen bindende Kraft geben. Die Toten von Lungold verdienen Frieden. Ich weiß, daß Ihr Ghisteslohms Macht gebrochen habt, um uns zu befreien. Doch als Ihr an seiner Statt diesen Harfner verfolgtet, gabt Ihr ihm Zeit, seine Macht zu erneuern. Seid Ihr jetzt so sicher, daß Ihr eine zweite Zerstörung verhindern könnt?«

»Nein. Ich weiß nichts mit Sicherheit. Nicht einmal meinen eigenen Namen, deshalb wandere ich von Rätsel zu Rätsel. Ghisteslohm erbaute und zerstörte Lungold wegen dieser Sterne.« Er strich sein Haar zurück. »Sie trieben mich aus Hed fort und in seine Hände. Wären sie nicht gewesen, so wäre ich für immer in Hed geblieben, wäre es zufrieden gewesen, Bier zu brauen und Ackergäule zu züchten, hätte nie erfahren, daß Ihr am Leben seid oder daß der Erhabene im Erlenstern-Berg eine Lüge war. Ich muß wissen, was diese Sterne bedeuten und was sie sind. Ich muß wissen, warum Ghisteslohm den Erhabenen nicht fürchtete. Warum er mich lebend möchte, machtvoll, doch gefangen. Ich möchte wissen, was das für eine Macht ist, in die er mich, wie er sagte, blind hineinstolpern sieht. Wenn ich ihn töte, dann wird das Reich ihn los sein, doch ich werde weiterhin vor Fragen stehen, die keiner je beantworten wird — wie ein Verhungerter, der Goldgruben besitzt in einem Land, wo Gold nichts gilt. Begreift Ihr das?« fragte er Aloil plötzlich und sah in den stämmigen Schultern, dem harten, wettergegerbten Gesicht den mächtigen, knorrigen Baum, in dessen Gestalt der Zauberer sieben Jahrhunderte lang auf der Ebene von Königsmund gestanden hatte.

»Ich begreife«, sagte der Zauberer leise, »wo ich siebenhundert Jahre lang gewesen bin. Stellt ihm Eure Fragen. Und wenn Ihr dann sterbt oder wenn Ihr ihn entkommen laßt, werde ich ihn töten oder selbst sterben. Ihr wißt um die Rache. Was die Sterne auf Eurem Gesicht angeht . . . Ich weiß nicht einmal, wie ich es anfangen soll, Hoffnung in sie zu setzen. Ich begreife nicht alle Eure Handlungen. Wenn wir lebendigen Leibes aus Lungold hinausgehen, werde ich die Notwendigkeit sehen, sie zu begreifen: insbesondere die geistige Gabe und den Anlaß, die Euch trieben, in das Landrecht von An einzugreifen. Jetzt jedoch . . . Ihr habt uns befreit, Ihr habt unsere Namen aus den Tiefen der Erinnerung emporgezogen, Ihr habt Euren Weg hier herunter gefunden, um mit uns unter unseren Toten zu stehen . . . Ihr seid ein junger, müder Fürst von Hed mit einem blutbefleckten Kittel und einer Krähe auf Eurer Schulter und einer Kraft hinter Euren Augen, die direkt aus dem Herzen Ghisteslohms kommt. Mußte ich Euretwegen sieben Jahrhunderte in Gestalt einer Eiche zubringen und in den Meereswind starren? Was ist das für eine Freiheit oder für ein Verhängnis, in das Ihr uns zurückgeholt habt?«

»Ich weiß es nicht.« Sein Hals schmerzte. »Ich werde Euch eine Antwort finden.«

»Das werdet Ihr.« Der Tonfall der Stimme veränderte sich plötzlich, wurde nachdenklich und verwundert. »Das werdet Ihr, Rätselmeister. Ihr versprecht uns nicht Hoffnung.«

»Nein. Die Wahrheit. Wenn ich sie finden kann.«

Es wurde still. Nuns Pfeife war ausgegangen. Ihre Lippen waren ein wenig geöffnet, als sähe sie zu, wie ein verwischter, undeutlicher Schatten vor ihr langsam Gestalt annahm.

»Beinahe«, flüsterte sie, »macht Ihr mich hoffen. Aber in Hels Namen, worauf?«

Dann riß sie sich aus ihren Gedanken und legte ihren Finger auf Morgons Kittel, teilte ihn dort auseinander, wo er zerrissen war, um die Narbe darunter zu betrachten.

»Ihr hattet Schwierigkeiten unterwegs. Das habt Ihr Euch nicht in Krähengestalt geholt.«

»Nein.« Er verstummte, wollte nicht fortfahren, doch sie warteten auf eine Antwort. Leise, voller Bitterkeit, das Gesicht zu Boden gerichtet, sagte er: »Ich folgte eines Nachts Thods Harfenspiel und wanderte geraden Wegs in ein neues Netz von Verrat.« Nicht ein Laut war in der Kammer zu hören. »Ghisteslohm suchte mich auf der Handelsstraße. Und er fand mich. Er nahm Rendel gefangen, so daß ich mich nicht gegen ihn zur Wehr setzen konnte. Er wollte mich in den Erlenstern-Berg zurückbringen. Doch fanden uns die Gestaltwandler. Ich entkam ihnen —» er berührte die Narbe in seinem Gesicht »— um Haaresbreite. Ich verbarg mich hinter Trug und Täuschung und entrann. Seit wir fliegen, habe ich keinen von ihnen mehr gesehen. Vielleicht haben sie sich alle gegenseitig getötet. Doch ich bezweifle es.« Er empfand ihr Schweigen wie einen Bann, der ihn bedrängte, der ihm die Worte aus der Seele zog, und fügte hinzu: »Der Erhabene tötete seinen Harfner.«

Er schüttelte ein wenig den Kopf, während er sich aus ihrem Schweigen zurückzog. Er war nicht fähig, ihnen mehr zu geben. Er hörte, wie Iff Atem holte, spürte die kundige, beruhigende Berührung des Zauberers.

Talies sagte abrupt: »Wo war Yrth, während dies alles geschah?«

Morgons Augen hoben sich von einem Knochensplitter auf dem Boden. »Yrth?«

»Er war mit Euch auf der Handelsstraße.«

»Niemand war —« Er hielt inne. Ein Hauch von Nachtluft wehte kühl durch die Kammer; das Licht flackerte. »Niemand war bei uns.« Dann fiel ihm der Große Schrei ein, der aus dem Nichts gekommen war, und die geheimnisvolle, reglose Gestalt, die ihn in der Nacht angesehen hatte. Ungläubig flüsterte er: »Yrth?«

Die Zauberer sahen einander an.

»Er ging aus Lungold fort«, erklärte Nun, »um Euch zu finden, um Euch Hilfe zu geben, soweit es in seiner Macht stand. Und Ihr habt ihn nie gesehen?«

»Doch, einmal — mag sein, daß ich ihn einmal gesehen habe, als ich Hilfe brauchte. Es muß Yrth gewesen sein. Er hat sich mir nie zu erkennen gegeben. Es ist möglich, daß er mich verloren hat, als wir zu fliegen begannen.« Er schwieg, während er zurückdachte. »Es gab einen Augenblick, nachdem das Pferd mich getreten hatte, als ich das Gespinst der Täuschung, mit dem ich mich umgeben hatte, kaum noch festhalten konnte. In diesem Augenblick hätten die Gestaltwandler mich töten können. Sie hätten mich töten müssen. Ich erwartete es. Doch nichts rührte mich an . . . Es kann sein, daß er da war, um mein Leben zu retten. Doch wenn er dort geblieben ist, nachdem ich geflohen war —«

»Zweifellos hätte er es uns wissen lassen«, meinte Nun,

»wenn er Hilfe gebraucht hätte.« Sie strich sich mit schwieliger Hand sorgenvoll über die Stirn. »Aber wo mag er wohl sein? Ein alter Mann, der die Handelsstraße auf und ab wandelt und Euch sucht, genau wie der Gründer und die Gestaltwandler . . .«

»Er hätte sich mir zeigen sollen. Wenn er Hilfe gebraucht hätte, hätte ich für ihn kämpfen können; das ist der Grund, weshalb ich gekommen bin.«

»Ihr hättet auch um seinetwillen Euer Leben verlieren können. Nein.« Sie schien ihre eigenen zweifelnden Fragen zu beantworten. »Er wird kommen, wann es ihm paßt. Vielleicht ist er geblieben, um den Harfner zu begraben. Yrth hat ihn einst Lieder auf der Harfe gelehrt, hier in dieser Schule.«

Sie schwieg wieder, während Morgon zusah, wie zwei verstümmelte Totengesichter an der fernen Wand näher und näher zusammenrückten. Er schloß die Augen, bevor sie miteinander verschmolzen. Aus der Ferne hörte er die Krähe schreien; eine Hand, die schmerzhaft seine Schulter packte, verhinderte, daß er stürzte. Als er die Augen öffnete, tauchte sein Blick in die funkelnden Falkenaugen, und er spürte den kalten Schweiß, der plötzlich auf seinem Gesicht lag.

»Ich bin müde«, sagte er.

»Mit Grund.« Iff ließ ihn los. Sein Gesicht war durchzogen von einem Netzwerk haarfeiner Linien. »In der Küche gibt es Wild am Spieß — das ist der einzige Raum, der noch vier Wände und ein Dach hat. Wir haben hier unten geschlafen, aber neben dem Herd sind Matratzen. Vor der Tür steht eine Wache.«

»Eine Wache?«

»Eine der Wachen der Morgol. Die Morgol hat sie uns zur Verfügung gestellt.«

»Ist die Morgol noch hier?«

»Nein. Sie widersetzte sich hartnäckig allen Argumenten, die wir vorbrachten, um sie zur Heimkehr zu bewegen, bis sie plötzlich vor etwa zwei Wochen ohne jede Erklärung nach Herun zurückkehrte.« Er hob seine Hand und holte eine Fackel aus Luft und Dunkelheit. »Kommt. Ich zeige Euch den

Weg.«

Morgon folgte ihm schweigend durch zerstörte Räume eine gewundene Steintreppe hinunter zur Küche. Der Duft des Fleisches, das über dem zu Asche heruntergebrannten Feuer langsam abkühlte, gab ihm das Gefühl, als wären selbst seine Knochen hohl. Er setzte sich an dem langen, halbverkohlten Tisch nieder, während Iff ein Messer suchte und zwei angeschlagene Becher hinstellte.

»Wir haben Wein, Brot, Käse, Früchte — die Wachen sorgen gut für uns.« Er sprach nicht gleich weiter, sondern glättete eine Feder an der Schwinge der Krähe. »Morgon«, sagte er dann leise, »ich habe keine Ahnung, was der neue Tag bringen wird. Aber wenn Ihr Euch nicht entschlossen hättet, hierherzukommen, sähen wir jetzt dem sicheren Tod ins Auge. Jener Funke blinder Hoffnung, der uns über sieben Jahrhunderte am Leben hielt, muß von Euch genährt worden sein. Ihr mögt Angst haben zu hoffen, ich nicht.« Seine Hand berührte flüchtig Morgons vernarbte Wange. »Dank Euch, daß Ihr gekommen seid.« Er richtete sich auf. »Ich lasse Euch jetzt hier allein; wir arbeiten die Nächte durch und schlafen selten. Wenn Ihr uns braucht, dann ruft.«

Er warf seine Fackel in die Feuerstelle und ging. Morgon starrte auf die Tischplatte hinunter, auf den reglosen Schatten der Krähe, der auf dem Holz lag. Schließlich hob er den Kopf und sagte ihren Namen. Wieder schien sie die Gestalt wechseln zu wollen; ihre Schwingen hoben sich, und sie flog von seiner Schulter. Doch da öffnete sich abrupt die Außentür zur Küche. Die Wache trat ein — eine junge, dunkelhaarige Frau, die so vertraut und doch so unvertraut war, daß Morgon sie nur offenen Mundes anstarren konnte. Wie angewurzelt blieb sie stehen, als sie den Raum schon halb durchquert hatte, und sah ihn aus großen, aufgerissenen Augen an. Er sah, wie sie schluckte.

»Morgon?«

Er stand auf. »Lyra!«

Sie war gewachsen; ihr Körper wirkte lang und biegsam in dem kurzen, dunklen Kittel. Das im Schatten dunkle Gesicht war halb das des Kindes, an das er sich erinnerte, und halb das der Morgol. Es war, als könnte sie sich nicht bewegen. Deshalb ging er zu ihr. Als er sich näherte, sah er, wie ihre Hand am Speer sich regte. Mitten im Schritt blieb er stehen.

»Ich bin es«, sagte er.

»Ich weiß.« Sie schluckte wieder. Ihre Augen waren noch immer ungläubig und sehr dunkel. »Wie — wie seid Ihr in die Stadt gekommen? Keiner hat Euch gesehen.«

»Habt Ihr denn eine Wache auf den Mauern?«

Sie nickte. »Eine andere Verteidigung hat die Stadt nicht. Die Morgol hat uns holen lassen.«

»Dich! Ihre Landerbin.«

Ihr Kinn hob sich in einer Bewegung, an die er sich erinnerte.

»Ich bin aus einem bestimmten Grund hiergeblieben. Ich habe hier etwas zu tun.«

Erst da ging sie langsam auf ihn zu, und ihr starres Gesicht wurde lebendig im warmen Schein des Feuers. Sie legte ihre Arme um ihn und drückte ihr Gesicht fest an seine Schulter. Er hörte, wie ihr Speer klirrend hinter ihm zu Boden fiel. Er hielt sie fest an sich gedrückt; ein Hauch ihres klaren, stolzen Geistes wehte wie ein guter Wind durch seinen Geist. Schließlich ließ sie ihn los und trat zurück, um ihn wiederum anzusehen. Ihre dunklen Brauen zogen sich zusammen, als sie seiner Narben gewahr wurde.

»Ihr hättet Wächter haben sollen auf der Handelsstraße. Ich habe im letzten Frühjahr mit Rendel überall nach Euch gesucht, aber Ihr wart uns immer einen Schritt voraus.«

»Ich weiß.«

»Kein Wunder, daß die Wachen Euch nicht erkannten. Ihr seht — Ihr seht aus wie —« Zum erstenmal schien sie die Krähe zu bemerken, die reglos unter seinem Haar saß. »Das ist — Ist das Mathom?«

»Ist er hier?«

»Er war hier, jedenfalls eine Zeitlang. Auch Har war hier, aber die Zauberer haben sie beide nach Hause geschickt.«

Seine Hände, die auf ihren Schultern lagen, verkrampften

sich.

»Har?« wiederholte er ungläubig. »Warum, in Hels Namen, kam er hierher?«

»Um Euch zu helfen. Er hielt sich im Lager der Morgol vor Lungold auf, bis die Zauberer ihn überredeten, wieder fortzugehen.«

»Und sind sie so gewiß, daß er wirklich fortgegangen ist? Haben sie den Geist jedes blauäugigen Wolfes rund um Lungold erforscht?«

»Das weiß ich nicht.«

»Lyra, Gestaltwandler sind auf dem Weg hierher. Sie wissen, daß sie mich hier finden werden.«

Sie schwieg; er sah, wie sie rechnete.

»Die Morgol wies uns an, ein Arsenal von Waffen für die Händler mitzubringen. Es gab kaum Waffen in der Stadt. Aber die Händler — Morgon, das sind keine Kämpfer. Die Mauern werden unter einem Angriff abbröckeln wie altes Brot. Wir haben zweihundert Wachen . . .« Wieder zogen sich ihre Brauen zusammen, und sie sah plötzlich jung aus. »Wißt Ihr, was sie sind? Die Gestaltwandler?«

»Nein.«

Etwas Fremdes schimmerte in ihren Augen; der erste Anflug von Angst, den er je an ihr gesehen hatte. Barscher, als er beabsichtigt hatte, sagte er: »Warum?«

»Habt Ihr die Nachricht aus Ymris gehört?«

»Nein.«

Sie holte Atem. »Heureu Ymris hat die Ebene der Winde verloren. An einem einzigen Nachmittag. Monatelang hielt er das Heer der Rebellen am Rande der Ebene zurück. Die Ritter von Umber und Marcher hatten ein Heer aufgebracht, um die Rebellen ins Meer zurückzuwerfen. Innerhalb von zwei Tagen hätte es die Ebene der Winde erreicht. Doch plötzlich strömte ein riesiges Heer, von dessen Existenz niemand eine Ahnung gehabt hatte, aus Meremont und Tor über die Ebene der Winde. Krieger, die überlebt haben, schwören, sie hätten sie plötzlich mit Männern im Kampf gesehen — mit Männern im Kampf gesehen, die sie schon getötet hatten. Das Heer des Königs wurde vernichtend geschlagen. Ein Händler, der Pferde verkaufen wollte, geriet unversehens in die Schlacht. Er floh mit den Überlebenden nach Ruhn und dann weiter nach Lungold. Er sagte — er sagte, die Ebene wäre nur noch ein wüstes Feld von unbegrabenen Toten gewesen. Und Heureu Ymris ist seit diesem Tag nirgendwo in Ymris mehr gesehen worden.«

Morgons Lippen bewegten sich tonlos. »Ist er tot?«

»Astrin Ymris sagt nein. Doch selbst er kann den König nicht finden. Morgon, wenn ich mit zweihundert Wachen gegen die Gestaltwandler kämpfen muß, dann werde ich das tun. Aber wenn Ihr mir doch nur sagen könntet, wofür wir kämpfen . . .«

»Ich weiß es nicht.« Er fühlte, wie sich die Klauen der Krähe durch seinen Kittel bohrten. »Wir tragen diese Schlacht aus der Stadt hinaus. Ich bin nicht hergekommen, um Lungold ein zweitesmal zu zerstören. Ich werde den Gestaltwandlern keinen Anlaß geben, hier zu kämpfen.«

»Wohin wollt Ihr gehen?«

»In die Wälder, auf einen Berg — irgendwohin. Nur hier werde ich nicht bleiben.«

»Ich komme mit«, sagte sie.

»Nein. Absolut —«

»Die Wache kann hier in der Stadt bleiben, für den Fall, daß sie gebraucht wird. Aber ich komme mit Euch. Das ist für mich eine Sache der Ehre.«

Stumm sah er sie aus zusammengezogenen Augen an. Sie begegnete ruhig seinem Blick.

»Was hast du getan?« fragte er. »Hast du ein Gelöbnis abgelegt?«

»Nein. Ich tue keine Gelöbnisse. Ich treffe Entscheidungen. Und diese habe ich in Caerweddin getroffen, als ich hörte, daß Ihr die Landherrschaft von Hed verloren hattet und noch am Leben wart. Ich erinnerte mich an einen Tag in Herun, als Ihr von Hed erzähltet, und ich wußte, wieviel Euch die Landherrschaft bedeutete. Diesmal werdet Ihr eine Wache haben.«

»Lyra! Ich habe eine Wache. Fünf Zauberer.«

»Und mich.«

»Nein. Du bist die Landerbin von Herun. Ich will nicht deinen toten Körper nach Kronstadt zurücktragen müssen, um ihn der Morgol zu übergeben.«

Mit einer flinken, geschmeidigen Bewegung entschlüpfte sie seinen Händen. Sie hob den Speer vom Boden auf, hielt ihn aufrecht neben sich, während sie sich vor ihn hinstellte.

»Morgon«, sagte sie ruhig, »ich habe meine Entscheidung getroffen. Ihr kämpft mit Zauberei; ich kämpfe mit dem Speer. Das ist die einzige Art zu kämpfen, die ich kenne. Entweder kämpfe ich hier, oder ich werde eines Tages gezwungen sein, in Herun selbst zu kämpfen. Wenn Ihr wieder mit Ghisteslohm zusammentrefft, werde ich zur Stelle sein.« Sie machte kehrt, erinnerte sich dann, weshalb sie ursprünglich in die Küche gekommen war. Sie nahm eine alte Fackel und tauchte sie ins Feuer. »Ich mache jetzt einen Rundgang. Danach komme ich zurück und bewache Euch bis zum Morgengrauen.«

»Lyra«, sagte er müde, »bitte, kehr nach Hause zurück.«

»Nein. Ich tue ganz einfach das, wofür ich ausgebildet wurde. Genau«, fügte sie ohne den geringsten Hauch von Ironie hinzu, »wie Ihr.« Dann wanderten ihre Augen wieder zu der Krähe. »Sollte ich den Vogel kennen, um auch ihn bewachen zu können?«

Er zögerte. Die Krähe hockte wie ein schwarzer Gedanke auf seiner Schulter und rührte sich nicht.

»Nein«, antwortete er schließlich. »Ihr wird nichts geschehen, ich schwöre es bei meinem Leben.«

Ihre dunklen Augen weiteten sich plötzlich, kehrten nochmals zu der Krähe zurück. Leise, verwundert sagte sie dann: »Wir waren einmal Freunde.«

Danach ging sie. Er trat zum Feuer, doch sein Magen und seine Kehle waren wie zugeschnürt von quälenden Gedanken, und er konnte nicht essen. Er ließ das Feuer in Asche zurücksinken. Dann legte er sich auf eine der Matratzen nieder, das Gesicht auf dem Arm, und wandte den Kopf, die Krähe anzusehen. Sie kauerte neben ihm auf den Steinen. Mit der freien Hand strich er ihr wieder und wieder über das Gefieder.

»Nie werde ich dich eine andere Gestalt lehren«, flüsterte er.

»Rendel, was auf der Ebene der Winde geschah, hat mit dir nichts zu tun. Nichts.«

Er streichelte sie, sprach mit ihr, bat und flehte, ohne eine Antwort zu bekommen, bis seine Augen sich schließlich schlossen und er in Dunkelheit versank.

Das Morgengrauen brach in seine Träume ein, als krachend die Tür aufflog und wieder zuschlug. Mit hämmerndem Herzen fuhr er hoch und sah das junge, erstaunte Gesicht einer fremden Wächterin. Sie neigte höflich den Kopf.

»Verzeiht, Herr.« Sie hob einen Eimer mit Wasser und einen irdenen Krug mit frischer Milch auf den Tisch. »Ich wußte nicht, daß Ihr hier schlaft.«

»Wo ist Lyra?«

»Auf der Nordmauer, oberhalb vom See. Ein kleines Heer nähert sich über das Hinterland. Goh ist schon fortgeritten, um zu prüfen, was das für Krieger sind.«

Brummend stand er auf.

»Lyra trug mir auf, Euch zu fragen, ob Ihr kommen könntet«, fügte sie hinzu.

»Ja, ich komme.«

Nun, in eine Wolke von Tabaksqualm eingehüllt, tauchte plötzlich auf, und er fuhr wieder zusammen. Sie legte beruhigend die Hand auf seine Schulter.

»Wohin wollt Ihr?«

»Über das Hinterland nähert sich ein Heer; vielleicht sind es Hilfstruppen, vielleicht aber auch nicht.« Er schöpfte Wasser aus dem Eimer und wusch sich das Gesicht. Dann goß er Milch in einen der angeschlagenen Becher und trank. Unvermittelt fuhr er herum und sah auf die Matratze, auf der er geschlafen hatte. »Wo —?« Er trat einen Schritt näher, während sein Blick verzweifelt über die Töpfe aus Eisen und Messing glitt, die an der Wand hingen, und dann hinauf zu den rußdunklen Dachbalken. »Wo, in Hels Namen . . .?« Er ließ sich auf die Knie fallen, suchte unter dem Tisch, dann in der Holzkiste, suchte selbst in der Asche der Feuerstelle. Am Ende richtete er sich auf, kreidebleich im Gesicht, und blickte Nun an. »Sie hat mich verlassen.«

»Rendel?«

»Sie ist fort. Sie wollte nicht einmal mit mir sprechen. Sie ist einfach fortgeflogen und hat mich allein gelassen.« Er stand auf und lehnte sich müde und niederschlagen an die Steine des Kamins. »Es war die Nachricht aus Ymris. Von den Gestaltwandlern.«

»Gestaltwandler.« Ihre Stimme klang tonlos. »Das also bedrückt sie. Die Gabe, die sie mitbekommen hat?«

Er nickte. »Sie hat Angst . . .« Er schlug mit der Hand gegen die Steine. »Ich muß sie finden. Sie ist wortbrüchig geworden — und der Geist Ylons sitzt ihr schon im Nacken.«

Nun verfluchte den toten König mit Inbrunst. Dann drückte sie die Finger auf ihre Augen.

»Nein«, sagte sie. »Ich werde sie finden. Vielleicht wird sie mit mir sprechen. Sie hat es früher immer getan. Ihr seht nach, was das für ein Heer ist. Ich wünschte, Yrth würde kommen; er macht mir Sorgen. Aber ich wage es nicht, ihn oder Rendel zu rufen; mein Ruf könnte seinen Weg schnurstracks in den Geist des Gründers finden. Jetzt laßt mich nachdenken. Wenn ich eine Prinzessin von An wäre, die Gaben eines Gestaltwandlers besäße, in Gestalt einer Krähe herumflöge, wohin würde ich mich dann wenden . . .?«

»Ich weiß, wohin ich mich wenden würde«, murmelte Morgon. »Aber sie mag kein Bier.«

Zu Fuß wanderte er durch die Stadt zum Fischerhafen am See, hielt unaufhörlich nach einer Krähe Ausschau, während er einen Fuß vor den anderen setzte. Die Fischkutter waren alle draußen auf dem weiten See, doch andere kleine Boote schoben sich aus dem Hafen, Frachtkähne und Handelsschiffe, beladen mit Waren, die an die Fallensteller und Viehtreiber, die in Hütten rund um den See lebten, verhökert werden sollten. Auf keinem der Masten entdeckte er eine Krähe.

Nach einer Weile fand er Lyra, die vor einer halbverfallenen Brüstung neben einem Tor stand. Ein großer Teil der Nordmauer schien sich unter Wasser zu befinden, die Docks zu tragen; der Rest war kaum mehr als eine Reihe breiter Torbogen. In den Mauernischen zwischen ihnen hatten Fischhändler ihre

Stände aufgeschlagen. Morgon ignorierte den glasstarren Blick eines Fischweibes, löste sich vor ihr in Luft auf und tauchte an Lyras Seite wieder auf. Sie zwinkerte nur ein wenig, als sie ihn sah, so als wäre sie an die unberechenbaren Handlungen von Zauberern gewöhnt. Sie streckte den Arm aus und deutete in eine Richtung östlich vom See, und er sah im fernen Wald winzige Lichtreflexe aufblitzen.

»Könnt Ihr erkennen, was es ist?« fragte sie.

»Ich will es versuchen.«

Er fing den Geist eines Habichts ein, der außerhalb der Stadt über den Bäumen kreiste. Das Lärmen der Stadt verklang, und er hörte nur noch den trägen Morgenwind und den schrillen Schrei eines anderen Raubvogels, der seine Beute verfehlt hatte. Die Kreise des Habichts wurden unter seinem Drängen größer; in langsam kreisendem Flug glitt sein Blick über Fichtenwälder, die im heißen Sonnenlicht standen, durch schattiges Unterholz, dann wieder hinaus ans Licht, über heißen, kahlen Fels, wo Eidechsen im Schatten des Habichts erschrocken in Spalten schlüpften. Das Habichtshirn registrierte jedes Geräusch, jeden huschenden Schatten im Farn. Er drängte den Vogel weiter nach Osten, so daß aus seinen Kreisen eine weitgezogene Spirale wurde. Schließlich überflog er einen Zug von Kriegern, die müde unter den Bäumen dahinwanderten. Wieder und wieder trieb er den Habicht zu der Schar von Männern, bis schließlich eine Bewegung im hellen Licht unten die Aufmerksamkeit des Vogels erregte, und während er sich erdwärts schwang, löste sich Morgon aus seinem Geist.

Er ließ sich an der Brüstung zu Boden gleiten. Die Sonne traf ihn aus einem merkwürdigen Winkel, sie stand viel höher, als er erwartet hatte.

»Es scheinen Krieger aus Ymris zu sein«, sagte er müde, »die seit Tagen durch das Hinterland wandern. Sie waren bärtig, und ihre Pferde waren störrisch. Sie rochen nicht nach dem Meer. Sie rochen nach Schweiß.«

Lyra betrachtete ihn, die Hände in die Hüften gestützt.

»Soll ich ihnen trauen?«

»Ich weiß es nicht.«

»Vielleicht kann Goh es mir sagen. Ich habe ihr Anweisung gegeben, sie zu beobachten und sie zu belauschen und dann auch mit ihnen zu sprechen, wenn sie es für klug hält. Sie hat einen gesunden Menschenverstand.«

»Es tut mir leid.« Er stand wieder auf. »Ich glaube, daß sie Menschen sind, aber ich bin nicht in Stimmung, irgend jemandem zu trauen.«

»Werdet Ihr die Stadt verlassen?«

»Ich weiß es nicht. Yrth ist noch immer verschwunden, und jetzt ist auch Rendel fort. Wenn ich gehe, dann wird sie nicht wissen, wo ich bin. Wenn du nichts Gefährlicheres ausmachst, können wir noch ein Weilchen warten. Wenn es sich wirklich um Krieger aus Ymris handelt, dann können die Männer sich hier um diese Überbleibsel einer Schutzmauer verteilen, und alle werden sich gleich viel sicherer fühlen.«

Sie schwieg einen Moment, während sie in den Wind hineinblickte, als suchte sie nach dem Schatten dunkler Schwingen.

»Sie wird zurückkommen«, sagte sie leise. »Sie hat großen Mut.«

Er legte seine Arme um ihre Schulter und drückte sie kurz an sich.

»Und du auch. Ich wünschte, du würdest nach Hause zurückkehren.«

»Die Morgol hat ihre Wache in den Dienst der Kaufleute von Lungold gestellt. Sie soll die Stadt hüten und beschützen.«

»Aber sie hat doch nicht ihre Landerbin in den Dienst der Kaufleute gestellt?«

»Ach, Morgon, hört auf, mit mir zu streiten, könnt Ihr denn nicht was zur Kräftigung dieser Mauer tun? Sie ist völlig nutzlos und gefährlich und fällt praktisch unter meinen Füßen zusammen.«

»Gut. Ich habe jetzt eine Weile nichts Besseres zu tun.«

Sie drehte den Kopf und küßte ihn auf die Wange.

»Rendel hat sich wahrscheinlich irgendwohin zurückgezogen, um nachzudenken. Sie wird zu Euch zurückkommen.« Er öffnete den Mund; sie befreite sich aus seinen Armen, wandte plötzlich das Gesicht von ihm ab. »Geht, macht die Mauer.«

Er brachte Stunden damit zu, die Mauer zu reparieren, während er versuchte, nicht zu denken. Ohne auf das Getümmel rundum zu achten — die Bauern und Kaufleute, die ihn voller Unbehagen beäugten, die Händler, die ihn erkannten —, stand er da, die Hände und das Gesicht gegen die alten Steine gedrückt. Sein Geist senkte sich in ihr wuchtiges Schweigen, bis er ihr Absinken, ihren unsicheren Halt an den Strebepfeilern in sich spürte. Er baute Trugbilder von Stein in die Torbögen hinein und stützte sie mit Strebepfeilern seines Geistes. Die plötzlich blockierten Tore brachten Wagen und Pferde zum Stehen, lösten wütendes Gezänk aus, trieben schimpfende Menschenmassen ins Rathaus. Der Verkehrsstrom, der sich durch das Haupttor wälzte, schwoll ungeheuer an. Straßenjungen sammelten sich um ihn, während er dem Rund der Stadtmauer folgte. Sie sahen ihm bei der Arbeit zu, blieben ihm dicht auf den Fersen, sahen entzückt und verwundert, wie Steine unter seinen Händen erwuchsen, die vorher nicht dagewesen waren. Am späten Nachmittag, als er sein schweißnasses Gesicht gegen die Steine eines Torbogens drückte, spürte er die Berührung einer fremden Kraft. Er schloß die Augen und durchwanderte eine Stille, die ihm wohlvertraut geworden war. Lange Zeit, während sein Geist sich tief im Inneren der Steine bewegte, hörte er nichts als ihren Atem. Als er schließlich an die sonnenwarme Oberfläche der Außenmauer emporkroch, fühlte er den harten Druck eines Rammbocks von unbändiger Kraft, der sich gegen die Steine stemmte. Vorsichtig betastete er mit seinem Geist diese fremde, gewaltige Kraft. Es war eine Kraft, die der Erde selbst entrissen war und gegen die schwächste Stelle im Stein anbrandete. Langsam, erschreckt zog er sich zurück.

Jemand stand hinter ihm und rief immer wieder seinen Namen. Fragend drehte er sich um: eine der Wachen der Morgol in Begleitung eines rothaarigen Mannes in Leder und Kettenhemd. Das breite, sonnengebräunte Gesicht der jungen Frau war schweißnaß. Sie sah so erschöpft aus, wie Morgon sich fühlte. Ihre rauhe Stimme war ruhig und geduldig, sehr angenehm.

»Herr, mein Name ist Goh. Dies hier ist Teril Umber, der Sohn des Herrn Rork Umber von Ymris. Ich habe es auf mich genommen, ihn und seine Krieger in die Stadt zu führen.«

Ein schwacher Hauch von Spannung lag in ihrer Stimme und in den ruhigen Augen. Schweigend sah Morgon den Mann an. Er war jung, durch Schlachten gestählt, und er wirkte völlig ausgepumpt. Höflich neigte er den Kopf vor Morgon; er ahnte nichts von dessen Argwohn.

»Herr, Heureu Ymris entsandte uns einen Tag vor — an dem Tag bevor wir, wie es scheint, die Ebene der Winde verloren. Wir haben eben die Nachricht von der Landerbin der Morgol gehört.«

»War Euer Vater auf der Ebene der Winde?« fragte Morgon. »Ich erinnere mich an ihn.«

Teril Umber nickte bedrückt.

»Ja. Ich habe keine Ahnung, ob er überlebt hat.« Dann strafften sich seine Schultern unter der Last des staubigen Kettenhemdes. »Der König war besorgt um die Händler hier, die ohne Verteidigung sind; er ist selbst einmal auf Handelsschiffen gesegelt. Und er wollte Euch natürlich so viele Männer zur Verfügung stellen, wie er entbehren konnte. Ich habe hundertfünfzig Krieger mitgebracht, den Wachen der Morgol bei der Verteidigung der Stadt Unterstützung zu leisten, wenn es notwendig werden sollte.«

Morgon nickte. Das magere, schweißglänzende Gesicht mit dem roten Bart schien über jeden Verdacht erhaben.

»Ich hoffe«, gab er zurück, »es wird nicht notwendig werden. Es war hochherzig vom König, Euch zu schicken.«

Teril Umber neigte nur stumm den Kopf.

»Es tut mir leid«, fuhr Morgon fort, »zu hören, daß auch Euer Vater unter denen war, die auf der Ebene der Winde kämpften. Er ist mir mit großer Güte begegnet.«

»Er hat von Euch gesprochen . . .« Der junge Mann schüttelte den Kopf und fuhr sich mit den Fingern durch das flammend rote Haar. »Aber er hat schon Schlimmeres überstanden«, fügte er ohne Hoffnung hinzu. »Ja, ich glaube, ich spreche jetzt am besten mit Lyra, damit ich meine Leute noch vor Einbruch der Nacht verteilen kann.«

Morgon warf einen Blick auf Goh. Die Erleichterung, die er auf ihrem Gesicht sah, sagte ihm, wie beunruhigt sie gewesen war.

»Bitte, sagt Lyra«, bemerkte er mit gesenkter Stimme, »daß ich mit der Mauer fast fertig bin.«

»Ja, Herr.«

»Danke Euch.«

Sie lächelte und ging mit einem kurzen Nicken davon.

Während seine Arbeit an der Mauer ihren Fortgang nahm und der Tag sich einem sonnendurchglühten Ende zuneigte, bekam er in zunehmendem Maße das Gefühl, von einem Festungsring aus reiner Kraft umschlossen zu sein. Der Zauberer, der still und schweigend auf der anderen Seite der Mauer mit ihm arbeitete, kräftigte die Steine, indem er sie berührte, verschloß Lücken und Risse mit grauem, körnigem Blendwerk, stützte geborstene Mauern mit Pfeilern seiner Kraft. Die Mauern, die vorher brüchig und schief gewesen waren, halb zerstört von den Einflüssen sommerlicher Hitze und winterlicher Schneefälle, standen wieder fest und sicher, spannten sich in weitem, ununterbrochenem Rund trutzig um die Stadt.

Morgon wob ein Kraftgespinst von Stein zu Stein, um auch die letzten Sprünge im alten Mörtel zu schließen, und lehnte sich dann todmüde gegen die Mauer, die Arme vor dem Gesicht. Er konnte das Zwielicht riechen, das über die Felder schwebte. Die Stille der letzten Minuten vor Sonnenuntergang, das friedliche, schon schläfrige Zwitschern der Vögel ließ ihn flüchtig an Hed denken. Das ferne Krächzen einer Krähe riß ihn aus seiner Träumerei. Er stemmte sich von der Mauer ab und wanderte zu einem der beiden Tore hinüber, die er offengelassen hatte. Ein Mann mit einer Krähe auf seiner Schulter stand am anderen Ende des Torbogens.

Es war ein hochgewachsener alter Mann, mit kurzem, grauem Haar und schroffen Gesichtszügen. Er sprach in der Sprache der Krähe mit dem Vogel; einiges davon verstand Morgon. Als die Krähe antwortete, löste sich ein eiserner Ring der Angst, der bis dahin Morgons Herz zusammengepreßt hatte, und ihm war, als hätte sein Herz einen warmen Ruheplatz gefunden, auf der Hand des alten Zauberers vielleicht, die mit dem Mal der Vesta-Hörner gezeichnet war. Er ging auf die beiden zu, beruhigt durch die Ausstrahlung starker Kraft, die von dem Zauberer ausging, und durch seine Güte Rendel gegenüber.

Doch noch ehe er sie erreichte, sah er, wie der Zauberer mitten im Satz abbrach und die Krähe hoch in die Lüfte schleuderte. Er rief ihr etwas nach, das Morgon nicht verstand. Dann zerschmolz er. Morgon, der heftig atmend dastand wie gefroren, sah das Zwielicht, das lautlos die Handelsstraße herunterwehte; eine Woge von Reitern in den Farben des Abendhimmels. Noch ehe er eine Bewegung machen konnte, erhellte ein Licht, das wie geschmolzenes Gold glänzte, den Torbogen rund um ihn herum. Die Mauer schwankte; knirschend, torkelnd schüttelten sich die Steine und schleuderten einen so gewaltigen Kraftstoß in die Straße, daß die Kopfsteine barsten und Morgon in die Knie gedrückt wurde. Er rappelte sich wieder hoch und drehte sich um.

Das Herz der Stadt stand in Flammen.

8

Zwei der Ymris-Krieger mühten sich bereits, das Haupttor zu schließen, als er ins Innere der Stadt hineinhuschte. Die Angeln knirschten und kreischten, Rost rieselte, als die schweren Eichenplatten sich rüttelnd aus den Furchen hoben, in denen sie seit Jahrhunderten geruht hatten. Morgon schlug die beiden Flügel mit einem Gedanken zu, der ihm beinahe das Leben gekostet hätte. Ein nur allzu vertrauter, todbringender Geist ertastete die Quelle des Kraftstoßes und bemächtigte sich Morgons über die Entfernung hinweg. Die Dunkelheit vor ihm wurde von einem blauweißen Blitz zerrissen, der von so seltsamer Schönheit war, daß er nur dastehen und ihn anstarren konnte. Dann schienen seine Knochen in alle Richtungen auseinanderzufliegen, während sein Gehirn wie ein Stern brannte. Verschwommen fühlte er Stein hinter sich und ließ seinen Geist in ihn hineinfließen, leer werden, reglos. Die fremde Kraft entfernte sich. Er sammelte seine Knochen aus der Nacht und gewahrte undeutlich, daß er noch lebte. Einer der Krieger zog ihn vom Boden hoch. Sein Gesicht blutete. Der andere Mann war tot.

»Herr —«

»Mir ist nichts geschehen.«

Er schleuderte seine Gedanken aus der Zeitzelle hinaus, in der er stand. Als der nächste Schwall von Energie durch die Nacht tobte, trat er einfach von ihm weg in eine andere Zelle nahe der brennenden Schule. Menschen rannten durch die Straßen den Haupttoren zu: Wachen, bewaffnete Ymris-Krieger, Händler, Kaufleute und Fischer, die ihre Schwerter mit einer grimmigen, ungelenken Entschlossenheit trugen. Kinder standen am Rande des Schulgeländes, gebannt vom Spiel des Lichts, während ihre Gesichter bald rot, bald golden, bald violett aufleuchteten. Dann barst die Mauer eines Hauses hinter ihnen, es regnete glühende Steine, und schreiend stoben sie auseinander.

Morgon zog aus seinen Gedanken eine Erinnerung an den Stoff, aus dem diese fremde Energie gewoben war, und speiste sie mit Kraft aus einer Quelle, die er nie zuvor angezapft hatte. Er ließ sie durch sich hindurchströmen, ließ sie sich aufbauen, sich von seinen Gedanken und inneren Regungen nähren, bis sie gleich einem Blitzstrahl aus ihm herausschoß, der mit einem hohen, dünnen Summen die Luft durchschnitt. Feurig knisternd zuckte er der Kraftquelle innerhalb der Mauern entgegen, verschwand hinter ihnen, doch explodierte nicht. Der Strahl tauchte wieder auf, ehe er sein Ziel getroffen hatte, schoß mit der gleichen tödlichen Ladung auf Morgon zurück. Den Bruchteil einer Sekunde lang starrte er ungläubig, dann öffnete er sich, um den Kraftstrom wieder in sich aufzunehmen. Er implodierte in seinem Inneren in Finsternis. Ihm folgte nicht einmal einen Herzschlag später ein gewaltiger Schwall von Licht und Feuer, der bis in die untersten Tiefen seines wehrlosen Geistes drang. Er schleuderte ihn flach auf das Kopfsteinpflaster, und während er geblendet nach Luft schnappend dalag, brandete eine neuerliche Woge von Energie in ihn hinein. Er ließ sein Bewußtsein davontreiben, hinunter in die Ritzen zwischen den Steinen, in die dunkle, schweigende Erde unter ihnen. Der Splitter eines Steines, der neben ihm in Stücke barst, riß ihm die Wange auf, doch er fühlte es nicht. Während sein Körper wie festgenagelt auf der Oberfläche der Erde lag, begann er, aus den stummen, gesichtslosen, lebenden Geschöpfen, die in ihr wohnten, eine Stille zu schöpfen, die ihn schützen würde. Er wob die Stille von Maulwürfen und Regenwürmern, von winzigen Schlangen und den bleichen Wurzeln des Grases in seinen Geist. Als er schließlich aufstand, schien die Welt um ihn dunkel, gesprenkelt von kleinen, lautlosen Lichtblitzen. Mit dem blinden Instinkt des Regenwurms wanderte er in die Dunkelheit.

Unter dieser geistigen Maske gelangte er sicher über das freie Gelände in das Gebäude der Schule. Feuer hatte die uralten Kräfte, die noch in den Steinen eingeschlossen waren, entzündet. Kaltglitzernde Flammen huschten über geborstene Wände, speisten sich von der Energie in ihren Herzen. Morgon, dessen Geist noch immer von der Stille der sprachlosen Welt unter seinen Füßen trank, fühlte nichts vom gefährlichen Wellenschlag des Feuers rund um ihn herum. Eine Mauer brach zusammen, als er an ihr vorüberkam; die Steine rollten wie Kohle über seinen Schatten. Er empfand nur eine ferne Unruhe in der Erde, als hätte sich etwas in ihren Tiefen ein wenig verschoben.

Eine zarte Berührung seines Geistes zog unversehens seine Gedanken aus dem Inneren der Erde empor, lockte ihn, ihr zu folgen. Er brach den Bann, den er selbst über sich geworfen hatte, und stand zwinkernd im donnernden, feuerspeienden Tumult. Die unerwartete Berührung wurde gebieterisch und zwingend, und er erkannte, daß der Raum, durch den er schritt, in sich selbst zusammenfiel. Ihm blieb keine Zeit zu fliehen; er überließ seinen Geist den feurigen Steinen, die dröhnend herabstürzten, wurde ein Teil ihres schwerfällig taumelnden Stroms, zersprang mit ihnen und versank mit ihnen in einer starren, staubumhüllten Stille. Und in der Stille wühlte er seinen Körper aus ihnen heraus, sammelte wieder seine Gedanken. In diesem Augenblick sah er Nun, die ihn, nicht greifbar in der flimmernden Luft, beobachtete. Sie sagte nichts, zerschmolz fast im selben Moment, als er sie erblickte, während der glühende Kopf ihrer Pfeife einen Herzschlag lang allein in der Luft hing.

Die Schlacht, die im Herzen der Schule wütete, erschütterte die Erde. Vorsichtig suchte er sich einen Weg dorthin. Am grellen Lichtschein, der durch die schönen, zertrümmerten Fenster fiel, wußte er, daß sie sich dort konzentrierte, wo sie angefangen hatte — in der großen Rotunde, an deren Wänden sich noch immer das Echo des Namens des Gründers brach.

Sein Gespür sagte ihm, daß die Schlacht bisher nur einseitig geschlagen wurde; daß der Gründer mit den Zauberern spielte, daß ihr Leben ihm als Köder diente, Morgon anzulocken. Schon im nächsten Moment bekam Morgon den Beweis dafür, daß seine Annahme richtig gewesen war. Er fühlte, wie der Geist des Gründers über die Flammen strich wie ein schwarzes Suchfeuer. Flüchtig berührte er Morgons Geist; vor ihm gähnte ein vertrauter Abgrund ungeheurer, bedrohlicher Macht. Doch der Gründer versuchte gar nicht, Morgon festzuhalten. Sein Geist zog sich zurück, und Morgon hörte einen Schrei, der ihm das Blut in den Adern gerinnen ließ.

Aloil wurde nicht weit von ihm mit Gewalt aus der Luft gerissen und in seine eigene Gestalt gezwungen. So verzweifelt und wütend er gegen die dunkle Macht, die seinen Geist gefangenhielt, ankämpfte, er konnte sich nicht befreien. Und wieder veränderte sich langsam seine Gestalt. Mächtige, von Wind und Wetter gemeißelte Äste sprangen aus seinen Schultern heraus; sein verzweifeltes Gesicht verschwamm hinter Eichenrinde, und ein dunkler Schlitz klaffte an jener Stelle im Stamm, wo sein Mund gewesen war. Wurzeln gruben sich in die tote Erde; sein Haar verwirrte sich zu blattlosen Ästchen. Eine lebende Eiche stand dort, wo seit sieben Jahrhunderten nichts mehr gewachsen war. Ein Blitzstrahl sauste zuckend auf sie zu, sie bis zu den Wurzeln zu spalten.

Morgon öffnete weit seinen Geist, fing den Blitzstrahl auf, ehe er den Baum treffen konnte. Er schleuderte ihn zurück auf Ghisteslohm und hörte, wie eine der Mauern krachend zerbarst. Dann drang er erbarmungslos in die Festung des Gründers ein und schweißte Ghisteslohms Geist mit dem seinen zusammen, so wie sie beide zuvor in der Schwärze des Erlenstern-Bergs zusammengeschweißt gewesen waren.

Er sog die Kraft in sich hinein, die wütend zuckend seine Gedanken zu zerschmettern suchte, und ließ sie auf dem Grund seines Geistes ausbrennen. Langsam gewann er an Boden, bis schließlich der Geist des Gründers wieder so vertraut war, als befände er sich hinter seinen eigenen Augen. Er schenkte Erfahrungen, Impulsen und der langen, geheimnisvollen Lebensgeschichte des Gründers keine Beachtung, sondern konzentrierte sich allein auf die Quelle seiner Kraft, um sie bis zur Erschöpfung zu leeren. Er spürte es, als Ghisteslohm gewahrte, was er tat; er spürte es an den gewaltigen, verzweifelten Energiestößen, die ihn beinahe wieder und wieder wegrissen, bis er vergaß, daß noch anderes sein Wesen ausmachte, als ein Wille und ein Geist. Der Machtkampf endete schließlich. Er drang tiefer ein, stöberte Kraft und Energie auf und trank sie in sich hinein, bis der Gründer ihm etwas Unerwartetes überließ: Er gewahrte, daß er das Wissen um das Landrecht von Hed von neuem in sich aufsog.

Seine Umklammerung lockerte sich, zerbrach in einer Woge von Wut und Empörung über die Ironie. Ein chaotisches Gewitter der Raserei schleuderte ihn über den Boden. Benommen versuchte er, sich zu schützen, doch sein Geist konnte nichts als Feuer formen. Wieder schoß die Energie durch ihn hindurch, so daß er gegen brennend heißen Stein geworfen wurde. Jemand zog ihn weg; die Zauberer, die ihn umgaben, lenkten Ghisteslohms Aufmerksamkeit mit einem wütenden Überraschungsangriff von ihm ab, der die inneren Gebäude erzittern ließ.

Talies schlug die Flammen aus, die an seinem Kittel züngelten, und sagte kurz: »Tötet ihn doch einfach.«

»Nein.«

»Ihr starrköpfiger Bauer von Hed, wenn ich diese Schlacht überlebe, dann werde ich die Rätselkunst studieren.« Er drehte plötzlich den Kopf. »In der Stadt wird gekämpft. Ich höre Todesschreie.«

»Dort unten ist ein Heer von Gestaltwandlern. Sie kamen durch das vordere Tor, während wir das hintere bewachten. Ich habe — ich glaube, ich habe Yrth gesehen. Kann er mit Krähen sprechen?«

Der Zauberer nickte. »Gut. Dann wird er wohl an der Seite der Händler kämpfen.«

Er half Morgon auf die Beine. Die Erde schwankte unter ihnen, so daß sie beide übereinanderstürzten. Talies stand zuerst auf, dann rappelte sich Morgon hoch und blieb stehen, den

Blick auf die Mauern der Rotunde gerichtet.

»Er wird schwächer dort drinnen.«

»Ja?«

»Ich gehe jetzt hinein.«

»Wie?«

»Ich gehe einfach hinein. Aber ich muß seine Aufmerksamkeit ablenken . . .«

Er überlegte einen Moment, während er eine Brandwunde an seinem Handgelenk betastete. Sein Geist, der aufmerksam das ganze Gelände der Schule absuchte, verharrte in der alten, zerstörten Bibliothek, in deren Regalen Hunderte von Zauberbüchern gestanden hatten. Die halbverkohlten Seiten waren noch immer mit Kraft geladen; mit Bannformeln, die in ihre Schlösser eingewoben waren, mit unausgesprochenen Namen, mit der Energie jener, die all ihre Erfahrungen mit der Kraft des Geistes auf den Seiten niedergeschrieben hatten. Er erweckte diese schlafenden Kräfte, sammelte ihre Fäden in seinem Geist. Einen Moment lang hätte das Chaos ihn beinahe überwältigt. Laut sprechend spann er ein geisterhaftes Gewebe aus Namen, Wörtern, Sätzen grotesker Bannsprüche, die Schüler gelegt hatten, aus einem Gewirr von Wissen und geistiger Kraft, das sich im Schein der grell flackernden Lichter in seltsame Gestalten formte. Schatten, Steine, die sich bewegten und sprachen, gesichtslose Vögel mit Schwingen von der Farbe des Feuers der Zauberer, kriechende und watschelnde Geschöpfe, die sich aus der verbrannten Erde emporstießen, sandte er in großem Aufmarsch gegen Ghisteslohm. Er weckte die toten Geister der Tiere, die während der Zerstörung getötet worden waren: Fledermäuse, Krähen, Wiesel, Frettchen, Füchse, weiße Wölfe; sie schwärmten durch die Nacht um ihn herum, suchten von ihm ihr Leben zu erhalten, bis er sie der Kraftquelle entgegenschickte. Er hatte gerade begonnen, die Wurzeln toter Bäume aus der Erde zu ziehen, als die vorderste Reihe seines Heeres in die Festung des Gründers eindrang. Der Ansturm dieser vielfältigen Splitter von Kraft und Energie, schwerfällig, beinahe harmlos, dennoch zu komplex, um einfach ignoriert zu werden, zog die Aufmerksamkeit des

Gründers auf sich. Eine Stille trat ein, in der der Geist eines Wolfes eine gespenstische Totenklage wimmerte. Lautlos rannte Morgon zum großen runden Saal. Er war beinahe dort, als sein Heer fluchtartig den Rückzug antrat, um ihn herum und über ihn hinweg stürzte, in die Nacht hinausstob, der Stadt entgegen.

Morgon schickte ihnen seinen Geist nach, trieb die seltsamen, mißgestalteten Wesen, die er gemacht hatte, ins Reich der Vergessenheit zurück, ehe sie Lungold in Angst und Schrecken versetzen konnten. Die Anstrengung, die Geister von Fledermäusen und anderen Geschöpfen zu finden, die aus Erdklumpen geschaffen waren, beanspruchte seine ganze Aufmerksamkeit. Als er endlich fertig war, wirbelte sein Geist wieder von Namen und Wörtern, die er wieder in sich selbst hatte aufnehmen müssen. Er füllte seinen Geist mit Feuer und zerschmolz die Reste von Kraft darin, während er selbst von seiner Kraft und Klarheit trank. Und da gewahrte er, daß er in nahezu völliger Finsternis stand.

Eine unheimliche Stille lag über der Erde. Haufen zertrümmerten Mauerwerks glühten noch rot, doch die Nacht über der Schule war klar und unberührt, und er konnte Sterne sehen. Er stand da und lauschte, doch das einzige Schlachtgetümmel, das er hörte, kam aus den Straßen. Lautlos setzte er sich wieder in Bewegung und betrat den Saal.

Er war so schwarz und still wie die Höhlen des Erlenstern-Bergs. Er machte nur einen fruchtlosen Versuch, gegen die Finsternis anzukämpfen, und gab auf. Einem Impuls folgend holte er das Schwert an seiner Seite aus der Luft und zog es aus der Scheide. Er nahm es bei der Klinge und hielt es hoch, richtete die Augen der Sterne in die Dunkelheit. Er zog Feuer aus der Nacht hinter ihm, fachte es in den Sternen an. Ein rotes Licht brach durch die Finsternis, zeigte ihm Ghisteslohm.

Schweigend sahen sie einander an. Der Gründer wirkte hager und eingefallen im seltsamen Licht. Scharf traten die Knochen unter seiner Haut hervor. Seine Stimme schien matt, weder drohend noch geschlagen.

»Ihr könnt noch immer nicht im Dunklen sehen«, bemerkte

er verwundert.

»Ich werde es lernen.«

»Ihr müßt die Dunkelheit trinken ... Ihr seid ein Rätsel, Morgon. Ihr verfolgt einen Harfner durch das ganze Reich, um ihn zu töten, weil Ihr sein Spiel haßtet, doch mich tötet Ihr nicht. Ihr hättet mich töten können, solange Ihr meinen Geist in Eurer Gewalt hattet, aber Ihr habt es nicht getan. Ihr solltet es jetzt versuchen. Aber Ihr werdet es nicht tun. Warum nicht?«

»Ihr wollt mich nicht tot. Warum?«

Der Zauberer brummte. »Ein Rätselkampf ... Ich hätte es mir denken können. Wie habt Ihr an jenem Tag auf der Handelsstraße überlebt, daß Ihr fliehen konntet? Ich selbst konnte nur mit knapper Not entkommen.«

Morgon schwieg. Er senkte das Schwert und ließ seine Spitze auf dem Boden ruhen.

»Was sind sie? Die Gestaltwandler? Ihr seid der Erhabene. Ihr müßtet es wissen.«

»Sie waren eine Legende, die man sich hier und dort erzählte, ein Stück Poesie, ein Häufchen nasser Seetang und zerbrochene Muschelschalen ... Eine befremdliche Behauptung von einem Fürsten von Ymris, bis Ihr Euer Land verließt, um mich zu finden. Jetzt — jetzt werden sie zum Alptraum. Was wißt Ihr über sie?«

»Sie sind steinalt. Sie können getötet werden. Sie haben ungeheure Kraft, aber sie gebrauchen sie selten. Sie töten Händler und Krieger in den Straßen von Lungold. Ich weiß nicht, was, in Hels Namen, sie sind.«

»Was sehen sie in Euch?«

»Das gleiche, was Ihr in mir seht, vermute ich. Diese Frage werdet Ihr mir beantworten.«

»Zweifellos. Der Weise kennt seinen eigenen Namen.«

»Reizt mich nicht.« Das Licht bebte ein wenig zwischen seinen Händen. »Ihr habt Lungold zerstört, um mir meinen Namen zu verheimlichen. Ihr habt alles Wissen darum verborgen, Ihr bewachtet die Schule in Caithnard —«

»Erspart mir die Geschichte meines Lebens.«

»Das ist es, was ich von Euch will. Meister Ohm. Erhabener. Woher nahmt Ihr den Mut, den Namen des Erhabenen anzunehmen?«

»Kein anderer nahm ihn für sich in Anspruch.«

»Warum?«

Der Zauberer blieb einen Moment lang stumm.

»Ihr könntet Antworten von mir erzwingen«, sagte er schließlich. »Ich könnte meinen Geist auswerfen und die Zauberer von Lungold wieder bannen, so daß Ihr mir nichts anhaben könntet. Ich könnte fliehen; Ihr könntet mich verfolgen. Ihr könntet fliehen; ich könnte Euch verfolgen. Ihr könntet mich töten, was anstrengende Arbeit wäre, und Ihr würdet Euren mächtigsten Beschützer verlieren.«

»Beschützer.« Er ließ die Silben fallen wie drei abgenagte Knochen.

»Ich möchte Euch lebend, ja. Und die Gestaltwandler? Hört auf mich —«

»Ihr braucht es gar nicht erst zu versuchen«, fiel ihm Morgon müde ins Wort. »Ich werde Eure Macht ein für allemal brechen. Es mag seltsam klingen, aber es kümmert mich nicht, ob Ihr lebt oder sterbt. Ihr wenigstens seid mir begreiflich, und das ist mehr, als ich von den Gestaltwandlern oder —«

Er brach ab. Der Zauberer trat einen Schritt zu ihm hin.

»Morgon, Ihr habt die Welt durch meine Augen gesehen, und Ihr besitzt meine Kräfte. Je mehr Ihr in das Landrecht eingreift, desto mehr Menschen werden sich dessen erinnern.«

»Ich habe nicht die geringste Absicht, in das Landrecht einzugreifen! Wofür haltet Ihr mich?«

»Ihr habt schon angefangen.«

Morgon starrte ihn wortlos an.

»Ihr täuscht Euch«, entgegnete er dann leise. »Nichts und nie habe ich durch Eure Augen gesehen. Was, in Hels Namen, seht Ihr, wenn Ihr mich anblickt?«

»Morgon, ich bin der mächtigste Zauberer in diesem Reich. Ich könnte für Euch kämpfen.«

»Irgend etwas hat Euch an jenem Tag auf der Handelsstraße in Angst versetzt. Ihr braucht mich, damit ich für Euch kämpfe. Was ist geschehen? Habt Ihr die Grenzen Eurer Macht im Spiegel eines meergrünen Auges erblickt? Sie wollen mich haben, und Ihr wollt mich ihnen nicht preisgeben. Aber Ihr seid jetzt nicht mehr so sicher, daß Ihr es mit einem Heer von Seetang aufnehmen könnt.«

Ghisteslohm hüllte sich in Schweigen. Sein eingefallenes Gesicht schimmerte im Spiel blutroter Schatten.

»Könnt Ihr es denn?« fragte er. »Wer wird Euch helfen? Der Erhabene?«

In diesem Augenblick spürte Morgon die plötzliche Bewegung seines Geistes, spürte eine Welle von Kraft, die den Saal und das Gelände umschloß, die die Zauberer suchte, sich ihres Geistes zu bemächtigen, sie wiederum zu bannen. Morgon hob das Schwert; die Sterne entzündeten scharfe Lichtstrahlen, die in Ghisteslohms Augen stachen. Er schreckte vor ihnen zurück, und seine Konzentration zerbrach. Dann hob er die Hände, verschlungene Lichtfäden zwischen den Fingern. Das Licht glitt zurück in die Sterne, als hätten sie es aufgesogen. Finsternis kauerte wie ein lebendes Geschöpf im Saal und verdunkelte selbst das Mondlicht. Das Schwert wurde kalt in Morgons Hand. Die Kälte stieg in seine Arme hinauf, in seine Knochen, hinter seine Augen: ein Bann, der seine Bewegung und seine Gedanken lähmte. Seine eigene Erkenntnis dieses Banns verstärkte ihn nur; und als er sich abmühte, eine Bewegung zu machen, wurde er nur fester in Stille gefesselt. Darum gab er sich der Lähmung hin, stand reglos in der Nacht, wohl wissend, daß sie Trug war und daß nur die Bereitschaft, sie anzunehmen, genau wie die Bereitschaft, das Undenkbare anzunehmen, aus ihr herausführen konnte. Er wurde die Stille und die Kälte, die damit einhergingen, und als der Ansturm unermeßlicher Kraft, der sich in irgendeiner düsteren Welt sammelte, ihn endlich traf, hielt sein gelähmter, in Finsternis erstarrter Geist ihn auf wie eine eiserne Wand.

Er hörte Ghisteslohms wütenden, ungläubigen Fluch und schüttelte den Bann ab. Einen Wimpernschlag bevor der Geist des Zauberers verschwinden konnte, bekam er ihn zu fassen. Ein letzter Kraftstoß, der durch seinen Geist fegte, lockerte seinen Zugriff ein wenig, und er gewahrte, daß er selbst nahe am Rande seiner Kräfte war. Doch der Zauberer war erschöpft; selbst sein Trug von Finsternis war zerrissen. Licht funkelte wieder aus den Sternen; die geborstenen Wände rundum leuchteten von geheimer Kraft. Ghisteslohm hob eine Hand, als wollte er aus den brennenden Steinen etwas herausholen, dann ließ er sie schlaff fallen. Morgon nahm seinen Geist in Besitz und sprach seinen Namen.

Der Name schlug Wurzeln in seinem Herzen und in seinen Gedanken. Nicht Kraft sog er jetzt auf, sondern Erinnerungen. Für kurze Zeit blickte er aus Ghisteslohms Geist auf die Welt.

Er erblickte den großen runden Saal, in dem sie standen, in all seiner ursprünglichen Schönheit. Die Fenster leuchteten mit den Feuern der Zauberkunst, die getäfelten Wände rochen nach Zedernholz. Hundert Gesichter blickten ihn an jenem Tag tausend Jahre zuvor an, als er die neuen Lehrsätze der Zauberkunst formulierte. Während er sprach, stahl er im geheimen, selbst aus dem Geist des machtvollsten unter ihnen, alles Wissen um die drei Sterne und alle Erinnerung an sie.

Im Besitz ungeheurer Macht, die ihm nicht Rast noch Ruhe ließ, saß er im Erlenstern-Berg. Er hatte den Geist jedes einzelnen Landherrschers in seiner Gewalt, nicht um seine Handlungen zu bestimmen, sondern um ihn zu erforschen, um die Landinstinkte zu studieren, die er niemals ganz erfassen konnte. Er sah, wie ein Landherrscher aus Herun allein durch den Isig-Paß ritt, wie er näher und näher kam, um eine Rätselfrage von drei Sternen zu stellen. Er verwirrte den Geist des Pferdes, das der Morgol ritt, es bäumte sich schreiend auf, und der Morgol Dhairrhuwyth stürzte einen Felshang hinunter, versuchte verzweifelt, sich an Felsbrocken festzuklammern, die eine schreckliche Warnung ausstießen, während sie ihm donnernd folgten.

Lange vor diesem Tag stand er in ehrfürchtigem Staunen im weiten Thronsaal im Erlenstern-Berg, wo die Legende, die so alt war, daß sie keinen Ursprung hatte, sagte, daß der Erhabene seinen Sitz gefunden hätte. Der Saal war leer. Die ungeschliffenen Edelsteine in den Felsmauern waren trübe und matt. Generationen von Fledermäusen hingen von der Decke. Spinnen hatten Netze so zart und zerbrechlich wie Trugbilder um den Thron gewoben. Er war gekommen, um eine Frage über einen Träumer zu stellen, der tief im Berg Isig schlief. Doch es war niemand da, den er fragen konnte. Er fegte Spinnweben vom Thron und setzte sich, um über diese rätselhafte Leere nachzudenken. Und während das graue Licht zwischen den langsam verrottenden Türen verblich, begann er, Fantasiegespinste zu weben ...

Er stand in einem anderen stillen, schönen Raum in einem anderen Berg, und sein Geist nahm die Gestalt eines seltsamen weißen Steins an. Er träumte einen Kindertraum, und er konnte kaum atmen, während er die zarten Bilder betrachtete, die durch ihn hindurchströmten. Eine große Stadt stand auf einer von Winden umwogten Ebene, eine Stadt, die in der Erinnerung des Kindes mit den Winden sang. Das Kind sah sie aus der Ferne. Sein Geist berührte Blätter, Lichtflecken auf Baumrinde, Grashalme; es blickte aus dem schwerfälligen Geist einer Kröte auf sich selbst zurück; sein verwischtes Gesicht spiegelte sich im Auge eines Fisches; sein windzerzaustes Haar neckte einen Vogel, der ein Nest baute. Eine Frage pulste unablässig unter den Träumen, brannte wie Feuer in seinem Herzen, als das Kind seinen Geist auswarf, das Wesen eines einzigen Blattes in sich aufzunehmen. Er stellte die Frage schließlich; das Kind schien sich beim Klang seiner Stimme umzudrehen. Seine Augen waren dunkel und rein und offen wie das Auge eines Falken.

»Was hat euch zerstört?«

Der Himmel über der Ebene wurde grau wie Stein; das Licht auf dem Gesicht des Kindes erlosch. Das Kind stand starr und gespannt, während es lauschte. Die Winde fuhren fauchend über die Ebene und drückten das hohe Gras nieder. Ein Ton baute sich auf, zu mächtig, um gehört zu werden, unerträglich. Ein Stein löste sich aus einer der schimmernden Mauern in der Stadt, sank tief in die Erde. Ein zweiter schlug auf eine Straße. Und in diesem Moment befreite sich der Ton, ein tiefes, vibrierendes, donnerndes Tosen, in dessen Herzen etwas geborgen war, das er erkannte, obwohl er nicht mehr sehen noch hören konnte und der Fisch wie eine weiße Narbe auf dem Wasser trieb und der Vogel aus dem Baum gefegt worden war ...

»Was ist es?« flüsterte er und wollte durch Ghisteslohms Geist hindurch, durch den Geist des Kindes hindurch das Ende des Traums ergreifen. Doch als er ihn schon hatte, zerfloß er in wildes Wasser und in finsteren Wind, und das Auge des Kindes wurde weiß wie Stein. Sein Gesicht wurde das Ghisteslohms, dessen Augen tief eingesunken waren vor Erschöpfung, überspült wurden von einem Licht, das bleich war wie Schaum.

Morgon, der sich in tiefer Verwirrung und Bestürzung abmühte, den Faden wiederaufzunehmen, sah aus dem Augenwinkel etwas aufblitzen. Er riß den Kopf herum. Sterne schlugen ihm ins Gesicht; taumelnd verlor er einen Moment lang das Bewußtsein. Er kämpfte sich wieder empor in schimmerndes Licht und fand sich auf dem Boden wieder, Blut im Mund von einer Wunde in seiner Lippe. Er hob den Kopf. Die Spitze seines eigenen Schwerts berührte sein Herz.

Der Gestaltwandler, der vor ihm stand, hatte Augen, die so weiß waren wie die des Kindes. Er lächelte eine Begrüßung, und ein scharfer Anflug von Furcht kräuselte die Oberfläche von Morgons Geist. Ghisteslohms Blick war auf etwas hinter ihm gerichtet. Er drehte den Kopf und sah eine Frau, die zwischen den steinernen Trümmern stand. Ihr stilles, schönes Gesicht wurde flüchtig von einem rotgoldenen Himmel erleuchtet. Morgon hörte das Getöse der Schlacht, die hinter ihr tobte; einer Schlacht, die mit Schwertern und Speeren ausgetragen wurde, mit Zauberei und Waffen aus Menschenknochen, die das Wasser in den Tiefen des Meeres gereinigt und geschliffen hatte.

Die Frau neigte den Kopf.

»Sternenträger.« Kein Spott lag in ihrer Stimme. »Eure Erkenntnis wird allmählich zu weitreichend.«

»Ich bin noch immer unwissend.« Er schluckte. »Was wollt Ihr von mir? Noch immer muß ich diese Frage stellen. Mein

Leben oder meinen Tod?«

»Beides. Keines von beiden.« Ihr Blick schweifte durch den Saal zu Ghisteslohm. »Meister Ohm. Was sollen wir mit Euch anfangen? Ihr erwecktet den Sternenträger zum Bewußtsein seiner Macht. Der Weise hütet sich, die Klinge zu schmieden, die ihn töten wird.«

»Wer seid Ihr?« flüsterte der Gründer. »Ich habe die Glut eines Traumes von drei Sternen vor tausend Jahren erstickt. Wo wart Ihr damals?«

»Wir haben gewartet.«

»Was seid Ihr? Ihr habt keine echte Gestalt, Ihr habt keinen Namen —«

»Wir haben einen Namen.«

Die Stimme war noch immer klar und ruhig, doch Morgon hörte einen Ton in ihr, der nicht menschlich war. Es klang, als hätte Stein oder Feuer mit leiser, vernünftiger, zeitloser Stimme gesprochen. Wieder regte sich die Angst in ihm, ein klirrender Winterwind, aus Seide und Eis gesponnen. Er formte seine Angst in ein Rätsel, und seine eigene Stimme klang ihm tonlos in den Ohren.

»Als — als der Erhabene vom Erlenstern-Berg floh, vor wem floh er da?«

Ein Feuerschein von Kraft übergoß die Hälfte ihres Gesichts mit flüssigem Gold. Sie antwortete ihm nicht. Ghisteslohms Lippen öffneten sich; sein tiefer Atemzug klang klar und deutlich durch den Tumult wie das Seufzen der zurückweichenden Brandung.

»Nein!« Er trat einen Schritt zurück. »Nein.«

Morgon gewahrte erst, daß er sich bewegt hatte, als er den plötzlichen Schmerz über seinem Herzen spürte. Seine Hand streckte sich nach dem Zauberer aus.

»Was ist es?« fragte er flehentlich. »Ich kann nichts erkennen!«

Das kalte Metall zwang ihn nach rückwärts. Sein zwingendes Verlangen schoß in einem Feuerstrahl aus den Sternen im Heft des Schwerts, so daß es dem Gestaltwandler aus der Hand sprang. Klirrend schlug es auf dem Boden auf, wo es glühend liegenblieb. Er wollte aufstehen. Der Gestaltwandler packte ihn am Kragen seines Kittels und hob die verbrannte Hand zum Schlag. Morgon starrte in die ausdruckslosen Augen und schickte einen Kraftstoß wie einen Schrei in den Geist des Zauberers. Der Schrei ging in einer kalten, stürmischen See unter. Der Gestaltwandler ließ die Hand sinken. Er zog Morgon auf die Füße und ließ ihn stehen, frei und ungehindert. Verwirrt von dem Ausmaß an Macht und von dem Ausmaß an Zurückhaltung, streckte Morgon einen letzten verzweifelten Fühler in den Geist des Zauberers und hörte nur das Branden des Meeres.

Das Schlachtgetümmel brach durch die verfaulten Mauern. Gestaltwandler drängten Händler, erschöpfte Krieger, die Wachen der Morgol in den Saal. Ihre Klingen aus Knochengebein und Eisen, untergegangenen Schiffen entrissen, droschen erbarmungslos durch das Chaos. Morgon sah, wie zwei der Wachen fielen, noch ehe er überhaupt eine Bewegung machen konnte. Er wollte nach seinem Schwert greifen. Das Knie des Gestaltwandlers traf seine Brust, als er sich niederbeugte. Er sank auf Hände und Knie nieder und wimmerte um einen Atemzug Luft. Der Saal um ihn herum wurde sehr still; er sah nur den Staub und den Schutt unter seinen Fingern. Kreiselnd drehte sich die Stille um ihn, zog ihn wie eine Spirale in ihre Mitte. Wie in einem Traum hörte er in ihrem Mittelpunkt den klaren, tropfenden Klang eines einzigen Harfentons.

Das Lärmen der Schlacht rollte wieder über ihn hinweg. Er hob den Kopf, suchte das Schwert und sah Lyra, die sich zwischen zwei Händlern unter der Tür hindurchdrängte. Ein stechender Schmerz saß in seiner Kehle. Er wollte rufen, schreien, die Schlacht unterbrechen, bis sie wieder fort war, doch er hatte keine Kraft. Sie arbeitete sich näher zu ihm hin. Ihr Gesicht war bleich und erschöpft; dunkle Halbmonde lagen unter ihren Augen. Getrocknetes Blut klebte an ihrem Kittel, in ihrem Haar. Ihre Augen suchten das Schlachtfeld ab, entdeckten ihn plötzlich. Der Speer in ihrer Hand blitzte auf; sie schleuderte ihn ihm entgegen. Er sah ihn kommen, ohne sich zu rühren, ohne zu atmen. Pfeifend zischte er an ihm vorbei, traf den Gestaltwandler und riß ihn von Morgons Seite weg. Er packte sein Schwert und sprang schwankend auf die Beine. Lyra bückte sich, hob den Speer unter einer der gefallenen Wachen auf. Sie wog ihn in ihrer Hand, drehte sich in einer einzigen behenden, präzisen Bewegung und warf.

Der Speer stieg hoch, sauste über die Kämpfenden hinweg, zerriß die Luft in einem Silberstreif auf dem Weg zum Herzen des Gründers. Seine Augen, die die Farbe des Nebels über dem Meer hatten, waren nicht einmal fähig zu zwinkern, während sie dem näher kommenden Speer entgegenblickten. Morgons Gedanken flogen rascher als der Schatten des Speeres. Er sah, wie Lyras Gesicht zu einer Maske hilflosen Entsetzens erstarrte, als sie gewahr wurde, daß der Zauberer gebannt war, wehrlos gegen sie; ihrem todbringenden Wurf haftete keine Ehre an, er verlangte kein Geschick, ließ keine Möglichkeiten offen. Morgon wollte schreien, den Speer mit seiner Stimme knicken, um einen Traum von Wahrheit zu retten, der hinter den Augen eines Kindes, hinter den Augen eines Zauberers verborgen war. Statt dessen flog seine Hand hoch, zog die Harfe auf seinem Rücken aus der Luft. Er spielte sie, noch während er sie formte: die letzte tiefe Saite, deren Schwingungen selbst ein eisernes Schwert unter Klirren erzittern ließen und jede andere Waffe draußen und drinnen im Saal zerschmetterten.

Stille senkte sich wie alter Staub über den Saal. Die Krieger aus Ymris starrten ungläubig auf das zerbrochene Metall in ihren Händen. Lyra blickte noch immer zu jener Stelle in der Luft, wo der Speer, keine zwei Schritte von Ghisteslohm entfernt, zersplittert war. Langsam drehte sie sich um. Es war die einzige Bewegung im Saal. Ihr Blick traf den Morgons; sie schien plötzlich so ermattet, daß sie kaum noch stehen konnte. Die Wachen, die noch am Leben waren, starrten Morgon an. Ihre Gesichter waren geisterhaft bleich. Die Gestaltwandler rührten sich nicht. Ihre Körper schienen plötzlich zu fließen, so als wollten sie im nächsten Moment mit dem Nichts verschmelzen. Selbst die Frau, die er als Eriel kannte, stand reglos, während sie ihn beobachtete und wartete.

In diesem Augenblick wurde ihm nur einen Herzschlag lang offenbar, welche furchtbare, bedrohliche Kraft sie in ihm sahen, die irgendwo in dunstverhangenen Regionen jenseits seiner Erkenntnis lag. Die Tiefe seiner eigenen Unwissenheit entsetzte ihn. Hilflos drehte er die Harfe in den Händen, während er die Gestaltwandler gefangenhielt und noch keine Ahnung hatte, was er mit ihnen tun sollte. Bei dieser Bewegung der Unsicherheit wandelte sich der Ausdruck in Eriels Augen in schlichtes Staunen.

Rasch eilte sie vorwärts, um ihm die Harfe abzunehmen, um ihn mit seinem eigenen Schwert zu töten, um seinen Geist zu verdunkeln und mit dem ewigen Rauschen des Meeres zu füllen wie den Geist Ghisteslohms — er wußte es nicht. Er packte das Schwert und wich zurück. Eine Hand berührte seine Schulter, hielt ihn auf.

Rendel stand neben ihm. Ihr Gesicht war rein und weiß inmitten der Wolke ihres feurigen Haares, als wäre es wie die Gesichter der Erdherren aus Stein gemeißelt. Sie hielt ihn mit leichter Hand, doch sie sah ihn nicht.

»Ihr werdet ihn nicht anrühren«, sagte sie leise zu Eriel.

Die dunklen Augen blickten neugierig in ihr Gesicht.

»Ylons Tochter. Habt Ihr Eure Wahl getroffen?«

Eriel setzte sich wieder in Bewegung, und Morgon spürte, wie die ungeheure, gefesselte Kraft in Rendels Geist sich aus ihren Banden befreite. Er sah, wie die Gestalt, die Eriel angenommen hatte, von ihr abzufallen begann und etwas unglaublich Altes, Wildes enthüllte wie das dunkle Herz der Erde oder des Feuers. Mit aschfahlem Gesicht stand er da, im lähmenden Bann tiefen Staunens, und wußte, daß er unfähig war, sich zu rühren, selbst wenn das, was Rendel in ihre Gestalt zwang, sein eigener Tod war.

Dann donnerte ein Schrei durch seinen Geist, riß ihn aus seiner Faszination. Benommen starrte er hinüber zur anderen Seite der Rotunde. Der alte Zauberer, den er am Stadttor gesehen hatte, fing seinen Blick auf und hielt ihn mit seinen eigenen seltsamen, lichtlodernden Augen fest.

Wieder durchdrang ihn der stumme Schrei: ›Flieh!‹ Er

rührte sich nicht. Er würde Rendel nicht verlassen, aber er konnte ihr nicht helfen; er fühlte sich unfähig, auch nur zu denken. Dann bemächtigte sich eine fremde Kraft seines erschöpften Geistes und entriß ihm seine eigene Gestalt. Er schrie, und es war das wütende, schrille Protestgeschrei eines Habichts. Die fremde Kraft hielt ihn, schleuderte ihn wie einen finsteren, ungebändigten Wind aus der brennenden Schule der Zauberer hinaus, hinaus aus dem Festungsring der Stadt in die weite, reglose Einöde der Nacht.

9

Die Gestaltwandler verfolgten ihn durch das Hinterland. In der ersten Nacht schoß er in Habichtsgestalt über den Himmel, während die lodernde Stadt hinter ihm in der Dunkelheit kleiner und kleiner wurde. Instinktiv flog er nordwärts, fort von den Königreichen, richtete seinen Kurs nach dem Geruch von Wasser unter ihm. Als der Morgen graute, fühlte er sich sicher. Er glitt abwärts, dem Seeufer entgegen. Vögel, die in der sanften Morgenbrise auf dem Wasser dahintrieben, flatterten auf, als er herabschoß. Er fühlte, wie die Federn ihres Geistes sich wie Netzwerk um ihn legten. Er brach durch das Netz hindurch und stieg wieder in die Lüfte hinauf. Sie hetzten ihn über den See in die Wälder, wo er unversehens wieder in die Tiefe tauchte, wie ein dunkler Stein durch Luft und Licht brach, bis er die Erde berührte und verschwand. Meilen entfernt im Norden tauchte er wieder auf, kniete am Wasserlauf zwischen zwei Seen, kraftlos vor Erschöpfung. Am Ufer neben dem Wasser sank er zusammen. Nach einer Weile regte er sich wieder, senkte sein Gesicht in den Strom und trank.

Als der Abend hereinbrach, spürten sie ihn wieder auf. Er hatte Fische gefangen und zum erstenmal seit zwei Tagen etwas gegessen. Das stille Licht des Nachmittags, die monotone Stimme des Flusses hatten ihn in Schlaf gewiegt. Er fuhr mit einem Ruck aus dem Schlaf hoch, als ein Eichhörnchen laut zu zetern begann, und sah hoch oben am blaugrauen Himmel eine große Schar kreisender Vögel. Augenblicklich ließ er sich ins Wasser fallen und wandelte die Gestalt. Die Strömung schleuderte ihn erbarmungslos von einem Strudel in den anderen, riß ihn flußabwärts in stille Tümpel, wo hungrige Wasservögel sich auf ihn stürzen wollten. Er kämpfte sich wieder flußaufwärts, sah nichts als sich langsam verdunkelnde Wassermassen, die ihn von einer Seite auf die andere warfen und jedesmal, wenn er auftauchte, sein Hirn mit ihrem Tosen erfüllten. Schließlich glitt er in stilleres Wasser. Es wurde tiefer, während er schwamm. Er tauchte zum Grund hinunter, um zu rasten, doch das Wasser wurde finster und still, so tief, daß er emporsteigen mußte, um Luft zu holen, ehe er den Grund überhaupt gefunden hatte. Er schwamm langsam unter der Oberfläche dahin, beobachtete die Nachtfalter, die im Mondlicht umherschwirrten. Er ließ sich treiben, bis der Grund des Sees langsam anstieg und er nahe beim Ufer Schlingpflanzen fand, in denen er sich versteckte. Bis zum Morgen rührte er sich nicht mehr.

Ein winziger Fisch sprang neben ihm ins Sonnenlicht hinauf und schnappte nach einem Insekt. Wasserringe breiteten sich über ihm aus. Er stieg aus den Schlingpflanzen. Das Wasser um ihn herum funkelte im Glanz der Morgensonne, als er sich verwandelte. Er watete aus dem Wasser und blieb stehen, in die Stille hineinzulauschen.

Sie schien lautlos aus Regionen jenseits der bekannten Welt hereinzuströmen. Der sanfte Morgenwind schien fremd, sprach eine Sprache, die er nie gelernt hatte. Er erinnerte sich der wilden Stimmen von der Ebene der Winde, die mit tausend Namen und Erinnerungen über Ymris geklungen hatten. Doch die Stimmen des Hinterlands schienen noch älter zu sein, die Stimmen eines uralten Geschlechts von Winden, die ihm nichts mitteilten außer ihrer Namenlosigkeit. Lange stand er da und atmete ihre Einsamkeit, bis er spürte, daß sie ihn zu etwas zu formen begannen, das so namenlos war wie sie selbst.

Er flüsterte Rendels Namen. Blinden Auges wandte er sich um, während sich seine Gedanken zu einem harten Knoten der Angst zusammenballten. Er fragte sich, ob sie noch lebte, ob überhaupt noch jemand in Lungold am Leben war. Er überlegte, ob er in die Stadt zurückkehren sollte. In wilder Ohnmacht schlug er mit den Fäusten gegen einen Baumstamm, während er an sie dachte. Der Baum erzitterte unter seiner quälenden Ungewißheit; eine Krähe flatterte krächzend aus seinen Ästen auf. Er hob den Kopf, stand reglos wie ein witterndes Tier. Die beschaulich lächelnden Wasser des Sees begannen zu sieden und zu brodeln, hievten Gestalten aus ihren Tiefen. Fragend pulste das Blut durch seine Adern. Er öffnete seinen Geist dem Geist des Hinterlandes. Mehrere Meilen entfernt gesellte er sich zu einer großen Herde von Elchen, die langsam in nördlicher Richtung zum Thul hinzogen.

Er blieb bei ihnen. Er beschloß, sie am Thul zu verlassen und dem Fluß in östlicher Richtung zu folgen, bis er die Gestaltwandler abgeschüttelt hatte, dann nach Lungold zurückzukehren. Zwei Tage später, als die langsam dahinziehende Herde sich dem Fluß näherte, trennte er sich von ihr, wanderte ostwärts am Flußufer entlang. Doch ein Teil der Herde folgte ihm. Wieder wechselte er die Gestalt und flog durch die Nacht in südlicher Richtung davon. Doch Schatten brachen aus der Finsternis, umkreisten ihn und drängten ihn nach Norden ab, über den Thul hinweg, weiter nach Norden zum Weißen See, noch weiter nach Norden, zum Erlenstern-Berg.

Die Erkenntnis erfüllte ihn mit Wut und Entsetzen. An den Ufern des Weißen Sees stellte er sich zum Kampf. In seiner wahren Gestalt erwartete er sie, und die Sterne auf seinem Schwertheft sandten ihnen über das Hinterland hinweg blutrote Lichtsignale entgegen. Doch seine Herausforderung wurde nicht angenommen. Der heiße Nachmittag war still; das Wasser des riesigen Sees lag glatt und schimmernd wie getriebenes Silber. Er suchte und konnte nicht einmal ihren Geist finden. Als schließlich die sich neigende Sonne lange Schatten über den See zog, begann er, ein Gefühl von Freiheit zu atmen. Er steckte sein Schwert in die Scheide und kroch in die Gestalt eines Wolfes. Und da sah er sie. Still wie die Luft rundum standen sie vor ihm, aus den Schleiern von Licht und Dunkelheit gewoben.

Er entzündete eine Flamme der ersterbenden Sonne in seinem Schwertheft und ließ sie die Klinge hinunterbrennen. Dann löste er sich selbst in Schatten auf, füllte seinen Geist mit Finsternis. Er griff an, um zu töten, und doch wußte er, erschöpft und hoffnungslos, wie er war, daß er sie halb herausforderte, ihn zu töten. Er erschlug zwei Gestaltwandler, ehe er erkannte, daß sie es ihm in grausamem Hohn erlaubt hatten. Sie weigerten sich, zu kämpfen; sie weigerten sich, ihn nach Süden ziehen zu lassen.

Wieder nahm er die Gestalt des Wolfes an, trabte am See entlang nach Norden in die Wälder. Eine riesige Herde von Wölfen zog sich hinter ihm zusammen. Und wieder fuhr er herum und stürzte sich auf sie. Knurrend, fauchend, schnappend kämpften sie mit ihm, bis er, während er sich mit einem mächtigen Wolf, dessen Zähne sich in seinem Arm verbissen hatten, im Farnkraut wälzte, wußte, daß die Tiere echt waren. Mit einem Blitzstrahl von Energie schleuderte er den Wolf von sich fort und umgab sich mit einem flammenden Lichtkreis. Rastlos umdrängten sie ihn in der Abenddämmerung, nicht gewiß, was er war, in den Nasen den Geruch des Blutes von seiner verletzten Schulter. Und während er sie anstarrte, überkam ihn plötzlich das Verlangen, über seinen Irrtum zu lachen. Doch etwas, das weit bitterer war als Gelächter, stieg in seiner Kehle auf. Eine Zeitlang konnte er nicht denken. Er konnte nur in die sternlose Nacht hineinblicken, die sich über das Ödland senkte, und die scharfe Ausdünstung von hundert Wölfen riechen, die ihn umkreisten. Mit einer unbestimmten Vorstellung von einem Angriff auf die Gestaltwandler hockte er sich schließlich nieder, hielt die Augen der Wölfe fest, zog ihren Geist in seine Gewalt. Doch etwas zerschnitt das Band. Die Wölfe verloren sich in der Nacht und ließen ihn allein zurück.

Er konnte nicht fliegen; sein Arm brannte und wurde langsam steif. Der Hauch von Einsamkeit, der vom kalten, sich verfinsternden Wasser aufstieg, überwältigte ihn. Er ließ das Feuer, das ihn umgab, ausgehen. Gefangen zwischen den Gestaltwandlern und dem schwarzen Entsetzen des Erlenstern-Bergs, konnte er sich nicht regen. Fröstelnd stand er im dunklen Wind, während die Nacht sich aus Steinen der Erinnerung um ihn herum aufbaute.

Der leichte Flügelschlag eines fremden Geistes berührte seinen Geist und sein Herz. Er merkte, daß er sich wieder bewegen konnte, als wäre ein Bann gebrochen worden. Die Stimme des Windes veränderte sich; sie erfüllte die schwarze Nacht mit einem Flüstern, das ihm aus allen Richtungen Rendels Namen zuwehte.

Einen Moment lang hielt seine Erkenntnis ihrer Nähe an. Doch er spürte, während er sich niederbeugte, um im Farnkraut ein Feuer zu entzünden, daß sie überall um ihn herum sein konnte, in den mächtigen Bäumen, die neben ihm zum Himmel aufragten, in den Flammen, die aus den welken Blättern emporzüngelten, um sein Gesicht zu wärmen. Er riß die Ärmel seines Kittels ab, wusch die Wunde an seinem Arm und verband sie. Dann legte er sich neben dem Feuer nieder, starrte in die Flammen und versuchte, die Gestaltwandler und ihre Absichten zu begreifen. Er merkte plötzlich, daß brennende Tränen über sein Gesicht liefen, weil Rendel am Leben war, weil sie bei ihm war. Er hob den Arm und erstickte das Feuer unter einer Handvoll Erde. Er verbarg sich unter einem trügerischen Schleier von Dunkelheit und brach wieder auf, wanderte wieder nordwärts, dem endlosen Ufer des Weißen Sees folgend.

Die Gestaltwandler ließen sich nicht wieder sehen, und er erreichte schließlich die brodelnden weißen Wasser des Flusses Cwill, dort, wo er schäumend aus der nördlichsten Spitze des Sees hervorbrach. Von hier aus konnte er den Rücken des Isig-Passes sehen, das ferne, gewellte Vorgebirge, die kahlen Gipfel des Berges Isig und des Erlenstern-Bergs. Und hier machte er noch einmal einen verzweifelten Versuch, sich die Freiheit zu erringen. Er ließ sich in die unbändige Strömung des Cwill fallen, ließ sich von ihr herumwirbeln, bald als Fisch, bald als dürrer Ast eines Baumes, ließ sich durch tiefe, strudelnde Wasser gleiten, Stromschnellen und donnernde Wasserfälle hinunter, bis er alles Zeitgefühl und alle Orientierung verlor. Die Strömung jagte ihn durch endlose Strudel und Stromschnellen, bis sie ihn schließlich in ein sanftes, grünes Becken hineinspie. Er kreiselte noch eine Weile, ein Stück wasserdurchtränkten Holzes, und dann zog ihn die sanfte Strömung zum Ufer hin, in ein wirres Geflecht welker Blätter und dürrer Äste. Er zog sich schließlich hoch, eine nasse, glitschige Bisamratte, und suchte sich seinen Weg über das Gitterwerk von Ästen zum Ufer.

Draußen in den Schatten wechselte er wieder die Gestalt. Er war nicht so weit östlich gekommen, wie er geglaubt hatte. In abendliche Schatten getaucht, stand der Erlenstern-Berg massig und starr in der Ferne. Doch er war jetzt näher an Isig, das wußte er; wenn er es sicher erreichen konnte, dann konnte er sich auf endlose Zeit im Gewirr der unterirdischen Gänge auf dem Grund des Berges verborgen halten. Er wartete, bis die Nacht hereinbrach, ehe er wieder aufbrach. In der Gestalt eines Bären dann trottete er in die Dunkelheit hinein, den Sternen entgegen, die über dem Berg Isig funkelten.

Er folgte ihnen, bis sie beim Morgengrauen verblichen. Dann kam er, ohne es zu merken, von seinem Weg ab. Die Bäume rückten näher zusammen um ihn herum und verwehrten ihm den Blick auf den Berg; undurchdringliches Unterholz und Dornengebüsch zwangen ihn, immer wieder abzuschwenken. Jäh senkte sich das Land abwärts; er folgte einem ausgetrockneten Flußbett durch eine Schlucht und glaubte, er wanderte nordwärts. Doch als der Graben wieder in ebenem Gelände mündete, sah er vor sich den Erlenstern-Berg. Wieder nahm er Kurs nach Osten. Mit dem Wind flüsternd, umdrängten ihn die Bäume; Dickicht und Unterholz versperrten ihm den Weg, zwangen ihn, die Richtung zu ändern, bis er, als er durch einen seichten Fluß watete, durch eine Lücke in den Bäumen vor ihm wieder den Erlenstern-Berg sah.

In der Mitte des Flusses blieb er stehen. Die Sonne hing tief im Westen, flackerte wie eine heiße Fackel am Himmel. Ihm war heiß unter dem zottigen Bärenfell, und er war hungrig. Er hörte das Summen von Bienen und schnupperte in die Luft, in der Hoffnung, Honig zu riechen. Ein Fisch glitt im seichten Wasser wie ein Pfeil an ihm vorüber; er schlug nach ihm und fehlte. Ein undeutliches leises Grollen in den Tiefen des Bärengehirns schärfte sich zu Sprache. Im Wasser fuhr er zurück, während sein Kopf von einer Seite auf die andere schwankte, und krauste die Schnauze, als könnte er die Gestalten riechen, die sich um ihn herum geformt hatten und ihn von Isig wegdrängen wollten.

Er spürte, wie sich in ihm etwas aufstaute, und blies es frei: ein tiefes, brennendes Brüllen, das die Stille zerriß und von den Hügeln und Felskaminen zu ihm zurückprallte. In Habichtgestalt dann brannte er einen goldenen Pfad hoch in den Himmel hinein, bis das Hinterland sich endlos unter ihm dehnte, schoß auf den Berg Isig zu.

Die Gestaltwandler lösten sich aus den Bäumen und flogen ihm nach. Eine Zeitlang jagte er ihnen in einem betäubenden Tosen von Geschwindigkeit voraus, dem fernen grünen Berg zu. Doch als die Sonne unterging, kamen sie ihm näher. Sie waren von namenloser Gestalt. Ihre Schwingen waren aus dem Rot und dem Gold der untergehenden Sonne; ihre Augen und Klauen waren aus Feuer. Ihre scharfen Schnäbel waren knochenweiß. Sie holten ihn ein und umringten ihn, stürzten sich hackend und pickend auf ihn, bis seine Flügel zerfleddert waren und seine Brust mit Blut befleckt. Er schwankte in der Luft; sie stürzten sich auf ihn, nahmen ihm mit ihren Schwingen die Sicht, bis er einen einzigen durchdringenden, verzweifelten Schrei ausstieß und sich vom Berg Isig abwandte.

Die ganze Nacht flog er unter ihren brennenden Augen. Beim Morgengrauen sah er vor sich die steilen Felswände des Erlenstern-Berges. Da nahm er mitten in der Luft seine eigene Gestalt an und ließ sich einfach abstürzen. Die Luft schlug ihn mit harten Fäusten, die Wälder kamen ihm wirbelnd entgegen. Ehe er den Boden erreichte, schoß es wie ein Blitzschlag durch seinen Geist, dann stürzte er kreiselnd in die Finsternis.

Als er erwachte, umgab ihn undurchdringliche Dunkelheit. Es roch nach feuchtem Stein. In weiter Ferne konnte er schwach das ewige Rieseln von Wasser hören. Er erkannte es plötzlich, und seine Hände verkrampften sich. Er lag mit dem Rücken auf kaltem, nacktem Stein. Jeder Knochen und jeder Muskel in seinem Körper schmerzten, und seine Haut war aufgerissen und zerschrammt von scharfen Krallen. Die Stille des

Berges hockte wie ein Nachtmahr auf seiner Brust. Seine Muskeln spannten sich; er lauschte fiebrig, blind, wartete auf eine Stimme, die nicht kam, während Erinnerungen wie riesige, unförmige Tiere über ihm auf und ab wanderten. Er begann, die Finsternis mit seinem Geist zu trinken; sein Körper schien mit ihr zu verschmelzen. Von Panik gepackt setzte er sich auf, die Augen weit aufgerissen, und spähte angestrengt ins Nichts. Irgendwo in der sternenlosen Nacht seines Geistes fand er eine Erinnerung an Licht und Feuer. Er entzündete sie in seiner Handfläche, speiste die Flamme, bis er die riesige, öde Kammer aus kahlem Stein sehen konnte, die ihn umgab; das Gefängnis, wo er das schrecklichste Jahr seines Lebens verbracht hatte.

Seine Lippen öffneten sich. Ein Wort steckte wie ein Edelstein in seiner Kehle. In endloser Vielfalt glitzerte die Flamme ihn an, von Mauern aus Eis und Feuer, aus Gold, aus Himmelsblau, das von windzerfetzten Silberstreifen durchzogen war wie die Nacht über dem Hinterland. Das Innere des Berges war aus dem Gestein, aus dem die Städte der Erdherren erbaut waren, und er konnte die erstarrten Spalten sehen, wo Steinquader herausgehauen worden waren.

Langsam stand er auf. Aus tausend Facetten, die in den Farben von Edelsteinen blitzten, starrte ihm sein eigenes Gesicht entgegen. Die Kammer war von einer ungeheuren Größe; er speiste die Flamme mit dem Feuer ihrer Spiegelbilder, bis sie höher stand als sein Kopf, doch noch immer konnte er nicht mehr sehen als ein Gewölbe aus Dunkelheit, in dem unbestimmt ein Netzwerk reinen Goldes schimmerte.

Das Wasser, dessen ewige, immer gleiche Stimme er gehört hatte, hatte auf seinem Weg in unergründliche Tiefen eine diamantweiße Rinne in eine Steinmauer hineingeweint. Er schwenkte die Flamme; ihr Licht ergoß sich über einen See, der so still war, daß er aus Dunkelheit gemeißelt schien. Die Gestade des unendlich weiten Sees waren aus massivem Stein; die Mauer, die ihn auf einer Seite umschloß, glitzerte wie reiner Rauhreif.

Er kniete nieder und berührte das Wasser. Ringe verschmolzen auf seiner dunklen Fläche langsam mit Ringen. Die Spiralkreise des Turmes der Winde fielen ihm plötzlich ein. Seine Kehle zog sich zusammen, brannte vor Durst, und er beugte sich zum See hinunter, um mit der freien Hand Wasser zu schöpfen. Er spülte einen Schluck hinunter und hustete krampfhaft. Es schmeckte bitter und ätzend nach Mineralien.

»Morgon!«

Jeder Muskel in seinem Körper spannte sich. In der Hocke schwang er herum und begegnete Ghisteslohms Blick.

In seinen Augen flackerte rastlos eine Kraft, die nicht seine eigene war. Soviel sah Morgon, ehe die Finsternis die Flamme in seiner Hand verschluckte und ihn wieder blind machte.

»Der Gründer selber«, flüsterte er, »ist also auch besessen.«

Lautlos stand er auf und versuchte, ohne in der Bewegung innezuhalten, durch den schimmernden Spalt von Morgenröte jenseits der gesplitterten Türen in den Thronsaal des Erhabenen zu treten. Statt dessen trat er über den Rand eines Abgrunds. Er verlor das Gleichgewicht und stürzte schreiend ins Nichts. Er schlug am Ufer des Sees auf, klammerte sich an den Steinen zu Ghisteslohms Füßen fest.

Er ließ seinen Kopf auf den Unterarm sinken, während er zu denken versuchte. Er haschte nach dem Geist einer Fledermaus, die in einem geheimen Eckchen schlief, doch der Zauberer packte ihn, ehe er die Gestalt wechseln konnte.

»Es gibt kein Entkommen.« Die Stimme hatte sich verändert; sie war langsam, leise, als lauschte der Gründer einer anderen Stimme nach, die unter ihr mitschwang, oder einem fernen, unruhigen Atem von Gezeiten. »Sternenträger, Ihr werdet nichts tun. Ihr werdet nichts tun als warten.«

»Warten«, flüsterte er. »Worauf? Auf den Tod?« Er brach ab, als das Wort unstet zwischen den beiden Bedeutungen hin- und herschoß, die es in seinem Geist hatte. »Diesmal gibt es kein Harfenspiel, um mich am Leben zu erhalten.« Er hob den Kopf, und wieder spähten seine Augen angestrengt in die Dunkelheit. »Oder erwartet Ihr den Erhabenen? Da könnt Ihr warten, bis ich hier zu Stein werde wie die Kinder der Erdherren, denn der Erhabene hat kein Interesse an mir.«

»Das bezweifle ich.«

»Ihr! Ihr existiert ja kaum noch. Ihr besitzt nicht mehr die Fähigkeit zu zweifeln. Selbst die Geister der Toten von An haben mehr Willenskraft als Ihr. Ich kann nicht einmal sagen, ob Ihr schon tot seid oder vielleicht tief in Eurem Inneren noch lebendig, so wie die Zauberer sich irgendwie unter der Gewalt Eurer Macht am Leben hielten.« Seine Stimme wurde ein wenig leiser. »Ich könnte für Euch kämpfen. Selbst das würde ich für die Freiheit tun.«

Die Hand ließ seinen Arm los. Er drang in den fremden, vom Rauschen des Meeres erfüllten Geist ein, den Namen zu finden, den er in sich barg. Der Name entzog sich ihm. Er kämpfte sich durch Brandung und wogende Fluten, bis der Geist des Zauberers ihn an die Gestade seines eigenen Bewußtseins zurückwarf. Er schnappte nach Luft, als hätte er vergessen zu atmen. Schließlich hörte er die Stimme des Zauberers, die sich ins Dunkle zurückzog.

»Für Euch hat die Freiheit keinen Namen.«

Danach schlief er ein Weilchen, in dem Bemühen, an Kraft zu gewinnen. Er träumte von Wasser. Sein wütender Durst weckte ihn; er tastete nach dem Wasser, versuchte nochmals, es zu trinken. Er spie es aus, ehe er es hinunterschluckte, blieb von Husten geschüttelt knien. Er glitt wiederum in fiebrigen Schlaf und träumte nochmals von Wasser. Er spürte, wie er in das Wasser hineinfiel, kühle Dunkelheit um sich zog, tiefer und tiefer in die Stille des Wassers eindrang. Er atmete im Wasser und wachte auf, von Panik gepackt, dem Ertrinken nahe. Hände zogen ihn aus dem See, ließen ihn würgend am Ufer zurück.

Das Wasser machte ihn ein wenig klarer. Er lag ruhig da und starrte in die Dunkelheit, während er überlegte, ob sie, wenn er seinen Geist öffnete, ihn ertränken würde wie Wasser. Langsam ließ er sie in seine Gedanken hineinsickern, bis die Erinnerungen an eine einzige Nacht, die ein langes Jahr gedauert hatte, ihn überwältigten und er, wieder kopflos vor Angst, die Luft mit Feuer entzündete. Flüchtig sah er Ghisteslohms Gesicht; dann schlug die Hand des Zauberers nach seiner

Flamme, und sie zerbrach in tausend Stücke wie Glas.

Er flüsterte: »Für jeden türenlosen Turm gibt es ein Rätsel, das die Tür öffnet. Das habt Ihr mich gelehrt.«

»Hier gibt es eine Tür und ein Rätsel.«

»Den Tod. Das glaubt Ihr doch selbst nicht. Sonst hättet Ihr mich ertrinken lassen. Wenn es dem Erhabenen gleichgültig ist, ob ich lebe oder sterbe, was wollt Ihr dann tun?«

»Warten.«

»Warten.« Rastlos flackerte sein Geist, suchte fieberhaft nach irgendeiner Antwort. »Die Gestaltwandler warten seit Jahrtausenden. Ihr habt ihnen in jenem Augenblick, bevor sie Euch bannten, einen Namen gegeben. Was habt Ihr gesehen? Welche Kraft war stark genug, die Erdherren zu überwinden? Menschen, die die Kraft und das Gesetz ihres Daseins aus jedem lebenden Ding ziehen, aus der Erde, aus dem Feuer, dem Wasser und dem Wind ... Der Erhabene wurde von den Gestaltwandlern aus dem Erlenstern-Berg vertrieben. Und dann kamt Ihr und fandet einen leeren Thron, dort, wo die Legende den Erhabenen wissen wollte. Da wurdet Ihr der Erhabene, nahmt die Macht in Eure Hände, während Ihr auf den wartetet, den die steinernen Kinder nur als den Sternenträger kannten. Ihr bewachtet die Orte des Wissens und der Macht, indem Ihr die Zauberer in Lungold versammeltet und in Caithnard lehrtet. Und eines Tages erschien der Sohn eines Fürsten von Hed in Caithnard, den Gestank von Kuhmist an den Stiefeln und eine Frage in den Augen. Aber das war nicht genug. Ihr wartet immer noch. Die Gestaltwandler warten immer noch. Auf den Erhabenen. Ihr gebraucht mich als Köder, aber er hätte mich lange zuvor hier finden können, wenn ihm etwas daran gelegen hätte.«

»Er wird kommen.«

»Das bezweifle ich. Er erlaubte Euch, das Reich jahrhundertelang zu täuschen. Ihm lag nichts am Wohl von Menschen oder Zauberern im Reich. Er ließ es zu, daß Ihr mir das Landrecht raubtet, wofür ich Euch hätte töten sollen. Ihm liegt nichts an mir ...«

Wieder schwieg er, während sich seine Augen in das ausdruckslose Gesicht der Finsternis bohrten. Stumm lauschte er dem Schweigen, das sich in jedem Tropfen flüssigen Gesteins sammelte und erstarrte.

»Was«, sagte er in das Schweigen hinein, »kann solche Macht besitzen, daß es die Städte der Erdherren zerstörte? Daß es den Erhabenen selbst zwang, sich in die Verborgenheit zurückzuziehen? Was ist so mächtig wie ein Erdherr?«

Er schwieg wieder. Dann regte sich, wie ein Feuerfunke, der sich selbst zu Asche verzehrt, eine Antwort in den Tiefen seines Geistes.

Er setzte sich auf. Die Luft schien ihm plötzlich dünn, von Feuer durchwirkt; es fiel ihm schwer zu atmen.

»Die Gestaltwandler ...«

Schmerzende Trockenheit lag wieder in seiner Kehle. Er hob die Hände zu den Augen und sammelte Dunkelheit, um in sie hineinzublicken. Stimmen drangen flüsternd aus seiner Erinnerung, aus den Steinen, die ihn umgaben. ›*Der Krieg ist nicht beendet, nur zur erneuten Sammlung der Kräfte unterbrochen ... Jene aus dem Meer. Edolen. Sec. Sie vernichteten uns, so daß wir nicht länger auf der Erde leben konnten. Wir konnten sie nicht beherrschen ...*‹ Die Stimme der Kinder, der Toten der Erdherren. Schwer sanken seine Hände auf den Steinboden, noch immer drängte die Dunkelheit gegen seine Augen. Er sah, wie das Kind sich von dem Blatt abwandte, das es in seinem Traum berührt hatte, wie es angespannt, wartend über eine Ebene hinwegblickte.

»Sie konnten ein Blatt, einen Berg, ein Samenkorn berühren und es erkennen, eins mit ihm werden. Das ist es, was Rendel gesehen hat, das ist die Kraft in ihnen, die sie liebt. Und doch haben sie einander getötet, haben ihre Kinder auf dem Grunde eines Berges begraben, wo sie sterben mußten. Sie sprachen alle Sprachen der Erde, kannten alle Gesetze, die ihr Wesen und Bewegungen bestimmte. Was geschah ihnen? Gerieten sie blindlings in ein Wesen hinein, das kein anderes Gesetz kannte als das der Macht?« Seine Stimme entfernte sich flüsternd von ihm, wie in einem Traum. »Was war das für ein Wesen?«

Er war wieder still. Ihn fröstelte vor Kälte, und doch

schwitzte er. Der Geruch des Wassers zerrte erbarmungslos an ihm. Wieder streckte er die Hände danach aus, von Durst gequält. Doch seine Hände hielten inne, ehe sie den Spiegel des Sees berührten. Rendels Gesicht, traumhaft in seiner Schönheit, sah ihn aus dem stillen Wasser zwischen seinen Händen an. Ihr langes Haar umgab ihr Gesicht wie Feuerstrahlen. Er vergaß seinen Durst. Lang kniete er reglos da und blickte in das Gesicht hinunter, nicht wissend, ob es echt war oder ob er es aus Sehnsucht geformt hatte. Dann schlug eine Hand in das Antlitz hinein, zertrümmerte das Bildnis, und schwankende Kreise kräuselten den Wasserspiegel bis hinaus zum Rande des Sees.

Eine mörderische, unkontrollierbare Wut riß Morgon auf die Beine. Er wollte Ghisteslohm mit bloßen Händen umbringen, doch er konnte den Zauberer nicht einmal sehen. Kraftstöße schleuderten ihn wieder und wieder zurück. Schmerz fühlte er kaum; Gestalten drehten sich schneller als Worte in seinem Geist. Er verwarf sie, während er nach dem einen Wesen suchte, das machtvoll genug war, seine Wut in sich aufzunehmen. Er spürte, wie sein Körper in Gestaltlosigkeit zerfiel; ein Klang erfüllte seinen Geist, ein tiefer, harter, wilder Klang, die Stimmen aus den fernsten Bereichen des Hinterlands. Doch sie waren nicht mehr leer und namenlos. Etwas zuckte durch ihn hindurch, schleuderte einen Lichtstrahl, der knisternd durch die Luft fuhr. Er spürte die Fülle eines fremden Geistes in dem seinen, doch seine Gedanken hatten keine Sprache, summten nur in einem Ton wie von einer vibrierenden, ungestimmten Harfensaite. Er spürte, wie sich die Wut in ihm ausdehnte, die riesige Steinkammer erfüllte. Er schleuderte den Zauberer durch die Höhle, drückte ihn wie ein vom Wind getriebenes Blatt gegen die Steine.

Dann erkannte er, welche Gestalt er angenommen hatte.

Ruckartig kehrte er in seine eigene Gestalt zurück, und die ungebändigte Energie in ihm war plötzlich erloschen. Zitternd, halb schluchzend vor Furcht und Staunen kniete er auf den Steinen. Er hörte, wie der Zauberer stolpernd von der Wand wegtorkelte. Er atmete stockend, so als wären seine Rippen gebrochen. Als Morgon durch die riesige Höhle eilte, hörte er rundherum Stimmen, die all die verschiedenen, geheimnisvollen Sprachen der Erde sprachen.

Er hörte das Prasseln des Feuers, das Rascheln von Blättern, das Heulen eines Wolfes im einsamen, mondbeschienenen Hinterland, das trockene Knistern von Maisblättern. Aus weiter Ferne dann hörte er ein Geräusch, als hätte der Berg selbst geseufzt. Er spürte, wie die Steine unter ihm leise schwankten. Ein Seevogel kreischte schrill. Jemand mit einer Hand aus Baumrinde und Licht schleuderte Morgon auf den Rücken.

Voller Bitterkeit flüsterte er, als er fühlte, wie das gestirnte Schwert ihm von der Seite gerissen wurde: »Ein Rätsel und eine Tür«.

Er wartete im Auge der Finsternis auf den Hieb des Schwertes, doch nichts berührte ihn. Er war plötzlich atemlos in ihrer Spannung des Wartens gefangen. Da riß ihn Rendels Stimme, zu einem Großen Schrei anschwellend, der die Steine in der Decke sprengte, aus seiner atemlosen Spannung.

»Morgon!«

Das Schwert sang wild im Nachhall des Schreies. Morgon hörte, wie es gegen die Steine schlug. Unwillkürlich, voller Entsetzen schrie er Rendels Namen, und wieder schwankte der Boden unter ihm, trieb ihn zum See hin. Das Schwert rutschte hinter ihm her über die Steine. Es sang noch immer, in einem seltsam hohen Ton, der verklang, als Morgon es packte und in die Scheide steckte. Ein Geräusch lag zitternd in der Luft, als wäre ein Kristall in einer der Mauern geborsten. Der Kristall summte, während er brach, summte einen tiefen, fein gestimmten Ton, der sein eigenes Herz sprengte. Andere Kristalle begannen zu summen; der Boden des Berges grollte. Die riesigen Quader des Deckengewölbes schoben sich knirschend zusammen. Staub und Geröll stürzten zischend abwärts; Kristalle zersprangen klirrend auf dem Boden. Die Stimmen von Fledermäusen, Delphinen, Bienen tönten durch die Felskammer. Spannungskräfte fuhren zuckend durch die Luft, Morgon hörte Rendel schreien. Mit einem schluchzend hervorgestoßenen Fluch sprang er auf. Der Boden unter seinen Füßen dröhnte und begann krachend zu donnern. Die eine Seite hob sich und stürzte schwergewichtig auf die andere herab. Er wurde in den See geschleudert. Der ganze See, ein riesiges, rundes Becken, aus massivem Stein gehauen, begann sich zu neigen.

Sekundenlang war er unter einer Flutwelle schwarzen Wassers begraben. Als er wieder auftauchte, hörte er ein Geräusch, als hätte der Berg selbst, an seinen Wurzeln gespalten, schmerzlich aufgestöhnt.

Ein Windstoß fuhr in die Felskammer hinein. Er drückte Morgon die Augen zu und fegte seinen eigenen Schrei zurück in seine Kehle. Er wühlte den See zu einer schwarz wirbelnden Spirale auf, die Morgon in sich einsog. Ehe das Wasser über ihm zusammenschlug, hörte er etwas, das entweder das Singen seines Blutes in seinen eigenen Ohren war oder ein Ton im Herzen der wilden Stimme des Windes.

Der See spie ihn wieder aus. Das Becken hatte sich noch weiter zur Seite geneigt, goß ihn mit dem Wasser aus, das der Felswand auf der anderen Seite zuströmte. Er holte tief Atem, tauchte unter, versuchte gegen die Flutwelle anzuschwimmen. Doch die Wogen rissen ihn zurück, schleuderten ihn dem Stein entgegen. Als er die unerbittliche Mauer vor sich auftauchen sah, spaltete sie sich plötzlich. Das Wasser drängte wirbelnd durch den Riß und zog ihn mit sich. Durch das Tosen hindurch hörte er die letzten donnernden Zuckungen des Berges, der sein eigenes Herz begrub.

Das Seewasser trieb ihn durch den zackigen Spalt, goß ihn über eine Felslippe in einen brodelnden Strom. Er versuchte, sich herauszuziehen, haschte nach vorspringenden Felsnasen, wollte sich an edelsteinblitzende Wände klammern, doch der Wind war noch immer an seiner Seite, stieß ihn ins Wasser zurück, trieb das Wasser vor sich her. Der Strom flutete in einen anderen; ein Strudel riß ihn unter einen Felsvorsprung hindurch in einen anderen Fluß. Der Fluß trug ihn schließlich aus dem Berg heraus, jagte ihn schäumende Wasserfälle hinunter und warf ihn schließlich, die Lungen voll bitteren Wassers, in die Ose.

Da erst gelang es ihm, sich ans Ufer zu ziehen. Ermattet blieb er auf dem sonnenwarmen Boden liegen. Die wilden Winde peitschten noch immer über ihn hinweg; die mächtigen Fichten neigten sich ächzend unter ihrem Druck. Prustend spie er das bittere Wasser aus, das er geschluckt hatte. Als er nach einer Weile näher an den Fluß kroch, um das süße Wasser der Ose zu trinken, hätte der Wind ihn beinahe wieder hineingeschleudert. Er hob den Kopf und blickte auf den Berg. Eine seiner Flanken war völlig eingefallen; Bäume waren entwurzelt, im gewaltsamen Aufbäumen von Stein und Erde zersplittert worden. Den ganzen Paß hinunter, so weit sein Auge reichte, wütete der Wind, drückte die Bäume wie Grashalme nieder.

Er versuchte aufzustehen, aber er hatte keine Kraft mehr. Der Wind schien ihn aus seiner eigenen Gestalt reißen zu wollen. Er streckte den Arm aus; seine Hand schloß sich um riesige Wurzeln. Während der Baum unter seiner Hand erzitterte, spürte er den Quell seiner unerschütterlichen Kraft.

Er hielt sich an ihm fest, während er sich mühsam an ihm hochzog. Dann trat er von ihm weg und hob die Arme, als wollte er den Wind umschlingen.

Äste wuchsen aus seinen Händen und aus seinem Haar. Seine Gedanken verwirrten sich wie Wurzeln in der Erde. Er reckte sich aufwärts. Harztropfen rannen wie Tränen seine Rinde hinunter. Sein Name bildete sein Herz; Ring um Ring baute sich Stille um ihn auf. Sein Gesicht stieg hoch über die Wälder; in der Erde verwurzelt, dem Toben des Windes hingegeben, verschwand er in sich selbst, hinter dem harten, windgehämmerten Schild seiner Erfahrungen.

10

An einem regnerischen, windigen Herbsttag schrumpfte er wieder in seine eigene Gestalt zurück. Er stand im kalten Wind und zwinkerte sich die Regentropfen aus den Augen, während er sich einer langen, sprachlosen Zeitspanne zu erinnern versuchte. Die Ose, grau wie eine Messerklinge, rann kalt an ihm vorüber; die Felsnadeln des Passes waren halb verborgen unter schweren Wolken. Die Bäume um ihn herum ruhten tief in der Erde, in ihr eigenes Wesen versunken. Sie zogen an ihm. Sein Geist glitt durch ihre zähe, feuchte Rinde, zurück in einen beschaulichen Frieden, der von Baumringen eingeschlossen war. Doch ein Wind wehte zitternd durch seine Erinnerungen, erschütterte einen Berg, schleuderte ihn ins Wasser zurück, zurück in den Regen. Nur widerwillig löste er die Bindung mit der Erde und wandte sich zum Erlenstern-Berg. Er sah die riesige Narbe in seiner Flanke unter einem Dunstschleier. Das dunkle Wasser ergoß sich noch immer aus ihr, um sich mit der Ose zu vereinigen.

Lange blickte er auf den Berg, während er die Fetzen eines finsteren, beängstigenden Traumes zusammensetzte. Seine Bedeutung weckte ihn vollends; er begann im peitschenden Regen zu frösteln. Mit seinem Geist witterte er in den Nachmittag hinein. Er fand niemanden — weder Fallensteller noch Zauberer, noch Gestaltwandler — auf dem Paß. Eine vom Wind geschüttelte Krähe segelte an ihm vorüber; begierig haschte er nach ihrem Geist. Doch sie kannte seine Sprache nicht. Er gab sie wieder frei. Die wilden Winde tosten hohltönend durch die Wipfel; die Bäume um ihn herum ächzten. Sie rochen nach Winter. Nach einer langen Zeit wandte er sich ab und schickte sich an, den Kopf gegen den Wind zwischen die Schultern gezogen, dem Lauf der Ose zurück in die Welt zu folgen.

Doch schon nach ein paar Schritten stand er still und starrte sinnend ins Wasser, das sich schäumend nach Isig und Osterland und zu den nördlichen Handelshäfen des Reiches wälzte. Seine eigenen mächtigen Kräfte fesselten ihn. Nirgendwo im Reich gab es einen Platz für einen Menschen, der die Gesetze des Landrechts löste und die Gestalt des Windes annahm. Aus dem Fluß kam das Echo der Stimmen, die er gehört hatte, die in Zungen sprachen, die nicht einmal die Zauberer verstehen konnten. Er dachte an das dunkle, leere Gesicht des Windes, das der Erhabene war, der sich weigerte, ihm mehr zu geben als gerade sein Leben.

»Und wozu das?« flüsterte er.

Er wollte die Worte plötzlich schreiend gegen das ausdruckslose Gesicht des Erlenstern-Berges schleudern. Der Wind würde seinen Schrei einfach verschlucken. Er ging noch einen Schritt am Fluß hinunter gen Harte, wo er bei Danan Isig Zuflucht und Wärme finden würde. Doch der König konnte ihm keine Antworten geben. Die Vergangenheit hielt ihn gefangen; er war ein Spielball fremder Mächte, die einen uralten Krieg ausfochten, der nie geendet hatte. Und langsam begann er diesen Krieg zu begreifen. Das unbestimmte Verlangen, das sich in ihm rührte, seine eigenen befremdlichen, unberechenbaren Kräfte zu erproben, machten ihm Angst. Lange stand er am Ufer des Flusses, bis die Nebel über den Berggipfeln sich verdunkelten und Schatten die Felshänge des Erlenstern-Bergs überzogen.

Da erst wandte er sich ab, wanderte durch den Regen und eisige Nebelschwaden den Bergen zu, die die nördliche Einöde begrenzten.

Er behielt seine eigene Gestalt bei, als er sie überquerte, obwohl der Regen auf den hohen Gipfeln manchmal zu Schnee wurde und die Felsen unter seinen Händen wie Eis waren. In jenen ersten Tagen hing sein Leben an einem Fädchen, obwohl er sich dessen kaum bewußt war. Er aß, ohne sich zu erinnern, wie er getötet hatte; er wachte des Morgens in einer trockenen Höhle auf, ohne sich zu erinnern, wie er sie gefunden hatte. Doch als er sich allmählich seiner Weigerung bewußt wurde, aus den Kraftquellen zu schöpfen, die in seinem Inneren wohnten, begann er an sein Überleben zu denken. Er erlegte einige wilde Bergschafe, schleppte sie in eine Höhle und häutete sie. Während die Felle trockneten, lebte er von ihrem Fleisch. Er spitzte eine Rippe zu, stach Löcher in die Felle und zog Stoffstreifen, die er von seinem Kittel abgerissen hatte, durch sie hindurch. Er machte sich einen weiten, zottigen Umhang mit einer Kapuze und fütterte seine Stiefel mit Pelz. Dann brach er wieder auf, wanderte die Nordwand des Passes hinunter in die Einöden.

Es regnete kaum, nur die peitschenden, beißenden Winde begleiteten ihn. Nachts gab es Frost, der das flache, eintönige Land bei Sonnenaufgang in weißglühendes Feuer verwandelte. Wie der Geist eines Toten strich er durch das Land, tötete, wenn er hungrig war, schlief im Freien, denn er spürte nur selten die Kälte, so als verschmelze sein Körper ohne sein Wissen mit den Winden. Eines Tages gewahrte er, daß er nicht mehr unter dem Bogen der Sonne hindurchwanderte; er hatte sich nordwärts gewandt, zog gegen Morgen. In der Ferne konnte er eine Hügelkette erkennen, aus deren Mitte schroff, stahlblau der Grimberg emporragte. Doch er war so fern, daß er ihm fremd blieb.

Er wanderte in den Spätherbst hinein und hörte nichts als das Singen der Winde. Eines Abends, als er an seinem Feuer saß und verschwommen wahrnahm, wie die Winde an seiner Gestalt rissen, blickte er nieder und sah die gestirnte Harfe in seinen Händen.

Er konnte sich nicht erinnern, nach ihr gegriffen zu haben. Er betrachtete sie, ließ seinen Blick dem lautlosen Flackern des Feuers folgen, das an ihren Saiten hinunterhuschte. Erst nach einer langen Weile regte er sich und nahm das Instrument auf seine Knie. Seine Finger strichen ziellos, beinahe unhörbar über die Saiten, folgten dem rauhen, wilden Gesang der Winde.

Er verspürte keinen Drang mehr weiterzuziehen. Er blieb an diesem einsamen, abgelegenen Ort in der Einöde, wo es nur ein paar Steine gab, einen vom Wind gebeugten Busch, einen Spalt in der harten Erde, wo ein sickernder Bach emportauchte, nur um wenige Schritte weiter wieder unter der Erde zu verschwinden. Er verließ diesen Platz nur, um zu jagen; und immer fand er seinen Weg zurück zu ihm, als wäre er das Echo seines eigenen Harfenspiels. Er entlockte seiner Harfe die Klänge des Windes, die vom Morgen bis zur Nacht bliesen, manchmal, wenn er den schlanken, wimmernden Ostwind hörte, spielte er nur auf einer einzigen hohen Saite; manchmal spielte er auf allen, während der tiefe Ton grollend das Tosen des Nordwinds wiedergab. Wenn er aufblickte, kam es vor, daß er einen Schneehasen sitzen sah, der ihm lauschte, oder den verwunderten Blick eines weißen Falken auffing. Doch als es tiefer und tiefer in den Herbst hineinging, kamen kaum noch Tiere. Sie zogen sich in die Berge zurück, um dort Nahrung und Zuflucht zu finden. Und so saß er allein und spielte auf seiner Harfe, ein seltsames, pelzbehangenes, namenloses Geschöpf, das keine andere Stimme hatte als die der Harfe zwischen seinen Händen. Sein Körper wurde von den rauhen Winden geschliffen; sein Geist schlief wie die Einöde. Wie lange er dort geblieben wäre, sollte er nie erfahren, eines Abends nämlich, als ein Umspringen des Windes über seinem Feuer ihn aufblicken ließ, sah er Rendel.

Sie war in kostbares, silbernschimmerndes Pelzwerk gehüllt; ihr Haar, das der Wind aus der Kupuze gezupft hatte, flatterte wie Feuer in der Dunkelheit. Er saß ganz still. Seine Hände, die auf den Saiten der Harfe lagen, hielten inne. Sie kniete an seinem Feuer nieder, und er sah ihr Gesicht klarer, ein müdes, winterbleiches Gesicht, zu zeitloser Schönheit gemeißelt. Er fürchtete, sie wäre ein Traum wie das Gesicht, das er im schwarzen Seewasser zwischen seinen Händen gesehen hatte. Dann aber gewahrte er, daß sie heftig zitterte. Sie streifte ihre Handschuhe ab und spann sein im Wind flackerndes Feuer mit ihren Händen zu stillen, hellen Flammen. Schlagartig wurde ihm bewußt, wie lange es her war, seit sie miteinander gesprochen hatten.

»Lungold«, flüsterte er.

Das Wort schien ohne Sinn in der Stille der Einöde. Doch sie hatte die belebte Welt verlassen und sich aufgemacht, ihn hier draußen zu suchen. Er streckte seinen Arm durch das Feuer hindurch und legte seine Hand auf ihre Wange. Stumm sah sie ihn an, als er sich wieder zurücklehnte. Sie zog die Knie an und kuschelte sich zum Schutz gegen den Wind in ihren Pelz.

»Ich habe dein Harfenspiel gehört«, sagte sie.

Lautlos berührten seine Finger die Saiten.

»Ich habe dir versprochen, daß ich es lernen würde.« Seine Stimme war rauh und rostig. »Wo warst du?« fügte er neugierig hinzu. »Du bist mir durch das Hinterland gefolgt; du warst im Erlenstern-Berg bei mir. Dann bist du verschwunden.«

Sie hob wieder den Blick zu ihm auf.

»Ich bin nicht verschwunden. Du bist verschwunden.« Ihre Stimme zitterte plötzlich. »Vom Gesicht des Reiches verschwunden. Die Zauberer haben dich überall gesucht. Und auch die Gestalt—, die Gestaltwandler. Und ich auch. Ich glaubte schon, du wärst tot. Aber hier bist du, allein mit deiner Harfe in diesem Wind, der töten kann, und dir ist nicht einmal kalt.«

Er schwieg. Die Harfe, die mit den Winden gesungen hatte, fühlte sich plötzlich kalt an unter seinen Händen. Er stellte sie neben sich auf den Boden.

»Wie hast du mich gefunden?«

»Ich habe gesucht. In jeder Gestalt, die ich mir denken konnte. Ich dachte, du wärst vielleicht bei den Vestas. Deshalb reiste ich zu Har und bat ihn, mich die Vesta-Gestalt zu lehren. Er fing auch an, aber als er meinen Geist berührte, hielt er inne und sagte mir, er glaubte nicht, daß er mich das lehren müßte. Da mußte ich ihm das natürlich erklären. Und dann mußte ich ihm alles erzählen, was im Erlenstern-Berg geschehen war. Er sagte nichts, nur daß du gefunden werden mußt. Schließlich führte er mich über den Grimberg zu den Vesta-Herden. Und während ich mit ihnen zog, hörte ich von weit her, von fernen Winden getragen dein Harfenspiel ... Morgon, wenn ich dich finden kann, dann können es auch andere. Bist du hier herausgezogen, um das Harfenspiel zu erlernen? Oder bist du einfach geflohen?«

»Ich bin einfach geflohen.«

»Und — hast du — hast du vor, zurückzukehren?«

»Wozu?«

Sie blieb stumm. Das Feuer vor ihr flackerte unstet, verwob sich mit dem Wind. Sie machte es wieder still, während ihre Augen unverwandt auf sein Gesicht gerichtet waren. Mit einer heftigen Bewegung sprang sie auf und ging zu ihm und umschlang ihn mit beiden Armen, ihr Gesicht an den zottigen Pelz an seiner Schulter gedrückt.

»Ich könnte mich wohl daran gewöhnen, in der Einöde zu leben«, flüsterte sie. »Es ist so kalt hier, und nichts wächst hier — aber die Winde und dein Harfenspiel sind wunderbar.«

Er senkte den Kopf. Er legte seine Arme um sie und zog ihre Kapuze ein Stück nach hinten, so daß er ihre Wange an der seinen fühlen konnte. Etwas berührte sein Herz, schmerzhafte Kälte, die er erst jetzt endlich spürte, oder vielleicht ein schmerzhaftes Erwachen von Wärme.

»Du hörtest die Stimmen der Gestaltwandler im Erlenstern-Berg«, sagte er stockend. »Du weißt, was sie sind. Sie kennen alle Sprachen. Sie sind Erdherren, die nach Jahrtausenden noch immer mit dem Erhabenen im Krieg liegen. Und ich bin der Köder für ihre Fallen. Das ist der Grund, weshalb sie mich niemals töten. Sie wollen ihn haben. Wenn sie ihn zerstören, dann werden sie das Reich zerstören. Wenn sie mich nicht finden, dann werden sie vielleicht auch ihn nicht finden.«

Sie wollte etwas sagen, doch er ließ sie nicht zu Wort kommen. Seine Stimme, die langsam wieder in Gang kam, klang jetzt härter.

»Du weißt, was ich in dem Berg getan habe. Ich war so erfüllt von Zorn, daß ich hätte morden können, und ich verwandelte mich in Wind, um es zu tun. Einer, der solche Kräfte besitzt, hat nirgends im Reich einen Platz. Was soll ich mit diesen Kräften anfangen? Ich bin der Sternenträger. Ich bin das Versprechen, das von den Toten gegeben wurde, einen Krieg zu führen, der älter ist als die Namen der Königreiche. Mir wurden bei meiner Geburt Kräfte mitgegeben, die mich in meiner eigenen Welt namenlos machen ... Und mir wurde auch das ganze schreckliche Verlangen mitgegeben, diese Kräfte zu gebrauchen.«

»Und deshalb kamst du hierher in die Einöde, wo du keinen Grund hattest, sie zu gebrauchen.«

»Ja.«

Sie schob eine Hand unter seine Kapuze, und ihre Finger streichelten seine Stirn und seine vernarbte Wange.

»Morgon«, sagte sie leise, »ich glaube, wenn du sie anwenden wolltest, würdest du es tun. Wenn ich dir einen Grund dafür fände. Du hast mir Grund gegeben, in Lungold und in den Weiten des Hinterlands meine eigenen Kräfte zu gebrauchen. Ich liebe dich, und ich werde für dich kämpfen. Oder mit dir hier in der Einöde sitzen, bis du zu Schnee wirst. Wenn der Ruf der Landherrscher, all jener, die dich lieben, dich nicht dazu bewegen kann, diesen Ort zu verlassen, was dann? Was hat dich in der Dunkelheit des Erlenstern-Bergs verletzt?«

Er schwieg. Die Winde stürzten tosend aus der Nacht und stießen auf das Feuer herab. Sie hatten keine Gesichter, keine Sprache, die er verstehen konnte.

»Der Erhabene kann meinen Namen so wenig sprechen«, flüsterte er, die Augen in die Winde gerichtet, »wie ein Brokken Granit. Wir sind in irgendeiner Weise aneinander gebunden, das weiß ich. Mein Leben ist ihm wert, aber er weiß nicht einmal, was es ist. Ich bin der Sternenträger. Ich will ihm mein Leben geben. Aber nichts sonst. Keine Hoffnung, keine Gerechtigkeit, keine Teilnahme. Diese Worte sind die Worte von Menschen. Hier in der Einöde bin ich für niemanden eine Bedrohung. So bin ich sicher, und so ist der Erhabene sicher, und so bleibt das Reich unerschüttert von Kräften, die zu gebrauchen zu gefährlich ist.«

»Das Reich ist schon erschüttert. Die Landherrscher setzen mehr Hoffnung in dich als in den Erhabenen. Mit dir können sie sprechen.«

»Wenn ich mich in eine Waffe verwandelte, die für die Erdherren kämpft, würdest nicht einmal du mich wiedererkennen.«

»Vielleicht. Du hast mir einmal eine Rätselgeschichte erzählt, als ich vor meinen eigenen Kräften Angst hatte. Über die Frau aus Herun, die ein dunkles, erschreckendes Tier, dem sie keinen Namen geben konnte, in ihr Haus brachte. Du hast mir nie gesagt, wie die Geschichte endet.«

Er blickte auf. »Sie ist vor Angst gestorben.«

»Und das Tier? Was war es?«

»Das weiß niemand. Es klagte sieben Tage und sieben Nächte lang an ihrem Grab. Seine Stimme war so voll von Liebe und Schmerz, daß keiner, der sie hörte, schlafen oder essen konnte. Und dann starb es auch.«

Sie hob den Kopf. Ihre Lippen waren leicht geöffnet. Ihm fiel plötzlich ein Augenblick aus einer toten Vergangenheit ein: Er saß in einer kleinen steinernen Kammer in Caithnard und studierte Rätselgeschichten und spürte, wie sein Herz bei den unerwarteten Wendungen, die sie nahmen, vor Freude sprang oder vor Entsetzen oder Schmerz kalt wurde.

»Diese Geschichte hat mit mir nichts zu tun«, fügte er hinzu.

»Nein, wahrscheinlich nicht. Du mußt es wissen.«

Er hüllte sich wieder in Schweigen. Sie drückte ihren Kopf in die Höhle seiner Schulter, und sein Arm umschlang sie. Er legte seine Wange auf ihr Haar.

»Ich bin müde«, sagte er einfach. »Ich habe zu viele Rätsel gelöst. Die Erdherren begannen vor den Ursprüngen unserer Geschichte einen Krieg, einen Krieg, der ihre eigenen Kinder tötete. Wenn ich gegen sie kämpfen und siegen könnte, dann würde ich das tun, um des Reiches willen; aber ich glaube, ich würde nur mich selbst und den Erhabenen töten. Und deshalb tue ich das einzige, was mir vernünftig erscheint. Nichts.«

Lange antwortete sie ihm nicht. Er hielt sie ruhig im Arm, während das Feuer ihren Umhang mit silbernem Schimmer überspülte.

»Morgon«, sagte sie schließlich leise, »ein Rätsel gibt es noch, das du vielleicht lösen solltest. Du hast allen Trug von Ghisteslohm abgestreift; du hast den Gestaltwandlern ihren Namen gegeben; du hast den Erhabenen aus seinem Schweigen erweckt. Aber eines gibt es, dem du noch keinen Namen gegeben hast, und es will nicht sterben ...«

Ihre Stimme zitterte. Er spürte plötzlich durch den dicken Pelz hindurch den Schlag ihres Herzens.

»Was?« Das Wort war ein Flüstern, das sie nicht gehört haben konnte, aber sie antwortete ihm.

»In Lungold, als ich die Gestalt einer Krähe angenommen hatte, sprach ich mit Yrth. Ich wußte damals noch nicht, daß er blind ist. Auf meiner Suche nach dir war ich in Isig, und dort fand ich ihn wieder. Seine Augen haben die Farbe von lichtgetränktem Wasser. Er sagte mir, daß Ghisteslohm ihn während der Zerstörung von Lungold blendete. Und ich stellte das nicht in Frage. Er ist ein großer, sanfter, steinalter Mann, und Danans Enkelkinder folgten ihm durch den ganzen Berg, während er unter den Steinen und zwischen den Bäumen nach dir suchte. Eines Abends brachte Bere eine Harfe, die er selbst gemacht hatte, in den Saal und bat Yrth, auf ihr zu spielen. Er lachte ein wenig und sagte, wenn er auch einst als der Harfner von Lungold bekannt gewesen wäre, so hätte er doch seit sieben Jahrhunderten keine Harfe mehr angerührt. Doch er spielte ein wenig ... Und, Morgon, ich kannte dieses Harfenspiel. Es war das gleiche stockende, zaghafte Zupfen, das dich verfolgte, als wir auf der Handelsstraße reisten, und das dich in Ghisteslohms Gewalt lockte.«

Er hob ihr Gesicht zwischen seinen Händen. Jetzt auf einmal spürte er den Wind, der eisige Kälte in all seine Knochen fegte.

»Was sagst du mir da?«

»Ich weiß es nicht. Aber wie viele blinde Harfner, die nicht auf einer Harfe spielen können, kann es auf der Welt geben?«

Er sog einen Hauch Windes ein; wie eisiges Feuer rann er durch ihn hindurch.

»Er ist tot.«

»Dann ruft er dich aus seinem Grab zum Kampf. Yrth hat an jenem Abend auf der Harfe gespielt, damit ich das Rätsel seines Harfenspiels zu dir bringen würde, ganz gleich, wo im Reich du dich aufhieltest.«

»Weißt du das mit Sicherheit?«

»Nein. Aber ich weiß, daß er dich finden möchte. Und noch etwas weiß ich: Wenn es ein Harfner namens Thod war, der mit dir, wie Yrth es tat, auf der Handelsstraße reiste, dann waren seine Rätsel so fein gesponnen, daß sie selbst Ghisteslohm blendeten. Und selbst dich — den Rätselmeister von Hed. Ich denke, du solltest ihm einen Namen geben. Denn er spielt sein eigenes, geheimes, tödliches Spiel, und es mag sein, daß er der einzige in diesem Reich ist, der wirklich weiß, was er tut.«

»Wer, in Hels Namen, ist er?« Er fröstelte plötzlich unkontrollierbar. »Thod erwarb sich in Caithnard das schwarze Gewand der Meisterschaft. Er war ein Rätselmeister. Er kannte meinen Namen, noch ehe ich ihn kannte. Ich hatte einmal den Verdacht, er könnte ein Zauberer von Lungold sein. Ich fragte ihn danach.«

»Was sagte er?«

»Er sagte, er wäre der Harfner des Erhabenen. Darauf fragte ich ihn, was er in Isig getan hätte, als Yrth meine Harfe machte, hundert Jahre vor seiner Geburt. Und er antwortete, ich sollte ihm vertrauen. Blind vertrauen, tiefer als alle Logik, alle Vernunft und alle Hoffnung. Und dann verriet er mich.« Er zog sie an sich, doch der Wind zwängte sich zwischen sie wie eine Messerklinge. »Es ist kalt. Nie zuvor war es so kalt.«

»Was willst du tun?«

»Was will er? Ist er ein Erdherr, der sein eigenes geheimes Spiel um die Macht treibt? Will er mich lebend oder tot? Will er den Erhabenen lebend oder tot?«

»Ich weiß es nicht. Du bist der Rätsellöser. Er hat dich herausgefordert. Frage ihn.«

Er blieb stumm, während seine Gedanken zu dem Harfner auf der Handelsstraße zurückwanderten, der ihn ohne ein Wort, nur mit den stockenden, verkrüppelten Klängen seiner

Harfe aus dem Dunkel der Nacht in Ghisteslohms Hände gelockt hatte.

»Er kennt mich zu genau«, flüsterte er. »Ganz gleich, was er haben will, er wird es bekommen, glaube ich.«

Ein Windstoß fegte über sie hinweg, der nach Schnee roch. Mit eisigen Zähnen nagte er an seinem Gesicht und an seinen Händen, er nahm ihm den Atem, blendete ihn. Er sprang auf, und eine heftige Sehnsucht nach Hoffnung erfüllte ihn plötzlich. Als er wieder sehen konnte, gewahrte er, daß Rendel schon die Gestalt gewechselt hatte. Eine Vesta mit goldenen Hufen und goldenen Hörnern blickte ihn aus tief violetten Augen an. Er streichelte sie; ihr warmer Atem strich über seine Hände. Er drückte seine Stirn gegen den Knochen zwischen ihren Augen.

»Gut«, sagte er mit einem sehr winzigen Funken von Ironie, »ich werde mit Thod einen Rätselkampf austragen. In welcher Richtung liegt Isig?«

Sie führte ihn mit Hilfe der Sonne und der Sterne, zuerst südlich durch die Einöde, dann in östlicher Richtung, die Berghänge des Passes hinunter, bis sie am zweiten Morgen das grüne Antlitz des Berges Isig sahen, das sie jenseits der Ose erwartete. Bei Abenddämmerung an einem grauen, wilden Herbsttag erreichten sie das Haus des Königs. Auf den hohen Gipfeln glänzte schon Schnee; die mächtigen Fichten rund um Harte sangen im Nordwind. In Kyrth nahmen die Wanderer wieder ihre eigene Gestalt an und stiegen die gewundene Bergstraße hinauf nach Harte. Die Tore waren verriegelt und bewacht, doch die Bergleute, mit breiten Schwertern bewaffnet, die in Danans Öfen geschmiedet waren, erkannten sie und ließen sie ein.

Danan und Vert und ein halbes Dutzend Kinder ließen ihr Nachtmahl stehen, um ihnen entgegenzugehen, als sie das Haus betraten. Danan, in wallendem Pelz, hieß sie beide mit einer bärenhaften Umarmung willkommen und trieb Kinder wie Bedienstete an, für ihr Wohl zu sorgen. Doch da er ihre Erschöpfung sah, stellte er nur eine einzige Frage.

»Ich war in der Einöde«, antwortete Morgon. »Ich habe auf

meiner Harfe gespielt. Rendel fand mich.« Ihm fiel nicht auf, wie seltsam diese Antwort war. Sich erinnernd fügte er hinzu: »Davor war ich ein Baum an der Ose.«

Er sah, wie ein Lächeln in den Augen des Königs aufleuchtete.

»Was hab ich Euch gesagt?« murmelte Danan. »Ich habe Euch gesagt, daß Euch in dieser Gestalt keiner finden würde.« Er zog sie zur Treppe, die in den Ostturm hinaufführte. »Ich habe tausend Fragen, aber ich bin ein geduldiger alter Baum, sie können bis morgen warten. Yrth wohnt hier in diesem Turm; bei ihm werdet ihr sicher sein.«

Eine Frage nagte an Morgon, als sie die gewundene Treppe hinaufstiegen, doch es dauerte einen Moment, ehe ihm klarwurde, was ihn bewegte.

»Danan, ich habe Euer Haus nie bewacht erlebt. Waren die Gestaltwandler hier, um mich zu suchen?«

»Ja, sie waren hier«, antwortete der König grimmig. »Ich habe mehrere meiner Bergleute verloren. Ich hätte noch mehr verloren, wenn Yrth nicht hier gewesen wäre, um mit uns zu kämpfen.«

Morgon war stehengeblieben. Der König nahm ihn beim Arm und zog ihn vorwärts.

»Wir haben genug um sie getrauert. Wenn wir nur wüßten, was die Gestaltwandler sind, was sie wollen . . .« Er witterte etwas in Morgon. Seine grüblerischen Augen zupften erbarmungslos an der Wahrheit. »Ihr wißt es.«

Morgon antwortete nicht. Danan drängte ihn nicht, doch die Furchen in seinem Gesicht vertieften sich.

Er ließ sie in einem Turmzimmer zurück, dessen Wände und Boden und Möbelstücke mit Pelz behangen waren. Die Luft war kühl, Rendel entzündete ein Feuer, und bald danach kamen die Bediensteten mit Speisen und Wein und kostbaren warmen Kleidern. Bere folgte mit einem Kessel dampfenden Wassers. Als er ihn an einem Haken über dem Feuer aufhängte, lächelte er Morgon an, die Augen voller Fragen. Doch er schluckte sie alle mit heldenhafter Anstrengung hinunter. Morgon schlüpfte aus dem verfilzten Schafspelz und aus dem abgetragenen Kittel, um sich den Schmutz vom Körper zu waschen. Als er dann sauber, satt und in Samt und weichen Pelz gekleidet am Feuer saß, dachte er mit ungläubigem Staunen daran zurück, was er getan hatte.

»Ich habe dich verlassen«, sagte er zu Rendel. »Ich kann beinahe alles verstehen, aber das nicht. Ich bin einfach aus der Welt fortgegangen und ließ dich zurück . . .«

»Du warst müde«, meinte sie schläfrig. »Du hast es selbst gesagt. Vielleicht mußtest du einfach allein sein, um nachzudenken.«

Sie lag ausgestreckt neben ihm in knöcheltiefen Fellen; in ihrer Stimme lag die Wärme von Feuer und Wein, und sie war nahe daran, einzuschlafen.

»Oder vielleicht brauchtest du einfach einen Ort, um anzufangen, auf deiner Harfe zu spielen . . .«

Ihre Stimme verklang in einem Traum; sie ließ ihn zurück. Er zog Decken über sie, saß eine Weile da, ohne sich zu bewegen, während er zusah, wie Licht und Schatten einander auf ihrem entspannten Gesicht jagten. Die Winde tosten wie Meereswellen um den Turm. In ihnen schwang das Echo eines Tons, der ständig durch seine Erinnerungen geisterte. Automatisch griff er zu seiner Harfe. Dann fiel ihm ein, daß er diesen Ton in des Königs Haus nicht spielen konnte, ohne seinen Frieden zu stören.

Er spielte andere Töne, Balladen, die in den Gesang des Windes übergingen, der weder Form noch Muster hatte. Nach einer Weile wurden seine Finger still. Immer wieder zupfte er lautlos ein und dieselbe Saite, während sich in den Flammen immer von neuem ein Gesicht bildete und wieder zerfiel. Schließlich stand er auf und lauschte. Das Haus schien still, nur hier und dort war ein fernes Murmeln im Inneren seiner Mauern zu hören. Leise schlich er an Rendel vorbei, an den Wachen vor der Tür, deren Geist er blendete, so daß sie ihn nicht bemerkten. Er stieg die Treppe hinauf zu einer Tür, vor der weiße Felle hingen. Ein dünner Lichtstreifen fiel unter den Behängen nach draußen. Er teilte den Vorhang mit sachter Hand, trat ins Halbdunkel und blieb stehen.

Der Zauberer schlummerte, ein alter Mann, der in einem Sessel am Feuer eingenickt war. Seine von Narben gezeichneten Hände lagen offen auf seinen Knien. Er sah größer aus, als Morgon ihn in Erinnerung hatte, mit breiten Schultern und doch mager und sehnig unter dem langen dunklen Gewand, das er anhatte. Noch während Morgon ihn betrachtete, erwachte er, schlug helle Augen auf, in denen keine Überraschung stand. Seufzend beugte er sich zum Boden nieder, tastete nach Holz und schob es sorgsam in den Kamin, während seine Finger durch die müden Flammen strichen. Das Feuer loderte auf, erhellte ein Gesicht wie aus Granit, so verwittert wie ein Baumstumpf, der undenkliche Zeiten in Sonne, Wind und Regen gestanden hatte. Der Zauberer schien plötzlich zu merken, daß er nicht allein war; einen Herzschlag lang war sein Körper reglos wie Stein. Morgon spürte eine beinahe unmerkliche Berührung in seinem Geist. Der Zauberer regte sich wieder, zwinkerte mit den hellen Augen.

»Morgon?« Seine Stimme war tief und volltönend, gleichzeitig rauh, voll von Geheimnissen wie die Stimme eines tiefen Brunnens. »Tretet ein. Oder seid Ihr schon drinnen?«

Morgon trat näher. »Ich wollte Euch nicht stören«, sagte er leise.

Yrth schüttelte den Kopf.

»Ich hörte vorhin Euer Harfenspiel. Aber ich dachte, ich würde erst morgen mit Euch sprechen können. Danan sagte mir, daß Rendel Euch in der nördlichen Einöde gefunden hat. Wurdet Ihr verfolgt? War das der Grund, weshalb Ihr Euch dort verborgen hieltet?«

»Nein. Ich wanderte ganz einfach dorthin und blieb, weil mir kein Grund einfiel, in die Welt zurückzukehren. Aber dann kam Rendel und gab mir einen Grund . . .«

Der Zauberer blickte schweigend in die Richtung, aus der seine Stimme kam.

»Ihr seid ein erstaunlicher Mann«, bemerkte er. »Wollt Ihr Euch nicht setzen?«

»Woher wißt Ihr, daß ich nicht sitze?« fragte Morgon neugierig.

»Ich kann den Sessel vor Euch sehen. Spürt Ihr die geistige Verbindung? Ich sehe durch Eure Augen.«

»Ich spüre sie kaum . . .«

»Das kommt daher, daß ich nicht Eurem Denken und Fühlen verbunden bin, sondern nur Eurem Gesichtssinn. Ich sah die Handelsstraße auf meiner Wanderung durch die Augen fremder Menschen. In der Nacht, als Ihr von Pferdedieben überfallen wurdet, erkannte ich, daß einer von ihnen ein Gestaltwandler war, weil ich durch seine Augen die Sterne sah, die Ihr vor den Menschen verborgen haltet. Ich suchte ihn, um ihn zu töten, doch er entzog sich mir.«

»Und in der Nacht, als ich Thods Harfenspiel folgte? Habt Ihr auch da hinter das Trugbild gesehen?«

Der Zauberer schwieg wieder. Er senkte den Kopf, wandte ihn von Morgon ab; die harten Linien seines Gesichts verzogen sich mit solcher Scham und Bitterkeit, daß Morgon hastig auf ihn zutrat, entsetzt über seine eigene Frage.

»Morgon, verzeiht mir. Mit Ghisteslohm kann ich es nicht aufnehmen.«

»Ihr hättet nichts tun können, um mir zu helfen.« Seine Hände umklammerten den Rücken des Sessels. »Nicht, ohne Rendel in Gefahr zu bringen.«

»Ich tat das wenige, was ich tun konnte. Ich verdichtete die Schleier Eures Trugbildes, als Ihr verschwandet, aber — das war herzlich wenig.«

»Ihr habt uns das Leben gerettet.«

Eine plötzliche, schmerzhafte Erinnerung an das Gesicht des Harfners stieg vor ihm auf, an die Augen, die bleich und ausgebrannt waren vom Feuer und ins Leere starrten. Seine Hände ließen den Rücken des Sessels los und hoben sich über seine Augen. Er hörte, wie Yrth sich bewegte.

»Ich kann nicht sehen.«

Er senkte die Hände. Todmüde ließ er sich in den Sessel fallen. In einem Gewirr von Stimmen strichen die Winde klagend um den Turm. Yrth war still und lauschte seinem Schweigen.

Als Morgon es nicht brach, sagte er sachte: »Rendel hat mir alles, was sie wußte, von den Ereignissen im Erlenstern-Berg erzählt. Ich bin nicht in ihren Geist eingedrungen. Wollt Ihr mich in Eure Erinnerungen blicken lassen? Oder ist es Euch lieber, mir zu berichten? Wie dem auch sei, ich muß es wissen.«

»Nehmt es aus meinem Geist.«

»Seid Ihr jetzt zu müde?«

Er schüttelte ein wenig den Kopf.

»Es spielt keine Rolle. Nehmt Euch, was Ihr wollt.«

Das Feuer schrumpfte vor ihm, zersprang in leuchtende Fragmente der Erinnerung. Noch einmal machte er seine wilde, einsame Flucht durch das Hinterland durch, stürzte aus dem Himmel in die Tiefen des Erlenstern-Bergs. Der Turm umhüllte sich mit schwarzer Nacht; er schluckte Bitterkeit wie Seewasser. Das Feuer jenseits seiner Augen flüsterte und wisperte in Sprachen, die er nicht verstand. Ein Wind fegte durch die Stimmen und wirbelte sie aus seinem Geist hinaus. Die Steinquader des Turmes erzitterten, vom tiefen Singen eines Windes erschüttert. Dann folgte eine lange Stille, in der er vor sich hindämmerte, erwärmt von sommerlichem Licht. Danach erwachte er wieder, eine seltsame, wilde Gestalt in einem Schafspelz, der dem Wind geöffnet war. Tiefer und tiefer glitt er in die reinen, tödlichen Stimmen des Winters.

Er saß an einem Feuer und lauschte den Winden. Doch sie waren jenseits eines Kreises aus Steinen; sie berührten weder ihn noch das Feuer. Er regte sich, zwinkerte mit den Augen, rückte Nacht und Feuer und das Gesicht des Zauberers wieder ins Licht der Gegenwart. Seine Gedanken sammelten sich wieder im Turm. Er sank vornüber, so müde, daß er am liebsten mit dem verlöschenden Feuer verloschen wäre. Der Zauberer stand auf, ging ein Weilchen lautlos durch das Gemach, bis eine Kommode ihn aufhielt.

»Was habt Ihr in der Einöde getan?«

»Ich habe auf meiner Harfe gespielt. Dort konnte ich jenen tiefen Ton anschlagen, den, der Stein zertrümmert . . .«

Er hörte seine eigene Stimme wie aus weiter Ferne und war erstaunt, daß er vernünftig sprechen konnte.

»Wie habt Ihr Euch am Leben erhalten?«

»Ich weiß es nicht. Vielleicht war ich eine Zeitlang halb

Wind . . . Ich hatte Angst zurückzukommen. Was soll ich mit solchen Kräften anfangen?«

»Sie gebrauchen.«

»Das wage ich nicht. Ich habe Macht über das Landrecht. Ich begehre diese Macht. Ich möchte sie gebrauchen. Aber ich habe kein Recht dazu. Das Landrecht ist das Erbe der Könige, das vom Erhabenen mit ihnen verbunden worden ist. Ich würde alles Recht und Gesetz zerstören . . .«

»Vielleicht. Aber das Landrecht ist auch die reichste Quelle von Kraft im Reich. Wer anders als Ihr kann dem Erhabenen helfen?«

»Er hat nicht um Hilfe gebeten. Bittet ein Berg um Hilfe? Oder ein Fluß? Sie existieren einfach. Wenn ich seine Macht anrühre, wird er mir vielleicht genug Aufmerksamkeit schenken, mich zu vernichten, oder aber —«

»Morgon, setzt Ihr denn gar keine Hoffnung in die Sterne, die ich für Euch gemacht habe?«

»Nein.« Seine Augen schlossen sich; gewaltsam riß er sie wieder auf, hätte weinen mögen vor Anstrengung. »Ich spreche nicht die Sprache des Steins«, flüsterte er. »Für ihn bin ich einfach irgendein lebendes Wesen. Er sieht nichts als drei Sterne, die emporsteigen aus zahllosen Jahrhunderten der Finsternis, in denen macht- und kraftlose Wesen, die Menschen genannt werden, der Ehre ihren Stempel aufzudrücken suchten, so oberflächlich, daß es ihn in seiner Ruhe kaum erschüttern konnte.«

»Er gab Euch das Landrecht.«

»Ich war ein Wesen, dem das Landrecht gegeben war. Jetzt bin ich ganz einfach ein Wesen, das nur noch in der Vergangenheit ein Schicksal hat. Nie wieder werde ich die Macht eines anderen Landherrschers anrühren.«

Der Zauberer schwieg, die Augen ins Feuer gerichtet, das immer wieder vor Morgons Blicken verschwamm.

»Seid Ihr so zornig mit dem Erhabenen?«

»Wie kann ich mit einem Stein zornig sein?«

»Die Erdherren haben alle Gestalten angenommen. Was macht Euch so sicher, daß der Erhabene die Gestalt aller

Dinge angenommen hat, außer der der Menschen?«

»Warum —« Er brach ab und starrte in die Flammen, bis sie die Schatten des Schlafes aus seinem Geist brannten und er wieder denken konnte. »Ihr wollt, daß ich meine eigenen Kräfte freisetze und auf das Reich loslasse.«

Yrth antwortete nicht. Morgon blickte zu ihm auf und gab ihm das Bild seines eigenen schroffen, uralten, mächtigen Gesichts zurück. Wieder spülte das Feuer über seine Gedanken. Zum erstenmal sah er plötzlich nicht das finstere Gesicht des Windes, der die Sprache der Steine sprach und den er für den Erhabenen gehalten hatte, sondern etwas Verfolgtes, Angreifbares, Gefährdetes, dessen Schweigen die einzige Waffe war, die es besaß. Der Gedanke bannte ihn in staunende Verwunderung. Langsam wurde er der Stille gewahr, die sich zwischen seiner Frage und der Antwort auf sie aufbaute.

Er hielt den Atem an und lauschte der Stille, die ihn auf seltsame Art bedrängte wie eine Erinnerung an etwas, das ihm einmal lieb und teuer gewesen war. Die Hände des Zauberers wandten sich ein wenig zum Licht und schlossen sich dann, ihre Narben verbergend.

»Über dem ganzen Reich«, sagte der Alte, »sind Kräfte entfesselt, den Erhabenen zu finden. Die Euren werden nicht die schlechtesten sein. Seltsame Bande fesseln Euch. Das beste und das am wenigsten Verständliche von ihnen scheint die Liebe zu sein. Ihr könntet die Landherrscher um ihre Erlaubnis bitten. Sie vertrauen Euch. Und sie waren in tiefer Verzweiflung, als weder Ihr noch der Erhabene irgendwo auf dem Antlitz des Reiches zu finden wart.«

Morgon senkte den Kopf. »An sie habe ich nicht gedacht.«

Er hörte Yrth nicht, merkte erst, daß der Zauberer aufgestanden war, als sein dunkles Gewand das Holz seines Sessels streifte. Die Hand des Zauberers berührte sehr behutsam seine Schulter, so als streichelte er ein wildes, ungezähmtes Wesen, das sich furchtsam und zaghaft in seine Stille hineingewagt hatte.

Bei der Berührung wichen Verwirrung, Zorn und Widerspruch aus Morgon, ja selbst die Kraft und der Wille, gegen die ganze Geistesschärfe des Zauberers zu kämpfen. Nur die Stille blieb und ein hilfloses, unbegreifliches Verlangen.

»Ich werde den Erhabenen finden«, sagte er. Und warnend oder verheißend fügte er hinzu: »Nichts wird ihn zerstören. Ich schwöre es. Nichts.«

11

Zwei Tage schlief er im Hause des Königs, erwachte nur einmal, um zu essen, und ein zweitesmal, um Rendel zu sehen, die an seiner Seite saß und geduldig darauf wartete, daß er erwachen möge. Er schob seine Hand in die ihre, lächelte ein wenig, wälzte sich dann auf die andere Seite und fiel wieder in Schlaf. Am Abend schließlich erwachte er mit klarem Kopf. Er war allein. Das gedämpfte Gewirr von Stimmen und das Klirren von Geschirr, das an sein Ohr drang, verrieten ihm, daß die Menschen im Haus beim Nachtmahl saßen. Rendel war wahrscheinlich bei Danan. Er wusch sich und trank etwas Wein, noch immer lauschend. Unter den Geräuschen des Hauses hörte er das unendliche, dunkle, zeitlose Schweigen, das die Höhlen und Gänge im Inneren des Berges Isig formte.

Er blieb mit dem Schweigen verbunden, bis es in seinem Geist Adern bildete. Da stieg er aus dem Turm hinunter, eilte heimlich zum Saal, wo nur Rendel und Bere ihn bemerkten, die mitten im Gespräch abbrachen, um ihm nachzublicken. Er folgte dem Pfad eines Traums, durch die leeren oberen Schächte. Von der Mauer an der Mündung eines finsteren Tunnels nahm er eine Fackel; als er in den Tunnel eintrat, flammten die Mauern um ihn herum mit feurigen, ungeschliffenen Edelsteinen auf. Ohne Zögern folgte er dem Faden seiner Erinnerung durch ein Gewirr von Gängen, an seichten Bächen und tiefen Spalten entlang, durch unberührte Höhlen, die von Gold schimmerten. Tiefer und tiefer wanderte er in die

Unendlichkeit von Finsternis und Stein hinein, bis er die Stille und die Zeitlosigkeit in seine Knochen einzusaugen schien. Schließlich witterte er etwas, das noch älter war als der mächtige Berg. Der Pfad, den er entlangschritt, verlor sich in verfallenem Stein. Der Schein der Fackel schwamm über die tiefgrüne Steinplatte einer Tür, die sich einmal dem Klang seines Namens geöffnet hatte. Und da blieb er ungläubig stehen.

Der Boden war übersät von Felssplittern. Die Tür, die in die Kammern der Toten der Erdherren hineinführte, war zersprungen; eine Hälfte war in die Höhle hineingestürzt. In der Gruft selbst türmten sich riesige Brocken edelsteinfunkelnder Steine, die aus der gewölbten Decke herabgestürzt waren; die Wände hatten sich zusammengeschoben, um zu verbergen, was noch von den seltsamen bleichen Steinen im Inneren der Kammer geblieben war.

Er bahnte sich einen Weg zur Tür, doch er konnte nicht eintreten. Abgewinkelt drückte er einen Arm gegen die Tür und lehnte sein Gesicht daran. Er ließ seinen Geist in den Stein hineinfließen, durch Marmor, Amethyst und Gold sickern, bis er die Bruchstücke eines halb vergessenen Traums berührte. Er forschte tiefer; er fand keinen Namen, witterte nur einen Hauch von Wesen, die einmal lebendig gewesen waren.

Lange Zeit stand er so, an die Tür gelehnt, ohne sich zu rühren. Nach einer Weile erkannte er, weshalb er in die Tiefe des Berges hinuntergestiegen war, und er spürte, wie das Blut ihm rasch und kalt durch die Adern floß wie beim erstenmal, als er diese Schwelle seiner Bestimmung betreten hatte. Er gewann eine Bewußtheit, so klar wie nie zuvor, von dem Berg, der sich über seinem Kopf erhob, und von dem König, der in ihm wohnte, dessen uralter Geist in sich das Gewirr seiner Gänge und Tunnel barg, all seinen Frieden und all seine Macht. Noch einmal glitten seine Gedanken langsam durch die Tür, bis er das Herz des Steines berührte, Danans Geist fand, der in dieses winzige Bruchstück des Berges eingebunden war. Er ließ sein Gehirn Stein werden, uralt und schwer von Erz und Edelsteinen. Er trank alles Wissen, das der Stein barg, in sich hinein, das Wissen um seine große Kraft, seine geheimsten Farben, seine verwundbarste Stelle, wo er ihn mit einem Gedanken hätte zertrümmern können. Das Wissen wurde eine Bindung, ein Teil seiner selbst, der tief in seinem eigenen Geist verankert war. Als er dann im Inneren des Steines forschte, fand er wieder das wortlose Wissen, das Gesetz, das König an Stein band, den Landherrscher an den winzigsten Teil seines Königreichs. Er umschlang dieses Wissen, brach es, und der Stein barg keinen anderen Namen als seinen eigenen.

Er ließ sein Wissen um die Bindung in eine finstere Höhle tief in seinem Geist versinken. Langsam richtete er sich auf, schwitzend in der kühlen Luft. Seine Fackel war ausgegangen; er berührte sie, entzündete sie von neuem. Als er sich umdrehte, sah er Danan vor sich, so massig und still wie der Berg, die Züge ausdruckslos wie Felsgestein.

Unwillkürlich spannten sich Morgons Muskeln. Die Frage durchzuckte ihn, ob es eine Sprache gab, das zu erklären, was er getan hatte, ehe die schwerfällige Urkraft von Danans Zorn Steine aus ihrem Schlaf erweckte, ihn neben der Gruft der toten Kinder zu begraben. Dann sah er, wie die schwere Faust des Königs sich löste.

»Morgon.« Seine Stimme war voller Erstaunen. »Ihr wart es also, der mich hier heruntergezogen hat. Was tut Ihr?«

Als Morgon ihm nicht antworten konnte, legte er ihm sanft die Hand auf den Arm.

»Ihr habt Angst. Was tut Ihr, daß Ihr mich fürchten müßt?«

Morgon fühlte sich so leer und schwer wie ein Stein.

»Ich lerne Euer Landrecht.« Er lehnte sich an die feuchte Wand und hob Danan sein Gesicht entgegen, offen und ungeschützt.

»Woher habt Ihr solche Macht? Von Ghisteslohm?«

»Nein.« Er wiederholte das Wort leidenschaftlich. »Nein. Eher würde ich sterben, als Euch das anzutun. Nie wieder werde ich in Euren Geist eindringen —«

»Ihr seid in ihm. Isig ist mein Herz —«

»Ich werde Eure Bindungen nicht wieder zerreißen. Ich schwöre es. Ich werde ganz einfach meine eigenen bilden.«

»Aber warum? Was wollt Ihr mit solchem Wissen um Bäume

und Steine?«

»Macht. Danan, die Gestaltwandler sind Erdherren. Ich kann nicht hoffen, gegen sie zu siegen, wenn ich nicht —«

Die Finger des Königs klammerten sich wie die Wurzeln eines Baumes um sein Handgelenk.

»Nein«, sagte er, wie Ghisteslohm gesagt hatte, als er sich der gleichen Erkenntnis gegenübergesehen hatte. »Morgon, das ist nicht möglich.«

»Danan«, flüsterte er, »ich habe ihre Stimmen gehört. Die Sprachen, die sie sprachen. Ich habe die Kräfte gesehen, die hinter ihren Augen eingesperrt liegen. Es ist möglich.«

Danans Hand glitt von seinem Arm. Langsam, schwerfällig ließ sich der König auf einen Haufen gesplitterter Felsbrocken sinken. Morgon, der auf ihn hinunterblickte, fragte sich plötzlich, wie alt er war. Seine Hände, die schwielig waren von Jahrhunderten harter Arbeit in den Steinen, machten eine ratlose Bewegung.

»Was wollen sie?«

»Den Erhabenen.«

Danan starrte ihn an.

»Sie werden uns vernichten.« Wieder griff seine Hand nach Morgon. »Und Euch. Was wollen sie von Euch?«

»Ich bin ihr Bindeglied zum Erhabenen. Ich weiß nicht, wie ich an ihn gebunden bin oder warum — ich weiß nur, daß ich seinetwegen aus meinem eigenen Land vertrieben wurde, daß ich seinetwegen mit Gewalt und unter Qualen in die Macht hineingetrieben wurde, bis ich jetzt selbst die Macht an mich reiße. Die Kräfte der Erdherren scheinen durch irgend etwas gefesselt zu sein. Vielleicht hat der Erhabene ihnen diese Fesseln angelegt, vielleicht ist das der Grund, weshalb sie ihn so verzweifelt suchen. Wenn es ihnen gelingt, ihn zu finden, dann werden die Kräfte, die sie gegen ihn freisetzen, uns vielleicht alle vernichten. Mag sein, daß er auf ewig in seinem Schweigen erstarrt bleibt; es fällt mir schwer, mein Leben und Euer aller Vertrauen für jemanden aufs Spiel zu setzen, der niemals spricht. Doch wenigstens werde ich, wenn ich für ihn kämpfe, auch für Euch kämpfen.« Er machte eine Pause, den Blick auf die Lichtflecken gerichtet, die das Feuer auf die rauhen, weichen Wände rundum warf. »Ich kann von Euch nicht verlangen, mir zu vertrauen«, sagte er leise. »Wo ich mir nicht einmal selbst traue. Ich weiß nur, daß der Weg, den ich gehen muß, mir von der Logik und vom Hunger vorgegeben ist.«

Er hörte das müde Seufzen des Königs, das aus den Schatten kam.

»Das Ende eines Zeitalters . . . Das sagtet Ihr mir, als Ihr das letztemal hier wart. Ymris ist nahezu dem Erdboden gleichgemacht. Es scheint nur noch eine Frage der Zeit zu sein, ehe der Krieg sich nach An und nach Herun ausbreitet und dann nach Norden über das ganze Reich. Ich habe ein Heer von Bergleuten, die Morgol hat ihre Wache, der Wolfskönig — hat seine Wölfe. Aber was ist das gegen ein Heer von Erdherren, die entschlossen sind, sich ihre Macht wieder zurückzuerobern? Und wie könnt Ihr — ein einzelner — selbst mit dem Ausmaß an Wissen um das Landrecht, das Ihr die Kraft habt, Euch anzueignen, dagegen etwas ausrichten?«

»Ich werde einen Weg finden.«

»Wie?«

»Danan, ich werde einen Weg finden. Sonst müssen wir alle sterben, und ich bin zu störrisch, um zu sterben.« Er setzte sich neben dem König nieder und ließ seinen Blick über den Schutt und das Geröll rundum schweifen. »Was ist hier geschehen? Ich wollte in den Geist der toten Kinder eintreten, um ihre Erinnerungen zu sehen, aber es ist nichts von ihnen übrig.«

Danan schüttelte den Kopf.

»Ich fühlte es gegen Ende des Sommers; eine Unruhe irgendwo im Mittelpunkt meiner Welt. Es geschah kurz bevor die Gestalt—, die Erdherren hierher kamen, um Euch zu suchen. Ich weiß nicht, wie oder von wem dieser Ort zerstört wurde . . .«

»Ich weiß es«, gab er flüsternd zurück. »Vom Wind. Von dem tiefsingenden Wind, der Gestein zertrümmert . . . Der Erhabene hat diesen Ort zerstört.«

»Aber warum? Er war ihr letzter Ruheplatz, der einzige Ort, wo sie Frieden hatten.«

»Ich weiß es nicht. Es sei denn — es sei denn, er fand eine andere Ruhestätte für sie, weil er selbst hier um ihren Frieden fürchtete. Ich weiß es nicht. Vielleicht wird es mir irgendwie gelingen, ihn zu finden, ihn in einer Gestalt festzuhalten, die ich begreifen kann, und ihn zu fragen, warum.«

»Wenn Ihr auch nur das fertigbringt — nur das —, dann ist das den Landherren Bezahlung genug für die Kraft, die Ihr dem Reich entzieht. Wenigstens werden wir dann wissen, warum wir sterben.« Er hievte sich hoch und legte seine Hand auf Morgons Schulter. »Ich begreife, was Ihr tut. Ihr braucht die Kräfte eines Erdherren, um die Erdherren zu bekämpfen. Wenn Ihr einen Berg auf Eure Schultern nehmen wollt, so gebe ich Euch Isig. Der Erhabene gibt uns Schweigen; Ihr gebt uns Hoffnung.«

Der König ließ ihn allein. Morgon ließ die Fackel auf den Boden fallen und sah zu, wie sie in der Dunkelheit verlosch. Er stand auf, ohne gegen seine Blindheit anzukämpfen; er sog vielmehr die Bergesschwärze in sich hinein, bis sie seinen Geist und seine Knochen auszufüllen schien. Seine Gedanken tasteten sich suchend in das Gestein rundum, glitten durch steinerne Tunnel, durch Luftschächte, durch Bäche und Rinnsale langsam fließenden, schwarzen Wassers. Er meißelte den Berg aus der Finsternis seiner ewigen Nacht heraus und nahm ihn in seinen Geist auf. Sein Geist stieß in harten Fels vor, dehnte sich nach außen durch Stein, durch Spalten der Stille und tiefe Seen, bis er auf Erdreich stieß. Da spürte Morgon die geduldige, immer weiter in die Tiefe gehende Bewegung von Baumwurzeln. Sein Bewußtsein erfüllte den Grund des Berges und stieg langsam und unerbittlich aufwärts. Er berührte den Geist blinder Fische, fremder Insekten, die in einer immer gleichbleibenden Welt lebten. Er wurde zum Topas, der in Stein eingeschlossen war; er hing mit dem Kopf nach unten blicklos im Gehirn der Fledermaus. Seine eigene Gestalt hatte sich aufgelöst; sein Fleisch verschmolz mit einer uralten Stille, stieg unaufhörlich aufwärts, schwer von Erz und Edelsteinen. Er konnte sein Herz nicht finden. Als er es in den Steinmassen suchte, erfühlte er den Namen eines anderen, das Herz eines anderen.

Er störte diesen Namen nicht, der in jeden Splitter des Berges eingebunden war. Während Stunden vergingen, die er nicht zählte, durcheilte sein Geist den ganzen Berg, tastete sich stetig durch Schächte, durch Granitgestein, durch Höhlen aufwärts, die in ihrer eigenen Schönheit leuchteten wie Danans geheime Gedanken. Die Stunden wurden zu Tagen, die er nicht zählte. Sein Geist, der auf dem Grund des Berges Isig verwurzelt war, erforschte alle Spalten und Risse im Berg, brach schließlich zum Gipfel durch, der schon mit dem ersten winterlichen Schnee bedeckt war.

Er fühlte die schwere Last des Berges. Sein Bewußtsein umspannte ihn in seiner ganzen Höhe und Masse. In einem winzigen Winkel der Dunkelheit weit unter ihm lag sein Körper wie ein Felssplitter auf dem Grund des Berges. Ihm war, als blickte er auf ihn herunter, nicht wissend, wie er die ungeheuren Massen seines geblähten Geistes wieder in ihn hineinzwängen sollte. Müde schließlich schloß sich ganz einfach eine Art inneres Auge in ihm, und sein Geist schmolz in die Dunkelheit.

Er erwachte unter der Berührung von Händen, die aus der Finsternis kamen, um ihn umzudrehen. Noch ehe er die Augen aufschlug, sagte er: »Ja, ja. Ich habe das Landrecht von Isig gelernt. Es braucht nur einen Gedankensprung, und ich könnte die Landherrschaft an mich reißen. Ist es das, was Ihr als nächstes von mir verlangen werdet?«

»Morgon!«

Er öffnete die Augen. Im ersten Moment glaubte er, die Morgendämmerung wäre in den Berg eingedrungen; die Mauern um ihn herum und Yrths verbrauchtes Gesicht mit den blinden Augen hoben sich schwachleuchtend aus dem Dunkel.

Dann flüsterte er: »Ich kann sehen.«

»Ihr habt einen Berg verschlungen. Könnt Ihr stehen?« Die großen, kräftigen Hände zogen ihn auf die Beine, noch ehe er antworten konnte. »Vielleicht könnt Ihr versuchen, mir ein wenig zu trauen. Ihr habt ja sonst alles versucht. Macht einen Schritt.«

Er wollte sprechen, doch der Geist des Zauberers erfüllte

den seinen mit Bildern von einer kleinen Turmkammer, in der ein warmes Feuer loderte. Er trat in das Bild hinein und sah Rendel aufstehen, von Feuer umflossen, als sie auf ihn zukam. Er streckte die Arme nach ihr aus; ihr Weg zu ihm schien endlos, und als er sie endlich berührte, löste sie sich in Feuer auf.

Er erwachte und hörte sie zart auf einer Flöte spielen, die einer der Handwerker ihr geschenkt hatte. Sie brach ab und lächelte, als er sie ansah; doch sie sah matt und blaß aus. Er setzte sich auf und küßte sie.

»Du mußt müde sein, ständig darauf warten zu müssen, daß ich aufwache.«

»Es wäre schön, mit dir zu reden«, gab sie sehnsüchtig zurück. »Entweder schläfst du oder du verschwindest. Yrth war fast den ganzen Tag hier. Ich habe ihm aus alten Zauberbüchern vorgelesen.«

»Das war gut von dir.«

»Morgon, er bat mich darum. Ich hatte so viele Fragen an ihn, aber ich konnte sie ihm nicht stellen. Plötzlich waren sie wie weggeblasen — bis er ging. Ich glaube, ich studiere die Zauberkunst. Die Zauberer wissen mehr kleine Verwünschungen und Bannsprüche als selbst die Hexen. Bist du dir eigentlich darüber im klaren, was du tust? Abgesehen davon, daß du dich halb umbringst?«

»Ich tue das, was du mir geraten hast. Ich trage einen Rätselkampf aus.«

Er stand auf, ganz plötzlich von einem überwältigenden Hungergefühl gepackt. Doch er fand nur Wein. Er spülte einen Becher voll hinunter, während Rendel zur Tür ging, mit einem der Bergleute sprach, die dort Wache standen.

Er goß sich noch einen Becher Wein ein und sagte, als sie zurückkehrte: »Ich habe dir ja gesagt, daß ich alles tun würde, was er von mir verlangt. Das war immer so.« Schweigend blickte er sie an und fügte dann hinzu: »Ich weiß nicht, vielleicht habe ich schon verloren. Ich werde nach Osterland reisen und Har um das gleiche bitten. Das Wissen um sein Landrecht. Und dann nach Herun, wenn ich noch am Leben bin. Und dann nach Ymris . . .«

»In ganz Ymris wimmelt es von Erdherren.«

»Bis dahin werde ich auch denken wie ein Erdherr. Und bis dahin wird vielleicht der Erhabene endlich sein Schweigen brechen und mich entweder dafür verdammen, daß ich nach seiner Macht gegriffen habe, oder mir erklären, was, in Hels Namen, ich eigentlich tue.« Er leerte den zweiten Becher Wein und sagte dann heftig zu ihr: »Ich kann allein auf die Lehrsätze der Rätselkunst vertrauen. Der Weise kennt seinen eigenen Namen. Mein Name ist der Name der Macht. Und so suche ich, ihn zu erlangen. Erscheint dir das falsch? Es macht mir Angst. Aber dennoch strecke ich die Arme aus . . .«

Sie schien so unsicher, wie er sich fühlte, doch sie erwiderte nur ruhig: »Wenn es jemals falsch erscheint, dann bin ich da, es dir zu sagen.«

Spät am Abend saß er mit Yrth und Danan allein im Saal des Königs. Alle anderen Mitglieder des Haushalts waren zu Bett gegangen. Sie saßen nah dem Feuer; Morgon, der die alten, verwitterten Gesichter des Königs und des Zauberers betrachtete, spürte die Liebe beider zu dem mächtigen Berg. Auf Yrths Bitte hatte er seine Harfe aus der Luft genommen. Die Hände des Zauberers glitten von Saite zu Saite und lauschten jedem einzelnen Ton nach. Doch er spielte nicht auf dem Instrument.

»Ich muß bald nach Osterland aufbrechen«, bemerkte Morgon zu Danan, »um von Har zu erbitten, was ich von Euch erbat.«

Danan sah Yrth an. »Werdet Ihr ihn begleiten?«

Der Zauberer nickte. Seine hellen Augen trafen die von Morgon wie durch Zufall.

»Wie wollt Ihr dorthin reisen?« fragte er.

»Wir werden wahrscheinlich fliegen. Ihr versteht die Krähengestalt.«

»Drei Krähen über den toten Feldern von Osterland . . .« Er zupfte sachte eine Saite. »Nun ist in Yrye beim Wolfskönig. Sie war hier, während Ihr schlieft, um uns Nachricht zu bringen. Sie war in den Drei Teilen gewesen, um Talies bei der Suche nach Euch zu helfen. Mathom von An versammelt ein gewaltiges Heer von Lebendigen und Toten, um den Streitkräften von

Ymris zu Hilfe zu eilen. Er sagt, er hätte keine Lust, zu Hause zu sitzen und auf das Unvermeidliche zu warten.«

Danan richtete sich auf.

»Sagt er das?« Er lehnte sich vor, die bärenstarken Hände verschränkt. »Ich habe vor, meine Bergleute mit Schwertern, Äxten und Pickeln zu rüsten — mit allen Waffen, die wir haben — und sie nach Süden zu führen. In Kyrth und Kraal liegen Schiffe von mir, die Waffen und Rüstungen nach Ymris bringen sollen. Ich könnte auch ein Heer auf ihnen befördern.«

»Ihr —« begann Morgon, und die Stimme versagte ihm. »Ihr könnt Isig nicht verlassen.«

»Ich habe es noch nie getan«, bekannte der König, »aber ich werde Euch nicht allein kämpfen lassen. Und wenn Ymris fällt, so wird auch Isig früher oder später fallen. Ymris ist das Bollwerk des Reiches.«

»Aber, Danan, Ihr seid kein Krieger.«

»Ihr auch nicht«, entgegnete Danan unwiderlegbar.

»Wie wollt Ihr mit Pickeln gegen die Erdherren antreten?«

»Wir haben es hier auch getan. Und wir werden es in Ymris tun. Ihr habt nur eine Aufgabe, so scheint es. Den Erhabenen zu finden, ehe es ihnen gelingt.«

»Ich versuche es mit allen Kräften. Ich habe jede Bindung des Landrechts in Isig erforscht, und es schien ihn überhaupt nicht zu kümmern. Es ist beinahe so, als täte ich genau das, was er will.«

Seine Worte vibrierten auf eine seltsame Art und Weise durch seinen Geist. Doch Yrth riß ihn aus seinen Gedanken, indem er ein wenig unsicher nach seinem Weinbecher griff. Morgon reichte ihn ihm, ehe er ihn umstoßen konnte.

»Ihr gebraucht gar nicht unsere Augen.«

»Nein. Manchmal sehe ich im Dunkeln klarer. Mein Geist greift aus, der Welt um mich herum Gestalt zu geben, aber geringe Entfernungen zu schätzen, ist nicht so einfach . . .« Er reichte Morgon die gestirnte Harfe zurück. »Selbst nach all den Jahren weiß ich noch genau, welchen Gebirgsbach, welches Wispern von Feuer, welchen Vogelruf ich in jede Saite band . . .«

»Ich würde Euch gern auf ihr spielen hören«, sagte Morgon.

Der Zauberer schüttelte ruhig den Kopf.

»Nein, Ihr würdet das gewiß nicht gern hören. Ich spiele dieser Tage sehr schlecht, wie Danan Euch sagen könnte.« Er wandte sich Danan Isig zu. »Wenn Ihr wirklich nach Ymris wollt, dann solltet Ihr bald aufbrechen. Wir befinden uns an der Schwelle des Winters, und gerade zu einer solchen Zeit wird man Euch vielleicht dringend brauchen. Die Krieger von Ymris mögen den Schnee nicht, doch den Erdherren würde er überhaupt nichts ausmachen. Sie und das Wetter werden erbarmungslose Gegner sein.«

»Nun«, meinte Danan nach kurzem Schweigen, »entweder bekämpfe ich sie im Winter von Ymris, oder ich bekämpfe sie in meinem eigenen Haus. Ich werde gleich morgen anfangen, Leute und Schiffe zusammenzuholen. Ash lasse ich hier. Das wird ihm nicht passen, aber er ist mein Landerbe, und es wäre unsinnig, unserer beider Leben in Ymris aufs Spiel zu setzen.«

»Er wird an Eurer Stelle gehen wollen«, bemerkte Yrth.

»Ja, ich weiß.« Seine Stimme war ruhig, doch Morgon spürte die Kraft, die sich in ihr ausdrückte, die unbeugsame Kraft von Stein, der vielleicht ein einziges Mal während seines Daseins donnernd in Bewegung geraten würde. »Er wird bleiben. Ich bin alt, und wenn ich sterbe . . . Die mächtigen, verwitterten, alten Bäume richten den schwersten Schaden an, wenn sie fallen.«

Morgons Hände schlossen sich fest um die Armlehnen seines Sessels.

»Danan«, bat er, »geht nicht. Es ist nicht notwendig, daß Ihr Euer Leben aufs Spiel setzt. In unserem Geist seid Ihr mit den ersten Jahren des Reiches verbunden. Wenn Ihr umkommt, wird in uns allen ein Stückchen Hoffnung sterben.«

»Doch, es ist notwendig, daß ich an diesem Kampf teilnehme. Ich kämpfe für all jene Dinge, die mir kostbar sind. Isig. Die Menschen, die in ihm wohnen und an das Leben dieses Berges gebunden sind. Und ich kämpfe auch für Euch.«

»Gut«, erwiderte er leise. »Gut. Ich werde den Erhabenen

finden, und wenn ich so lange mit aller Gewalt an seiner Macht rütteln muß, bis er sich aus seinem Versteck hervorwagt, um mir Einhalt zu gebieten.«

Als er wieder in die Turmstube hinaufkam, sprach er noch lange mit Rendel. Er lag neben ihr auf den weichen Fellen am Feuer. Sie hörte ihm schweigend zu, während er ihr von seinen Absichten und Danans Kriegsplänen erzählte und ihr die Neuigkeiten mitteilte, die Nun über Rendels Vater nach Isig gebracht hatte.

»Es würde mich interessieren«, sagte sie, während ihre Finger die Haare des Schaffells zwirbelten, »ob in Anuin das Dach eingestürzt ist von dem Gebrüll, das es bei dieser Entscheidung gegeben hat.«

»Er hätte die Entscheidung nicht getroffen, wenn er den Krieg nicht für unvermeidbar hielte.«

»Na ja. Er hat den Krieg schon vor langer Zeit kommen sehen mit seinen Krähenaugen . . .« Sie seufzte. »Da reiten sie nun nach Ymris, Rood auf der einen Seite, Duac auf der anderen, und den ganzen Weg werden sie sich unentwegt in den Haaren liegen.«

Sie brach ab, ihre Augen ins Feuer gerichtet, und er sah die Sehnsucht in ihrem Gesicht. Er streichelte ihre Wange.

»Rendel, willst du für eine Weile nach Hause zurückkehren, und sie zu sehen? Du könntest in ein paar Tagen dort sein, wenn du fliegst, und mich dann irgendwo treffen — in Herun vielleicht.«

»Nein.«

»Ich hab' dich in Staub und Hitze die Handelsstraße hinuntergeschleppt; ich hab' dir zugesetzt, bis du endlich bereit warst, die Gestalt zu wandeln; ich habe dich Ghisteslohm in die Hände geliefert; und dann ließ ich dich allein zurück, den Erdherren preisgegeben, während ich floh —«

»Morgon.«

»Und danach, nachdem du dich deiner eigenen Kräfte bemächtigt hattest und mir durch das ganze Hinterland bis zum Erlenstern-Berg gefolgt warst, floh ich wiederum und verkroch mich in der Einöde, ohne dir auch nur ein Wort zu sagen, so daß du den ganzen Norden nach mir absuchen mußtest. Dann bringst du mich zurück, und ich rede kaum ein Wort mit dir. Wie, in Hels Namen, kannst du mich überhaupt noch ertragen?«

Sie lächelte. »Ich weiß nicht. Manchmal frage ich mich das auch. Dann streichelst du mein Gesicht und liest meine Gedanken. Deine Augen kennen mich. Das ist der Grund, weshalb ich dir über das ganze Reich folge, barfuß oder halb erfroren, bald die Sonne verfluchend oder den Wind, oder auch mich selbst, weil ich so töricht bin, einen Mann zu lieben, der nicht einmal ein Bett besitzt, in das ich mich des Nachts verkriechen kann. Und manchmal verfluche ich auch dich, weil du meinen Namen auf eine Weise ausgesprochen hast, wie nie ein anderer Mann im Reich ihn aussprechen wird, und immer werde ich ihn so hören wollen bis zum Tag, an dem ich sterbe. Wie«, fügte sie hinzu, während er sie stumm anblickte, »kann ich dich also verlassen?«

Er legte sein Gesicht an das ihre, so daß ihre Stirnen und Wangenknochen einander berührten, und blickte ihr tief in die goldenen Bernsteinaugen. Er sah das Lächeln, das sich in ihnen spiegelte. Sie legte ihre Arme um ihn, küßte das Grübchen an seinem Halsansatz, dann sein Herz. Danach schob sie ihre Hand zwischen ihre Münder. Er murmelte einen Protest gegen ihre Handfläche.

»Ich möchte reden«, sagte sie.

Mit einem tiefen Atemzug setzte er sich auf und warf noch ein Holzscheit ins Feuer.

»Gut.«

»Morgon, was willst du tun, wenn dieser Zauberer mit seinen Harfenhänden dich wieder verrät? Wenn du ihm den Erhabenen findest und dann zu spät erkennst, daß er einen Geist hat, der noch geheimnisvollere Wege geht als der Ghisteslohms?«

»Ich weiß bereits, daß das so ist.« Grüblerisch starrte er vor sich hin, die Arme um seine angezogenen Knie gelegt. »Genau über diese Frage habe ich unaufhörlich nachgedacht. Hast du in Lungold gesehen, ob er geistige Kräfte einsetzte?«

»Ja. Er schützte die Händler, während sie kämpften.«

»Dann ist er kein Erdherr; ihre Kräfte sind gefesselt.«

»Er ist ein Zauberer.«

»Oder etwas anderes, wofür wir keinen Namen haben — das ist es, was ich fürchte.« Er hob den Kopf. »Er hat nicht einmal versucht, Danan davon abzubringen, seine Bergleute nach Ymris zu führen. Sie sind keine Krieger; sie werden niedergemetzelt werden. Und Danan verdient es nicht, auf einem Schlachtfeld zu sterben. Er sagte mir einmal, wenn es für ihn Zeit wäre, die Welt zu verlassen, dann wollte er ein Baum werden, im Angesicht der Sonne und der Sterne. Aber er und Yrth kennen einander seit Jahrhunderten. Vielleicht wußte Yrth, daß es sinnlos gewesen wäre, mit einem Stein zu streiten.«

»Wenn es Yrth ist. Können wir uns denn selbst dessen sicher sein?«

»Ja. Er trug Sorge, es mich wissen zu lassen. Er spielte meine Harfe.«

Still ließ sie ihre Finger seinen Rücken hinauf- und hinuntergleiten.

»Nun«, meinte sie leise, »dann können wir ihm vielleicht trauen.«

»Ich habe es versucht«, flüsterte er. Ihre Hand wurde ruhig. Sie streckte sich wieder neben ihm aus und lauschte dem Knistern des brennenden Fichtenholzes. Er legte einen Arm über seine Augen. »Ich werde scheitern. Ich konnte nie einen Streit mit ihm gewinnen. Ich konnte ihn nicht einmal töten. Alles, was ich tun kann, ist warten, bis er sich zu erkennen gibt, und da ist es dann vielleicht schon zu spät . . .«

Sie erwiderte etwas darauf. Doch er hörte nicht, was es war, denn im Dunkel seines Geistes regte sich etwas, das er noch nicht bestimmen konnte. Zunächst fühlte es sich an wie eine geistige Berührung, der er keinen Einhalt gebieten konnte. Da ließ er sie zu und suchte sie zu erforschen, und es wurde ein verschwommenes Geräusch daraus. Seine Lippen öffneten sich; die Luft kam hastig aus seinen Lungen. Das verschwommene Geräusch schwoll zu einem Heulen an wie das Heulen des Meeres, das Piers und Boote und Fischerhäuser zertrümmert, sich dann zu einer riesigen Flutwelle auftürmt, die über Felsen hinwegspült, um das Getreide auf den Feldern auszureißen, Bäume umzustürzen, während es tosend durch die Nacht tobt und die Schreie von Menschen und Tieren ertränkt. Ohne sich dessen bewußt zu sein, sprang er auf und gab den Schrei zurück, den er im Geist des Landherrschers von Hed hörte.

»Nein!«

Er hörte Stimmengewirr. Er konnte nichts sehen in der wirbelnden schwarzen Flut. Sein Körper schien von den Adern des Landrechts durchpulst. Er spürte, wie die grausame Flutwelle zurückwich, aufgeplatzte Getreidesäcke, Schafe und Schweine, Bierfässer, die zerschmetterten Mauern von Scheunen und Häusern, Zaunpfosten, Suppentöpfe, Eggen und schreiende Kinder mit sich riß. Jemand packte ihn und rief wieder und wieder seinen Namen. Entsetzen, Verzweiflung, hilfloser Zorn schüttelten ihn. Ein Geist suchte den seinen zu fassen, doch er war in Hed, tausend Meilen entfernt. Dann schlug ihm eine Hand schmerzhaft ins Gesicht, so daß er nach rückwärts taumelte, heraus aus den grauenvollen Bildern.

Yrths blinde Augen blickten ihn an. Eine glühende Welle der Wut auf die unverständliche Ungerechtigkeit des Zauberers schoß mit solcher Heftigkeit in ihm auf, daß er nicht einmal sprechen konnte. Er ballte die Faust und holte aus. Yrth war weit kräftiger, als er erwartet hatte; der Schlag riß ihm selbst fast den Arm aus der Schulter und ließ die Haut über seinen Knöcheln aufplatzen. Es war, als hätte er gegen Stein oder gegen Holz geschlagen. Yrth machte ein leicht erstauntes Gesicht, waberte in der Luft, ehe er vielleicht gestürzt wäre, und löste sich auf. Einen Augenblick später erschien er wieder und hockte sich am Feuer nieder, die Hand auf eine blutende Wange gedrückt.

Zwei Wächter an der Tür und Rendel hatten denselben Ausdruck auf ihren Gesichtern. Und sie schienen wie in Eis erstarrt.

Morgon schnappte nach Luft. Die plötzliche Wut war verraucht.

»Sie greifen Hed an. Ich muß hin«, sagte er.

»Nein.«

»Das Meer stieg bis über die Felsen. Ich hörte — ich hörte ihre Stimmen, Eliards Stimme. Wenn er tot ist — ich schwöre es, wenn er tot ist —, wenn Ihr mich nicht geschlagen hättet, dann wüßte ich es jetzt! Ich war in seinem Geist. Tol — Tol ist zerstört worden. Alles. Alle.« Er sah Rendel an. »Ich bin zurück, sobald ich kann.«

»Ich komme mit«, flüsterte sie.

»Nein.«

»Doch.«

»Morgon«, mischte sich Yrth ein. »Sie werden Euch töten.«

»Tristan!« Seine Hände verkrampften sich. Er schluckte einen Kloß hinunter, der ihm die Kehle zuschnürte. »Ich weiß nicht, ob sie lebt!«

Er schloß die Augen und ließ seinen Geist durch die dunkle, regennasse Nacht fliegen, über die weiten Wälder, so weit die Kraft seines Geistes reichte. Doch ein Bild formte sich in seinem Geist, zog ihn zurück, und Morgon öffnete die Augen und starrte auf die feurig schimmernden Wände des Turms.

»Es ist eine Falle«, sagte Yrth.

Seine Stimme klang dumpf von Schmerz, aber sie war voller Geduld. Morgon antwortete nicht. Er zeichnete mit seinem Geist das Bild eines Falken, doch noch ehe er auch nur angefangen hatte, seine Gestalt zu wandeln, versank das Bild in einem Paar heller, ausgebrannter Augen, die in seinen Geist blickten. Sie holten ihn zu sich selbst zurück.

»Morgon, ich gehe nach Hed. Euch erwarten sie; mich kennen sie kaum. Ich kann schnell reisen; ich werde sehr bald zurück sein . . .«

Mit einer ruckartigen Bewegung stand er auf, als Morgon seinen Geist mit Trugbildern von Feuern und Schatten füllte und sich in ihnen auflöste. Er hatte schon fast die Tür des Gemachs erreicht, als die Augen des Zauberers stechend seine Gedanken durchdrangen und seine Konzentration zerrissen.

Der Zorn flammte wieder in ihm auf. Er ging weiter, und das Trugbild massiven Steines in der Türöffnung versperrte ihm den Weg.

»Morgon«, sagte der Zauberer, und Morgon wirbelte herum. Er schleuderte einen Schrei in Yrths Geist, der die Aufmerksamkeit des Zauberers von dem Trugbild, das er geschaffen hatte, hätte abdrängen müssen. Doch der Schrei verklang mit ödem Echo in seinem Geist, der ein bodenloser Abgrund von Dunkelheit zu sein schien.

Morgon stand still, die Hände gegen den Stein gedrückt, der gar kein Stein war, einen dünnen Schweißfilm von Furcht und Erschöpfung auf seinem Gesicht. Die Dunkelheit war wie eine Warnung. Doch wieder schickte er seinen Geist in sie hinein, sie zu erforschen, den Trug zu durchdringen, um den wahren Geist des Zauberers zu entdecken. Er stolperte nur immer tiefer in Finsternis, während er gleichzeitig das Gefühl hatte, daß ungeheure Kräfte vor seinem Tasten ständig zurückwichen. Er folgte ihnen, bis er den Rückweg nicht mehr fand ...

Langsam tauchte er aus der Dunkelheit auf. Er sah, daß er reglos am Feuer saß. Rendel war neben ihm, ihre Finger um seine schlaffe Hand geschlossen. Yrth stand vor ihnen. Sein Gesicht war grau vor Ermattung; seine Augen waren blutunterlaufen. Seine Stiefel und der Saum seines langen Gewandes waren von verkrustetem Schmutz und eingetrocknetem Salz gefleckt. Die Wunde auf seiner Wange hatte sich geschlossen.

Morgon fuhr hoch. Danan, der auf seiner anderen Seite war, beugte sich zu ihm nieder und legte ihm die Hand auf die Schulter.

»Morgon«, sagte er leise und behutsam, »Yrth ist eben aus Hed zurückgekommen. Es ist später Vormittag. Er war zwei Nächte und einen Tag weg.«

»Was habt Ihr —?« Allzu heftig sprang er in die Höhe. Danan hielt ihn, stützte ihn, während der Blutschwall hinter seinen Augen langsam zurückwich. »Wie habt Ihr mir das angetan?« flüsterte er.

»Morgon, verzeiht mir.« In der müden, gespannten Stimme schienen Untertöne einer anderen Stimme zu geistern. »Die Erdherren erwarteten Euch in Hed. Wärt Ihr dort hingegangen, so wärt Ihr dort gestorben, und noch mehr Menschen wären im Kampf für Euch gefallen. Sie konnten Euch nirgendwo finden; sie wollten Euch aus Eurem Versteck locken.«

»Eliard —«

»Er ist in Sicherheit und gesund. Als ich kam, stand er inmitten der Trümmer von Akren. Die Flut zerstörte Tol, Akren und die meisten Höfe an der Westküste. Ich habe mit den Bauern gesprochen; sie erzählten mir, sie hätten bewaffnete Fremde gesehen, sonderbare Gestalten, die nicht in Hed zu Hause wären. Ich fragte einen der Toten; er erklärte mir, gegen die Gestalt des Wassers wäre wenig auszurichten. Ich habe mich Eliard zu erkennen gegeben und sagte ihm, wo Ihr seid. Er war wie vor den Kopf geschlagen. Er sagte, er wüßte, daß Ihr die Zerstörung gefühlt hättet, aber er wäre froh, daß Ihr vernünftig gewesen wärt, nicht zu kommen.«

Morgon holte tief Atem.

»Und Tristan?«

»Soweit Eliard unterrichtet ist, ist ihr nichts geschehen. Irgendein schwachsinniger Händler erzählte ihr, daß Ihr verschwunden wärt. Daraufhin machte sie sich auf, Euch zu suchen, doch ein Seemann erkannte sie in Caithnard und hielt sie fest. Sie ist jetzt auf der Fahrt nach Hause.«

Morgon legte seine Hand über die Augen. Der Zauberer hob die Hand, um ihn zu berühren, doch er wich zurück.

»Morgon.« Die Worte schienen aus der Tiefe der Erschöpfung des Zauberers zu kommen. »Es war kein komplizierter Bann. Ihr konntet nur nicht klar genug denken, ihn zu brechen.«

Er hielt inne, als er merkte, wie verwirrt Danan war, der ihnen doch beiden traute. Das dunkle Rätsel von den Kräften des Zauberers beschattete wieder seine Gedanken und das ganze Reich von Isig und Hed. Ein Entkommen schien es nicht zu geben. Hoffnungslos begann er zu schluchzen, da er keine andere Lösung wußte. Der Zauberer saß zusammengesunken da, als trüge er die Last des ganzen Reiches auf seinen Schultern, und gab ihm nichts als Schweigen.

12

Sie verließen Isig am folgenden Tag — drei Krähen, die aus den Rauchwolken über Danans Schmelzöfen aufstiegen. Sie überflogen die Ose, kreisten einmal über den Docks von Kyrth; jedes Schiff, das dort vor Anker lag, wurde für eine lange Reise den Fluß hinunter zum stürmischen Herbstmeer überholt. Über den Wäldern von Osterland trommelte der graue Regen erbarmungslos auf sie nieder; die alten Fichten standen zusammengekauert und müde. In der Ferne erhob sich der Grimberg aus einem Nebelschleier. Die Winde des Ostens und des Nordens umschwärmten sie; die Krähen tauchten von Strömung zu Strömung, während die unberechenbaren Winde ihr Gefieder bald glätteten, bald blähten. Häufig machten sie Rast. Bei Einbruch der Nacht hatten sie kaum die Hälfte des Wegs nach Yrye zurückgelegt.

Sie suchten sich einen Schlafplatz im ausladenden Geäst eines alten Baumes, der sich seufzend unter Regen und Wind wiegte. Sie fanden Löcher und Nischen in seinen dicken Ästen, wo sie vor dem Wetter geschützt waren. Zwei Krähen hockten nahe zusammengedrängt auf dem einen Ast; die dritte unter ihnen ein großer, dunkler, vom Wind zerzauster Vogel, der seit dem Abflug von Isig keinen Laut von sich gegeben hatte. Vom Gewirr der Äste geschützt und in den Schlaf gesungen vom Wind, schlummerten sie.

Gegen Mitternacht legten sich die Winde. Das Trommeln des Regens verklang zu einem dünnen Wispern und verstummte schließlich ganz. Die Wolken zerrissen, entließen funkelnde Sterne in die dunkle Nacht hinaus. Die plötzliche Stille fand ihren Weg in Morgons Krähenträume. Er öffnete die Augen.

Rendel, eine kleine Wolke weichen schwarzen Gefieders, träumte reglos neben ihm. Die Krähe unter ihm rührte sich nicht. Seine eigene Gestalt regte sich in ihm, drängte nach außen, wollte die würzigen Düfte der Nacht atmen, das Mondlicht über sich hinfließen lassen. Er breitete seine Flügel aus und schwebte geräuschlos zum Boden hinunter. Dort wechselte er die Gestalt.

Eingehüllt von der Nacht über Osterland stand er da. Sein Geist öffnete sich all ihren Geräuschen und Gerüchen und Wesen. Er legte seine Hand auf die rauhe, nasse Borke des Baumes und spürte seinen Schlummer. Er hörte den verstohlenen Schritt eines nächtlichen Jägers auf der weichen, feuchten Erde. Er roch die üppigen, sich miteinander vermischenden Düfte nasser Fichten, dürrer Baumrinde und feuchten Lehms, der an seinen Füßen klebte. Sein Geist sehnte sich danach, unter der leichten, silbrigen Berührung des Mondes ein Teil dieses Landes zu werden. Und schließlich ließ er ihn in die unendliche Nacht hinausfliegen.

Sein Geist erkundete die Wurzeln der Bäume, die Steine, die tief in der Erde vergraben lagen, die Gehirne von Tieren, die den Pfad seines geistigen Suchens kreuzten. Und in allen Dingen spürte er das uralte, schlafende Feuer hinter seinen Augen. Er berührte die Gebeine von Toten unter der Erde, die Erinnerungen längst verstorbener Menschen und Tiere. Anders als die Geister von An schliefen sie ruhig, hatten im Herzen des wilden Landes Ruhe gefunden. Unfähig, seinem eigenen Verlangen zu widerstehen, begann er seine eigenen Bindungen des Erkennens und des Wissens in die Gesetze von Osterland einzuweben.

Und langsam begann er die Ursprünge des Landrechts zu verstehen. Alles Leben war eingebunden in die Gesetze von Schnee und Sonne. Die wilden Winde bestimmten den rasch dahinfliegenden Lauf der Vesta; das grimmige Ungestüm der Jahreszeiten formte das Hirn des Wolfes; die Winternacht sikkerte in das Auge des Raben. Je mehr er begriff, desto tiefer begab er sich hinein; er sah den Mond durch die Augen einer Waldohreule, schlich mit einer Wildkatze durch den Farn, wob seine Gedanken in die zartesten Fäden eines Spinnennetzes und in die endlosen, gewundenen Ranken von Efeu, die einen Baumstamm umschlangen. So versunken war er, daß er den Geist einer Vesta berührte, ohne sich darüber zu wundern. Ein wenig später berührte er einen zweiten. Und dann plötzlich traf sein Geist überall auf Vesta, als hätten sie sich aus dem Glanz des Mondlichts geformt, der überall war. Sie flogen über Felder und Wiesen, ein lautloser weißer Sturm, der von allen Seiten kam. Neugierig erforschte er ihre Impulse. Irgendeine Gefahr, spürte er, hatte sie in die Nacht hinausgetrieben, und er fragte sich, wer oder was es wagen würde, die Vesta in Hars Reich aufzuschrecken. Er drang tiefer ein. Dann schüttelte er sich von ihnen frei; der Hauch eisiger Luft, den er mit einem raschen, erschrockenen Atemzug einsog, machte seinen Kopf klar.

Es war beinahe Morgen. Was er eben noch für Mondlicht gehalten hatte, war der erste silbergraue Dunst des neuen Tages. Die Vesta waren sehr nahe, eine riesige Herde, die von Har gerufen worden war. Ihr feiner Instinkt zog sie unbeirrbar zu dem Unruhequell, der den König aus dem Schlaf gerissen und die Ruhe seines Geistes gestört hatte.

Morgon stand ganz still, während er verschiedenes überlegte. Er konnte wieder die Krähengestalt annehmen und auf einen Baum flüchten; er konnte die Gestalt der Vesta annehmen; er konnte versuchen, Hars Geist zu erreichen, und hoffen, daß der König nicht zu zornig war, ihn anzuhören. Doch noch ehe er etwas tun konnte, sah er Yrth neben sich stehen.

»Haltet Euch still«, sagte der Zauberer, und Morgon, zornig über seine eigene widerspruchslose Zustimmung, hielt sich an diesen wenig aussichtsreichen Rat.

Schon sah er überall im Dunkel der Bäume das Weiß der Vesta aufblitzen. Sie näherten sich mit unglaublicher Geschwindigkeit; es war gespenstisch, wie sie alle gemeinsam unbeirrt einem einzigen Punkt im Wald zustrebten. Innerhalb von Sekunden hatten sie sich um ihn gesammelt, ein riesiges weißes Heer. Sie bedrohten ihn nicht; sie standen einfach in einem engen, reglosen Kreis da und blickten ihn aus ihren fremdartigen violetten Augen an. Ihre Hörner bildeten goldene Kreise vor dem Schwarz der Bäume und dem bleichen Grau des Morgenhimmels, so weit sein Auge reichte.

Rendel erwachte. Sie stieß ein schwaches, überraschtes Krächzen aus. Ihr Geist berührte den Morgons; sagte seinen Namen in fragendem Ton. Er wagte es nicht, ihr zu antworten, und danach schwieg sie. Die Sonne ließ eine Wolkenwand im Osten weiß aufleuchten und verschwand. Es begann wieder zu regnen, in schweren Tropfen, die schnurgerade aus einem windstillen Himmel herabfielen.

Eine Stunde später kräuselte Bewegung das schneeweiße Meer von Tieren rundum. Morgon, der bis auf die Haut durchnäßt war und im stillen Yrth und seinen Rat verfluchte, sah es mit Erleichterung. Ein goldenes Geweih schob sich durch die Herde; er sah, wie das Gedränge sich vor ihm öffnete und sich hinter ihm wieder schloß. Er wußte, daß das Har sein mußte. Er wischte sich den Regen mit einem klatschnassen Ärmel aus den Augen und nieste plötzlich. Augenblicklich röhrte die Vesta, die ihm am nächsten stand, wie ein Hirsch und bäumte sich auf. Ein goldener Huf zerfetzte kaum eine Fußspanne von Morgons Gesicht entfernt die Luft. Seine Muskeln erstarrten zu Stein. Die Vesta beruhigte sich, wich zurück, um ihn wiederum aus friedlichen Augen anzublicken.

Morgon erwiderte den Blick mit Unbehagen, während sein Herz immer lauter hämmerte. Der vorderste Kreis öffnete sich wieder, teilte sich, die große Vesta durchzulassen. Sie verwandelte sich. Der Wolfskönig stand vor Morgon. Das Lächeln in seinen Augen verhieß dem, der seinen Schlaf gestört hatte, nichts Gutes.

Das Lächeln erstarb, als Har Morgon erkannte. Er drehte den Kopf und stieß mit scharfer Stimme ein einziges Wort hervor; die Vesta zerschmolzen wie ein Traum. Morgon wartete schweigend und gespannt auf den Richterspruch. Er kam nicht. Der König streckte die Hand aus, schob das feuchte

Haar von den Sternen auf Morgons Gesicht weg, als wollte er einen Zweifel beruhigen. Dann sah er Yrth an.

»Ihr hättet ihn warnen sollen.«

»Ich habe geschlafen«, versetzte Yrth.

Har knurrte. »Ich dachte, Ihr schlaft nie.«

Sein Blick wanderte zum Baum hinauf, und seine Züge wurden weich. Er hielt seine Hand hoch. Die Krähe flatterte auf seine Finger nieder, und er setzte sie auf seine Schulter. Erst da rührte sich Morgon. Har sah ihn an, und seine Augen waren von einem blitzenden Eisblau wie die Winde, die über der Einöde durch die Luft fegten.

»Ihr!« sagte er. »Heimlich in meinen Geist einzudringen. Hättet Ihr nicht bis zum Morgen damit warten können?«

»Har . . .« flüsterte Morgon. Er schüttelte den Kopf, wußte nicht, wo er anfangen sollte. Dann trat er vor, mit gesenktem Kopf in die ausgebreiteten Arme des Wolfskönigs. »Wie könnt Ihr mir so blind vertrauen?« fragte er.

»Gelegentlich kommt es vor«, bekannte Har, »daß ich nicht vernünftig bin.« Er ließ Morgon frei und hielt ihn ein Stück von sich ab, um ihn zu mustern. »Wo hat Rendel Euch gefunden?«

»In der Einöde.«

»Ja, Ihr seht aus wie ein Mann, der diesen tödlichen Winden gelauscht hat. Kommt mit nach Yrye. Eine Vesta kommt schneller vorwärts als eine Krähe, und hier, so tief im Herzen von Osterland, werden ein paar Vesta, die miteinander laufen, nicht auffallen.« Er legte seine Hand leicht auf die Schulter des Zauberers. »Reitet auf meinem Rücken. Oder auf Morgons.«

»Nein«, sagte Morgon heftig, ohne zu überlegen.

Hars Augen wanderten wieder zu ihm hin.

Ehe der König sprechen konnte, erklärte Yrth: »Ich werde in Krähengestalt reiten.« Sein Stimme war müde. »Es hat eine Zeit gegeben, da hätte ich es aus reiner Liebe zur Geschwindigkeit gewagt, blind zu laufen, aber das ist vorbei . . . Ich werde wohl alt!«

Er wandelte seine Gestalt und flatterte vom Boden zu Hars anderer Schulter hinauf.

Der Wolfskönig stand sinnend da, die Stirn ein wenig gerunzelt, so als lauschte er auf etwas hinter Morgons Schweigen. Doch er sagte nur: »Kommt, machen wir, daß wir aus dem Regen herauskommen.«

Sie liefen den ganzen Tag hindurch bis zum Einbruch der Dämmerung; drei Vesta, die nordwärts flogen, dem Winter entgegen, die eine mit einer Krähe im Ring ihrer Hörner. Bei Einbruch der Nacht erreichten sie Yrye. Als sie keuchend im Hof zum Stehen kamen, öffneten sich die schweren, goldbeschlagenen Eichentüren. Aia erschien, begleitet von Wölfen. Hinter ihr tauchte Nun auf und lächelte ihnen durch eine Rauchwolke entgegen.

Nun umarmte Rendel erst in Vesta-Gestalt und dann noch mal in der eigenen. Aia, der das glatte, elfenbeinweiße Haar offen den Rücken herabhing, musterte Morgon ein wenig entgeistert, dann küßte sie sehr sanft seine Wange. Sie tätschelte Har und Yrth die Schulter und sagte mit ihrer ruhigen, klaren Stimme: »Ich habe alle forgeschickt. Nun sagte mir, wer kommt.«

»Ich hab' es ihr mitgeteilt«, bemerkte Yrth, noch ehe Har zu fragen brauchte.

Der König lächelte. Sie traten in den leeren Saal. Das Feuer knisterte und prasselte im langen Kamin. Platten mit dampfenden Speisen, heißem Brot, Messingkrüge mit würzigem Wein standen auf einer Tafel vor der Feuerstelle bereit. Sie aßen hastig, mit großem Appetit, kaum daß sie sich gesetzt hatten. Als dann der erste Hunger gestillt war, ließen sie sich mit ihren Weinbechern am Feuer nieder und begannen zu sprechen.

Morgon hockte schläfrig auf einer Bank, den Arm um Rendels Schulter.

»So«, sagte Har zu ihm, »Ihr seid also nach Osterland gekommen, mein Landrecht zu erlernen. Ich will einen Handel mit Euch machen.«

Das weckte ihn. Einen Moment lang betrachtete er den König, dann sagte er schlicht: »Nein. Ihr könnt verlangen, was Ihr wollt, ich werde es Euch geben.«

»Das«, meinte Har freundlich, »scheint mir eine gerechte

Gegenleistung für das Landrecht. Ich will Euch gestatten, frei und ungebunden durch meinen Geist zu wandern, wenn ich frei und ungebunden durch den Euren wandern darf.« Eine leichte Kopfbewegung Yrths machte ihn aufmerksam. »Ihr habt Einwendungen?«

»Nur, daß wir sehr wenig Zeit haben«, erwiderte Yrth.

Morgon sah ihn an.

»Ratet Ihr mir, das Wissen aus der Erde selbst zu ziehen? Das würde Wochen dauern.«

»Nein.«

»Dann also ratet Ihr mir, es mir gar nicht zu nehmen?«

Der Zauberer seufzte. »Nein.«

»Ja, aber was ratet Ihr mir denn dann?«

Rendel blickte auf bei dem leicht gereizten Unterton in seiner Stimme. Har saß noch immer in seinem mächtigen, geschnitzten Stuhl; der Wolf zu seinen Knien öffnete plötzlich die Augen, um Morgon anzufunkeln.

»Wollt Ihr etwa in meinem Saal einen Streit mit Yrth vom Zaun brechen?« fragte Har verblüfft.

Der Zauberer schüttelte den Kopf.

»Es ist mein Fehler«, erklärte er. »Ich halte Morgon in einem geistigen Bann, dessen er nicht gewahr ist. Ich gebrauchte ihn, um Morgon vor ein paar Tagen, als Hed angegriffen wurde, in Isig zurückzuhalten. Es schien mir besser, als ihn in eine Falle tappen zu lassen.«

Morgon unterdrückte mit Mühe eine zornige Entgegnung.

»Was ist das für ein Bann?« fragte Nun verwirrt.

Yrth sah sie schweigend an. Ihr Geist wurde einen Moment lang ganz still, verschlossen, als träumte sie. Yrth gab sie frei, und sie zog ungläubig die Brauen hoch.

»Wo, in Hels Namen, habt Ihr das gelernt?«

»Ich habe die Möglichkeiten dafür schon vor langer Zeit gesehen und habe mich so lange mit ihnen befaßt, bis ich sie umsetzen konnte.« Seine Stimme bat um Entschuldigung. »Ich hatte diese Kräfte immer nur unter extremen Umständen eingesetzt.«

»Nun, mir würde das auch nicht passen. Aber ich kann

selbstverständlich verstehen, warum Ihr es getan habt. Wenn die Erdherren am anderen Ende des Reiches nach Morgon suchen, dann gibt es keinen Grund, ihnen auch noch das zu geben, was sie wollen.«

Morgon senkte den Kopf. Er empfand Hars Blick wie eine körperliche Berührung, die ihn zwang, den Kopf zu heben. Hilflos blickte er in die neugierigen, unsanften Augen. Abrupt gab der König ihn frei.

»Ihr braucht Schlaf.«

Morgon starrte in seinen Wein.

»Ich weiß.«

Rendel hob die Hand und streichelte seine Wange, und die Last der Verzweiflung, die ihn niederdrückte, wurde ein wenig leichter. Stockend sagte er: »Aber zuerst sagt mir, wie die Vesta auf diese Weise in die Verteidigung des Landrechts eingebunden sind. Als ich eine Vesta war, wurde ich dessen nie gewahr.«

»Ich war mir dessen selbst kaum bewußt«, bekannte der König. »Es ist eine sehr alte Bindung, glaube ich; die Vesta besitzen große Kräfte, und ich glaube, sie würden nicht nur das Landrecht verteidigen, sondern auch das Land selbst. Doch sie haben jahrhundertelang nur gegen Wölfe gekämpft, und das Bewußtsein dieser Bindung schlief auf dem Grunde meines Geistes . . . Euch werde ich sie selbstverständlich zeigen, Morgon.« Er blickte über das Feuer hinweg auf den Zauberer, der langsam seinen Becher mit Wein auffüllte. »Yrth, wart Ihr in Hed?«

»Ja.« Der Wein rann mit vollerem Ton in den Becher, als dieser sich füllte, und Yrth setzte den Krug ab.

»Wie habt Ihr Ymris überquert?«

»Sehr vorsichtig. Ich beeilte mich, auf dem kürzesten Weg nach Hed zu kommen, doch auf der Rückreise unterbrach ich einige Augenblicke, um mit Aloil zu sprechen. Sein Geist ist mit dem meinen verbunden; ich konnte ihn finden, ohne meine Kräfte gebrauchen zu müssen. Er war bei Astrin Ymris und den Überresten der Streitkräfte des Königs in der Nähe von Caerweddin.«

Ein kurzes Schweigen trat ein. Im Feuer knackte ein Zweig, und ein Funkenregen stieg zum Rauchabzug im Dach auf.

»Was ist von den Streitkräften des Königs noch übrig?« fragte Har.

»Das konnte Astrin selbst nicht mit Sicherheit sagen. Die Hälfte der Leute wurde nach Ruhn hineingetrieben, als die Ebene der Winde verlorenging; die übrigen flohen nach Norden. Die Rebellen — ganz gleich, was sie sind, Lebendige, Tote oder Erdherren — haben weder Caerweddin noch sonst eine der größeren Städte in Ymris angegriffen.« Gedankenvoll blickte er durch die Augen eines anderen ins Feuer. »Sie nehmen nur die alten, verfallenen Ruinenstädte. Viele von ihnen liegen in Ruhn, eine oder zwei im Osten Umbers und auf der Ebene von Königsmund in der Nähe von Caerweddin. Astrin und seine Generäle können sich nicht einigen, was sie tun sollen. Die Kriegsherren sind der Meinung, daß die Rebellen die Ebene von Königsmund nicht nehmen werden, ohne Caerweddin anzugreifen. Astrin möchte nicht im Kampf um eine tote Stadt weitere Menschenleben opfern. In seinen Augen führen die Streitkräfte des Königs und das Heer der Rebellen nicht denselben Krieg . . .«

Er stand auf, und der Kopf des Wolfes glitt von seinem Knie.

»Ein Einäugiger, der sehen kann . . . Sieht er ein Ende des Krieges?«

»Nein. Aber er berichtete mir, daß er ständig durch Träume von der Ebene der Winde geplagt wird, so als läge dort irgendeine Lösung. Der Turm auf der Ebene liegt noch immer durch eine lebendige Kraft der Täuschung in einem Bann.«

»Der Turm der Winde.« Unwillkürlich sprangen Morgon die Worte über die Lippen, Fragmente eines Rätsels, die der Zauberer mit seiner Bemerkung ausgegraben hatte. »Ich hatte ihn ganz vergessen . . .«

»Ich habe einmal versucht, ihn zu erklimmen«, murmelte Nun, in eine Erinnerung versunken.

Har trug seinen Becher zum Tisch, um sich mehr Wein einzuschenken.

»Ich auch.« Als Morgon ihn ansah, fragte er: »Und Ihr?«

»Nein.«

»Warum nicht? Er ist ein Rätsel. Und Ihr seid ein Rätselmeister.«

Morgon dachte zurück.

»Als ich das erstemal mit Astrin auf der Ebene der Winde war, hatte ich mein Gedächtnis verloren. Für mich gab es damals nur ein Rätsel, das ich lösen wollte. Und das zweitemal . . .« Er seufzte ein wenig. »Ich überquerte die Ebene damals sehr eilig bei Nacht. Ich verfolgte einen Harfner. Nichts hätte mich aufhalten können.«

»Dann«, meinte Har leise, »solltet Ihr es vielleicht einmal versuchen.«

»Wo habt Ihr Euren Verstand!« protestierte Nun. »Auf der Ebene muß es doch wimmeln von Erdherren.«

»Ich habe meinen Verstand immer beisammen«, entgegnete Har.

Ein Gedanke durchzuckte Morgon; er seufzte wieder, ohne sich dessen bewußt zu sein, und Rendel hob den Kopf und rieb sich die Augen.

»Er steht unter einem Bann der Täuschung . . . Kein Mensch kann seine Spitze erreichen. Einen Bann der Täuschung legt man nur, wenn man etwas verbergen will, was unsichtbar bleiben soll . . . Was aber kann sich seit so langer Zeit dort oben auf der Spitze des Turms verbergen?«

»Der Erhabene«, meinte Rendel schläfrig. Sie starrten sie an. Nun mit der qualmenden Pfeife in der Hand; Har den Weinbecher auf dem Weg zum Mund. »Nun ja«, fügte sie hinzu, »das ist es doch, wonach alle suchen. Und das ist vielleicht der einzige Ort, wo noch niemand gesucht hat.«

Hars Blick wanderte zu Morgon, und Morgon fuhr sich mit den Fingern durch das Haar, während sich sein Gesicht in einem Ausdruck staunender Verwunderung aufhellte.

»Vielleicht. Har, Ihr wißt, daß ich es versuchen werde. Aber ich dachte immer, dieser Bann der Täuschung wäre ein vergessenes Werk der toten Erdherren, nicht — nicht das Werk eines lebenden Erdherren. Wartet.« Er setzte sich kerzengerade auf und starrte vor sich hin. »Turm der Winde. Der Name allein — der Name — Wind.« Sie erhoben sich plötzlich in seiner Erinnerung, der dröhnende Wind vom Erlenstern-Berg, die wilden Winde der Einöden, die zu den Tönen seiner Harfe sangen. »Turm der Winde.«

»Was seht Ihr?«

»Ich weiß es nicht . . . Eine Harfe, die mit Saiten aus Wind bespannt ist.« Als die Worte in der Stille erstarben, wurde ihm bewußt, daß er nicht wußte, wer die Frage gestellt hatte. Die Vision erlosch, und ihm blieben nur Worte und die Gewißheit, daß sie irgendwie zusammengehörten. »Der Turm. Die gestirnte Harfe. Der Wind.«

Er fegte einen Hermelin von seinem Stuhl und setzte sich langsam nieder.

»Könnt Ihr das Wesen der Winde lernen wie das Landrecht?« fragte er ungläubig.

»Ich weiß es nicht.«

»Ich verstehe. Ihr habt es noch nicht versucht.«

»Ich wüßte nicht, wie ich es anstellen sollte.« Er fügte hinzu: »Einmal verwandelte ich mich in Wind. Um zu töten. Das ist das einzige, von dem ich weiß, das ich es tun kann.«

»Wann —?« Har unterbrach sich und schüttelte den Kopf.

Es war sehr still im großen Saal; Tieraugen funkelten im Halbdunkel. Yrth wollte seinen Becher niederstellen und traf klirrend den Rand des Tabletts. Nun führte ihm die Hand.

»Eine geringe Entfernung«, murmelte er zerknirscht.

»Ich glaube«, meinte der Wolfskönig, »wenn ich anfange, Euch zu befragen, wird das das längste Rätsel werden, das ich je zu lösen versuchte.«

»Ihr habt mir schon das längste aller Rätsel gestellt«, versetzte Morgon. »Vor zwei Jahren, als Ihr mir im Schneesturm das Leben gerettet habt und mich in Eurem Haus aufnahmt. Ich versuche noch immer, es für Euch zu lösen.«

»Vor zwei Jahren lehrte ich Euch die Gestalt der Vesta. Jetzt seid Ihr zurückgekommen, mein Landrecht zu lernen. Was werdet Ihr als nächstes von mir verlangen?«

»Ich weiß es nicht.« Er leerte seinen Becher und setzte ihn

nieder. »Vertrauen vielleicht.« Geistesabwesend zeichnete er den Rand des Bechers mit seinen Fingerspitzen nach. Er war plötzlich erschöpft; am liebsten hätte er seinen Kopf zwischen die Teller auf den Tisch gelegt und wäre eingeschlafen. Er hörte, wie der Wolfskönig aufstand. »Fragt mich morgen.«

Har berührte seine Schulter. Als er mühsam seine Augen öffnete und aufstand, dem König aus dem Saal zu folgen, fand er nichts Seltsames an der Antwort.

Er schlief traumlos bis zum Morgengrauen an Rendels Seite in der warmen, reichausgestatteten Kammer, die Aia ihnen bereitet hatte. Doch als der Himmel langsam heller wurde, drängten sich Vesta in seinen Geist, bildeten einen enggeschlossenen Kreis um ihn, so daß er sich nicht rühren konnte, und ihre Augen waren blind, brannten in einem hellen, geheimnisvollen Licht. Mit einem Ruck fuhr er aus dem Schlaf. Rendel tastete nach ihm und murmelte etwas Unverständliches. Er wartete, bis sie wieder ruhig war. Dann stand er lautlos auf und kleidete sich an. Er roch den süßen Duft des letzten Fichtenscheits, das im stillen Saal zu Asche verbrannte, und wußte instinktiv, daß Har noch immer dort saß.

Der König blickte ihm entgegen, als er in den Saal trat. Leise schritt er an kleinen Tieren vorüber, die schlafend am Feuer zusammengerollt waren, und setzte sich neben Har nieder. Der König legte eine Hand auf seine Schulter und zog ihn für kurze Zeit in ein freundliches, behagliches Schweigen hinein.

Dann sagte er: »Wir müssen dafür sorgen, daß wir ungestört bleiben, sonst verstreuen die Händler Gerüchte von hier bis Anuin. In den letzten Tagen scharen sie sich auf der Schwelle meines Hauses, stellen mir Fragen, belagern Nun . . .«

»Wir könnten in die Hütte gehen«, schlug Morgon vor, »wo Ihr mich die Gestalt der Vesta lehrtet.«

»Ja, das scheint mir das richtige. — Ich werde Hugin wekken; er kann für Eure Bedürfnisse sorgen.« Er lächelte schwach. »Eine Zeitlang glaubte ich, Hugin würde zu den Vesta zurückkehren; er wurde den Menschen gegenüber so scheu. Aber seit Nun herkam und ihm alles erzählte, was sie von Suth weiß, glaube ich, daß vielleicht ein Zauberer aus ihm werden wird.«

Er schwieg, schickte wohl einen Gedanken, wie Morgon vermutete, durch das stille Haus. Wenig später wanderte Hugin in den Saal. Schläfrig rieb er sich die Augen und fuhr sich dann mit den Fingern durch sein weißes Haar, um es zu ordnen. Wie gebannt blieb er stehen, als er Morgon sah. Er war kräftig gebaut und anmutig wie die Vesta, und die tiefen Augen blickten noch immer ein wenig scheu.

»Wir brauchen deine Hilfe«, sagte Har.

Hugin neigte zustimmend den Kopf. Dann richtete sich sein Blick wieder auf Morgon, und plötzlich sprudelten ihm die Worte über die Lippen.

»Nun hat mir erzählt, daß Ihr mit dem Zauberer gekämpft habt, der Suth tötete. Daß Ihr den Zauberern von Lungold das Leben gerettet habt. Habt Ihr den Gründer getötet?«

»Nein.«

»Warum nicht?«

»Hugin«, murmelte Har mahnend. Dann sah er Morgon selbst neugierig an. »Ja, warum nicht? Habt Ihr Eure ganze Rachsucht an diesem Harfner erschöpft?«

»Har . . .« Morgons Muskeln unter Hars Hand hatten sich gespannt. Der König runzelte plötzlich die Stirn.

»Was ist? Seid Ihr von einem Geist besessen? Yrth erzählte mir gestern abend, wie der Harfner gestorben ist.«

Morgon schüttelte wortlos den Kopf.

»Ihr seid ein Rätsellöser«, gab er abrupt zurück. »Sagt Ihr es mir. Ich brauche Hilfe.«

Hars Mund wurde schmal.

»Bring Speisen und Wein und Feuerholz in die Hütte«, befahl er Hugin im Aufstehen. »Und Matratzen. Wenn Rendel von An erwacht, dann laß sie wissen, wo wir sind. Bring sie zu uns.« Als der Junge scharlachrot anlief, fügte er ein wenig ungeduldig hinzu: »Du hast schon früher mit ihr gesprochen.«

»Ich weiß.« Er lächelte plötzlich. Unter Hars forschendem Blick wurde er schnell wieder ernst und flitzte davon. »Ich bringe sie«, rief er. »Und alles andere auch.«

Diesen Tag und die folgenden Nächte verbrachten sie zusammen in der verqualmten, kreisrunden Hütte hinter dem Haus des Königs. Morgon schlief bei Tag. Har, der allem Anschein nach nicht zu ermüden war, hielt bei Tag hof. Wenn Morgon sich beim Morgengrauen aus Hars Geist zurückzog, fand er stets Rendel und Hugin an seiner Seite und manchmal auch Nun, die schweigend ihre Pfeife schmauchte. Nur selten sprach er mit ihnen; ob er nun wachte oder schlief, sein Geist schien immer dem Hars verbunden, der ihm Bäume zeigte und Raben und schneebedeckte Gipfel, all die Wesen und Gestalten tief im Geist des Wolfskönigs, die seinem Erkennen offen waren. In jenen Tagen gab Har ihm alles und verlangte nichts. Durch ihn erforschte Morgon Osterland, knüpfte seine eigenen Bande der Erkenntnis mit jeder Wurzel, jedem Stein, Wolfsjungen, weißen Falken und jeder Vesta im Land. Har war der seltsamsten Künste mächtig, wie Morgon entdeckte. Er konnte mit den Eulen und Wölfen sprechen, er konnte mit einem eisernen Messer oder einer Pfeilspitze sprechen und befehlen, wo sie treffen sollten. Die Menschen und die Tiere seines Landes waren ihm so vertraut wie seine Familie. Sein Landrecht reichte hinein bis in die Einöden des Nordens, wo er mit den Vesta meilenweit durch die Schneewüsten zu laufen pflegte. Er war von seinem eigenen Gesetz geformt; die Kräfte, die in ihm wohnten, schmiedeten Morgons Herz mit Eis und dann mit Feuer, bis ihm schien, als wäre auch er nur ein Wesen aus Hars Gehirn, oder Har ein Echo seiner eigenen geistigen Kräfte.

Wenn er schlief, träumte er wie ein Landerbe die Erinnerungen Hars. In rastlosen, unglaublich lebendigen Träumen durchlebte er Jahrhunderte, focht Schlachten aus und saß bei Rätselspielen, die Tage und Jahre dauerten. Er erbaute Yrye, hörte die Stimme des Zauberers Suth, der ihm fünf seltsame Rätsel aufgab, lebte bei den Wölfen, bei den Vesta, zeugte Erben, saß zu Gericht und wurde so alt, daß seine Lebensjahre nicht mehr zu zählen waren. Schließlich verloren sich die bunten, fiebrigen Träume; Morgon versank tief in sich selbst, in eine traumlose Nacht. Er schlief tief und reglos, bis ein Name in seinen Geist wehte. An ihm hielt er sich fest und zog sich wieder in die Welt hinauf. Zwinkernd erwachte er und sah, daß Rendel neben ihm kniete.

Sie lächelte ihn an. »Ich wollte sehen, ob du lebendig oder tot bist.« Sie nahm seine Hand; seine Finger schlossen sich um die ihren. »Du kannst dich bewegen.«

Langsam setzte er sich auf. Die Hütte war leer; draußen konnte er das Toben der Winde hören, die am Dach zerrten. Er wollte sprechen, doch seine Stimme weigerte sich zunächst.

»Wie — wie lange habe ich geschlafen?«

»Über zweitausend Jahre, sagte Har.«

»So alt ist er?« Er starrte ein Weilchen ins Leere, dann beugte er sich zu ihr und küßte sie. »Ist es Tag oder Nacht?«

»Es ist Mittag. Du hast beinahe zwei Tage geschlafen. Du hast mir gefehlt. Meine einzige Gesellschaft war Hugin, mit dem ich ab und zu ein bißchen sprechen konnte.«

»Wer?«

Ihr Lächeln vertiefte sich. »Erinnerst du dich an meinen Namen?«

Er nickte. »Du bist eine zweitausend Jahre alte Frau namens Rendel.«

Still saß er da und hielt ihre Hand, während er die Welt um sich herum wieder Gestalt annehmen ließ. Der Wind riß ihm die Tür aus der Hand, als er sie öffnete. Die ersten Schneeflokken wirbelten durch die Luft und lösten sich auf. Der eisige Sturm zertrümmerte die Stille in seinem Geist, fegte eisig und erbarmungslos über ihn hin und holte ihn aus seinen Träumen zurück. Hand in Hand mit Rendel rannte er über den Hof, hinein in die Wärme im Hause des Königs.

Am Abend, als er in seiner Kammer am Feuer lag, kam Har zu ihm. Rendel hatte ihn allein gelassen, und er hatte sich tief in seine Gedanken vergraben, um langsam das Wissen in sich aufzusaugen, das er sich geholt hatte. Als Har eintrat, mußte er sich wieder nach außen kehren. Ihre Blicke trafen sich über dem Feuer in friedvollem, wortlosem Einverständnis. Dann setzte sich Har, und Morgon richtete sich auf, legte ein paar Scheite ins Feuer, so daß die schläfrigen Flammen wieder erwachten.

»Ich bin gekommen«, sagte Har leise, »mir zu holen, was Ihr mir schuldet.«

»Ich schulde Euch alles.« Er wartete.

Das Feuer verwischte sich langsam vor seinen Augen; er war wieder tief in sich selbst, diesmal in seinen eigenen Erinnerungen.

Der König durchschritt diese ein wenig ziellos, nicht sicher, was er finden würde. Sehr früh während seiner Erkundungen gab er Morgon in höchster Verblüffung frei.

»Ihr habt einen alten, blinden Zauberer geschlagen?«

»Ja. Ich konnte ihn nicht töten.«

Ein eisiges Licht glomm in den Augen des Königs. Es war, als wollte er sprechen; statt dessen wanderte er wieder in Morgons Erinnerungen hinein. Sie führten ihn kreuz und quer von der Handelsstraße nach Lungold und zum Erlenstern-Berg und schließlich in die Einöde, wo Morgon in wochenlanger Einsamkeit die Gesänge der Winde auf seiner Harfe gespielt hatte. Er sah zu, wie der Harfner starb; er hörte Yrth in Isig mit Morgon und Danan sprechen; er vernahm Rendels Stimme, als diese Morgon ein Rätsel aufgab, das ihn aus den Einöden zurückführte ins Land der Lebenden. Dann ließ er Morgon abrupt frei und wanderte rastlos wie ein Wolf durch die Kammer.

»Thod.«

Der Name machte Morgon kalt; es war, als hätte Har mit einem Wort das Undenkbare in Wahrheit verwandelt. Der König wanderte zu ihm hin und blieb schließlich neben ihm stehen. Stumm starrte er in die Flammen. Morgon senkte müde seinen Kopf auf die Arme.

»Ich weiß nicht, was ich tun soll. Er besitzt größere Kräfte als jeder andere in diesem Reich. Ihr habt das geistige Band gespürt, das mich fesselt —«

»Er hat Euren Geist immer in seiner Gewalt gehabt.«

»Ich weiß. Und ich kann mich nicht gegen ihn wehren. Ich kann einfach nicht. Ihr habt gesehen, wie er mich auf der Handelsstraße zu sich zog . . . Mit nichts. Mit einer Harfe, auf der er kaum spielen konnte. Und ich ging zu ihm . . . In Anuin brachte ich es nicht über mich, ihn zu töten. Ich wollte es nicht einmal. Mehr als alles andere verlangte mich nach einem Grund, ihn nicht töten zu müssen. Und er gab mir einen. Ich glaubte, er wäre auf ewig aus meinem Leben verschwunden, da ich ihm im ganzen Reich keinen Ort gelassen hatte, wo er seine Harfe spielen konnte. Aber ich hatte ihm doch einen Ort gelassen. Er spielte für mich. Er verriet mich aufs neue, und ich sah ihn sterben. Aber er starb nicht. Er ersetzte nur eine Maske durch eine andere. Er machte das Schwert, mit dem ich ihn beinahe getötet hätte. Er lieferte mich Ghisteslohm aus und rettete mich am selben Tag vor den Erdherren. Ich verstehe ihn nicht. Ich kann ihn nicht herausfordern. Ich habe keinen Beweis, und er würde sich aus jeder Beschuldigung oder Anklage herauswinden. Die Macht, die er besitzt, macht mir angst. Ich weiß nicht, was er ist. Er gibt mir Schweigen, das wie das Schweigen der Bäume ist . . .«

Seine Stimme verklang. Er merkte, daß er auf Hars Schweigen lauschte.

Er hob den Kopf. Der König starrte noch immer ins Feuer, doch es schien Morgon, daß er es aus tiefer Vergangenheit heraus betrachtete. Er war sehr still; er schien kaum zu atmen. Sein Gesicht wirkte härter, als Morgon es je gesehen hatte, als wären seine Züge von den eisigen, erbarmungslosen Winden gemeißelt, die seinem Land das Gesicht gaben.

»Morgon«, flüsterte er. »Seid vorsichtig.«

Er war keine Warnung, sondern eine flehentliche Bitte.

Der König ging in die Hocke, umfaßte sehr behutsam Morgons Schultern, so als legte er seine Hände auf etwas, das bisher nicht greifbar gewesen war und sich ihm entzogen hatte, jetzt aber unter seinen Händen Gestalt anzunehmen begann.

»Har?«

Der König nahm seine Frage nicht an. Durchdringend sah er Morgon an, blickte durch ihn hindurch in das Herz seiner Verwirrung.

»Laßt den Harfner sich selbst zu erkennen geben . . .«

13

Das war das einzige, was der Wolfskönig ihm sagte. Doch etwas anderes verbarg sich hinter seinen Augen, wovon er nicht sprach. Morgon spürte es, und auch Yrth, der an dem Abend, ehe sie Yrye verließen, fragte: »Har, was denkt Ihr? Ich höre etwas unter all Euren Worten.«

Sie saßen am Feuer. Die Winde heulten pfeifend über das Dach, rissen Rauchfetzen durch den Abzug. Durch flackernde Flammen blickte Har den Zauberer an. Sein Gesicht trug noch immer einen harten Abglanz dessen, was er gesehen hatte. Doch seine Stimme hatte den vertrauten Klang rauher Zuneigung, als er mit dem Zauberer sprach.

»Es ist nichts, was Euch kümmern müßte.«

»Wie kommt es, daß ich das nicht glauben kann?« murmelte Yrth. »Hier in diesem Saal, wo Ihr Euch jahrhundertelang mit Rätseln Euren Weg zur Wahrheit gebahnt habt?«

»Vertraut mir«, gab Har zurück.

Die Augen des Zauberers, blind und geheimnisvoll, wandten sich ihm zu.

»Ihr reist nach Ymris.«

»Nein!« rief Morgon scharf.

Er hatte es aufgegeben, sich gegen Yrth aufzulehnen; er verhielt sich vorsichtig in der Gegenwart des Zauberers, als hätte er es mit einem mächtigen, unberechenbaren Tier zu tun. Doch die Worte des Zauberers, die dem Tonfall nach halb eine Feststellung einer Tatsache, halb ein Befehl zu sein schienen, trieben ihn zum Protest.

»Har, was könnt Ihr denn in Ymris ausrichten? Ihr werdet höchstens getötet werden!«

»Ich habe nicht die geringste Absicht«, entgegnete Har, »in Ymris zu sterben.«

Er hielt eine Hand geöffnet ans Feuer, so daß die halb verblichenen Male seiner Macht und seiner geistigen Kraft zu sehen waren; die wortlose Geste traf Morgon tief.

»Was habt Ihr dann für Absichten?«

»Ich gebe Antwort für Antwort.«

»Har, dies ist kein Spiel!«

»Nein? Was befindet sich auf der Spitze des Turmes der Winde?«

»Ich weiß es nicht. Wenn ich es weiß, dann komme ich hierher zurück und sage es Euch. Wenn Ihr geduldig sein wollt.«

»Ich bin mit meiner Geduld am Ende«, erwiderte Har. Er stand auf und wanderte rastlos auf und nieder; seine Schritte führten ihn zum Stuhl des Zauberers. Er hob zwei kleine Scheite Holz auf und kniete nieder, sie ins Feuer zu legen. »Wenn Ihr sterbt«, sagte er, »dann wird es wohl kaum von Wichtigkeit sein, wo ich bin. Richtig?«

Morgon schwieg. Yrth beugte sich vor, stützte eine Hand auf Hars Schulter, um nicht das Gleichgewicht zu verlieren, und fing einen glühenden Span ein, der ihnen über den Boden entgegenrollte. Er warf ihn wieder ins Feuer.

»Es wird schwierig werden, zum Turm der Winde vorzustoßen. Aber ich glaube, Astrins Heer wird es uns ermöglichen.«

Er ließ Har los und wischte sich Asche von den Händen. Der König stand auf. Morgon, der sein grimmiges Gesicht betrachtete, schluckte alle Widerreden hinunter, bis nichts mehr in seinem Geist war als eine grimmige, geheime Entschlossenheit.

Beim Morgengrauen am folgenden Tag bot er Har Lebewohl; und die drei Krähen brachen zu der langen Reise nach Süden auf, die sie nach Herun, ins Reich der Morgol, führen sollte. Die Luft war grau und schwer von Regen. Der Zauberer führte sie mit erstaunlicher Kundigkeit über das eintönige, flache Weideland von Osterland und die Wälder an den Ufern der Ose. Erst nachdem sie den Winter überquert hatten und das weite Niemandsland zwischen Osterland und Ymris sich vor ihnen dehnte, wechselten sie wieder die Gestalt.

Am Abend des dritten Tages ihrer Reise versiegte der Regen endlich, und in nahezu stummem Einverständnis ließen sie sich zur Erde herabfallen, um in ihrer natürlichen Gestalt Rast zu machen.

»Wie«, fragte Morgon Yrth, noch ehe der Zauberer einen Haufen regennassen Holzes zu Feuer angefacht hatte, »in Hels Namen, könnt Ihr uns auf diese Weise führen? Ihr habt uns in gerader Linie zum Winter gelotst. Und wie seid Ihr innerhalb von zwei Tagen von Isig nach Hed und wieder zurück gekommen?«

Yrth wandte seine Augen Morgons Stimme zu. Als die Flammen am Holz emporzüngelten, leckten sie an seinen Händen, und er wich zurück.

»Instinkt«, erwiderte er. »Ihr denkt zuviel beim Fliegen.«

»Vielleicht.«

Er ließ sich am Feuer niedersinken. Rendel sog tief die feuchte, nach Fichten duftende Luft ein und blickte sehnsüchtig zum Fluß.

»Morgon, kannst du nicht einen Fisch fangen? Ich bin so hungrig, und ich will mich nicht erst wieder in eine Krähe verwandeln, um zu essen — ich weiß nicht einmal genau, was Krähen eigentlich fressen. Wenn du uns einen Fisch fängst, dann suche ich ein paar Pilze.«

»Ich rieche Äpfel«, verkündete Yrth und stand auf, dem Geruch nachzugehen. Morgon blickte ihm mit leichter Ungläubigkeit nach.

»Ich rieche keine Äpfel«, murmelte er. »Und ich denke kaum, wenn ich fliege.« Auch er stand auf, beugte sich nieder, um Rendel zu küssen. »Riechst du Äpfel?«

»Ich rieche Fisch. Und Reh. Morgon . . .« Sie drückte plötzlich ihren Arm auf seine Schulter, so daß er sich nicht aufrichten konnte. Er sah, daß sie nach Worten suchte.

»Was ist?«

»Ach, ich weiß auch nicht.« Sie strich sich mit der freien

Hand über das Haar. In ihren Augen lag eine tiefe Verwirrung. »Er bewegt sich über die Erde wie ein Herr . . .«

»Ich weiß.«

»Ich möchte ihm so gern — ich möchte ihm so gern vertrauen. Bis mir einfällt, wie weh er dir getan hat. Dann bekomme ich Angst vor ihm und vor dem Weg, den er uns führt, und vor seiner Geschicklichkeit . . . Aber ich vergesse meine Angst zu leicht.« Ihre Finger zupften zerstreut in seinem feuchten Haar. »Morgon.«

»Was?«

»Ich weiß nicht.« Mit einer heftigen Bewegung sprang sie auf, ungeduldig mit sich selbst. »Ich weiß überhaupt nicht, was ich denke.«

Sie lief über die Lichtung zu einem Stand bleicher Pilze, während Morgon zum breiten Fluß hinunterschritt. Er watete in das seichte Wasser und stand so still wie ein alter Baumstumpf, während er nach Fischen Ausschau hielt und sich bemühte, nicht zu denken. Zweimal bespritzte er sich über und über mit Wasser, während die Forellen, die er fangen wollte, ihm zwischen den Fingern hindurchschlüpften. Schließlich machte er seinen Geist zu einem Schleier aus Grau, der das Wasser und den Himmel spiegelte, und begann zu denken wie ein Fisch.

Er fing drei Forellen und nahm sie, da er kein anderes Gerät hatte, ungeschickt mit seinem Schwert aus. Als er sie zum Feuer zurücktrug, hatten sich auch Yrth und Rendel wieder eingefunden und blickten ihm entgegen. Rendel lächelte. Der Gesichtsausdruck des Zauberers war unergründlich. Morgon gesellte sich zu ihnen. Er legte die Fische auf einen flachen Stein und säuberte die Klinge seines Schwertes im Gras. Nachdem er es wieder in einer Scheide, die es gar nicht gab, hatte verschwinden lassen, hockte er sich am Feuer nieder.

»Also gut«, sagte er. »Instinkt.« Er nahm Rendels Pilze und machte sich daran, den Fisch zu füllen. »Aber das erklärt nicht Eure Reise nach Hed.«

»Wie weit könnt Ihr an einem Tag reisen?«

»Vielleicht quer durch Ymris. Ich weiß es nicht. Ich bewege

mich nicht gern von einem Moment zum anderen über lange Entfernungen. Das macht müde, und man weiß nie, wessen Geist man versehentlich berührt.«

»Nun«, meinte der Zauberer ruhig, »ich hatte keine Wahl. Ich wollte vermeiden, daß Ihr Euch aus dem geistigen Bann herauskämpft, ehe ich zurückkehrte.«

»Das hätte ich gar nicht gekonnt —«

»Doch, Ihr besitzt die Kräfte dazu. Ihr könnt im Dunkeln sehen.«

Morgon starrte ihn wortlos an. Ein Schauder kroch über seine Haut.

»Das war es also?« flüsterte er. »Eine Erinnerung?«

»Die Finsternis von Isig.«

»Oder vom Erlenstern-Berg.«

»Ja. So einfach war es.«

»Einfach.« Hars Bitte fiel ihm ein, und er atmete lautlos, bis der Schmerz und der wirre Knoten von Worten in seiner Brust sich lösten. Er wickelte den Fisch in feuchte Blätter, schob den Stein ins Feuer. »Nichts ist einfach.«

Die Finger des Zauberers zeichneten die gebogenen Linien eines Grashalms bis zu seiner Spitze nach.

»Doch, manche Dinge sind es. Die Nacht. Das Feuer. Ein Grashalm. Wenn man seine Hand in eine Flamme hält und an den Schmerz denkt, dann verbrennt man sich. Wenn man aber nur an die Flamme denkt oder an die Nacht, sie annimmt, ohne sich zu erinnern . . . Dann wird es sehr einfach.«

»Ich kann nicht vergessen.«

Der Zauberer schwieg.

Als der Fisch langsam zu brutzeln begann, setzte der Regen wieder ein. Sie aßen hastig und verwandelten sich wieder, flogen durch den strömenden Regen, um in den Bäumen Schutz zu suchen.

Zwei Tage später überquerten sie die Ose und nahmen am Ufer des unbändigen Flusses wieder ihre natürliche Gestalt an. Es war später Nachmittag. Licht und Schatten jagten sich unter dem regennassen, hellen Himmel auf ihren Gesichtern. Ein wenig verwundert blickten sie einander an, als wären sie überrascht, sich in Menschengestalt zu sehen.

Rendel ließ sich mit einem Seufzer auf einen umgestürzten Baumstamm fallen.

»Ich kann mich überhaupt nicht mehr bewegen«, stöhnte sie. »Ich bin es so müde, eine Krähe zu sein. Bald werde ich auch noch das Reden vergessen.«

»Ich gehe auf Jagd«, sagte Morgon, doch auch er machte keine Bewegung. Müdigkeit überschwemmte ihn wie Wasser.

»Ich gehe auf Jagd«, erklärte Yrth, und ehe einer von ihnen etwas darauf erwidern konnte, hatte er sich wieder verwandelt.

Ein Falke stieg in die Luft hinauf, höher und höher, durch den Regen der trüben Sonne entgegen. Weit, weit über ihnen richtete er seinen Flug endlich in die Horizontale aus und begann zu kreisen.

»Wie macht er das?« flüsterte Morgon. »Wie kann er jagen, wenn er blind ist?«

Er unterdrückte einen plötzlichen Impuls, an die Seite des Falken emporzuschießen. Noch während er zusah, stieß der Falke in raschem, tödlichem Flug in die Schatten hinunter.

»Er ist wie ein Erdherr«, sagte Rendel, und ein merkwürdiger Schauder durchzuckte Morgon. Ihre Stimme klang so, als schmerzten sie die Worte, die sie ausgesprochen hatte. »Sie besitzen alle diese schreckliche Schönheit.«

Sie beobachtete den Vogel, wie er sich vom Boden emporschwang, schwarz und düster im plötzlich sich verdunkelnden Licht. Er hielt etwas in seinen Klauen. Schwerfällig stand sie auf und machte sich daran, Holz zu sammeln.

»Er braucht sicher einen Spieß.«

Morgon schälte die Rinde von einem jungen, dünnen Ast, während der Vogel zu ihnen zurückgeflogen kam. Er legte einen toten Hasen an Rendels Feuer ab.

Dann stand Yrth wieder vor ihnen. Einen Moment lang schienen seine Augen fremd, voller Klarheit und Wildheit des Raubvogels. Dann aber wurden sie wieder vertraut.

Morgon stellte seine Fragen tonlos, gedämpft.

»Ich witterte seine Furcht«, erklärte der Zauberer. Er zog ein Messer aus seinem Stiefel, ehe er sich setzte. »Wollt Ihr ihn häuten? Das würde mir Schwierigkeiten bereiten.«

Wortlos machte sich Morgon an die Arbeit. Rendel nahm den Spieß, um den Rest der Rinde abzuschälen.

»Könnt Ihr die Sprache der Falken sprechen?« fragte sie unvermittelt, beinahe scheu.

Das blinde Gesicht wandte sich ihr zu. Die plötzliche Weichheit seiner Züge beim Klang ihrer Stimme ließ Morgon beim Häuten innehalten.

»Ein wenig.«

»Könnt Ihr es mich lehren? Müssen wir denn den ganzen Weg nach Herun als Krähen fliegen?«

»Wenn Ihr es wollt ... Ich glaubte, da Ihr aus An stammt, würdet Ihr Euch als Krähe am wohlsten fühlen.«

»Nein«, widersprach sie. »Ich bin jetzt in vielen Gestalten zu Hause. Aber es war gut von Euch, daran zu denken.«

»Was für Gestalten sind Euch vertraut?«

»Oh — Vögel, ein Baum, ein Lachs, ein Dachs, ein Reh, eine Fledermaus, eine Vesta — ich habe über meiner Suche nach Morgon längst aufgehört zu zählen.«

»Ihr habt ihn stets gefunden.«

»Ihr auch.«

Zerstreut suchte Yrth auf der Erde um sich herum nach Astgabeln, die den Spieß halten sollten.

»Ja ...«

»Ich habe mich auch schon in einen Hasen verwandelt.«

»Der Hase ist ein Beutetier des Falken und des Habichts. Für den, der die Gestalt wandelt, gelten die Gesetze der Erde.«

Morgon warf Haut und Abfälle ins Farnkraut und griff nach dem Spieß.

»Und die Gesetze des Reiches?« fragte er unvermittelt. »Sind sie einem Erdherrn ohne Bedeutung?«

Der Zauberer saß ganz still. Etwas von der erbarmungslosen Kraft des Falken schien sich hinter seinen Augen zu rühren, und Morgon wurde sich der Leichtfertigkeit seiner Herausforderung bewußt. Er wandte sich ab.

»Nicht allen«, antwortete Yrth rätselhaft.

Morgon hängte den Spieß über das Feuer und drehte probeweise den Hasen. Dann ging ihm plötzlich die Zweideutigkeit der Worte des Zauberers auf. Er hockte sich auf seine Fersen und starrte Yrth an. Doch Rendel sprach jetzt mit ihm, und der Ton des Schmerzes, der in ihrer Stimme lag, ließ ihn schweigen.

»Warum denn, glaubt Ihr, kämpfen meine Verwandten auf der Ebene der Winde gegen den Erhabenen? Ich meine, wenn Macht eine einfache Angelegenheit des Wissens um Regen und Feuer ist, und wenn die Gesetze, denen sie verbunden sind, die Gesetze der Erde sind?«

Yrth schwieg wieder. Die Sonne war jetzt endgültig hinter dicken Wolken im Westen verschwunden. Ein Schleier aus Abend und Dunst sank langsam auf sie herab. Yrth streckte den Arm aus, tastete nach dem Spieß und drehte ihn langsam.

»Ich würde annehmen«, meinte er, »daß Morgon recht hat, wenn er vermutet, daß der Erhabene die Kräfte der Erdherren gefesselt hat. Das allein ist Grund genug für sie, gegen ihn zu kämpfen . . . Doch viele andere Rätsel scheinen mir unter diesem einen Rätsel zu liegen. Vor Jahrhunderten zogen mich die steinernen Kinder in Isig durch die Ausstrahlung ihres Schmerzes, den ich spürte, in ihre Gruft hinunter. Man hatte ihnen ihre Macht genommen. Kinder sind Erben der Macht; vielleicht ist das der Grund, weshalb sie zerstört wurden.«

»Wartet!« Morgons Stimme zitterte. »Wollt Ihr sagen — wollt Ihr sagen, daß der Erbe des Erhabenen in jener Gruft begraben wurde?«

»Es scheint möglich, findet Ihr nicht?« Fett spritzte knisternd im Feuer, und er drehte den Spieß wieder. »Vielleicht war es der Knabe, der mir von den Sternen sprach, die ich auf eine Harfe setzen sollte, und von einem Schwert für einen, der irgendwann in ferner Zukunft kommen würde, es für sich zu beanspruchen . . .«

»Aber warum?« flüsterte Rendel, noch immer in ihrer Frage gefangen. »Warum?«

»Ihr habt den Flug des Falken gesehen — seine Schönheit und seine todbringende Erbarmungslosigkeit. Wenn solche Macht an kein Gesetz gebunden wäre, dann würden diese

Macht und das Gelüst danach so schrecklich werden —«

»Ich verlange nach ihr. Nach dieser Macht.«

Das harte, alte Gesicht schmolz wieder zu überraschender Weichheit. Yrth berührte sie so, wie er den Grashalm berührt hatte.

»Dann nehmt sie Euch.«

Er ließ seine Hand fallen. Rendel senkte den Kopf. Morgon konnte ihre Züge nicht sehen. Er hob den Arm, um ihr das Haar aus dem Gesicht zu streichen. Mit einer heftigen Bewegung stand sie auf und wandte sich von ihm ab. Er blickte ihr nach, als sie durch die Bäume lief, die Arme über ihrer Brust gekreuzt, als wäre ihr kalt. Ein tiefer Schmerz brannte plötzlich in ihm, weil der Zauberer sie berührt hatte und sie ihn verlassen hatte.

»Ihr habt mir nichts gelassen . . .« flüsterte er.

»Morgon —«

Er stand auf und folgte Rendel in das dichter werdende Wogen des abendlichen Nebels, ließ den Falken mit seiner Beute allein.

In den folgenden Tagen flogen sie manchmal als Krähen, manchmal, wenn der Himmel aufklarte, als Falken. Zwei der Falken sprachen miteinander in schrillen Stimmen; der dritte, der sie hörte, blieb stumm. In Falkengestalt machten sie Jagd; schliefen und erwachten und blickten mit klaren, wilden Augen zur Sonne auf. Wenn es regnete, flogen sie als Krähen, kämpften sich mit stetigem Flügelschlag durch den strömenden Regen. Endlos trieben die Bäume unter ihnen dahin; es war, als flögen sie wieder und wieder über dasselbe Gelände. Doch während Regen auf sie hinunterprasselte und wieder versiegte, während die Sonne geisterhaft bleich durch die Wolken spähte, verdichtete sich ein bläulicher Schleier vor ihnen am Horizont langsam zu einer fernen Kette von Hügeln. Für ein paar Augenblicke kam unversehens die Sonne hervor, ehe sie in Nacht versank. Lichtstrahlen fielen über das weite Land, spiegelten sich in den silbernen Bändern von Flüssen und funkelten auf Seen, die wie kleine Münzen auf der grünen Erde lagen. Die Falken flogen müde, in einer gestaffelten Linie, die sich über eine halbe Meile erstreckte. Der zweite, verzaubert, wie es schien, vom Licht, schoß plötzlich aufwärts, mitten in die Sonne hinein und jagte dann in geradem, überschwenglichem Flug durch Licht und Schatten ihrem Ziel zu. Sein Überschwang riß Morgon aus seinem eintönigen Rhythmus. Er flog schneller, schoß vorbei an dem führenden Falken, um den dunklen Blitz einzuholen, der durch die Himmel raste. Er hatte nicht gewußt, daß Rendel so schnell fliegen konnte. Auf den Strömungen des Nordwindes jagte er dahin, doch noch immer hielt der Falke seinen Abstand. Mit aller Kraft setzte er ihm nach, bis er das Gefühl hatte, seine Gestalt hinter sich gelassen zu haben und nur noch Geschwindigkeit zu sein, die auf einer Welle von Licht durch die Luft getragen wurde. Langsam näherte er sich dem Falken und sah die Spannweite seiner Schwingen und erkannte, daß es Yrth war.

Er behielt seine Geschwindigkeit bei, getrieben von dem Verlangen, den Falken in der ganzen stolzen Herrlichkeit seiner Macht und seiner Kraft einzuholen und zu übertrumpfen. Er warf alle seine Energien in seinen pfeilschnellen Flug, und ihm war, als pfeife der Wind durch ihn hindurch. Die Wälder wogten wie ein Meer unter ihm. Schnabellänge um Schnabellänge schloß er zu dem anderen Falken auf, bis er wie sein Schatten im goldenen Licht hinter ihm herflog. Und dann war er neben ihm, hielt seine Geschwindigkeit, während seine Schwingen seinem Rhythmus folgten. Er konnte ihn nicht überholen. Er raste durch Luft und Licht, bis er selbst sein wütendes Verlangen abwerfen mußte wie Ballast, um seine Geschwindigkeit zu halten. Der Falke ließ ihn nicht vorbei, doch er trieb ihn zu immer schnellerem Flug an, bis all seine Gedanken und ein Schatten über seinem Herzen von ihm abgestreift wurden und er das Gefühl hatte, daß er im Wind verbrennen müßte, wenn er noch einen Herzschlag schneller flog.

Er stieß einen Schrei aus, als er von der Seite des Falken wich und abwärts glitt, den sanften Hügelketten unter sich entgegen. Er konnte kaum noch seine Schwingen bewegen; er ließ sich von den Luftströmungen abwärts tragen, bis er die Erde berührte. Dort wechselte er die Gestalt. Das hohe Gras fing ihn auf. Mit ausgestreckten Armen blieb er liegen, die Hände in die Erde gekrallt, bis das schreckliche Dröhnen seines Herzens nachließ und er wieder Luft statt Feuer zu atmen begann. Langsam rollte er sich auf den Rücken und stand auf. Der Falke schwebte über ihm. Reglos betrachtete er ihn, bis das wilde Gefühl seiner eigenen Kraft wieder über ihn hereinbrach. Sehnsüchtig hob sich seine Hand dem Falken entgegen. Wie ein Stein fiel der Vogel zu ihm hinunter. Er ließ ihn kommen. Er landete auf seiner Schulter, blieb dort sitzen, die blinden Augen verhüllt. Er war noch immer in seiner grimmigen Umklammerung, in seiner Macht und in seinem Stolz gefangen.

Drei Falken schliefen in dieser Nacht in den Hügeln von Herun. Drei Krähen flogen beim Morgengrauen nach Westen, über Dörfer und steiniges Weideland, wo wirbelnde Winde hier und dort einen knorrigen Baum oder eine einsame Felsspitze enthüllten. Die Dunstschleier verschmolzen zu sanftem Regen, der sie bis nach Kronstadt begleitete.

Die Morgol, deren Augen sonst alles sahen, hatte sie nicht kommen sehen. Doch der Zauberer Iff stand in geduldiger Erwartung im Hof, und die Morgol gesellte sich dort zu ihm. Neugierig blickte sie auf die drei schwarzen, regennassen Vögel, die vor ihrem Haus landeten. Und die Neugier wandelte sich in ungläubiges Staunen, nachdem die drei ihre natürliche Gestalt angenommen hatten.

»Morgon!« Als sie sein schmales Gesicht sanft mit ihren Händen umschloß, erkannte er, wer jener war, den er mit in ihr Haus gebracht hatte.

Yrth stand ruhig und schweigend da. Er schien in seine eigenen Gedanken vertieft, als sähe er durch ihrer aller Augen und müßte das Gewirr von Bildern ordnen.

Die Morgol strich Rendel das nasse Haar aus dem Gesicht.

»Ihr seid das große Rätsel von An geworden«, sagte sie, und Rendel wandte rasch den Blick von ihr ab, senkte die Augen zu Boden. Doch die Morgol hob ihren Kopf und küßte sie lächelnd. Dann wandte sie sich den Zauberern zu.

Iff legte seine Hand auf Yrths Schulter und sagte mit ruhiger Stimme: »El, das ist Yrth; ich glaube, Ihr kennt Euch noch nicht.«

»Nein.« Sie neigte den Kopf. »Euer Besuch ist meinem Haus eine Ehre, Sternenbildner. Tretet ein, drinnen ist es trocken und warm. Im allgemeinen kann ich sehen, wer meine Hügel überquert, und kann mich auf den Empfang meiner Gäste vorbereiten; aber drei müden Krähen schenkte ich keine Beachtung.« Sie legte ihre Hand leicht auf Yrths Arm, um ihn zu führen. »Woher kommt Ihr?«

»Aus Isig und Osterland«, antwortete der Zauberer.

Seine Stimme klang rauher als sonst. Die Wachen im Gewirr der Gänge blickten auf die Besucher, ohne auch nur mit der Wimper zu zucken, doch in ihren Augen spiegelten sich Verwunderung und Nachdenklichkeit.

Morgon, der Yrth beobachtete, wie er neben der Morgol herging, den Kopf leicht ihrer Stimme zugeneigt, merkte erst nach einiger Zeit, daß Iff zurückgeblieben war und mit ihm sprach.

»Die Nachricht von dem Angriff auf Hed erreichte uns wenige Tage, nachdem er sich zugetragen hatte — so schnell verbreitete sich der Vorfall im Reich. Er löste Angst und großen Schrecken aus. Die meisten Menschen sind aus Caithnard geflohen, aber wohin können sie sich wenden? Nach Ymris? Nach An, das Mathom beinahe ohne Verteidigung zurückläßt, wenn er sein Heer nach Norden führt? Nach Lungold? Diese Stadt muß sich selbst erst noch von den entsetzlichen Kämpfen erholen. Nirgends mehr im Reich können die Menschen Zuflucht finden.«

»Haben die Rätselmeister Caithnard verlassen?« fragte Rendel.

Der Zauberer schüttelte den Kopf.

»Nein. Sie weigern sich fortzugehen.« Seine Stimme klang leicht gereizt. »Die Morgol bat mich, zu ihnen zu reisen und zu fragen, ob sie Hilfe, Schiffe für sich selbst und ihre Bücher brauchen. Sie sagten, die Lehrsätze der Zauberei enthielten vielleicht das Geheimnis, dem Tod auszuweichen. Die Lehrsätze der Rätselkunst jedoch besagen, daß es vergeblich ist, dem Tod den Rücken zu kehren, da man ihn, sobald man sich umdreht, nur wieder vor Augen haben wird. Ich flehte sie an, ausnahmsweise einmal praktisch zu denken. Sie meinten, Lösungen auf unbeantwortete Fragen wären ihnen jetzt eine größere Hilfe als Schiffe. Ich hielt ihnen vor, daß sie vielleicht in ihrer Schule umkommen würden. Darauf fragten sie mich, ob der Tod denn das Schrecklichste sei. Und da begann ich, die Rätselkunst ein klein wenig zu verstehen. Aber mir fehlte die Fertigkeit, mit ihnen zu rätseln.«

»Der Weise«, meinte Morgon, »geht einem Rätsel so hartnäckig nach wie ein Geizkragen einer Münze, die einem Spalt in den Dielenbrettern zurollt.«

»Offenbar. Hätte ich etwas tun können? Sie scheinen mir sehr verwundbar zu sein und sehr kostbar für das Reich . . .«

Das schwache Lächeln in Morgons Augen erlosch.

»Es gibt nur ein Mittel, ihnen zu helfen: Wir müssen ihnen das geben, was sie wünschen.«

Die Morgol blieb vor einem großen, hellen Raum stehen. Auf dem Boden lagen dicke, braune Teppiche, die Wände waren mit kostbaren, golddurchwirkten Stoffen bespannt.

»Meine Bediensteten werden Euch alles bringen, was Ihr braucht«, sagte sie zu Morgon und Rendel. »Im ganzen Haus stehen Wachen. Wir erwarten Euch in Iffs Studierzimmer. Dort können wir miteinander sprechen.«

»El«, erwiderte Morgon leise. »Ich kann nicht bleiben. Ich bin nicht gekommen, um mit Euch zu sprechen.«

Sie schwieg still, dachte wohl über seine Worte nach, wenn auch ihr Gesicht kaum eine Regung zeigte. Sie legte ihre Hand auf seinen Arm.

»Ich habe alle Wachen aus den Städten und an den Grenzen abgezogen. Goh bildet sie hier aus, damit sie nach Süden abreisen können, falls es das ist, was Ihr braucht.«

»Nein«, entgegnete er leidenschaftlich. »Ich habe in Lungold schon zu viele von Euren Wachen sterben sehen.«

»Morgon, wir müssen alle unsere Kräfte einsetzen.«

»Herun birgt weit größere Kräfte als ein Heer von Wachen.«

Da erst sah er eine Veränderung in ihrem Gesicht. Still wie ein Schatten stand der Zauberer hinter ihr, und Morgon fragte sich, ohne Hoffnung auf eine Antwort, ob er die Kräfte aus eigenem Antrieb sammelte oder auf Geheiß des Falken.

»Die zu holen bin ich gekommen. Ich brauche sie.«

Ihre Finger schlossen sich sehr fest um seinen Arm.

»Die Kräfte des Landrechts?« flüsterte sie ungläubig. Er nickte stumm, wohl wissend, daß das erste Anzeichen von Mißtrauen in ihr in seinem Herzen eine ewige Wunde zurücklassen würde. »Über solche Kräfte verfügt Ihr? Euch das Landrecht anzueignen?«

»Ja. Ich brauche das Wissen um das Landrecht. Ich werde Euren Geist nicht berühren. Ich schwöre es. Ich bin mit Hars Erlaubnis in seinen Geist eingetreten, aber Ihr — in Eurem Geist gibt es Orte, wo ich nicht hingehöre.«

Ein Gedanke wuchs hinter ihren Augen. Sie stand ganz still, noch immer seinen Arm umfassend, und konnte nicht sprechen. Er hatte das Gefühl, als wandelte er vor ihren Augen seine Gestalt in etwas, das so alt war wie die Welt, um das sich Rätsel und Legenden und die Farben der Nacht und der Morgenröte woben wie kostbare, vergessene Schätze. Er verspürte das Verlangen, in ihren Geist einzudringen, um jenem Teil seiner wirren Vergangenheit nachzuspüren, der sie ihn in diesem Licht sehen ließ.

Doch sie gab ihn frei und sagte: »Nehmt von meinem Land und von mir, was Ihr braucht.«

Er blieb stehen, während sie durch den Gang schritt, ihre Hand unter dem Ellenbogen Yrths. Bedienstete kamen, rissen ihn aus seinen Gedanken. Während sie Feuer machten und Wasser erhitzten, unterhielt er sich mit gesenkter Stimme mit Rendel.

»Ich werde mich jetzt von dir trennen. Ich weiß nicht, wie lange ich fortbleiben werde. Keiner von uns kann sich in Sicherheit wiegen, doch wenigstens sind Yrth und Iff hier; und Yrth — er will mich lebend. Das wenigstens weiß ich.«

Ihre Hand glitt auf seine Schulter, und sie sah in voller Unruhe und Sorge an.

»Morgon, du hast dich an ihn gebunden, als ihr flogt. Ich spüre es.«

»Ich weiß.« Er hob ihre Hand hoch und drückte sie gegen seine Brust. »Ich weiß«, wiederholte er. Er konnte ihr nicht in die Augen sehen. »Er lockt mich mit meinen eigenen Kräften. Ich habe dir ja gesagt, wenn ich mit ihm spielte, würde ich verlieren.«

»Vielleicht.«

»Wache über die Morgol. Ich weiß nicht, was ich ihr ins Haus gebracht habe.«

»Er würde ihr niemals weh tun.«

»Er hat sie belogen, und er hat sie schon einmal verraten. Einmal ist genug. Wenn du mich brauchst, dann frag die Morgol, wo ich bin. Sie wird es wissen.«

»Gut. Morgon —«

»Was?«

»Ich weiß nicht«, antwortete sie wie schon häufig in den letzten Tagen. »Nur, weißt du, manchmal fällt mir ein, was Yrth darüber sagte, daß das Feuer und die Nacht so einfache Dinge sind, wenn man sie nur klar sieht. Ich muß dauernd denken, daß du nur deshalb nicht weißt, was Yrth ist, weil du ihn niemals siehst. Du siehst nur die dunklen Erinnerungen . . .«

»Was, in Hels Namen, erwartest du denn, daß ich sehe? Er ist mehr als ein Harfner, mehr als ein Zauberer. Rendel, ich versuche ja zu sehen. Ich —«

Sie legte ihm eine Hand auf den Mund, als die Bediensteten neugierige Blicke auf sie warfen.

»Ich weiß.« Sie drückte ihn plötzlich sehr fest an sich, und er spürte, daß er zitterte. »Ich wollte dich nicht beunruhigen. Aber — sei still und hör zu. Ich versuche nachzudenken. Man versteht das Feuer erst dann, wenn man sich selbst vergißt und zu Feuer wird. Du hast gelernt, im Dunkeln zu sehen, als du zu einem mächtigen Berg wurdest, dessen Herz aus Dunkelheit bestand. Du bekamst dein Wissen um Ghisteslohm, indem du seine Macht und seine Kräfte in dich aufnahmst. Deshalb wirst du den Harfner vielleicht nur dann verstehen, wenn du ihm erlaubst, dich so weit in den Bannkreis seiner Macht zu ziehen, bis du ein Teil seines Herzens bist und anfängst, die Welt aus seinen Augen zu sehen ...«

»Es kann sein, daß ich auf diese Weise das Reich zerstöre.«

»Vielleicht. Aber wenn er gefährlich ist, wie kannst du dann gegen ihn kämpfen, ohne ihn zu verstehen? Und wenn er nicht gefährlich ist?«

»Wenn er nicht —« Er brach ab. Es war, als veränderte sich die Welt um ihn herum, als rückten ganz Herun, die Königreiche in den Bergen, die südlichen Regionen, das gesamte Reich unter dem Blick von Falkenaugen an den ihnen gebührenden Platz. Er sah den Schatten des Falken in kraftvollem, lautlosem Flug das Reich überspannen und spürte, wie dieser Schatten über seinen Rücken glitt. Die Vision erlosch. Der Schatten wurde zu einer Erinnerung an die Nacht, und seine Hände verkrampften sich. »Er ist gefährlich«, flüsterte er. »Er war es immer. Warum bin ich so unentrinnbar an ihn gebunden?«

Am selben Abend verließ er die Stadt der Kreise und hielt sich Tage und Nächte, die er nicht zählte, von der Welt und beinah vor sich selbst verborgen, versunken in die Gesetze des Landrechts von Herun. Gestaltlos glitt er in die Nebelschwaden hinein, versank in den stillen, gefährlichen Sümpfen und spürte, wie der Morgenfrost sein Gesicht versilberte, als er über Schlamm und Binsen und zähem Sumpfgras erhärtete. Er schrie den schrillen, einsamen Schrei der Sumpfvögel und blickte aus starrem Stein zum Himmel und den Sternen auf. Er schweifte durch das flache Hügelland und senkte seinen Geist in Felsen, Bäume, Bäche, erkundete die von Eisen und Kupfer und ungeschliffenen Edelsteinen schweren Berge. Er spann ein riesiges Netz über die schlafenden Felder und die üppigen Weiden, von denen Nebelschleier aufstiegen, kroch in die Stoppeln des toten Wurzelwerks, in frosterstarrte Ackerfurchen und in die Halme des Grases ein, das die Schafe nährte. Die sanfte Anmut des Landes erinnerte ihn an Hed, doch in seinem Inneren wohnte eine dunkle, rastlose Gestalt, die hier und dort in Gestalt von einsam stehenden Felsnadeln hervorgebrochen war. Er flog dem Geist der Morgol sehr nahe, während er dieses Land erkundete; er spürte, daß ihre Wachsamkeit und ihre Intelligenz aus Notwendigkeit geboren waren, daß das Erbe eines Landes, dessen Sümpfe und plötzlich einfallende Nebel jenen, die es besiedelt hatten, immer gefährlich werden konnten. Sein seltsames Gestein barg Geheimnisse, seine Hügel bargen Reichtum; auch diese Dinge waren im Geist der Morgol verankert. Während Morgon sich tief in die Gesetze des Landes versenkte, fühlte er, wie sein eigener Geist beinahe Frieden fand, von der Notwendigkeit zu klarem Sehen und Erkennen gezwungen. Als er schließlich soweit war, daß er wie die Morgol in die Dinge hinein- und durch sie hindurchsehen konnte, kehrte er in die Stadt der Kreise zurück.

Er kam so, wie er gegangen war — eine Nebelschwade, die aus der stillen, kalten Nacht von Herun hereinwehte. Nachdem er wieder seine natürliche Gestalt angenommen hatte, folgte er dem Klang der Stimme der Morgol, und schließlich stand er im feurigen Spiel von Licht und Schatten in ihrem kleinen, kostbaren Herrschersaal.

Die Morgol sprach mit Yrth, als er auftauchte; er fühlte sich der ruhigen Gelassenheit ihres Geistes noch immer verbunden. Er bemühte sich nicht, die Verbundenheit zu brechen. Er fühlte sich geborgen und ruhig in diesem Frieden. Lyra saß neben ihr; Rendel hatte sich näher ans Feuer gesetzt. Sie hatten zu Abend gegessen. Nur ihre Weinbecher und die Karaffen standen noch auf der Tafel.

Rendel drehte den Kopf und sah Morgon; sie lächelte über einen Ausdruck in seinen Augen und ließ ihn ungestört. Dann zog Lyra seine Aufmerksamkeit auf sich. Sie trug ein leichtes, fließendes, feuerfarbenes Gewand; ihr Haar war geflochten und unter einem Netz aus Goldfäden zu einem kunstvollen Knoten gedreht. Nichts mehr von der vertrauten stolzen Selbstsicherheit war in ihrem Gesicht; ihre Augen wirkten älter, so als wäre sie verletzlicher geworden, als wollten die Erinnerungen an die schrecklichen Tage in Lungold, als sie hatte zusehen müssen, wie die Wachen unter ihrem Befehl gefallen waren, sie nie wieder loslassen. Sie sagte etwas zu Morgol, das Morgon nicht hörte.

»Nein«, antwortete ihr die Morgol kurz und einfach.

»Ich reise nach Ymris.« Eigensinnig starrten ihre dunklen Augen die Morgol an, doch ihre Stimme war ruhig. »Wenn nicht mit den Wachen, dann an deiner Seite.«

»Nein.«

»Mutter, ich gehöre nicht mehr deiner Wache an. Ich schied aus, als ich aus Lungold heimkehrte, du kannst also von mir nicht erwarten, daß ich dir ohne Überlegung gehorche. Ymris ist ein schreckliches Schlachtfeld — schrecklicher noch als Lungold. Ich gehe hin —«

»Du bist meine Landerbin«, fiel ihr die Morgol ins Wort. Ihr Gesicht war noch immer ruhig, doch Morgon spürte die Furcht, die erbarmungslos und kalt wie die Nebel von Herun tief in ihrem Geist wirbelte. »Ich führe die gesamte Wache aus Herun heraus und zur Ebene der Winde. Goh wird sie befehligen. Du hast selbst gesagt, du wolltest nie wieder einen Speer in die Hand nehmen, und ich war froh, daß du diese Entscheidung getroffen hattest. Es besteht keine Notwendigkeit für dich, in Ymris zu kämpfen; es besteht hingegen jede Notwendigkeit für dich, hierzubleiben.«

»Für den Fall, daß du getötet werden solltest«, sagte Lyra scharf. »Ich verstehe nicht, weshalb du überhaupt dorthin willst, aber ich werde an deiner Seite reiten —«

»Lyra —«

»Mutter, das ist meine Entscheidung. Dir zu gehorchen, ist für mich nicht mehr Ehrensache. Ich werde tun, was ich beliebe, und es beliebt mir, mit dir zu reiten.«

Die Finger der Morgol verkrampften sich um ihren Weinbecher. Sie schien selbst überrascht davon.

»Nun«, entgegnete sie ruhig, »wenn du glaubst, in dieser Angelegenheit nach eigenem Belieben handeln zu können, so kann auch ich das tun. Du bleibst hier. So oder so.«

Lyras Augen flackerten ein wenig.

»Mutter«, protestierte sie unsicher.

»Ja«, gab die Morgol zurück. »Und ich bin außerdem die Morgol. Herun schwebt in großer Gefahr. Wenn Ymris fällt, dann möchte ich, daß du hier bist, um das Land zu beschützen, soweit es in deiner Macht steht. Wenn wir beide in Ymris fielen, wäre das für Herun eine Katastrophe.«

»Aber warum wollt Ihr überhaupt reisen?«

»Weil Har sich nach Ymris begibt«, antwortete die Morgol ruhig, »und ebenso Danan und Mathom — die Landherrscher des Reiches, sie alle fühlen sich getrieben, in Ymris für das Überleben des Reiches zu kämpfen —, vielleicht treibt sie auch ein anderer, noch zwingenderer Grund. Im Herzen des Reiches liegt ein Gewirr von Rätseln verborgen; ich möchte es entwirrt sehen. Selbst unter Gefahr für mein Leben. Ich will endlich Lösungen.«

Lyra schwieg. Die Gesichter von Mutter und Tochter waren im weißen Schein des Feuers beinahe nicht voneinander zu unterscheiden in ihrer feinen, ebenmäßigen Schönheit. Doch die goldenen Augen der Morgol verbargen ihre Gedanken, während Lyras Augen jedem Flackern von Feuer und Schmerz weit offen waren.

»Der Harfner ist tot«, flüsterte sie. »Wenn das das Rätsel sein sollte, das du gelöst sehen möchtest.«

Die Morgol senkte die Lider. Doch dann hob sie die Hand und berührte mit einer flüchtigen Bewegung Lyras Wange.

»Es gibt noch andere ungelöste Fragen im Reich«, bemerkte sie, »und fast alle sind, glaube ich, wichtiger.« Doch ihre Brauen waren zusammengezogen wie von einem plötzlichen, unerklärlichen Schmerz. »Rätsel ohne Lösungen können schrecklich sein«, fügte sie nach einem Moment des Schweigens hinzu. »Aber es gibt einige, mit denen man leben kann. Andere ... Yrth meint, daß das, was der Sternenträger auf der Ebene der Winde tun wird, für uns alle von lebenswichtiger Bedeutung sein wird.«

»Und ist er der Meinung, daß auch du dort sein mußt? Wenn die Ebene der Winde von so entscheidender Bedeutung ist, wo ist dann der Erhabene? Warum ignoriert er den Sternenträger und das ganze Reich?«

»Ich weiß es nicht. Vielleicht kann Morgon —«

Abrupt hob sie den Kopf und sah ihn ruhig im Schatten stehen, wo langsam seine eigenen Gedanken wieder in seinem Geist erwachten.

Sie lächelte und streckte ihm willkommenheißend die Hand entgegen. Yrth drehte sich ein wenig und blickte, vielleicht durch ihre Augen, Morgon entgegen, als dieser sich langsamen Schrittes der Tafel näherte. Morgon sah ihn einen Moment lang auf seltsame Weise, wie etwas, das den Nebeln und den Felsnadeln von Herun verwandt war, die sein Geist erkunden und verstehen konnte. Als er sich setzte, schien es, als wende der Zauberer sein Gesicht von ihm ab. Wortlos neigte Morgon den Kopf vor der Morgol.

»Habt Ihr gefunden, was Ihr hier suchtet?« fragte sie.

»Ja. Alles, was ich in mich aufnehmen konnte. Wie lange war ich fort?«

»Beinahe zwei Wochen.«

»Zwei . . .« Er formte das Wort lautlos. »So lange? Gibt es Neues?«

»Sehr wenig. Es waren Händler aus Hlurle da, um alle Waffen, die wir entbehren können, nach Caerweddin zu bringen. Seit Tagen beobachte ich eine Nebelwolke, die sich von Osterland südwärts wälzt, und heute weiß ich endlich, was es ist.«

»Eine Nebelwolke?« Er erinnerte sich, wie Har vor dem rotflackernden Licht des Feuers seine gezeichnete Hand geöffnet hatte. »Vesta? Bringt Har die Vesta nach Ymris?«

»Hunderte. Sie ziehen im Schatten der Wälder nach Süden.«

»Die Vesta sind großartige Kämpfer«, bemerkte Yrth. Er wirkte müde, nicht geneigt, sich auf eine Auseinandersetzung einzulassen, doch seine Stimme war voll von Langmut und Geduld. »Und sie werden den Winter in Ymris nicht fürchten.«

»Ihr habt es gewußt!« Mit einem Ruck wurden seine Gedanken aus ihrer Ruhe gerissen. »Ihr hättet ihn hindern können. Die Bergleute, die Vesta, die Wachen der Morgol — warum zieht Ihr sein solches Heer kriegsunkundiger und praktisch wehrloser Kämpfer zusammen? Ihr mögt blind sein, aber wir anderen werden zusehen müssen, wie diese Tiere und Menschen auf dem Schlachtfeld niedergemetzelt werden —«

»Morgon«, unterbrach die Morgol sanft, »Yrth trifft nicht meine Entscheidungen für mich.«

»Yrth —« Er brach ab und senkte den Kopf in die Hände,

nicht willens, die sinnlose Auseinandersetzung fortzuführen.

Yrth stand auf und zog wieder Morgons Augenmerk auf sich. Ein wenig ungeschickt ging der Zauberer zwischen den Sitzkissen hindurch zum Feuer. Vor den Flammen blieb er mit gesenktem Kopf stehen. Morgon sah, wie seine zerschundenen Hände sich plötzlich zusammenkrampften unter Worten, die er nicht aussprechen konnte, und er dachte an Thods Hände, wie er sie damals gesehen hatte, gekrümmt vor Schmerz im Feuerschein. Und aus der Stille der Nacht von Herun kam ihm ein Echo des seltsamen, flüchtigen Friedens, den er, eingehüllt in das Schweigen des Harfners, an seinem Feuer gefunden hatte. Alle jene Empfindungen, die ihn an den Harfner banden und an den Falken, seine Sehnsucht und seine unbegreifliche Liebe, überwältigten ihn plötzlich. Während er zusah, wie Licht und Schatten dem harten, blinden Gesicht immer wieder neuen Ausdruck gaben, wurde ihm klar, daß er alles preisgeben würde: die Vesta, die Wache der Morgol, die Landherrscher, das ganze Reich. All dies war er bereit, für einen Platz im Schatten des Falken in die zerschundenen, schmerzgequälten Hände zu legen.

Diese Erkenntnis senkte eine merkwürdige, unbehagliche Ruhe in ihn. Er neigte den Kopf und starrte auf sein eigenes dunkles Spiegelbild im glänzenden Stein, bis Lyra, deren Blick auf ihn gerichtet war, plötzlich sagte: »Ihr müßt hungrig sein.« Sie schenkte ihm Wein ein. »Ich bringe Euch etwas Warmes zu essen.«

Mit geschmeidigem, anmutigem Schritt eilte sie aus dem Saal, und die Morgol blickte ihr nach. Sie sah müde aus, müder, als Morgon sie je gesehen hatte.

»Bergleute und Vesta und meine Wache«, sagte sie zu Morgon, »mögen in Ymris nutzlos erscheinen, aber, Morgon, die Landherrscher geben alle Kraft, die sie besitzen. Anderes können wir nicht tun.«

»Ich weiß.« Sein Blick wanderte zu ihr. Er wußte um ihre eigene Liebe zu einer alten Erinnerung. Und weil er ihr, für alles was sie ihm gegeben hatte, ein wenig Frieden zurückgeben wollte, sagte er unvermittelt: »Ghisteslohm berichtete mir, daß

Ihr bei Lungold auf Thod gewartet habt. Ist das wahr?«

Sie schien ein wenig bestürzt über seine brüske Art, doch sie nickte.

»Ich dachte, er würde vielleicht nach Lungold kommen. Es war der einzige Ort, wohin er sich noch wenden konnte, und ich hätte ihn fragen können ... Morgon, wir sind beide müde, Ihr und ich, und der Harfner ist tot. Vielleicht sollten wir —«

»Er starb — er starb für Euch.«

Über den Tisch hinweg starrte sie ihn an. »Morgon«, flüsterte sie warnend, doch er schüttelte den Kopf.

»Es ist wahr. Rendel hätte es Euch sagen können. Oder Yrth — er war dabei.«

Der Zauberer richtete helle, ausgebrannte Augen auf ihn, und Morgons Stimme begann zu zittern. Doch er fuhr fort zu sprechen, gab dem Harfner das Rätsel seines Lebens ungelöst zurück.

»Ghisteslohm ließ Thod wählen. Er sollte entweder Rendel oder Euch als Geisel festhalten, um Ghisteslohm die Möglichkeit zu geben, mich gewaltsam in den Erlenstern-Berg zurückzubringen. Doch Thod wählte statt dessen den Tod. Er zwang Ghisteslohm, ihn zu töten. Er hatte kein Mitleid mit mir ... Vielleicht weil ich es auch ohne aushalten konnte. Doch Euch und Rendel hat er geliebt.« Er hielt inne und erschrak ein wenig, als sie die Hände vor ihr Gesicht schlug. »Habe ich Euch weh getan? Das wollte ich nicht —«

»Nein.«

Doch sie weinte, er sah es, und er verfluchte sich selbst. Yrth blickte ihn noch immer an; er fragte sich, wie der Zauberer jetzt sehen konnte, da Rendels Gesicht hinter ihrem Haar verborgen war. Der Zauberer machte eine seltsame Bewegung. Er hob eine weitgeöffnete Hand zum Licht, als lieferte er Morgon etwas aus. Er streckte den Arm aus, berührte die Luft hinter Morgon, und die gestirnte Harfe sprang aus dem Nichts in seine Hände.

Die Augen der Morgol schweiften zu Morgon, als die ersten süßen Töne erklangen, doch seine Hände waren leer. Er starrte auf Yrth, und alle Worte, die er hätte sprechen wollen, erstarrten in seiner Kehle zu Eis. Die kräftigen Hände des Zauberers glitten mit makelloser Exaktheit über die Saiten, die er gestimmt hatte; die Gesänge der Winde und des Wassers antworteten ihm. Es war das Harfenspiel jener endlosen, schwarzen Nacht im Erlenstern-Berg, mit all seiner tödlichen Schönheit; das Harfenspiel, das die Könige im ganzen Reich jahrhundertelang gehört hatten. Es war das Harfenspiel eines großen Zauberers, den man früher einmal den Harfner von Lungold genannt hatte, und die Morgol lauschte versunken, ergriffen und ein wenig überrascht. Dann wechselte der Harfner zu einer anderen Weise, und alles Blut wich aus den Wangen.

Es war ein tieftönendes, inniges Lied ohne Worte, das in Morgon Erinnerungen an einen dunklen, nebelgrauen Abend über den Sümpfen von Herun weckte, an ein Feuer, das auf den Gesichtern der Wachen der Morgol flackerte, an Lyra, die geräuschlos aus der Nacht trat und etwas sagte . . . Er lauschte angespannt, um ihre Worte zu hören. Als er dann auf das weiße, stille Gesicht der Morgol blickte, die Yrth unverwandt anstarrte, fiel ihm ein, daß dies das Lied war, das Thod allein für sie komponiert hatte.

Ein Schauder durchrann Morgon. Während die weichen Klänge durch die Stille tropften, fragte er sich, wie der Harfner sich ihr gegenüber jemals würde rechtfertigen können. Yrths Hände entlockten der Harfe einen letzten, sanften Akkord, dann legten die Finger sich flach auf die Saiten, um sie zum Verstummen zu bringen. Den Kopf leicht über die Harfe geneigt, saß er da, die Hände auf den Sternen. Feuerschein spülte zuckend über ihn hin, wob Muster aus Licht und Schatten in die Luft. Morgon wartete darauf, daß er sprechen würde. Er sagte nichts; er regte sich nicht. Augenblicke verstrichen; immer noch saß er in tiefer Stille, und Morgon, der ihr lauschte, erkannte, daß diese Stille nicht eine Ausflucht war, sondern die eigentliche Antwort.

Er schloß die Augen. Sein Herz schlug plötzlich schmerzhaft bis zum Hals hinauf. Er wollte sprechen, aber er konnte nicht. Das Schweigen des Harfners umhüllte ihn mit dem Frieden, den er tief in allem Lebendigen überall im Reich gefunden hatte. Der Friede durchdrang seine Gedanken, sein Herz und seinen Geist, so daß er nicht einmal denken konnte. Er wußte nur, daß etwas, nach dem er so lange und so hoffnungslos gesucht hatte, niemals, selbst in seinen verzweifeltsten Augenblicken nicht, weit von ihm entfernt gewesen war.

Der Harfner stand auf, sein müdes, uraltes Gesicht war das verwitterte Gesicht eines Berges, das zerschundene Gesicht des Reiches. Lange hielten seine Augen die der Morgol fest, bis ihr Gesicht, das von einer durchscheinenden Blässe war, zu zukken begann und sie mit tränenblinden Augen zu Boden starrte. Dann trat er zu Morgon und streifte ihm die Harfe wieder über die Schulter. Wie in einem Traum spürte Morgon die leichten, raschen Bewegungen. Er schien einen Moment lang zu verharren; seine Hand berührte sehr sanft Morgons Gesicht. Dann trat er zum Feuer und verschmolz im Spiel seiner Flammen.

14

Erst da bewegte sich Morgon, aus der Stille entlassen. Er sandte seinen Geist in die Dunkelheit hinaus, doch wo er auch suchte, er fand nur die Stille und das Schweigen der Nacht. Er stand auf. Worte schienen in seiner Brust und in seinen geballten Händen eingeschlossen, als wagte er nicht, sie freizulassen. Die Morgol schien zum Sprechen ebenso unfähig. Sie machte eine kleine, steife Bewegung, dann wurde sie wieder still, den Blick auf einen tanzenden Lichtreflex auf dem glänzenden Holz des Tisches gerichtet. Langsam gewann ihr Gesicht wieder Farbe. Und als Morgon sah, wie ihr Antlitz sich veränderte, löste sich endlich seine Zunge.

»Wohin ist er gegangen?« flüsterte er. »Er hat mit Euch gesprochen.«

»Er sagte — er sagte, er hätte gerade die einzige Torheit in seinem sehr langen Leben begangen.« Ihr Hände krampften sich ineinander; stirnrunzelnd blickte er auf sie nieder, während sie sich bemühte, sich zu konzentrieren. »Er sagte, er hätte nicht die Absicht gehabt, sich Euch zu erkennen zu geben, bis Ihr genug der Kräfte gesammelt hättet, für Euch selbst zu kämpfen. Er ging, weil er jetzt eine Gefahr für Euch ist. Er sagte — noch anderes.« Sie schüttelte leicht den Kopf, dann sprach sie weiter. »Er sagte, er wäre sich nicht bewußt gewesen, daß seine eigene Fähigkeit, zu leiden, Grenzen hätte.«

»Die Ebene der Winde! Er muß in Ymris sein.«

Da hob sie den Blick, aber sie widersprach nicht.

»Sucht ihn, Morgon. Ganz gleich, wie gefährlich das für Euch beide ist. Er war lange genug allein.«

»Ja, ich werde ihn suchen.« Er drehte sich um und kniete neben Rendel nieder. Sie starrte ins Feuer; erst als er sie berührte, sah sie ihn an. Etwas Wildes, nur halb Menschliches spiegelte sich in ihren Augen, so als hätte sie in die Erinnerungen des Erhabenen hineingeblickt. Er nahm ihre Hand.

»Komm mit mir.«

Sie stand auf. Er verband seinen Geist mit dem ihren und ließ ihn weit in die Nacht hinausfliegen, bis er einen Stein berührte, der, wie er sich erinnerte, jenseits der Sümpfe lag. Als Lyra den Saal betrat, um ihm sein Nachtmahl zu bringen, trat er einen Schritt auf sie zu und verschwand.

Sie standen zusammen im Nebel und sahen nichts als schattenhafte Weiße, die sie umgab wie eine Schar von Geistern. Morgon schickte wieder seinen Geist aus, hinaus aus den Nebelschwaden, über die Hügelketten hinweg, ließ ihn weiter fliegen als je zuvor. Er verankerte sich im knorrigen Herzen einer Fichte. Morgon folgte mit seinem Körper.

Als er in den von Winden gepeitschten Wäldern zwischen Herun und Ymris neben dem alten Baum stand, spürte er plötzlich, wie seine überanstrengten Kräfte nachließen. Er konnte sich kaum noch konzentrieren; seine Gedanken schienen vom Wind zerfetzt. Sein Körper, auf den er in letzter Zeit nur gelegentlich geachtet hatte, meldete seine Bedürfnisse an. Er fröstelte vor Kälte; die Erinnerung an den würzigen Duft heißen Fleisches, das Lyra in den Saal gebracht hatte, wollte ihn nicht loslassen. Episoden aus dem Leben des Harfners schossen ihm in raschen Bildern durch den Kopf. Er hörte die wohlklingende, gelassene Stimme, die mit Königen, mit Händlern und mit Ghisteslohm sprach, und er sah das Antlitz des Harfners vor sich, der immer Rätsel aufgegeben hatte, nicht mit seinen Worten, sondern mit alldem, was er nicht aussprach. Dann schoß eine Erinnerung wie sengendes Feuer durch Morgons Gedanken, und ein Laut des Entsetzens kam ihm über die Lippen. Er spürte, wie der Nordwind an ihm rüttelte.

»Ich hätte ihn beinahe getötet.« Er war außer sich über seine Blindheit. »Ich habe den Erhabenen durch das ganze Reich gehetzt, um ihn zu töten.« Dann aber bohrte sich ein scharfer, vertrauter Schmerz in sein Herz. »Er lieferte mich Ghisteslohm aus. Und dabei hätte er den Gründer mit einem Wort töten können. Statt dessen spielte er auf seiner Harfe. Kein Wunder, daß ich ihn niemals erkannte.«

»Morgon, es ist kalt.« Rendel legte einen Arm um ihn; selbst ihr Haar fühlte sich an seinem Gesicht kalt an.

Er versuchte, seinen Geist zu leeren, doch die Winde erfüllten ihn mit ihren Klagen, und er sah wieder das Gesicht des Harfners, wie es blind zum Himmel emporstarrte.

»Er war ein Herr . . .«

»Morgon.«

Er spürte, wie ihr Geist forschend in den seinen eindrang. Überrascht ließ er es geschehen. Sie zu spüren, beruhigte ihn; ihre eigenen Gedanken waren sehr klar. Er löste sich von ihr, blickte durch die Dunkelheit in ihr Gesicht.

»Um meinetwillen warst du nie so zornig.«

»Oh, Morgon!« Sie hielt ihn wieder umschlungen. »Du hast es selbst gesagt — du kannst aushalten. Und so braucht er dich, deshalb überließ er dich Ghisteslohm. Ich drücke das schlecht aus . . .« sagte sie ärgerlich, als seine Muskeln sich spannten. »Du hast gelernt zu überleben. Glaubst du, für ihn war es leicht? Jahrhundertelang in Ghisteslohms Diensten auf der Harfe zu klimpern und auf den Sternenträger zu warten?«

»Nein«, erwiderte er nach einem kurzen Schweigen und dachte an die zertrümmerten Hände des Harfners. »Er sprang mit sich selbst so erbarmungslos um wie mit mir. Aber wozu?«

»Suche ihn. Frage ihn.«

»Ich kann mich nicht einmal bewegen«, flüsterte er.

Wieder berührte ihr Geist den seinen; und da ließ er endlich seine Gedanken in ihrer Annäherung zur Ruhe kommen. Er wartete geduldig, während sie die Nacht erkundete. Schließlich berührte sie ihn. Er ging mit ihr, ohne zu wissen, wohin er ging, und da begann er zu begreifen, wieviel Geduld und Vertrauen er von ihr verlangt hatte. Sie gingen nicht sehr weit, das spürte er, doch er wartete müde und dankbar, während sie Schritt um Schritt ihren gemeinsamen Weg durch die Wälder ertastete. Bei Morgendämmerung hatten sie die nördliche Grenze von Ymris erreicht. Und dort, als die rote Sonne aufstieg, die Stürme und widrige Winde kündete, machten sie Rast.

In der Gestalt von Rabenkrähen flogen sie über Marcher hinweg. Das rauhe, wellige Grenzland schien ruhig; doch am späten Nachmittag sichteten die Krähen eine Schar bewaffneter Männer. Sie bewachten einen Zug von Handelswagen, der sich schwerfällig nach Caerweddin hin bewegte. Morgon stieß abwärts. Er fing den Geist eines der Krieger ein, als er auf der Straße landete, um nicht angegriffen zu werden, wenn er die Gestalt wechselte. Er zog sein Schwert aus der Luft, hielt die Sterne hoch, als der Mann ihn anstarrte. Unruhig flammten sie im grauen Licht auf.

»Morgon von Hed«, hauchte der Krieger.

Es war ein grauhaariger, altgedienter Krieger, mit einem von Narben durchzogenen Gesicht; seine umschatteten Augen hatten durch die Morgendämmerung und das tödliche Zwielicht vieler Felder geblickt. Er hielt den Wagenzug an, der ihm folgte, und sprang von seinem Pferd. Die Männer hinter ihm schwiegen.

»Ich muß Yrth finden«, sagte Morgon. »Oder Aloil. Oder Astrin Ymris.«

Der Mann berührte die Sterne auf seinem erhobenen Schwert mit einer ehrfürchtigen Geste, die beinahe wie ein Treueschwur wirkte. Dann riß er die Augen auf, als eine Rabenkrähe auf Morgons Schulter landete.

»Ich bin Lein Marcher, der Vetter des Herrn von Marcher«, sagte er. »Ich kenne Yrth nicht. Astrin Ymris ist in Caerweddin; er könnte Euch sagen, wo Aloil zu finden ist. Ich bringe Waffen und Proviant nach Caerweddin, wenn ich auch bezweifle, daß das noch etwas helfen wird. Ich an Eurer Stelle, Sternenherr, würde mich in diesem Land, das dem Untergang geweiht ist, nicht zeigen. Und schon gar nicht würde ich die drei Sterne zeigen.«

»Ich bin gekommen, um zu kämpfen«, erwiderte Morgon.

Flüsternd begann das Land ihm von seinen Gesetzen zu sprechen, von Legenden, von den alten Toten, die unter seinen Füßen begraben waren. Sein eigener Körper schien danach zu verlangen, sich im Wesen dieses Landes zu verlieren.

Die Augen des Kriegers wanderten über das schmale Gesicht, den kostbaren, abgetragenen Kittel, der in diesen gefährlichen, winterkalten Hügeln ein wenig absurd wirkte.

»Hed«, sagte er. Ein verwundertes Lächeln brach plötzlich durch die Verzweiflung und Hoffnungslosigkeit in seinen Augen. »Warum nicht! Wir haben alles andere versucht. Ich würde Euch mitnehmen, Herr, aber ich glaube, allein seid Ihr sicherer. Es gibt nur einen im Reich, den zu sehen Astrin mehr verlangt als Euch, aber nicht einmal darauf möchte ich wetten.«

»Heureu. Er ist immer noch verschwunden?«

Der Mann nickte müde.

»Irgendwo im Reich zwischen den Toten und Lebendigen. Nicht einmal der Zauberer kann ihn finden. Ich glaube —«

»Ich kann ihn finden«, fiel Morgon ihm ins Wort.

Der Mann schwieg, und das Lächeln in seinen Augen wich nackter, unerträglicher Hoffnung.

»Wirklich? Nicht einmal Astrin kann das, und seine Träume sind voll von Heureus Gedanken. Herr, was — was seid Ihr, daß Ihr hier fröstelnd in der Kälte stehen und mich bewegen könnt, an Eure Macht zu glauben? Ich habe das Gemetzel auf der Ebene der Winde überlebt. Manchmal, wenn ich nachts von meinen eigenen Träumen aus dem Schlaf gerissen werde, wünsche ich, ich wäre dort gefallen.« Er schüttelte den Kopf. Seine Hand streckte sich wieder nach Morgon aus, sank dann herab, ohne ihn zu berühren. »Geht jetzt. Laß Eure Sterne niemanden sehen. Möge Euer Weg Euch wohlbehalten nach Caerweddin führen. Eilt, Herr!«

Die Krähen flogen ostwärts. Immer wieder sichteten sie lange Züge von Nachschubwagen und Pferden. Sie rasteten unter den Giebeln großer Häuser, deren Höfe angefüllt waren vom Qualm und vom Dröhnen der Schmiedeherde. Die leuchtenden Farben von Kriegsuniformen und die dunklen, schützenden Flanken von Ackergäulen schimmerten durch den Qualm, und allenthalben sammelten sich Männer, nach Caerweddin zu marschieren. Knaben waren unter ihnen und Schafhirten, Bauern, Schmiede mit Gesichtern, die von Wind und Wetter gegerbt waren; selbst Händler reihten sich in die Schar ein. Alle wurden sie unter Waffen gestellt. Diese Beobachtungen trieben die Krähen vorwärts. Sie folgten dem Thul auf seinem Lauf zum Meer, schnitten einen dunklen Pfad durch die sterbenden Felder.

Bei Sonnenuntergang erreichten sie Caerweddin; der von windzerfetzten Wolkenstreifen durchzogene Abendhimmel leuchtete wie ein farbenprächtiges Banner. Tausend Feuer umringten die Stadt, als wäre sie unter Belagerung ihrer eigenen Streitkräfte. Doch der Hafen war frei; Handelsschiffe aus Isig und Anuin glitten ihm auf der abendlichen Flut entgegen. Das prächtige Haus der Könige von Ymris, das aus Trümmern der Städte der Erdherren errichtet war, funkelte wie ein Edelstein im letzten Licht. In den Schatten vor seinen geschlossenen Toren gingen die Krähen zur Erde nieder. Dort, auf der leergefegten Straße, wechselten sie die Gestalt.

Sie sprachen nichts, als sie einander ansahen. Morgon zog Rendel an sich, während er sich fragte, ob seine eigenen Augen auch so betäubt waren vor Müdigkeit. Er berührte ihren Geist; und als er dann in das Haus des Königs eindrang, fand er den Geist Astrins.

Der Landerbe von Ymris saß allein in einem kleinen Gemach, als Morgon vor ihm auftauchte. Er hatte gearbeitet; Landkarten, Dokumente, Nachschublisten und alle möglichen anderen Papiere lagen auf seinem ganzen Schreibpult zerstreut. Doch die Kammer lag beinahe in Dunkelheit, und er hatte keine Kerzen angezündet. Sein von Sorgen durchfurchtes, bleiches Gesicht starrte ins Feuer. Morgon und Rendel, die von der Straße in die verschwommenen Schleier von Licht und Schatten traten, erschreckten ihn nicht einmal. Er starrte sie einen Moment lang an, als besäßen sie nicht mehr Substanz als seine Hoffnung. Dann aber wandelte sich sein

Gesicht; er sprang auf, so daß sein Stuhl hinter ihm krachend umkippte.

»Wo seid Ihr gewesen?«

Erleichterung, Anteilnahme und gereizte Ungeduld mischten sich in seiner Frage.

Morgon antwortete schlicht: »Ich habe Rätsel gelöst.«

Astrin kam um sein Schreibpult herum und drückte Rendel in einen Sessel. Er gab ihr Wein zu trinken, und die Starrheit in ihrem Gesicht löste sich langsam. Astrin, der halb kniend neben ihr hockte, blickte ungläubig zu Morgon auf.

»Wo seid Ihr hergekommen? Ich habe unentwegt an Euch und Heureu gedacht — nur an Euch und Heureu. Ihr seid dünn wie ein Dolch, aber wohlbehalten. Ihr seht aus — wenn ich je einen Menschen gesehen habe, der wie eine Waffe aussieht, dann seid Ihr es. Ich spüre das stumme Grollen ungeheurer Kräfte in diesem Zimmer. Woher habt Ihr sie?«

»Von überall aus dem Reich.«

Er schenkte sich Wein ein und setzte sich.

»Könnt Ihr Ymris retten?«

»Ich weiß es nicht. Vielleicht. Ich weiß es wirklich nicht. Ich muß Yrth finden.«

»Yrth! Ich dachte, der wäre bei Euch.«

Morgon schüttelte den Kopf.

»Er ist davongegangen. Ich muß ihn finden. Ich brauche ihn . . .«

Seine Stimme war zu einem Flüstern herabgesunken. Er starrte ins Feuer, der Becher in seiner Hand erglühte golden. Astrins Stimme traf ihn wie ein Schlag, und er merkte, daß er beinahe eingeschlafen war.

»Ich habe ihn nicht gesehen, Morgon.«

»Ist Aloil hier? Sein Geist ist mit dem Yrths verbunden.«

»Nein, er ist bei Mathoms Heer. Es steht in den Wäldern an der Handelsstraße. Morgon!«

Er beugte sich vor, um Morgons Schultern zu fassen und ihn aus seiner plötzlichen, überwältigenden Verzweiflung herauszurütteln.

»Die ganze Zeit war er an meiner Seite, wenn ich nur Gespür

genug gehabt hätte, mich umzudrehen und ihm ins Gesicht zu sehen, anstatt seinen Schatten über das ganze Reich zu verfolgen. Ich habe mit ihm auf der Harfe gespielt, ich habe an seiner Seite gekämpft, ich versuchte, ihn zu töten, und ich habe ihn geliebt, und in dem Augenblick, als ich ihn erkenne, verschwindet er und läßt mich zurück, so daß mir nichts anderes übrigbleibt, als ihn von neuem zu verfolgen.«

Die Umklammerung von Astrins Händen wurde plötzlich schmerzhaft.

»Was sagt Ihr da?«

Morgon, der sich erst jetzt bewußt wurde, was er gesagt hatte, starrte ihn nur stumm an. Wieder sah er das seltsame, farblose Gesicht, das sich über ihn geneigt hatte, als er sprachlos und namenlos in einem fremden Land erwacht war. Der Krieger vor ihm mit dem dunklen, knappsitzenden Kittel und dem Kettenhemd darunter, wurde wieder der Halbzauberer, der in einer Hütte am Meer wohnte und über den Trümmern der Stadt auf der Ebene der Winde Rätseln nachspürte.

»Die Ebene der Winde ...« flüsterte er. »Nein. Er kann nicht ohne mich dorthin gegangen sein. Und ich bin noch nicht bereit.«

Astrins Hand wurde schlaff. Sein Gesicht war ausdruckslos, schädelbleich.

»Wen sucht Ihr eigentlich?«

Er sprach sehr vorsichtig, reihte die Wörter aneinander wie Scherben eines kostbaren Gefäßes. In diesem Moment durchzuckte Morgon der Name des Harfners; das erste dunkle Rätsel, das der Harfner ihm vor langer Zeit an einem strahlenden Herbsttag im Hafen von Thul aufgegeben hatte. Er schluckte trocken und fragte sich plötzlich, was er eigentlich verfolgte.

Rendel drehte sich in ihrem Sessel und drückte ihr Gesicht in einen Pelzumhang, der über seine Lehne hing. Ihre Augen waren geschlossen.

»Du hast so viele Rätsel gelöst«, murmelte sie. »Wo sonst als auf der Ebene der Winde gibt es ein letztes ungelöstes Rätsel?«

Sie grub sich tiefer in den Pelz, als Morgon sie zweifelnd betrachtete. Sie regte sich nicht wieder. Astrin nahm ihren Becher, ehe er ihr aus der Hand fallen konnte.

Unvermittelt stand Morgon auf und durchquerte den kleinen Raum. Er beugte sich über Astrins Schreibpult; die Karte von Ymris lag in seinen Händen.

»Die Ebene der Winde . . .« Die schraffierten Gebiete auf der Karte wurden scharf unter seinem Blick. Er berührte eine Insel der Finsternis in Westruhn. »Was ist das?«

Astrin, der noch immer zusammengekauert am Feuer hockte, stand auf.

»Eine alte Stadt«, antwortete er. »Sie haben fast alle Städte der Erdherren in Meremont und Tor genommen und auch in Teilen von Ruhn.«

»Ist es möglich, zur Ebene der Winde durchzukommen?«

»Morgon, ich würde allein dorthin marschieren, wenn Ihr es wollt. Aber könnt Ihr mir einen Grund nennen, den ich meinen Kriegsherren angeben kann, wenn ich das ganze Heer von Caerweddin abziehe und die Stadt unbewacht lasse, nur um für einen Haufen verfallener Ruinen in den Kampf zu ziehen?«

Morgon sah ihn an. »Kann man durchkommen?«

»Hier.« Er zog eine Linie, die von Caerweddin abwärts führte, zwischen Tor und dem dunklen Gebiet im Osten Umbers hindurch. »Allerdings nicht ganz ohne Gefahr.« Er zog die südliche Grenze von Meremont nach. »Mathoms Heer steht hier. Wenn wir nur gegen Menschen kämpften, würde ich sagen, daß sie, zwischen zwei riesigen Heeren eingeschlossen, der sicheren Niederlage entgegensehen. Aber ich kann ihre Stärke nicht berechnen, Morgon. Keiner von uns kann das. Sie erobern alles, worauf sie es abgesehen haben, gerade wie es ihnen paßt. Sie geben nicht einmal mehr vor, mit uns zu kämpfen; sie überrennen uns einfach, sobald wir ihnen in den Weg kommen. Das Reich ist ihr Schachbrett, und wir sind die Figuren, mit denen sie spielen — und die Partie, die sie spielen, scheint unbegreiflich. Gebt mir nur einen Grund, weshalb ich meine Leute nach Süden schicken soll, um bei bitterer Kälte um ein Gebiet zu kämpfen, in dem seit Jahrhunderten kein Mensch mehr gelebt hat.«

Morgon berührte einen Punkt auf der Ebene der Winde, wo vielleicht ein einsamer Turm emporragte.

»Danan zieht mit seinen Bergleuten nach Süden. Und Har mit den Vesta. Und die Morgol mit ihren Wachen. Yrth wollte sie auf der Ebene der Winde haben. Astrin, ist das gut genug? Die Landherrscher des Reiches zu schützen?«

»Warum?« Seine Faust fiel krachend auf die Karte, doch Rendel rührte sich nicht einmal. »Warum?«

»Ich weiß es nicht.«

»Ich werde sie in Marcher aufhalten.«

»Ihr werdet sie nicht aufhalten. Es zieht sie unwiderstehlich zur Ebene der Winde, genau wie mich, und wenn Ihr auch nur einen von uns im nächsten Frühjahr lebend sehen wollt, dann marschiert mit Eurem Heer nach Süden. Ich habe die Jahreszeit nicht gewählt und auch nicht das Heer, das mir quer durch das Reich folgt. Und auch nicht den Krieg. Ich bin —« Er brach ab, als Astrins Hände sich wiederum um seine Schultern schlossen. »Astrin, ich habe keine Zeit mehr. Ich habe zuviel gesehen. Meine Möglichkeiten sind erschöpft.«

Das eine gesunde Auge hätte seinen Geist erkundet, wenn er es ihm gestattet hätte.

»Wer trifft dann Eure Entscheidungen?«

»Kommt auf die Ebene der Winde.«

Der Prinz ließ ihn los. »Ich werde kommen«, versprach er flüsternd.

Morgon wandte sich von ihm ab und setzte sich wieder.

»Ich muß fort«, sagte er müde.

»Heute nacht noch?«

»Ja. Ich will ein wenig schlafen und dann aufbrechen. Ich brauche Antworten auf viele Fragen . . .«

Er warf einen Blick auf Rendels Gesicht, das halb verborgen war im Pelz; nur die Konturen ihrer Wange und ihres Kinns, über das Licht hinspielte, waren unter ihrem Haar zu sehen.

»Ich werde sie schlafen lassen«, sagte er sehr leise. »Es kann sein, daß sie mir folgt, wenn sie erwacht; sagt ihr, daß sie vorsichtig sein soll, wenn sie über die Ebene der Winde fliegt.«

»Wohin geht Ihr?«

Rendels Haar verschmolz zu Feuer; seine Augen fielen ihm zu.

»Aloil suchen . . . einen Wind suchen.«

Er schlief traumlos und erwachte einige Stunden später. Astrin hatte Rendel zugedeckt; sie war kaum noch zu sehen unter den pelzgefütterten Decken. Astrin, der auf Fellen zwischen ihnen lag, bewachte sie. Er hatte sein Schwert gezogen, und eine Hand ruhte auf der nackten Klinge. Morgon glaubte, er wäre eingeschlafen, doch das frostige Auge öffnete sich, als Morgon aufstand. Sein Mund blieb stumm. Morgon beugte sich in wortlosem Lebewohl zu ihm hinunter. Dann flog er hinaus in die Nacht.

Die Nachtwinde umtobten ihn mit wütendem Fauchen, während er flog. Auf der Strecke zwischen Caerweddin und der Ebene der Winde wagte er nicht, seinen Geist auszusenden. Der Morgen brachte kalten, grauen Regen über Bäume und leblose Felder. Er flog den ganzen Tag, in stetigem Kampf mit den Winden. Im Zwielicht erreichte er die Ebene der Winde.

In tiefem Flug kreiste er über sie hinweg, eine mächtige Rabenkrähe, die mit bitterem Auge auf die unbeerdigten gefallenen Krieger aus Heureus Heer blickte. Nichts regte sich auf der Ebene. Nicht einmal Vögel oder kleine Aasfresser hatten sich im grimmig kalten Regen eingefunden. Überall auf der Ebene blitzten und glitzerten Waffen in der Dämmerung. Der Regen prasselte auf edelsteinbesetzte Schwerthefte nieder, auf Brustpanzer und Kettenhemden, auf Pferdeschädel und die Skelette von Menschen. Nichts sonst erspähte das Auge der Krähe, während sie langsam der verfallenen Stadt zustrebte; doch durch die einfachen Instinkte der Krähe hindurch spürte Morgon die schweigende, tödliche Warnung, die über der ganzen Ebene hing.

Langsam flog er an dem mächtigen Turm vorüber, der sich in schwindelnder Höhe in die Schwärze der Nacht hineinschraubte. Er entleerte seinen Geist von allen Gedanken, nahm nur den Duft der feuchten Erde wahr und den mühsamen, matten Rhythmus seines Flügelschlages. Er machte erst Rast, als er die Ebene und die Südgrenze von Ymris überflogen hatte und endlich die mitternächtlichen Feuer von Mathoms Heer sah, das am Fluß unweit der Handelsstraße lag. Dort ging er zur Erde nieder und suchte Zuflucht unter den mächtigen, kahlen Eichen, um bis zum Morgen zu rasten.

Der frühe Morgen überzog die Erde mit klirrender Kälte. Er fühlte es, als er die Gestalt wechselte; sein Atem gefror vor ihm zu einem kleinen, erschreckten Wölkchen. Fröstelnd folgte er dem Geruch von Holzrauch und heißem Wein zu den Feuern am Fluß. Tote Krieger von An standen Wache. Sie schienen etwas von An in ihm zu erkennen. Sie musterten ihn mit einem weißen, augenlosen Grinsen und ließen ihn ungehindert passieren.

Er fand Aloil am Feuer vor dem Zelt des Königs, wo er sich mit Talies unterhielt. Lautlos gesellte er sich zu den Zauberern und blieb an ihrer Seite stehen, sich am Feuer zu wärmen. Durch das kahle Geäst der Bäume hindurch sah er andere Feuer, sah Männer, die aus den Zelten kamen und stampfend das Blut in ihren Adern in Bewegung brachten. Pferde schnaubten die Kälte aus ihren Lungen, während sie rastlos an den Seilen zerrten, die sie hielten. Die Zelte, das Zaumzeug der Pferde, die Waffen und die Röcke der Männer zeigten alle die Kriegsfarben von Anuin: Blau und Violett, mit dem Schwarz des Schmerzes gesäumt. Die Geister der Toten trugen ihre eigenen alten Farben, wenn sie sich überhaupt die Mühe machten, sich mit der Erinnerung ihrer Körper zu bekleiden. Wie es ihnen beliebte, bewegten sie sich unter den Lebenden, doch die Lebenden, die sich inzwischen an vieles gewöhnt hatten, interessierten sich mehr für ihr Frühstück als für die Geister der Toten.

Morgon, dem endlich wieder warm geworden war, zog Aloils Aufmerksamkeit auf sich, als er begann, dem Gespräch der beiden Zauberer zu lauschen. Mitten im Satz brach Aloil ab und richtete seine blauen, brennenden Augen über das Feuer hinweg. Die grüblerische Nachdenklichkeit in seinen Augen verwandelte sich in Erstaunen.

»Morgon!«

»Ich suche Yrth«, sagte Morgon. »Astrin hat mir gesagt, daß er bei Euch ist.«

Talies, dessen schmale Augenbrauen hochgezogen waren, wollte etwas sagen. Dann aber trat er zum Zelt des Königs und öffnete die Klappe. Er rief etwas; Mathom kam auf seinen Ruf ins Freie.

»Er war eben noch hier«, erklärte Talies, und Morgon seufzte. »Er kann nicht weit sein. Wie, in Hels Namen, habt Ihr die Ebene der Winde überquert?«

»Bei Nacht. Ich war eine Rabenkrähe.« Seine Augen brachen den schwarzen, forschenden Blick des Königs von An.

Mathom riß sich seinen Umhang herunter und sagte verdrießlich: »Bei dieser Kälte gefrieren selbst die nackten Gebeine der Toten.« Er warf Morgon den Umhang um die Schultern. »Wo habt Ihr meine Tochter gelassen?«

»In Caerweddin. Sie schlief, als ich aufbrach. Sie wird mir folgen, wenn sie erwacht.«

»Über die Ebene der Winde? Allein? Ihr macht es einander nicht leicht.«

Er stocherte im Feuer herum, bis die Flammen nach den tiefhängenden Zweigen der Eiche züngelten.

Morgon zog den Umhang fester um sich und fragte: »War Yrth bei Euch? Wo ist er hin?«

»Ich weiß es nicht, ich dachte, er wäre hinausgegangen, um sich einen Becher heißen Weins zu holen. Dies ist nicht die rechte Jahreszeit für alte Männer. Warum? Ihr seht hier zwei große Zauberer vor Euch, die stehen Euch beide zu Diensten.« Er wartete nicht auf eine Antwort, sondern warf einen fragenden Blick auf Aloil. »Ihr seid doch mit ihm verbunden. Wo ist er?«

Aloil starrte auf die brennenden Eichenscheite und schüttelte den Kopf.

»Vielleicht macht er ein Schläfchen. Sein Geist schweigt. Er ist schnell gereist.«

»Morgon, wie es scheint, auch«, warf Talies ein. »Warum ist Yrth nicht mit Euch gereist?«

Morgon, der darauf keine Antwort geben konnte, strich sich

nur mit einer unbestimmten Bewegung durch das Haar. Er sah ein plötzliches Aufblitzen in den Krähenaugen.

»Zweifellos«, bemerkte Mathom, »hatte Yrth seine Gründe. Ein Mann ohne Augen sieht wunderbare Dinge. Ihr habt in Caerweddin haltgemacht. Sind Astrin und seine Kriegsherren noch immer zerstritten?«

»Es ist möglich. Aber Astrin führt das gesamte Heer auf die Ebene der Winde.«

»Wann?« fragte Aloil. »Mir hat er davon nichts gesagt, und ich war noch vor drei Nächten mit ihm zusammen.«

»Jetzt.« Und er fügte hinzu: »Ich habe ihn darum gebeten.«

Darauf folgte ein Schweigen. Eine der Wachen, eine goldene Rüstung über den nackten Gebeinen, ritt lautlos am Feuer vorbei. Mathoms Augen folgten dem Geist.

»Also. Was sieht ein Mann mit einem Auge?« Er beantwortete die Frage selbst, und in seiner Stimme schwang der Schock plötzlicher Erkenntnis. »Den Tod.«

»Dies ist kaum die rechte Zeit für Rätsel«, stellte Aloil ungeduldig fest. »Wenn das Gebiet zwischen Umber und Tor frei ist, wird er vier Tage brauchen, um die Ebene zu erreichen. Wenn nicht — Ihr solltet Euch besser darauf vorbereiten, nach Norden zu marschieren, um ihm notfalls zu Hilfe zu kommen. Er könnte das gesamte Heer verlieren, wenn er in eine Falle gerät, ehe er die Ebene erreicht. Er könnte Ymris verlieren. Wißt Ihr auch, was Ihr tut?« fragte er Morgon. »Ihr habt beeindrukkende Kräfte gewonnen. Aber seid Ihr soweit, daß Ihr sie nach eigenem Ermessen gebrauchen könnt?«

Talies legte ihm eine Hand auf die Schulter.

»Ihr habt das Hirn eines Ymriskriegers«, stellte er fest, »voll von Muskelkraft und Poesie. Ich bin auch kein Rätselmeister, aber jahrhundertelanges Leben in den Drei Teilen hat mich ein wenig Geistesschärfe gelehrt. Wollt Ihr endlich hören, was der Sternenträger sagt? Er zieht die Streitkräfte des Reiches auf der Ebene der Winde zusammen, und er hat nicht die Absicht, die Schlacht allein zu schlagen. Auf der Ebene der Winde! Astrin hat es gesehen. Yrth hat es gesehen. Das letzte Schlachtfeld . . .«

Schweigend starrte Aloil ihn an. Ein Schimmer schwacher Hoffnung breitete sich widerstrebend auf seinem Gesicht aus.

»Der Erhabene!« Er richtete seinen Blick wieder auf Morgon. »Ihr glaubt, daß er auf der Ebene der Winde ist?«

»Ich glaube«, entgegnete Morgon leise, »daß wir, wenn wir ihn nicht bald finden, ganz gleich, wo er ist, alle des Todes sein werden. Ich habe ein Rätsel zuviel gelöst.« Er schüttelte den Kopf, als beide Zauberer zugleich zu sprechen anfingen. »Kommt auf die Ebene der Winde. Dort will ich Euch alle Antworten geben, die ich weiß. Dorthin hätte ich gleich gehen sollen, aber ich dachte, ich könnte vielleicht —« Er brach ab.

Mathom vollendete den Satz für ihn.

»Ihr dachtet, Yrth wäre hier. Der Harfner von Lungold.«

Ein rauher, trockener Laut, wie das Lachen einer Krähe, kam über seine Lippen. Doch er starrte ins Feuer, als sähe er zu, wie die Flammen einen Traum zu Ende woben. Mit einer heftigen Bewegung wandte er sich dann ab, doch Morgon sah seine Augen. Sie waren schwarz und ausdruckslos wie die Augen seiner Toten, die von der Wahrheit bis auf die Knochen ausgehöhlt waren.

Im Zwielicht stand Morgon am Rande der Ebene der Winde unter den Bäumen und wartete, während die Nacht langsam die verödete Stadt und das hohe, wispernde Gras in sich aufsog. Seit Stunden schon stand er hier, unbewegt, als hätte er Wurzeln geschlagen und wäre, ohne es selbst zu merken, zu einer kahlen, windgebeugten Eiche geworden. Der Himmel goß sternenloses Schwarz über der Welt aus, bis selbst für ihn, der im Dunkeln sehen konnte, die Edelsteinfarben des Turms von Finsternis durchdrungen zu sein schienen. Erst da rührte er sich, wurde sich wieder seines Körpers bewußt. Als er einen letzten Schritt auf den Turm zuging, teilten sich unerwartet die Wolken. Ein einziger Stern trieb durch die unergründliche Schwärze hinter ihnen.

Er stand am Fuß der Treppe und blickte aufwärts wie damals, als er an einem regnerischen Herbstnachmittag zwei

Jahre zuvor den Turm das erste Mal erblickt hatte. Damals, fiel ihm jetzt ein, hatte er sich abgewandt, ohne Neugier zu spüren, ohne einen Drang, die endlosen Stufen hinaufzusteigen. Die Treppe war aus Gold, und die Legende sagte, daß sie sich vom Boden der Erde bis in alle Ewigkeit aufwärts wand.

Er senkte den Kopf, als kämpfte er gegen einen scharfen Wind an, und begann den Anstieg. Die Wände um ihn herum leuchteten in dem samtenen Schwarz, das zwischen den Sternen hing. Die goldenen Stufen wanden sich, in sanfter Steigung aufwärts führend, um das Herz des Turmes. Als er die Runde das erste Mal beendet hatte und die zweite begann, wich das Schwarz einem satten Rot. Die Winde, gewahrte er, sangen nicht mehr mit den dünnen, zornigen Stimmen des Tages; ihre Stimmen waren kraftvoll, sehnig. Die Stufen unter seinen Füßen schienen aus Elfenbein gehauen.

Er gewahrte, daß sich die Stimmen der Winde wiederum wandelten, als er die dritte Rundung erreichte. Töne schwangen in ihnen, zu denen er in der nördlichen Einöde auf seiner Harfe gespielt hatte, und seine Hände verlangten danach, ihren Gesang zu begleiten. Doch die Klänge der Harfe würden den Tod bringen, deshalb hielt er seine Hände still. Im vierten Ring schienen die Mauern aus massivem Gold und die Stufen aus Sternenfeuer gemeißelt. Endlos wanden sie sich aufwärts; die Ebene, die zerstörte Stadt entfernten sich weiter und weiter von ihm. Die Winde wurden kälter, während er stieg. Als er den neunten Ring erreichte, fragte er sich, ob er einen Berg erklomm. Der Gesang der Winde, die Stufen, die Wände um ihn herum waren klar wie geschmolzener Schnee. Die Spiralen wurden enger und enger, und er glaubte, er müßte sich in der Nähe der Spitze befinden. Doch als er die nächste Windung erreichte, wurde er in gespenstische Finsternis gestürzt, als wären die Stufen aus Nachtwind geformt. Die Finsternis schien endlos, doch als er sie endlich hinter sich ließ, stand der Mond genau an der gleichen Stelle, wo er ihn zuletzt gesehen hatte. Weiter stieg er aufwärts. Die Wände schimmerten in einem wunderschönen Morgengrau; die Stufen glänzten zartrosa. Die Winde waren schneidend, erbarmungslos und tödlich. Sie rissen an ihm, bis seine eigene Gestalt zu zerfallen begann. Er stieg weiter, halb Mensch, halb Wind, und die Farben um ihn herum wandelten sich wieder und wieder, bis ihm klarwurde, wie anderen vor ihm klargeworden war, daß er bis in alle Ewigkeit durch ihr wechselndes Spiel wandern konnte.

Er blieb stehen. Die Stadt lag jetzt so tief unten, daß er sie in der Dunkelheit nicht mehr sehen konnte. Als er aufblickte, war ihm die Spitze des Turmes sehr nahe. Doch so nahe war sie, so schien es ihm, schon seit Stunden. Er fragte sich, ob er durch einen Traum wanderte, der seit Tausenden von Jahren inmitten dieser verödeten Mauern gestanden hatte. Dann erkannte er, daß es kein Traum war, sondern ein Trugbild, ein uraltes Rätsel, das an den Geist eines lebendigen Wesens geknüpft war, und daß er die Lösung dieses Rätsels ständig bei sich getragen hatte.

Leise sagte er: »Der Tod.«

15

Hoch standen die Mauern um ihn, umschlossen ihn. Zwölf Fenster öffneten sich in mitternachtsblauem Stein den rastlosen, ewig klagenden Winden. Er fühlte eine Berührung und fuhr herum, vom Schrekken in seine natürliche Gestalt zurückgeworfen.

Der Erhabene stand vor ihm. Er hatte die zerschundenen Hände des Zauberers und das edle, von Alter und Weisheit geschliffene Gesicht des Harfners. Doch seine Augen waren weder die des Harfners noch die des Zauberers. Es waren die Augen des Falken, wild, offen, von beängstigender Kraft. Sie bannten Morgon zur Reglosigkeit. Zum erstenmal in seinem Leben hatte er keinen Mut für Fragen; sein Mund war so trokken, daß er nicht sprechen konnte.

»Ich mußte Euch finden«, flüsterte er heiser in das unerschöpfliche Schweigen des Erhabenen hinein. »Ich muß begreifen.«

»Du begreifst noch immer nicht.«

Die Stimme klang von Winden umtost. Dann aber verschloß der Erhabene seine ehrfurchtgebietende Macht in seinem Inneren und wurde zum ruhigen, gelassenen Harfner, der Morgon vertraut war und dem er Fragen stellen konnte. Der Augenblick der Verwandlung lähmte von neuem Morgons Zunge; er löste ein Chaos widerstreitender Empfindungen aus. Morgon bemühte sich, sie in seine Gewalt zu bekommen. Doch als der Erhabene die Sterne an seiner Seite und in seinem Rücken unwiderruflich zum Leben erweckte, hob er die

Hände und hielt die Arme des Harfners fest.

»Warum?«

Wieder legten ihn die Augen des Falken in Bann; er konnte den Blick nicht von ihm wenden. Als läse er die Erinnerungen in der Tiefe der dunklen Augen, sah er den Ablauf des geheimen, sich über Jahrtausende erstreckenden Kampfes, den der Erhabene bald mit den Erdherren, bald mit Ghisteslohm, bald mit ihm, Morgon selbst, ausgefochten hatte. Ein endloses Gespinst war er, aus Rätseln gewirkt. Manche Fäden waren so alt wie die Zeit, andere waren mit einem Schritt in die stille Kammer des Zauberers, mit dem Flug eines Schattens über das Antlitz des Sternenträgers gesponnen. Morgons Finger gruben sich tiefer, fühlten Knochen.

Ein Erdherr trat allein aus den Schatten eines grausamen, unbeendigten Krieges — hielt sich Tausende von Jahren verborgen, bald ein Blatt auf sattem, modrigem Waldboden, bald ein Lichtstrahl auf der Rinde einer Fichte. Tausend Jahre lang nahm er dann das Gesicht eines Zauberers an und wiederum tausend Jahre das stille, verschlossene Gesicht eines Harfners, der aus unergründlichen Augen auf die Mißgestalt der Macht blickte.

»Warum?« flüsterte Morgon wieder und sah sich selbst, wie er in Hed auf dem Pier saß und die Saiten einer Harfe zupfte, die er nicht spielen konnte. Und da fiel plötzlich der Schatten des Erhabenen über ihn. Der Meereswind oder die Hand des Erhabenen entblößten die Sterne an seinem Haaransatz. Der Harfner sah sie, eine Verheißung aus einer Vergangenheit, die so alt war, daß sie seinen Namen verschüttet hatte. Er konnte nicht sprechen; er wob sein Schweigen in Rätsel . . .

»Aber warum?« Tränen oder Schweiß brannten in seinen Augen. Er wischte die Nässe fort. Und wieder klammerten sich seine Hände um den Arm des Erhabenen, als wollte er ihn in dieser seiner Gestalt festhalten. »Ihr hättet Ghisteslohm mit einem Gedanken töten können. Statt dessen habt Ihr ihm gedient. Ihr! Ihr habt mich ihm ausgeliefert. Wart Ihr so lange sein Harfner, daß Ihr Euren eigenen Namen vergessen hattet?«

Der Erhabene bewegte sich endlich. Jetzt fühlte Morgon seine eigenen Arme in unerbittlicher Umklammerung gehalten.

»Denk nach! Du bist der Rätselmeister.«

»Ich habe nur den Kampf ausgetragen, zu dem Ihr mich herausgefordert habt. Aber ich wußte nicht, warum ...«

»Denk nach! Ich fand dich in Hed, unschuldig, unwissend, deiner eigenen Bestimmung nicht gewahr. Du konntest nicht einmal Harfe spielen. Wen gab es in diesem Reich, der deine Augen der Macht hätte öffnen können?«

»Die Zauberer«, stieß er zwischen zusammengebissenen Zähnen hervor. »Ihr hättet die Zerstörung von Lungold verhindern können. Ihr wart dort. Die Zauberer hätten in Freiheit überleben und mich auf meine Aufgabe, welcher Art auch immer sie sein mag, vorbereiten können.«

»Nein! Hätte ich damals meine Macht eingesetzt, diesen Kampf zu verhindern, so hätte ich viel zu früh den Kampf mit den Erdherren aufnehmen müssen. Ich wäre nicht bereit gewesen, und sie hätten mich vernichtet. Denk an ihre Gesichter! Führ sie dir vor Augen. Die Gesichter von Erdherren, die du im Erlenstern-Berg gesehen hast. Ich bin einer von ihnen. Die Kinder, die sie einst liebten, wurden unter dem Berg Isig eingemauert. Wie hättest du, in all deiner Unschuld und Arglosigkeit, sie verstehen können? Wie hättest du ihre Gier und ihre Gesetzlosigkeit begreifen können? Wen gab es im Reich, der dich dieses Verstehen hätte lehren können? Du wolltest die Möglichkeit der Wahl. Ich gab sie dir. Du hättest dir jene Gestalt der Macht zu eigen machen können, die du von Ghisteslohm lerntest — eine Macht ohne zügelnde Gesetze und ohne Liebe. Eine Macht der Zerstörung. Oder du hättest Finsternis in dich hineintrinken können, bis du ihr Wesen erkannt hättest und selbst zu Finsternis geworden wärst und dennoch mehr verlangt hättest. Als du dich aus Ghisteslohms Gewalt befreitest, warum jagtest du da mich und nicht ihn? Er nahm dir die Macht des Landrechts. Ich nahm dir dein Vertrauen und trat deine Liebe mit Füßen. Du verfolgtest den, der dir genommen hatte, was dir am teuersten war ...«

Morgons Hände öffneten sich und ballten sich wieder zusammen. Sein Atem ging in keuchenden Stößen. Er hielt ihn an, ließ ihn sich soweit beruhigen, daß er eine letzte Frage stellen konnte.

»Was wollt Ihr von mir?«

»Morgon, denk nach!« Die gleichmäßige, vertraute Stimme war sehr sanft, beinahe unhörbar. »Du kannst das wilde Herz von Osterland werden, und du kannst Wind werden. Du hast meinen Sohn gesehen, tot und eingemauert im Berg Isig. Du nahmst aus seiner Hand die Sterne deiner eigenen Bestimmung entgegen. Und in all deiner Macht und deinem Zorn fandest du deinen Weg hierher, um mir meinen Namen zu geben. Du bist mein Landerbe.«

Morgon war wie vom Donner gerührt. Er umklammerte den Erhabenen, als wäre der Boden des Turms unter ihm plötzlich eingebrochen. Wie aus weiter Ferne hörte er seine eigene Stimme, die dünn und tonlos klang.

»Euer Erbe.«

»Du bist der Sternenträger, der Erbe, dessen Kommen die Toten von Isig voraussahen, auf den ich Jahrhunderte wider alle Hoffnung gewartet habe. Wo, glaubst du, hatte die Macht, die du über das Landrecht besitzt, ihren Ursprung?«

»Ich habe nicht — ich habe nicht nachgedacht.« Seine Stimme hatte sich zu einem Flüstern gesenkt. Plötzlich mußte er an Hed denken. »Ihr gebt mir — Ihr gebt mir Hed zurück.«

»Ich gebe dir das ganze Reich an dem Tag, an dem ich sterbe. Mir scheint, du liebst es, selbst die Geister seiner Toten und die dickschädligen Bauern und eisigen Winde —«

Er brach ab, als Morgon aufschluchzte. Tränen strömten Morgon aus den Augen, während Rätsel sich Faden um schimmernden Faden entwirrten. Die Umklammerung seiner Hände lockerte sich. Er sank dem Erhabenen zu Füßen und kauerte dort, den Kopf gesenkt, die von Narben gezeichneten Hände auf die Brust gedrückt. Er konnte nicht sprechen; er wußte nicht, welche Sprache von Licht und Dunkel der Falke, der sein Leben so erbarmungslos gestaltet hatte, hören würde. Wieder dachte er an Hed; es schien dort zu sein, wo sein Herz war — direkt unter seinen Händen.

Dann kniete der Erhabene vor ihm nieder und umschloß sein Gesicht mit beiden Händen. Die Augen waren die des Harfners, nachtdunkel, aber nicht mehr still und verschlossen, sondern voller Schmerz.

»Morgon«, flüsterte er. »Ich wünschte, du wärst nicht einer gewesen, den ich so innig liebte.«

Er legte seine Arme um Morgon und hielt ihn so fest, wie der Falke ihn gehalten hatte. Er umgab Morgon mit seiner Stille, bis Morgon das Gefühl hatte, daß der Turm und der gestirnte Himmel nicht aus Blut und Stein und Luft geschaffen waren, sondern aus der Stille und dem Schweigen des Harfners. Er weinte noch immer lautlos, wagte nicht, den Harfner anzurühren, aus Angst, er könnte wiederum die Gestalt wechseln. Etwas Schweres, Drückendes wie tiefer Kummer stieg in seiner Brust auf und quoll in seine Kehle, aber es war nicht Kummer.

»Was geschah mit Eurem Sohn?« fragte er den Erhabenen in dem Bewußtsein, seinen Schmerz wenigstens verstehen zu können.

»Er wurde im Krieg vernichtet. Die Macht wurde ihm entrissen. Er konnte nicht mehr leben . . . Er gab dir das gestirnte Schwert.«

»Und Ihr — Ihr wart seitdem allein. Ohne Erben. Besaßt nichts als eine Verheißung.«

»Ja. Ich habe Jahrtausende im verborgenen gelebt und hatte keine andere Hoffnung als eine Verheißung. Den Traum eines toten Kindes. Und dann kamst du. Morgon, ich habe alles getan, was ich tun mußte, um dich am Leben zu erhalten. Alles! Du warst meine einzige Hoffnung.«

»Ihr gabt mir selbst die Einöden. Ich liebte sie. Und die Nebel von Herun, die Vesta, das Hinterland . . . Ich bekam Angst, als mir bewußt wurde, wie sehr ich das alles liebe. Zu jedem Ding und jedem Wesen fühlte ich mich hingezogen, und ich kam nicht an gegen mein Verlangen —« Der Schmerz durchbohrte seine Brust wie eine Klinge. Er holte keuchend Atem. »Alles, was ich von Euch wollte, war die Wahrheit. Ich wußte nicht — ich wußte nicht, daß Ihr mir alles geben würdet, was ich je geliebt habe.«

Er konnte nicht mehr sprechen. Schluchzen schüttelte ihn, bis er nicht mehr wußte, ob er seine eigene Gestalt aushalten konnte. Doch der Erhabene hielt ihn in ihr fest, beschwichtigte ihn mit seinen Händen und mit seiner Stimme, bis Morgon ruhig wurde. Er konnte noch immer nicht sprechen; er lauschte den Winden, die wispernd um den Turm tanzten, dem gelegentlichen Klatschen von Regen und Steinen. Sein Gesicht lag an der Schulter des Erhabenen. Er war ruhig, rastete in der Stille des Erhabenen.

Als er später wieder sprach, war seine Stimme heiser und müde, aber auch ruhiger.

»Ich habe es nie geahnt. Ihr habt mich nie so weit über meinen Zorn hinausblicken lassen.«

»Ich wagte es nicht, dich zuviel sehen zu lassen. Dein Leben war in so großer Gefahr, und du warst mir so kostbar. Ich hielt dich mit allen Mitteln, die mir zur Verfügung standen, am Leben, bediente mich dazu meiner selbst, deines Unwissens, selbst deines Hasses. Ich wußte nicht, ob du mir je würdest vergeben können, doch alle Hoffnungen des Reiches ruhten in dir, und ich brauchte dich mächtig, verwirrt, immer auf der Suche nach mir . . .«

»Ich — ich sagte zu Rendel, wenn ich aus der Einöde käme, um mit Euch einen Rätselkampf auszutragen, dann würde ich verlieren.«

»Nein. In Herun hast du die Wahrheit aus mir herausgelockt. Da verlor ich gegen dich. Ich konnte alles von dir ertragen, nur nicht dein Zartgefühl.« Seine Hand strich über Morgons Haar und senkte sich, ihn wieder festzuhalten. »Du und die Morgol, ihr habt verhindert, daß mein Herz sich in Stein verwandelte. Ich war gezwungen, alles, was ich ihr je gesagt hatte, zur Lüge werden zu lassen. Und du hast es in Wahrheit zurückverwandelt. So hochherzig warst du einem gegenüber, den du haßtest.«

»Alles, was ich begehrte, selbst wenn ich Euch am tiefsten haßte, war irgendeine armselige, kahle, ausgedörrte Entschuldigung, Euch lieben zu können. Aber Ihr habt mir nur Rätsel gegeben ... Als ich glaubte, Ghisteslohm hätte Euch getötet, trauerte ich, ohne zu wissen, warum. Als ich in den nördlichen Einöden war und zum Gesang der Winde auf meiner Harfe spielte, zu müde selbst, um zu denken, da habt Ihr mich durch Eure Anziehungskraft wieder zurückgeholt ... Ihr gabt mir einen Grund zu leben.«

Seine Hände hatten sich langsam geöffnet. Er hob die eine beinahe zaghaft zur Schulter des Erhabenen und neigte sich ein wenig rückwärts. Etwas von seiner eigenen tiefen Ermattung zeigte sich in den Augen des Erhabenen und auch die unerschöpfliche, schreckliche Geduld, die ihn so lange allein und unerkannt am Leben erhalten hatte, während er in der Welt der Menschen von jenen seiner eigenen Art unerbittlich gejagt worden war.

Morgon senkte wieder den Kopf.

»Ich wollte Euch sogar töten.«

Die Finger des Harfners berührten seine Wange, strichen ihm das Haar aus den Augen.

»Du hättest nicht auf wirksamere Art verhindern können, daß meine Feinde mir auf die Spur kamen. Aber wenn du an jenem Tag in Anuin nicht innegehalten hättest, dann weiß ich nicht, was ich getan hätte. Hätte ich meine Geisteskräfte eingesetzt, dich daran zu hindern, so hätte danach keiner von uns beiden mehr lange gelebt. Hätte ich aus der Verzweiflung heraus, daß wir uns beide in eine so ausweglose Lage hineinmanövriert hatten, zugelassen, daß du mich tötest, so hätte die Macht, die in dich übergegangen wäre, dich vernichtet. Deshalb gab ich dir ein Rätsel, in der Hoffnung, daß es dich zum Nachdenken veranlassen würde.«

»So gut kanntet Ihr mich«, flüsterte Morgon.

»Nein. Du hast mich immer von neuem überrascht — von Anfang an. Ich bin so alt wie die Steine dieser Ebene. Die prächtigen Städte, die die Erdherren erbauten, wurden von einem Krieg zerstört, den kein Mensch hätte überleben können. Dieser Krieg wurde aus einer Art Unschuld geboren. Wir besaßen unermeßliche Macht, und doch verstanden wir nicht das

Wesen und die Bedeutung der Macht. Das war der Grund, weshalb mir soviel daran lag, daß du Ghisteslohm verstandest, selbst wenn du mich dafür haßtest. Du solltest erkennen, weshalb er sich selbst zerstören mußte.

Wir führten einst ein so friedvolles Leben in diesen wunderbaren Städten. Sie waren jedem Wechsel des Windes offen. Unsere Gesichter wandelten sich mit jeder Jahreszeit. Wir zogen Wissen aus allen Dingen: aus der Stille und Einsamkeit des Hinterlandes ebenso wie aus den tosenden Schneestürmen, die über die nördlichen Einöden hinwegfegten. Erst als es zu spät war, erkannten wir, daß die Kräfte, die in jedem Stein, in jedem Wassertropfen wohnen, sowohl Leben bringen können als auch Zerstörung.«

Er schwieg einen Moment lang, sah Morgon nicht, während er von einer alten Bitterkeit kostete.

»Die Frau, die du als Eriel kennst, war die erste, die anfing, Macht zu horten. Und ich war der erste, der das Gesicht der Macht erkannte. Deshalb traf ich eine Entscheidung. Ich fing an, alle Wesen und Dinge der Erde durch ihre eigenen Gesetze an mich zu binden, und gestattete nichts und niemandem, diese Ordnung zu stören. Doch ich mußte kämpfen, um das Landrecht behalten zu können, und da lernten wir, was Krieg ist. Das Reich, so, wie du es kennst, hätte der Gewalt jener Schlachten keine zwei Tage standgehalten. Wir machten unsere eigenen Städte dem Erdboden gleich. Wir vernichteten einander. Wir vernichteten unsere Kinder, entrissen selbst ihnen die Macht. Ich hatte bereits gelernt, die Winde zu beherrschen, und das war das einzige, was mich rettete. Es gelang mir, die Kräfte der letzten Erdherren zu fesseln, so daß sie kaum andere Kräfte gebrauchen konnten als jene, die ihnen von Geburt an mitgegeben waren. Ich trieb sie ins Meer, während die Erde langsam wieder gesundete. Dann begrub ich unsere Kinder. Die Erdherren stiegen schließlich wieder aus dem Meer empor, doch sie konnten sich nicht aus meinem Bann befreien. Und sie konnten mich nicht finden, weil die Winde mich verbargen, immer ...

Aber ich bin sehr alt. Viel länger kann ich sie nicht mehr gefesselt halten. Das wissen sie. Ich war schon alt, als ich ein Zauberer namens Yrth wurde, um die Harfe und das Schwert fertigen zu können, die mein Erbe einmal brauchen würde. Ghisteslohm holte sich sein Wissen vom Sternenträger bei den Toten von Isig, und er wurde zu einem weiteren Feind, den die Verheißung ungeheurer Macht lockte. Er glaubte, wenn er den Sternenträger unter seine Gewalt bekommen könnte, dann könnte er die Macht, die der Sternenträger erben sollte, in sich aufnehmen und nicht nur dem Namen nach zum Erhabenen werden. Er wäre daran zugrunde gegangen, aber ich machte mir nicht die Mühe, ihm das zu erklären. Als ich erkannte, daß er auf dich wartete, hielt ich ihn unter ständiger Beobachtung — in Lungold zuerst und später im Erlenstern-Berg. Ich nahm die Gestalt eines Harfners an, der bei der Zerstörung umgekommen war, und trat in seinen Dienst. Er sollte dir nichts anhaben können. Als ich dich endlich fand, dort auf dem Pier in Tol, ohne eine Ahnung deiner Bestimmung, zufrieden damit, über Hed zu herrschen, eine Harfe in den Händen, auf der du kaum spielen konntest, und unter deinem Bett die Krone der Könige von Aum, erkannte ich, daß das letzte, was ich nach diesen endlosen Jahrhunderten der Einsamkeit erwartete, ein Mensch war, der Liebe in mir wecken würde . . .« Wieder schwieg er. Durch den Schleier seiner Tränen hindurch sah Morgon sein Gesicht nur als ein bleiches, silbern schimmerndes Oval. »Hed«, sagte er dann. »Kein Wunder, daß dieses Land den Sternenträger hervorbrachte, einen Fürsten von Hed mit liebendem Herzen, Herrscher über unwissende, starrköpfige Bauern, die an nichts glaubten als an den Erhabenen . . .«

»Ich bin auch jetzt nicht viel mehr als ein unwissender, starrköpfiger Bauer. Habe ich uns beide vernichtet, indem ich hierher kam, Euch zu finden?«

»Nein. Dies ist der einzige Ort, wo keiner uns sucht. Aber uns bleibt wenig Zeit. Du hast Ymris überquert, ohne an sein Landrecht zu rühren.«

Morgon senkte die Hände.

»Ich wagte es nicht«, antwortete er. »Und das einzige, woran ich denken konnte, wart Ihr. Ich mußte Euch finden, ehe die Erdherren mich fanden.«

»Ich weiß. Ich ließ dich in gefährlicher Situation zurück. Aber du hast mich gefunden, und in mir ist das Landrecht von Ymris geborgen. Du wirst das Wissen und seine Gesetze brauchen. Ymris ist ein Sitz großer Macht. Nimm das Wissen aus meinem Geist. Hab keine Angst«, fügte er hinzu, als er Morgons Gesicht sah. »Ich werde dir nur dieses Wissen geben; nichts, was du noch nicht ertragen kannst. Setz dich.«

Langsam ließ sich Morgon auf den Steinboden gleiten. Es hatte wieder zu regnen begonnen. Der Wind blies die Nässe durch die Öffnungen in der Turmkammer, doch Morgon war nicht kalt.

Das Gesicht des Harfners wandelte sich; der Ausdruck grüblerischer Unruhe wich einem zeitlosen Frieden, während er sein Reich betrachtete. Morgon sah ihn an und trank gierig von diesem Frieden, bis er eingehüllt war in seine Stille und der Geist des Erhabenen sein Herz zu berühren schien. Er hörte wieder die tiefe, nachtdunkle Stimme, die Stimme des Falken.

»Ymris . . . Hier, auf der Ebene der Winde, wurde ich geboren. Horch auf seine Kräfte, die sich unter dem Rauschen des Regens, unter den Schreien der Toten regen. Es ist wie du, wild und voller Liebe. Sei still und hör dem Land zu . . .«

Er wurde so still, daß er hörte, wie sich das Gras unter der Last des Regens bog, daß er die vergangenen Namen aus frühen Jahrhunderten hörte, die hier gesprochen worden waren. Und dann wurde er zu dem Gras.

Langsam stieg er aus Ymris empor. Dröhnend hämmerte sein Herz unter dem Eindruck seiner langen und blutigen Geschichte, und sein Körper kannte seine grünen Felder, wilden Felsküsten, geheimnisvollen Wälder. Er fühlte sich so alt wie der erste Stein, der aus dem Erlenstern-Berg herausgehauen worden war, um auf dieser Erde zu liegen, und er wußte weit mehr, als er je hatte wissen wollen, von den schrecklichen Verheerungen, die der kürzliche Krieg in Ruhn angerichtet hatte. Er spürte eine große, brachliegende Macht in Ymris, vor der er zurückgeschreckt war wie vor einem weiten Meer oder mächtigen Berg, die sein Geist nicht aufnehmen konnte. Doch es barg auch friedliche Ruhe in sich, dieses Land — einen stillen, geheimnisvollen See, in dem sich vieles spiegelte; Wälder, in denen völlig schwarze Tiere lebten, die so scheu waren, daß sie starben, wenn das Auge eines Menschen auf sie fiel; seltsame Steine, die einst gesprochen hatten; weite Eichenwälder an den westlichen Grenzen, deren Bäume sich der ersten Menschen erinnerten, die nach Ymris gekommen waren. Und diese Bilder waren ihm teuer.

Der Erhabene hatte ihm aus seinem Geist nicht mehr gegeben als die Erkenntnis des Landes Ymris; die gewaltigen Kräfte, die er in den Augen des Falken erblickt und gefürchtet hatte, waren noch immer gefesselt.

Es war der Morgen irgendeines Tages, und Rendel war an seiner Seite. Er war überrascht.

»Wie bist du hier heraufgekommen?«

»Ich bin geflogen.«

Die Antwort war so einfach, daß sie ihm einen Moment lang nichts sagte.

»Ich auch.«

»Du bist die Stufen hinaufgestiegen. Ich bin auf die Spitze geflogen.«

Sein Gesicht zeigte solche Entgeisterung, daß sie lächelte.

»Morgon, der Erhabene gestattete mir, hereinzukommen. Sonst wäre ich die ganze Nacht krächzend um den Turm herumgeflattert.«

Er nickte nur und nahm ihre Hand in die seine. Er spürte, daß sie sehr müde war, und ihr Lächeln erlosch rasch. Etwas Beunruhigendes blieb in ihren Augen zurück.

Der Erhabene stand an einem der Fenster. Im blauschwarzen Stein schimmerte der Widerschein des ersten Lichts. Vor dem grauen Himmel wirkte das Gesicht des Harfners abgespannt. Die Haut spannte sich straff und farblos über seine Knochen. Doch die Augen waren die Yrths, lichterfüllt, voller Geheimnis. Lange betrachtete Morgon ihn, ohne sich zu regen, noch immer eingehüllt in seinen Frieden, bis das vertraute

Gesicht mit dem schwachen Silberlicht des Morgens zu verschmelzen schien.

Der Erhabene drehte sich schließlich um und sah ihn an. Ohne ein Wort oder eine Bewegung holte er Morgon einfach mit seinem stummen Wunsch zu sich. Morgon ließ Rendels Hand los und stand steifgliedrig auf. Er durchquerte das Gemach. Der Erhabene legte eine Hand auf seine Schulter.

»Ich konnte nicht alles aufnehmen«, sagte Morgon.

»Morgon, die brachliegenden Kräfte, die du gespürt hast, stecken in den Toten der Erdherren; in jenen, die, an meiner Seite kämpfend, auf der Ebene fielen. Diese Kräfte werden da sein, wenn du sie brauchst.«

Tief unter der Hülle des Friedens erhob sich etwas in Morgon bei den Worten des Erhabenen und nahm Witterung auf wie ein blinder Jagdhund.

»Und die Harfe und das Schwert?« Er sprach ruhig. »Ich verstehe kaum die Kraft, die in ihnen steckt.«

»Sie wird sich dir von selbst entdecken. Schau!«

Unter tiefhängenden, schweren Wolken zog sich ein weißer Nebel von Vesta über die Ebene. Ungläubig starrte Morgon hinunter, lehnte dann sein Gesicht an den kühlen Stein.

»Wann sind sie eingetroffen?«

»Gestern abend.«

»Wo ist Astrins Heer?«

»Ein Teil davon wurde zwischen Tor und Umber eingeschlossen, aber die Vorhut kam durch und machte den Weg frei für die Vesta und die Wache der Morgol und die Bergleute Danans. Sie kommen hinter den Vesta.« Er las Morgons Gedanken, und seine Hand verkrampfte sich ein wenig. »Ich habe sie nicht herkommen lassen, damit sie kämpfen.«

»Warum dann?« flüsterte Morgon.

»Du wirst sie brauchen. Du und ich, wir müssen diesem Krieg ein schnelles Ende bereiten. Dazu wurdest du geboren.«

»Wie?«

Der Erhabene schwieg. Hinter seinem stillen, nach innen gekehrten Blick witterte Morgon eine tiefe Müdigkeit und eine unerschöpfliche Langmut, die ihm vertrauter war; die Langmut des Harfners, der wartete, bis Morgon verstand.

Schließlich sagte der Erhabene sehr behutsam: »Der Fürst von Hed und seine Bauern haben sich an der Südgrenze mit Mathoms Heer vereinigt. Wenn du sie am Leben erhalten willst, dann wirst du einen Weg finden.«

Morgon wirbelte herum, rannte durch die Kammer, lehnte sich zu einem Südfenster hinaus, als könnte er durch das Ästegewirr kahler Eichen hindurch eine wild entschlossene Truppe von Bauern mit Rechen, Hacken und Sensen sehen. Ein Schmerz wallte in seinem Herzen auf, der ihm Tränen in die Augen trieb.

»Er hat Hed verlassen. Eliard hat seine Bauern zu Kriegern gemacht und hat Hed verlassen. Was ist das? Das Ende der Welt?«

»Er kam, um für dich zu kämpfen. Und für sein Land.«

»Nein.« Er drehte sich um, die Hände geballt, aber nicht in Zorn. »Er kam, weil Ihr es wolltet. Deshalb ist die Morgol gekommen, deshalb ist Har gekommen. Ihr habt sie hierher gezogen, so wie Ihr mich immer wieder an Euch zieht mit einem Geheimnis, das Euch umgibt wie ein Windhauch. Was ist es? Was verschweigt Ihr mir?«

»Ich habe dir meinen Namen gegeben.«

Morgon schwieg. Es begann sachte zu schneien, in schweren, vom Wind getriebenen Flocken. Sie setzten sich auf seine Hände, brannten, ehe sie sich auflösten. Er schauderte plötzlich und merkte, daß nichts mehr in ihm danach verlangte, Fragen zu stellen.

Rendel hatte sich von ihnen beiden abgewandt. Sie wirkte seltsam isoliert in der Mitte des kleinen Raums. Morgon ging zu ihr. Sie hob den Kopf, als er kam, doch ihr Gesicht wandte sich von ihm ab dem Erhabenen zu.

Er kam zu ihr, als hätte sie ihn auf die gleiche Art angezogen, wie er Morgon anzog. Er strich ihr eine vom Wind zerzauste Haarsträhne aus dem Gesicht.

»Rendel, es ist Zeit, daß Ihr fortgeht.«

Sie schüttelte den Kopf.

»Nein.« Ihre Stimme war sehr ruhig. »Ich bin zur Hälfte

eine Tochter der Erdherren. Ihr sollt wenigstens eine Eurer Art im Kampf an der Seite haben. Ich werde Euch und Morgon nicht verlassen.«

»Ihr steht im Auge der Gefahr.«

»Es war meine eigene Entscheidung, hierher zu kommen. Um bei denen zu sein, die ich liebe.«

Er war stumm. Einen Moment lang war er nur der Harfner, ein in sich gekehrter, einsamer Mann.

»Euch«, sagte er leise, »habe ich nie erwartet. So mächtig, so schön, so voller Liebe. Ihr seid wie eines unserer Kinder, die vor unserem Krieg in die Macht hineinwuchsen.« Er hob ihre Hand und küßte sie, öffnete sie dann, um die kleine Narbe in ihrer Handfläche zu enthüllen. »Es gibt zwölf Winde«, sagte er zu Morgon. »Gefesselt, gelenkt sind sie genauere und schrecklichere Waffen als jede andere im ganzen Reich. Ungefesselt könnten sie das Reich zerstören. Sie sind außerdem meine Augen und Ohren, denn sie kennen alle Dinge, hören alle Worte und Bewegungen, und sie sind überall ... Dieser blitzende Stein, den Rendel in ihrer Hand hielt, war von den Winden geschliffen. Ich tat das eines Tages, als ich mit ihnen spielte, lange ehe ich sie in unserem Krieg einsetzte. Die Erinnerung daran spiegelte sich in dem Stein.«

»Warum sagt ihr mir das?« Seine Stimme schwankte ein wenig. »Ich kann die Winde nicht beherrschen.«

»Nein. Noch nicht. Es soll dich nicht kümmern.« Er legte seinen Arm um Morgons Schultern und zog ihn in seine Stille hinein. »Horch! In dieser Kammer kannst du die Stimmen aller Winde des Reiches hören. Lausche meinem Geist.«

Morgon öffnete seinen Geist der Stille des Erhabenen. Das unbestimmte, abgerissene Murmeln außerhalb der Mauern wurde durch den Geist des Erhabenen gefiltert, in all die reinen, schönen Töne seiner gestirnten Harfe gebrochen. Die Klänge erfüllten Morgons Herz mit sanften, milden Sommerwinden und mit den brausenden, wilden Winden, die er liebte. Der volle, satte Rhythmus war im Einklang mit dem Pulsen seines Bluts. Er wünschte, er könnte die Harfenklänge und den Harfner für immer in diesem Augenblick festhalten.

Die Harfenklänge verstummten. Er konnte nicht sprechen. Er wünschte, der Erhabene würde sich nicht rühren. Doch der Arm auf seiner Schulter hob sich. Der Erhabene sah ihn an.

»Jetzt«, sagte er, »müssen wir uns zur Schlacht rüsten. Ich möchte, daß du Heureu Ymris findest. Diesmal warne ich dich: Wenn du seinen Geist anrührst, schnappt eine Falle zu, die dir gestellt wurde. Die Erdherren werden dann wissen, wo du bist und daß der Erhabene bei dir ist. Du wirst wieder Krieg auf der Ebene der Winde entfachen. Sie besitzen kaum eigene geistige Kräfte — die halte ich gefesselt; aber sie beherrschen Ghisteslohms Geist, und es kann sein, daß sie sich seiner Zauberkräfte bedienen, um dir etwas anzutun. Ich werde jeden Bann, den er legt, brechen.«

Morgon drehte den Kopf und sah Rendel an; ihre Augen sagten ihm, was er schon wußte — daß nichts, was er sagen oder tun würde, sie veranlassen konnte, ihn und den Erhabenen zu verlassen. In stummem Einverständnis, das ihr und dem Erhabenen galt, neigte er den Kopf. Dann ließ er seinen Geist aus der Stille hinausfliegen und hinuntersteigen in die feuchte Erde auf der Ebene. Er berührte einen Grashalm und nahm ihn von den feinen Haarwurzeln bis zu seiner Spitze in sich auf. Und da er, ein winziger Bestandteil des Landrechts von Ymris, auch in Heureus Geist verwurzelt war, wurde er Morgons Verbindung mit dem König von Ymris.

Er spürte einen unaufhörlich nagenden Schmerz, einen Aufruhr ohnmächtigen Zorns und wütender Verzweiflung. Er hörte das ferne, hohltönende Branden des Meeres. Er hatte jeden Fels und Stein entlang der ganzen Küste gelernt, und er erkannte die Stelle an der Küste von Meremont. Er roch feuchtes Holz und nasse Asche. Der König lag in einer halb abgebrannten Fischerhütte am Strand, nicht mehr als ein oder zwei Meilen von der Ebene der Winde entfernt.

Morgon wollte aufblicken und sprechen. Da flutete die See über ihn hinweg und überschwemmte alle seine Gedanken. Durch einen langen, finsteren Gang schien er direkt in Ghisteslohms fremdartige, goldgesprenkelte Augen zu blicken.

Er spürte den Blitz verwunderten Erkennens, der in dem gefesselten Geist emporzuckte. Dann packte ihn ein fremder Geist, und die Augen des Zauberers stachen brennend in ihn hinein, um ihn auszuleuchten. Die Fesseln, die sich um seinen Geist gelegt hatten, wurden zerrissen. Morgon taumelte. Der Erhabene umfaßte seine Schulter und hielt ihn fest. Er wollte etwas sagen, doch die Falkenaugen ließen ihn nicht.

Er wartete, während sein Herz wie rasend klopfte. Rendel, wartend wie er selbst, schien wieder fern und unzugänglich, als gehörte sie einem anderen Teil der Welt an. Ihn verlangte verzweifelt danach, zu sprechen, das Schweigen zu brechen, das sie alle in Reglosigkeit gefangenhielt, als wären sie aus Stein. Doch er schien gebannt, ohnmächtig, dem Willen des Erhabenen ausgeliefert.

Bewegung ließ die Luft erzittern; dann noch eine Bewegung. Die dunkle Frau von exquisiter Schönheit, die Morgon als Eriel kannte, die Tochter der Erdherren, stand vor ihnen. Und neben ihr stand Ghisteslohm.

Staunen und Ehrfurcht spiegelten sich in den Augen der Frau, als sie den Harfner erkannte. Der Zauberer, der dem Erhabenen, den er so lange gesucht hatte, endlich von Angesicht zu Angesicht gegenüberstand, hätte beinahe den Bann zerbrochen, der seinen Geist gefangenhielt. Ein feines Lächeln blitzte in den Falkenaugen auf, eisig wie das Herz der nördlichen Einöden.

»Selbst der Tod, Meister Ohm, ist ein Rätsel«, sagte er.

Schwarze Wut verfinsterte Ghisteslohms Augen. Eine gewaltige Kraft schleuderte Morgon quer durch die Turmkammer. Er schlug gegen die dunkle Wand; sie gab unter dem Aufprall seines Körpers nach, und er stürzte in einen phosphoreszierenden, schwarzblauen Nebel des Trugs. Er hörte Rendel schreien, und dann sah er eine Krähe auffliegen. Er versuchte, sie zu fassen zu bekommen, doch sie flatterte ihm aus den Händen. Ein fremder Geist umklammerte den seinen. Augenblicklich wurden die Fesseln zerrissen. Ein Kraftstoß, den er nicht spürte, schoß blitzend auf ihn zu und wurde aufgesogen. Er sah wieder Ghisteslohms Gesicht, verschwommen im gespenstischen Licht. Er spürte eine grobe Hand an seiner Seite und schrie auf, obwohl er nicht wußte, was ihm entrissen worden war. Dann wälzte er sich auf den Rücken und erblickte das gestirnte Schwert in Ghisteslohms Händen. Endlos schwang es aufwärts, sammelte Licht und Schatten in sich, bis die Sterne hoch über Morgon Feuer und Finsternis sprühten. Er konnte sich nicht bewegen; die Sterne hielten seine Augen fest und seine Gedanken. Er sah, wie sie den höchsten Punkt ihres Bogenlaufs erreichten und stillstanden, ehe sie sich im rasenden Abwärtsschwung verwischten. Und da sah er plötzlich wieder den Harfner, der so ruhig wie damals im Königssaal von Anuin unter den fallenden Sternen stand.

Ein Schrei brach aus Morgon heraus. Mit entsetzlicher Geschwindigkeit sauste das Schwert herunter und traf den Erhabenen. Es durchbohrte sein Herz und zersprang dann in Ghisteslohms Händen.

Morgon, der endlich frei war und sich wieder bewegen konnte, fing den Erhabenen auf, als er stürzte. Er konnte nicht atmen. Schmerz bohrte sich wie eine Schwertklinge in sein eigenes Herz. Der Erhabene umklammerte seine Arme. Seine Hände waren die verkrüppelten Hände des Harfners und die zerschundenen Hände des Zauberers. Er mühte sich ab, trotz der Anstrengung zu sprechen. Sein Gesicht wechselte unter Morgons Tränen immer wieder die Züge. Morgon zog ihn näher an sich heran. Er spürte, wie sich etwas in ihm aufstaute, das wie ein Wahnsinnsschrei von Schmerz und Wut war. Doch der Erhabene begann schon, sich aufzulösen. Mit einer Hand, die aus rotem Stein oder Feuer geformt zu sein schien, berührte er die Sterne auf Morgons Gesicht.

Er flüsterte Morgons Namen. Seine Hand glitt hinunter zu Morgons Herz.

»Befreie die Winde.«

16

Ein Schrei, der kein Schrei war, sondern eine Windesstimme, löste sich aus Morgon. Der Erhabene wandelte sich unter seinen Händen zu Feuer und dann zu einer Erinnerung. Das Brüllen, das aus ihm hervorgebrochen war, raste in donnerndem Widerhall durch den Turm — ein gewaltiger, tiefer Ton, der unentwegt anschwoll, bis die Steine rundum zu beben begannen. Winde rüttelten am Turm. Im Chaos der wilden, wunderbaren Stimmen, die ihn umtobten, konnte Morgon seine eigene Stimme nicht ausmachen. Er griff nach seiner Harfe. Die Sterne auf ihr waren nachtschwarz geworden. Er ließ seine Hand oder den messerscharfen Hauch eines Windes über die Saiten gleiten, und sie zerrissen. Als die tiefe Saite mit einem klagenden Ton riß, barsten Stein und Trugbild von Stein, die ihn umgaben, und stürzten zur Erde nieder.

Winde, die die Farben von Stein, Feuer, Gold und Nacht hatten, drehten sich kreiselnd um ihn und jagten davon. Der Turm brach mit donnerndem Brüllen zu einer riesigen steinernen Gruft zusammen. Morgon wurde ins hohe Gras geschleudert, wo er auf Händen und Knien liegenblieb. Weder die Kräfte Ghisteslohms noch die Eriels konnte er irgendwo ausmachen. Es war, als hätte der Erhabene sie in jenem letzten Augenblick für immer an seinen Tod gebunden. Schneeflocken wirbelten um ihn, schmolzen, sobald sie die Erde berührten. Der Himmel war totenbleich.

Das Wissen um das Land, das er in sich trug, spaltete sich in seinem Geist in ein Gestöber von Fragmenten. Er hörte die Stille der Graswurzeln unter seinen Händen; aus den starren Augen eines Toten von An, der am Rande der Ebene stand, blickte er auf die Trümmer des Turms der Winde. Ein mächtiger Baum sank im Regen aus einem nassen Berghang im Hinterland langsam zur Seite; er spürte, wie seine Wurzeln sich stöhnend aus der Erde lösten, als er stürzte. Ein Trompeter in Astrins Heer hob sein goldblitzendes Instrument an den Mund. Die Empfindungen und Gedanken der Landherrscher verflochten sich in Morgons Geist, waren voller Schmerz und Angst, wenn auch die Landherrscher selbst nicht wußten, warum. Das ganze Reich schien sich dort im Gras unter seinen Händen zu formen, schien an ihm zu ziehen, bis sein Geist sich von den kalten, einsamen Einöden bis zum reichgeschmückten Hof von Anuin spannte. Er war Stein und Wasser, ein sterbendes Feld, ein Vogel, der gegen den Wind kämpfte, ein König, der verwundet und verzweifelt am Strand unterhalb der Ebene der Winde lag; er war in den Vesta, in den Geistern der Toten und tausend zart gesponnenen Geheimnissen, in scheuen Hexen und sprechenden Schweinen, in einsam emporragenden Türmen, für die er in seinem Geist Raum schaffen mußte.

Der Trompeter setzte sein Horn an die Lippen und blies. Im selben Moment donnerte ein Großer Schrei aus den Mündern der Krieger von An über die Ebene. Die Geräusche, der Ansturm von Wissen und Erkenntnis, der tiefe Schmerz über den Verlust, den das Reich erlitten hatte, überwältigten Morgon plötzlich. Wieder schrie er auf, während er sich auf die Erde niederfallen ließ und das Gesicht im nassen Gras vergrub.

Kraftstöße fuhren durch ihn hindurch und erschütterten die Bindungen, die er mit der Erde geknüpft hatte. Er erkannte, daß der Tod des Erhabenen alle Kräfte der Erdherren freigesetzt hatte. Er spürte ihren Geist, der so alt und so wild war wie Feuer und Meer, schön und todbringend, darauf gerichtet, ihn zu vernichten. Er wußte nicht, wie er sie bekämpfen sollte. Ohne sich zu bewegen, sah er sie mit dem Auge seines Geistes, wie sie aus dem Meer emporstiegen und über die Ebene der Winde schwärmten, wogend wie eine Flutwelle in den Gestalten von Menschen und Tieren. Und ihr Geist eilte ihnen witternd voraus. Immer wieder drangen sie in ihn ein, entwurzelten Wissen in seinem Geist, zerrissen Bindungen, die zu seinem Erbe gehörten. Sein Wissen um Bäume in den Eichenwäldern, um Vesta, um Ackergäule in Hed, um die Bauern in Ruhn begann Funken um Funken zu verlöschen.

Er empfand es als eine andere Art von Verlust, schrecklich und bestürzend. Er versuchte, dagegen anzugehen, während er zusah, wie die Woge sich näher wälzte, doch es war nicht anders, als wollte er die Flut daran hindern, ihm Sandkörnchen aus den Händen zu spülen.

Astrins und Mathoms Heere stürmten von Norden nach Süden über die Ebene. Leuchtend wie sterbende Herbstblätter hoben sich ihre Kriegsfarben vom bleichen Winterhimmel ab. Sie würden alle vernichtet werden, selbst die Toten. Morgon wußte es. Kein lebendes Bewußtsein, keine Erinnerung von Toten konnte unter dem Ansturm der Macht überleben, die sich auch von seinen Kräften speiste. Mathom ritt an der Spitze seiner Krieger; in den Bäumen schickte sich Har an, die Vesta auf die Ebene hinauszuschicken. Danans Bergleute, flankiert von den Wachen der Morgol, setzten sich in Bewegung, um Astrins Heer zu folgen. Er wußte nicht, wie er ihnen helfen sollte. Dann sah er, daß im Südosten, am Rand der Ebene, Eliard und die Bauern von Hed, nur mit Hämmern und Äxten und grimmiger Entschlossenheit bewaffnet, auf die Ebene hinausmarschierten, um ihn zu retten.

Er hob den Kopf. Ein fremder Geist senkte sich über den seinen, und die Bilder, die er wahrgenommen hatte, verschwammen. Das ganze Reich schien sich zu verfinstern; Teile seines Lebens entglitten ihm. Er versuchte, sie festzuhalten, die Hände ins Gras gekrallt, während das schreckliche Gefühl ihn überkam, daß alle Hoffnung, die der Erhabene in ihn gesetzt hatte, umsonst gewesen war. Da öffnete sich in einem geheimen Winkel seines Geistes eine Tür. Er sah Tristan auf die Veranda von Akren hinaustreten. Sie fröstelte ein wenig im kalten Wind, und die Augen, die zum Festland blickten, waren dunkel und voller Furcht.

Mit der ganzen unerschütterlichen Hartnäckigkeit, die die kleine Insel ihm mitgeben konnte, schob er sich hoch, zuerst auf die Knie, dann auf die Füße. Ein Windstoß schlug ihm fauchend ins Gesicht; er konnte kaum das Gleichgewicht halten unter seinem wütenden Ansturm. Er stand mitten im Herzen des Chaos. Rund um ihn herum stürmten Lebendige und Tote auf der einen Seite, Erdherren auf der anderen, dem tödlichen Zusammenstoß entgegen; das Wissen um das Landrecht des Reiches wurde ihm Stück um Stück entrissen; er hatte die Winde befreit. Sie tobten brüllend über das Reich, sprachen von Wäldern, deren Bäume unter ihrer Gewalt zu knicken drohten, von zertrümmerten Dörfern und abgedeckten Dächern. Das Meer stieg, es würde Heureu töten, wenn er — Morgon — nicht handelte. Eliard würde sterben, wenn er ihn nicht zurückhalten konnte. Er versuchte, Eliards Geist zu erreichen, doch während er suchend über die Ebene schweifte, verfing er sich nur in einem Netz anderer Gedanken.

Wie eine Flutwelle, die Gras und Büsche entwurzelt, entrissen sie ihm Wissen und Macht. Es schien kein Entrinnen vor ihnen zu geben; kein Bild des Friedens wollte sich in seinem Geist formen, sie abzuwehren. Dann sah er vor sich etwas glitzern. Es war seine zerbrochene Harfe, die im Gras lag. Ihre Saiten, von den Winden gespielt, blitzten stumm.

Ein mächtiger, unverfälschter Zorn, der nicht sein eigener war, durchloderte ihn plötzlich und verbrannte alle Fesseln, die seinen Geist gefangenhielten, zu nichts. Danach war sein Geist so klar wie der Glanz der Sonne. Er fand Rendel neben sich, die ihn einen flüchtigen Moment lang mit ihrem Zorn befreit hatte, und er hätte vor ihr auf die Knie fallen mögen dafür, daß sie noch lebte, dafür, daß sie an seiner Seite war. In jenem Augenblick, den sie ihm geschenkt hatte, erkannte er, was er tun mußte.

Dann prallten die Kräfte des Reiches vor ihm aufeinander. Skelette von Toten, schimmernde Kettenhemden und blitzende Schilde von Lebenden, Vesta, so weiß wie der Schnee, der vom Himmel herabfiel, die Wachen der Morgol mit ihren schlanken Speeren aus Silber und Eschenholz trafen auf die

Erdherren, die voll erbarmungsloser, unmenschlicher Macht waren.

Zum erstenmal hörte er den jammervollen Schrei einer Vesta im Tode, ein klagender Ruf nach ihren Gefährten. Er spürte, wie die Namen der Toten aus seinem Geist gelöscht wurden wie Kerzen vom Wind. Männer und Frauen kämpften mit Speeren und Schwertern, mit Pickeln und Äxten gegen einen Feind, der keinen Augenblick ein und dieselbe Gestalt beibehielt, sondern mit ständiger fließender Wandlung seiner äußeren Erscheinung den Gegner in Verzweiflung und Tod stürzte. Morgon fühlte, wie sie starben, Teile seiner selbst. Danans Bergleute brachen zusammen wie mächtige Bäume. Die Bauern von Hed, die sich einem Feind gegenübersahen, der alle ihre Vorstellungen sprengte, da nichts in der friedlichen Geschichte ihrer Insel sie je hatte ahnen lassen, daß es solche Wesen gab, schienen zu verwirrt, um sich auch nur zu verteidigen. Ihre Leben wurden Morgon wie in ihm verwurzelte Pflanzen entrissen. Die ganze Ebene schien wie ein brüllendes, sich aufbäumendes Tier, und ein Teil seiner selbst kämpfte ohne Hoffnung auf Überleben gegen den finsteren, hinterhältigen Feind, den man nicht fassen konnte und der den Tod des Reiches beschlossen hatte. In den kurzen Augenblicken der Schlacht spürte er den ersten der Landherrscher sterben.

Er fühlte den Kampf in Heureus Geist, als dieser, verwundet und hilflos, versuchte, den wütenden Aufruhr in seinem Land zu begreifen. Sein Körper war nicht kräftig genug für solche Qual. Er starb allein, in den Ohren das Tosen der Brandung und die Schreie der Sterbenden auf der Ebene der Winde. Morgon spürte, wie die Lebenskraft aus dem König in die Erde von Ymris zurückströmte. Und auf dem Schlachtfeld wurde Astrin, der um sein Leben kämpfte, plötzlich von einem überwältigenden Schmerz heimgesucht, und alle Landinstinkte erwachten in ihm.

Sein Schmerz ließ den von Morgon um den Erhabenen, um Heureu, um das Reich wieder aufleben, das seiner Hege anvertraut war und in ihm starb. Sein Geist öffnete sich mit einem klagenden Harfenton, der auch ein Ruf war — ein Ruf an einen Südwind, der heulend über das Hinterland fegte. Ton um Ton rief er die entfesselten Winde zur Ebene der Winde zurück.

Klirrend vor Kälte kamen sie aus den nördlichen Einöden zu ihm; regenschwer aus dem Hinterland; von Salz- und Schneeduft geschwängert vom Meer; nach feuchter Erde riechend aus Hed. Sie rasten. Sie drückten das Gras von einem Ende der Ebene zum anderen zur Erde nieder. Sie schleuderten seinen Körper in die Luft und entwurzelten Eichen am Rande der Ebene. Sie beweinten die Finsternis seines Schmerzes, zerrissen die Luft mit ihrem schrillen, wimmernden Klagen. Sie stoben die Heere vor sich auseinander wie Spreu. Reiterlose Pferde jagten vor ihnen her. Tote zerschmolzen in Erinnerung; Schilde wirbelten wie Blätter durch die Luft; Männer und Frauen lagen auf der Erde und versuchten kriechend, den Winden zu entkommen. Selbst die Erdherren wurden in ihrem Ansturm aufgehalten; gleich, welche Gestalt sie annahmen, gegen die Winde konnten sie nichts ausrichten.

Morgons Geist war in Harfentöne gebrochen. Verbissen kämpfte er darum, sie in eine Ordnung zu zwingen. Der dröhnende Nordwind sandte seinen tiefen Ton durch ihn hindurch, und Morgon ließ ihn in seinem Geist anschwellen, bis dieser wie eine Harfensaite vibrierte. Da gab der Wind ihn schließlich frei. Er zog eine andere Stimme in sich hinein, die dünne, feurige Stimme eines Windes aus dem fernsten Hinterland. Mit einem süßen, schrecklichen Ton durchglühte sie seinen Geist. Er glühte mit ihr und nahm sie in sich auf. Ein dritter Wind, der über das Meer tobte, jagte ein wildes Lied durch ihn hindurch. Er sang mit ihm, wandelte die Stimme in ihm, in den Winden, in Sanftheit. Die stürmischen Wogen, die gegen die Küsten von Hed brandeten, legten sich langsam. Ein anderer Wind wob sein Lied durch seinen Geist. Er war aus der Winterstille des Isig-Passes gesponnen und den Harfenklängen, die noch immer in der Finsternis des Erlenstern-Bergs widerklangen. Er flocht die Stille und die Finsternis in sein eigenes Lied.

Der geistigen Kräfte der Erdherren war er kaum gewahr, während er um die Herrschaft der Winde rang. Die Macht der

Winde erfüllte ihn, kämpfte mit ihm und schützte ihn doch auch. Kein Geist auf der Ebene hätte ihn anrühren können, durchdrungen wie er war von den Stürmen und Winden. Ein fernes Auge in seinem Geist war auf das Reich gerichtet, dem er verbunden war. Krieger flohen in die Grenzwälder. Sie mußten ihre Waffen zurücklassen. Nicht einmal die Verwundeten konnten sie mitnehmen. Bis nach Caithnard, Caerweddin und Hed war das Fauchen und Brüllen und Wimmern seines Kampfes mit den Winden zu hören. Die Zauberer hatten die Ebene verlassen; er spürte das Vergehen ihrer Kräfte, als sie Verwirrung und Angst in sich hineinließen. Das graue Licht der Abenddämmerung wob Schleier über die Ebene, und dann kam die Nacht, und er rang mit den kalten, zähen Winden der Dunkelheit, die mit Wolfsstimmen heulten.

Er legte die Winde in Fesseln und zwang ihnen seine Macht auf. Er hätte einen Ostwind auf den innersten Punkt der Steingruft neben sich loslassen können, um die Trümmer über die ganze Ebene zu verstreuen. Er hätte eine Schneeflocke von der Erde aufheben oder eine der gefallenen Wachen, die unter einer dünnen Schneedecke lagen, umdrehen können, um ihr Gesicht zu sehen.

Rund um die Ebene brannten die ganze Nacht Hunderte von Feuern; Männer und Frauen des Reiches warteten schlaflos im Schein der Flammen, während er mit den verrinnenden Stunden um die Entscheidung über ihr Schicksal rang. Sie versorgten ihre Verwundeten und fragten sich, ob sie den Übergang der Macht vom Erhabenen auf seinen Erben überleben würden.

Endlich kam der Morgen.

Wie ein einsames Auge starrte er durch weißen Nebel auf ihn herab. Er zog sich in sich selbst zurück, in den Händen die gefesselten Winde. Er war allein auf einer stillen Ebene. Die Erdherren hatten ihr Schlachtfeld ostwärts verlegt, zogen jetzt durch Ruhn. Einen Moment lang stand er reglos da und fragte sich, ob er eine einzige Nacht oder ein Jahrhundert von Nächten durchlebt hatte. Dann zog er seinen Geist von der Nacht ab und sandte ihn aus, den Weg der Erdherren zu erkunden.

Sie waren quer durch Ruhn geflohen. Städte und Bauernhöfe, Dörfer und Häuser von Edelleuten lagen in Trümmern; Felder, Wälder und Obstpflanzungen waren vernichtet. Menschen und Tiere, die in den Sog ihrer geistigen Kräfte gerieten, waren getötet worden. Während sein Geist über das verwüstete Land schweifte, rührte sich in ihm eine Harfenweise. Die Winde in seiner Hand erwachten bei den Klängen, erhoben sich in gefährlichem Zorn, rissen ihn aus seinem Körper, bis er halb Mensch, halb Wind war, ein Harfner, der auf einer Harfe ohne Saiten ein Todeslied spielte.

Da ließ er all die Kräfte aufstehen, die unter den herrlichen alten Städten überall in Ymris begraben lagen. Er hatte sie im Geist des Erhabenen gespürt, und jetzt wußte er endlich, warum die Erdherren um den Besitz ihrer alten Städte gekämpft hatten. Sie waren alle Gräber, zertrümmerte Denkmäler ihrer Toten. Jahrtausende hatten die Kräfte unter der Erde geschlafen. Doch wie die Geister der Toten von An konnten auch die Geister der toten Erdherren durch Erinnerung geweckt werden, und Morgon, dessen Geist tief unter die Steine drang, riß sie mit seinem Schmerz gewaltsam aus ihrem Schlaf. Er sah sie nicht. Doch auf der Ebene der Winde und auf der Ebene von Königsmund, in den Ruinenstädten von Ruhn und Ost-Umber schwoll eine Kraft, die über den steinernen Trümmern hing wie die unheimliche, bedrohlich knisternde Spannung vor dem ersten krachenden Donner eines Gewitters. Überall in Ymris war diese Spannung zu spüren. Keiner sprach; alle warteten.

Morgon wehte über die Ebene der Winde. Ein Heer von toten Erdherren folgte ihm, schwebte über Ymris hinweg, auf der Suche nach den lebenden Erdherren, um einen Krieg zu beenden. Winde stöberten die Erdherren aus Stein und Blatt auf, in deren Gestalten sie Zuflucht gesucht hatten; die Toten trieben sie stumm und erbarmungslos aus dem Land, das sie einst geliebt hatten. Sie jagten durch das Hinterland, durch regennasse, dunkle Wälder, über kahle Hügel, über die eisstarren Seen von Lungold. Von den Winden geführt und von den Toten gefolgt, blieb Morgon ihnen unerbittlich auf den Fersen und hetzte sie über die Schwelle des Winters. So erbarmungslos, wie einst sie ihn gejagt hatten, trieb er sie jetzt dem Erlenstern-Berg zu.

Noch ein letztes Mal versuchten sie, ihn niederzukämpfen, als er sie ins Innere des Berges zwang. Doch die Toten erhoben sich um ihn wie Stein, und die Winde fielen sie wütend an. Er hätte sie vernichten, ihnen alle Macht entreißen können, so wie sie das bei ihm versucht hatten. Doch etwas von ihrer Schönheit hatte sich in Rendel bewahrt. Es ließ ihn ahnen, was sie hätten sein können, und er brachte es nicht über sich, sie zu töten. Er rührte nicht einmal ihre geistigen Kräfte an. Er trieb sie in den Erlenstern-Berg, wo sie sich vor ihm in die Gestalt von Wasser und Edelstein flüchteten. Er verschloß den ganzen Berg — alle Schächte und verborgenen Quellen, die Oberfläche der Erde und den Grund aus Fels und Stein — mit seinem Namen. Und die Toten band er in Bäume und Stein, Licht und Wind rund um den Berg, ihn zu bewachen. Dann ließ er die Winde spielen, und sie überzogen von Norden her das ganze Reich mit Winter.

Danach kehrte er von Erinnerungen getrieben auf die Ebene der Winde zurück. Sie war vollkommen mit Schnee bedeckt. Unter den Bäumen rundherum stiegen zahllose Rauchfahnen in die Luft. Niemand hatte die Ebene verlassen. Männer, Frauen und Tiere waren geblieben, seine Rückkehr zu erwarten. Sie hatten ihre Toten begraben und Nachschub kommen lassen; sie waren gerüstet, den Winter hier auf dieser Ebene zu verbringen, die sie gefesselt hielt.

Neben der Ruine des Turms trat Morgon in seiner natürlichen Gestalt aus den Winden. Er hörte die Stimme der Morgol, die mit Goh sprach. Er sah Har, der den Knochen am gebrochenen Lauf einer Vesta prüfte. Er wußte nicht, ob Eliard noch am Leben war. Langsam hob er den Kopf und blickte auf das riesige steinerne Grab und trat in seinen Schmerz hinein. Er drückte sein Gesicht an einen der kalten, schönen Steine und umspannte ihn mit den Armen, während ihn danach verlangte, die ganze Gruft zu umschließen, in sein Herz aufzunehmen. Er fühlte sich plötzlich gefesselt, als wäre er der Geist eines Toten, und als wäre seine ganze Vergangenheit unter diesen Steinen begraben.

Während er dort in seiner Trauer stand, kamen langsam die ersten Menschen über die Ebene geschritten. Er sah sie, ohne zu denken, mit dem Auge seines Geistes: winzige Gestalten, die über die leere, schneebedeckte Ebene schwärmten. Als er sich schließlich umdrehte, sah er, daß sie ihn in einem Kreis tiefen Schweigens umgaben.

Sie waren, daß spürte er, so zu ihm hingezogen worden, wie er immer zu Thod hingezogen worden war: ohne Grund, ohne Frage, einfach aus Instinkt. Die Landherrscher des Reiches und die vier Zauberer standen ruhig an seiner Seite. Sie wußten nicht, was sie sagen sollten, während er dort in all seiner Macht und all seinem Schmerz vor ihnen stand. Sie wußten nur, daß er diesem uralten Land endlich Frieden gebracht hatte.

Er blickte auf all die Gesichter, die ihm so vertraut waren. Sie waren gezeichnet von der Trauer um den Erhabenen und die Gefallenen. Als er Eliard unter ihnen entdeckte, spürte er, wie sich in seinem Herzen etwas schmerzhaft zusammenzog. Nie zuvor hatte er Eliards Züge so gesehen — farblos und starr wie die winterliche Erde. Viele seiner Bauern waren gefallen und nach Hed zurückgebracht worden, um dort im froststarren Land begraben zu werden. Der Winter würde hart werden für die Lebenden, und Morgon wußte nicht, wie er seinen Bruder trösten sollte. Doch noch während Eliard Morgon stumm ansah, leuchtete in seinen Augen etwas auf, das nie ein Teil des stets gleichbleibenden Erbes der Fürsten von Hed gewesen war — ein Funken von Wissen um das Geheimnisvolle.

Morgons Blick wanderte zu Astrin. Er schien noch immer wie betäubt von Heureus Tod und dem Bewußtsein der weitreichenden Macht, die auf ihn übergegangen war.

»Es tut mir leid«, sagte Morgon. Die Worte klangen so dünn und nichtssagend, wie der Schnee es war, der die massigen Steine hinter ihm überzog. »Ich spürte seinen Tod. Aber ich konnte — ich konnte ihm nicht helfen. Ich spürte so viel

Tod ...«

Das eine weiße Auge schien bei dem Wort tief in ihn hineinzublicken.

»Ihr lebt«, flüsterte Astrin, »Erhabener. Ihr habt überlebt, um Euch endlich selbst Euren Namen zu geben, und Ihr habt diesem Morgen Frieden gebracht.«

»Frieden.« Er fühlte die eisige Kälte der Steine hinter sich.

»Morgon«, sagte Danan leise, »als wir den Turm einstürzen sahen, glaubte keiner von uns, daß er den nächsten Tag noch sehen würde.«

»Und so viele haben ihn nicht mehr gesehen. So viele von Euren Bergleuten sind gefallen.«

»So viele sind nicht gefallen. Ich habe einen mächtigen Berg voller Bäume. Ihr habt ihn uns zurückgegeben. Ihr habt uns eine Heimat geschenkt, in die wir zurückkehren können.«

»Wir haben den Übergang der Macht vom Erhabenen auf seinen Erben erlebt«, bemerkte Har. »Wir haben einen Preis dafür bezahlt, das miterleben zu dürfen, aber — wir haben überlebt.« Seine Augen leuchteten milde im reinen, kalten Licht. Er zog seinen Umhang fester um seine Schultern — ein knorriger, alter König, in dessen Herz die frühesten Erinnerungen an das Reich wohnten. »Ihr habt einen großen Kampf geführt, und Ihr habt gesiegt. Grämt Euch nicht um den Erhabenen. Er war alt, dem Ende seiner Macht nahe. Er hinterließ Euch ein vom Krieg zerrissenes Reich, ein schreckliches Erbe, und seine ganze Hoffnung. Ihr habt ihn nicht enttäuscht. Jetzt können wir alle in Frieden heimwärts ziehen und brauchen den Fremden an unserer Türschwelle nicht mehr zu fürchten. Wenn die Tür sich unerwartet den Winterstürmen öffnet und wir vom warmen Feuer aufblicken, um den Erhabenen in unserem Haus zu finden, dann werdet Ihr es sein. Dieses Geschenk hat er uns hinterlassen.«

Morgon schwieg. Wieder nagte der Schmerz an ihm wie eine züngelnde Flamme trotz all ihrer Worte. Da spürte er in einem von ihnen einen gleichartigen Schmerz, den keine Worte stillen konnten. Er suchte ihn und fand ihn in Mathom, der müde dastand, wie beschattet vom Tod.

Morgon trat einen Schritt auf ihn zu.

»Wer?«

»Duac«, antwortete der König. Er holte tief Atem, während er dunkel wie der Geist eines Toten im weißen Schnee stand. »Er weigerte sich, in An zu bleiben — die einzige Auseinandersetzung, bei der ich je verloren habe. Mein Landerbe mit den Augen des Meeres . . .«

Morgon blieb stumm, während er sich fragte, wie viele seiner Bindungen zerrissen worden waren, wie viele Tode er nicht gespürt hatte. Aus einer Erinnerung heraus sagte er unvermittelt: »Ihr wußtet, daß der Erhabene hier sterben würde.«

»Er gab sich zu erkennen«, erwiderte Mathom. »Ich brauchte das nicht zu träumen. Begrabt ihn hier, wo er seinen Tod suchte. Laßt ihn ruhen.«

»Ich kann nicht«, flüsterte Morgon. »Ich war sein Tod. Er wußte es. Die ganze Zeit wußte er es. Ich war sein Schicksal, so wie er das meine war. Unsere Leben waren in einem einzigen, beständigen Rätselkampf verknüpft . . . Er schmiedete das Schwert, das ihn tötete, und ich habe es ihm hierher gebracht. Wenn ich gedacht hätte — wenn ich gewußt hätte . . .«

»Was hättet Ihr getan? Er besaß nicht die Kraft, diesen Krieg zu gewinnen. Er wußte, daß Ihr ihn gewinnen würdet, wenn er Euch seine Macht übertrug. Diesen Kampf zumindest hat er gewonnen. Nehmt es an.«

»Ich kann nicht — noch nicht.« Er legte eine Hand auf die Steine. Dann hob er den Kopf und suchte am Himmel etwas, das er in seinem Geist nicht finden konnte. Doch das Antlitz des Himmels war bleich und starr.

»Wo ist Rendel?«

»Eine Zeitlang war sie bei mir«, antwortete die Morgol. Ihr Gesicht war so still wie der Wintermorgen. »Dann verschwand sie. Um Euch zu suchen, glaubte ich. Aber vielleicht braucht auch sie Zeit für ihren Schmerz.« Sie lächelte ihn an und berührte sein Herz. »Morgon, er ist tot. Aber für kurze Zeit habt Ihr ihm etwas gegeben, das er lieben konnte.«

»Und Ihr auch«, flüsterte er.

Danach wandte er sich ab, um irgendwo im Inneren seines

Reiches seinen eigenen Trost zu finden. Er wurde zu Luft oder Schnee, manchmal blieb er auch er selbst. Er wußte es nicht. Er wußte nur, daß er keine Fußstapfen im Schnee hinterließ, denen einer hätte folgen können.

In vielen Gestalten streifte er durch das Land und knüpfte die zerrissenen Bindungen neu, bis es keinen Baum, kein Insekt, keinen Menschen im ganzen Reich gab, den er nicht kannte. Nur eine Frau gewahrte sein Geist nie. Die Winde, die in ihrer grenzenlosen Neugier alles erforschten, berichteten ihm von Edelleuten und Kriegern, die, heimatlos geworden, an Astrins Hof Zuflucht suchten, von Händlern, die mit den stürmischen Meeren kämpften, um Getreide von An und Herun und Bier aus Hed in das vom Krieg verheerte Land zu bringen. Sie ließen es ihn wissen, als die Vesta nach Osterland heimkehrten, und sie erzählten ihm, daß der König von An seine Toten wieder in die Erde der Drei Teile eingebunden hatte. Sie lauschten den Zauberern, die in Caithnard den Wiederaufbau der großen Schule in Lungold berieten, während die Rätselmeister das letzte der ungelösten Rätsel auf ihren Listen lösten. Er spürte, daß Har an seiner Feuerstelle mit den Wölfen zu seinen Füßen auf ihn wartete. Er fühlte den Blick der Morgol, die dann und wann über die Mauern ihres Hauses und die Hügelketten ihres Landes hinweg nach ihm und Rendel Ausschau hielt.

Er versuchte, seinen Schmerz zu stillen, indem er endlose Tage lang in der Einöde saß wie ein verwittertes Geflecht alter Wurzeln und Schritt um Schritt die Spiele zusammensetzte, die der Harfner gespielt hatte, und er verstand sie. Doch das Verstehen tröstete ihn nicht. Er versuchte, auf einer Harfe zu spielen, die so unermeßlich war wie der Nachthimmel und von Sternen übersät, doch auch das brachte ihm keinen Frieden. Rastlosigkeit trieb ihn von kalten, kahlen Gipfeln hinunter in stille Wälder und selbst an die Feuer von Gasthäusern und Bauernhäusern, wo er mit Freundlichkeit als ein Fremder aufgenommen wurde, der Schutz vor der Kälte suchte. Er wußte nicht, wonach sein Herz verlangte; warum der Geist des Harfners keine Ruhe fand.

Eines Tages grub er sich aus einer Schneewehe in der nördlichen Einöde, fühlte sich nach Süden getrieben, ohne zu wissen, warum. Er wandelte sich auf seinem Weg quer durch das Reich unzählige Male in immer andere Gestalten, doch in keiner fand er Frieden. Er begegnete dem Frühling auf seinem Weg nach Norden, und die Unrast in ihm wurde noch drängender. Die Winde, die aus Westen und Süden wehten, rochen nach frisch gepflügter Erde und Sonnenschein. Sie schlugen sanftere Töne auf seiner Windharfe an. Doch in ihm waren keine sanften Gefühle. In Bärengestalt trottete er durch Wälder, schwang sich in Falkengestalt zum Mittagshimmel hinauf. Drei Tage lang hockte er auf dem Bug eines Handelsschiffes, das schwankend auf den Wellen des Meeres ritt, bis die Seeleute, denen seine starren Seevogelaugen unheimlich wurden, ihn fortscheuchten. Fliegend, kriechend, mit einer Horde von Wildpferden galoppierend, folgte er der Küste von Ymris, bis er Meremont erreichte. Dort trieben seine Erinnerungen ihn zur Ebene der Winde.

Auf der Ebene fand er die Gestalt eines Fürsten von Hed mit Händen, die von Narben gezeichnet waren, und drei Sternen im Gesicht. Um ihn herum hallte das Getümmel einer Schlacht wider; Steine stürzten ein und lösten sich auf. Das Gras vibrierte wie die zerrissenen Saiten einer Harfe. Ein Lichtstrahl der untergehenden Sonne brannte in seinen Augen. Er wandte sich von ihm ab und sah Rendel.

Sie war in Hed, am Strand oberhalb von Tol. Sie hockte auf einem Felsen und schleuderte zersprungene Muschelschalen ins Meer, vom Gischt der Brandung umsprüht. Ihr Antlitz schien ein Spiegel der Gefühle, die in seinem Herzen waren, eine Mischung aus Ratlosigkeit und Traurigkeit. Es zog an ihm wie eine Hand. Er flog über das Wasser und nahm vor ihr seine natürliche Gestalt an.

Sprachlos, eine Muschel in der Hand, blickte sie zu ihm auf. Auch er fand keine Worte. Er fragte sich, ob er in den nördlichen Einöden alle Sprache vergessen hatte. Stumm setzte er sich neben sie, von dem Verlangen getrieben, in ihrer Nähe zu sein. Er nahm die Muschel aus ihrer Hand und warf sie in die

Wellen.

»Du hast mich aus den Tiefen der nördlichen Einöden hierhergezogen«, sagte er. »Ich war — ich weiß nicht, was ich war. Etwas Eiskaltes.«

Sie strich ihm eine Strähne zottigen Haars aus den Augen.

»Ich war neugierig, ob du hierherkommen würdest. Ich dachte mir, du würdest schon kommen, wenn du soweit wärst.«

In ihrer Stimme lag eine Resignation, die er nicht verstand.

»Wie hätte ich kommen können? Ich wußte ja nicht, wo du warst. Du bist von der Ebene der Winde einfach verschwunden.«

Einen Moment lang starrte sie ihn verwundert an.

»Ich dachte, du wüßtest alles. Du bist der Erhabene. Du weißt sogar schon, was ich als nächstes sagen werde.«

»Nein, das weiß ich nicht«, widersprach er. Er bohrte ein Stück gesprungene Muschelschale aus einem Spalt und schleuderte es ins Wasser. »Du bist nicht in meinen Geist gebunden. Ich wäre längst zu dir gekommen, wenn ich nur gewußt hätte, wo, in Hels Namen, ich dich suchen soll.«

Sie schwieg, während sie ihn forschend ansah. Er erwiderte schließlich ihren Blick, seufzte leicht und legte seinen Arm um ihre Schultern. Ihr Haar roch nach Salz; ihr Gesicht begann, sich unter der Sonne zu bräunen.

»Ich bin von einem Geist besessen«, sagte er. »Ich glaube, mein Herz wurde in diesem steinernen Grab verschüttet.«

»Ich weiß.«

Sie küßte ihn und legte ihren Kopf an seine Schulter. Eine Woge wälzte sich zu ihren Füßen hinauf und glitt wieder zurück. Der Hafen von Tol wurde wieder aufgebaut; mächtige Fichtenstämme aus den nördlichen Gebieten lagen am Strand. Sie blickte über das Meer hinweg nach Caithnard, über das sich schon die abendlichen Schatten senkten.

»Die Schule der Rätselmeister ist wieder offen«, sagte sie.

»Ich weiß.«

»Wenn du alles weißt, worüber sollen wir dann in Zukunft sprechen?«

»Ich weiß nicht. Über nichts wohl.«

Er sah ein Schiff, das von Tol aus übers Meer fuhr. Es trug einen Fürsten von Hed und einen Harfner. Das Schiff legte in Caithnard an. Beide, der Fürst von Hed und der Harfner, gingen von Bord, um eine lange Reise anzutreten ... Wann sie wohl enden würde, fragte er sich.

Er zog Rendel näher an sich, seine Wange an ihrem Haar. Er hatte es geliebt, in diesem Widerschein des letzten Lichts auf seiner Harfe zu spielen, doch die gestirnte Harfe war zerbrochen, ihre Saiten vom Schmerz zerrissen. Er berührte eine Muschel, die am Fels klebte, und ihm fiel ein, daß er ihre Gestalt niemals angenommen hatte. Träge plätschernd schlug das Meer gegen die Felsen. Und in diesem Augenblick war er nahe daran, die letzten Klänge eines Liedes zu hören, das er einst geliebt hatte.

»Was hast du mit den Erdherren getan?«

»Ich habe sie nicht getötet«, antwortete er leise. »Ich habe ihnen nicht einmal ihre Kräfte genommen. Ich habe sie im Erlenstern-Berg eingeschlossen.«

Er spürte, wie sie einen lautlosen Seufzer ausstieß.

»Ich hatte Angst zu fragen«, flüsterte sie.

»Ich konnte sie nicht vernichten. Wie hätte ich das tun können? Sie waren ein Teil von dir — und von Thod. Sie sind gebannt, bis sie sterben oder bis ich sterbe — je nachdem, was zuerst eintritt ...« Mit müdem Blick sah er auf die nächsten Jahrtausende. »Rätsel. War dies wirklich das letzte? Enden alle Rätsel in einem Turm ohne Tür? Mir ist, als hätte ich diesen Turm Stein um Stein, Rätsel um Rätsel aufgebaut, und als ich den letzten Stein einfügte, da zerstörte ich ihn.«

»Ich weiß es nicht. Als Duac fiel, war ich so tieftraurig. Mir war, als hätte man mir etwas aus dem Herzen gerissen. Es schien mir so ungerecht, daß er in diesem Krieg fallen mußte, da er doch der vernünftigste und geduldigste von uns war. Diese Wunde ist verheilt. Aber der Harfner ... Ich ertappe mich dabei, daß ich erwarte, durch das Rauschen des Wassers, durch das Blitzen des Lichts sein Spiel zu hören ... Ich weiß nicht, warum wir ihn nicht ruhen lassen können.«

Morgon zog ihr Haar aus den Fingern des Windes und glättete es. Er tauchte irgendwo in den ständigen Strom seiner Gedanken ein, der unmittelbar unter der Oberfläche seines Bewußtseins floß. Er hörte Tristan mit Eliard sprechen, während sie in Akren den Tisch deckte. In Hel sahen Nun und Raith von Hel bei der Geburt eines Schweins zu. In Lungold barg Iff Bücher aus der abgebrannten Bibliothek der Zauberer. In Kronstadt sprach Lyra mit einem jungen Edlen aus Herun und vertraute ihm Dinge über die Schlacht in Lungold an, die sie keinem andern gesagt hatte. Auf der Ebene der Winde wurden die zersprungenen Teile eines Schwerts langsam vom Gras überwuchert.

Er roch, wie das Zwielicht des Abends Hed einhüllte, das junge Gras, die umgepflügte Erde, die sonnenwarmen Blätter der Bäume. Wieder zog die Erinnerung an ein Lied, das kein Lied war, an seinen Gedanken, und beinahe wäre es ihm gelungen, seine Melodie zu vernehmen. Rendel schien es zu hören. Sie lehnte sich an ihn, und ihr Gesicht wurde friedlich im letzten warmen Licht.

Er sagte: »In Hel kommt gerade ein sprechendes Schwein zur Welt. Nun und der Herr von Hel sind dabei.«

Sie lächelte plötzlich. »Das erste seit drei Jahrtausenden. — Morgon, während ich auf dich wartete, mußte ich etwas tun, deshalb erforschte ich das Meer. Und da habe ich etwas gefunden, das dir gehört. Es ist jetzt in Akren.«

»Was?«

»Weißt du es nicht?«

»Nein. Soll ich deine Gedanken lesen?«

»Nein. Niemals. Wie könnte ich dann mit dir streiten?«

Sein Gesichtsausdruck änderte sich plötzlich, und ihr Lächeln vertiefte sich.

»Pevens Krone?«

»Eliard sagt, sie wäre es. Ich habe sie ja nie zuvor gesehen. Sie war ganz von Seetang überwachsen. Nur der eine große Stein war klar wie ein Auge. Das Meer ist wunderschön. Vielleicht werde ich in ihm leben.«

»Und ich lebe in der Einöde«, meinte er. »Einmal alle hundert Jahre tauchst du aus dem Meer empor, und ich komme zu dir oder ich ziehe dich mit meinem Harfenspiel in die Winde hinein . . .«

Da endlich hörte er es — im Seufzen der Wellen, in dem Fels, auf dem sie saßen, uralt und voller Wärme. Zaghaft öffnete sich sein Herz diesem Gefühl, das er seit Jahren nicht mehr gekannt hatte.

»Was ist?«

Sie lächelte noch immer. In ihren Augen, die ihn ansahen, spiegelte sich der Glanz der versinkenden Sonne. Lange Zeit lauschte er still. Er nahm ihre Hand und stand auf. An seiner Seite schritt sie zur Küstenstraße über den Felsen. Die letzten Sonnenstrahlen ergossen sich über die grünen Felder. Die Straße vor ihnen schien schnurgerade ins Licht zu führen. Er blieb stehen, und während sein Herz aufging wie ein Samenkorn, hörte er in ganz Hed, im ganzen Reich eine vertraute Stille, die aus dem Herzen aller Dinge kam.

Die Stimme verwob sich tief in Morgons Geist und fand dort einen Ruheplatz. Ob es eine Erinnerung war oder ein Teil seines Erbes oder ein Rätsel, das keine Lösung hatte, wußte er nicht. Er zog Rendel nah an sich, ausnahmsweise mit der Unwissenheit zufrieden.

Sie schritten die Straße entlang nach Akren. Rendel begann, ihm mit heiterer, ruhiger Stimme von Perlen und leuchtenden Fischen und vom Gesang des Wassers in der Tiefe des Meeres zu erzählen. Langsam ging die Sonne unter; der Abend schritt durch das Reich, begleitete Morgon und Rendel, ein Fremder mit silbernem Haar, die Nacht im Rücken, das Gesicht stets dem Morgen zugewandt.

Und ein zitternder, unerwarteter Friede senkte seine Wurzeln in Morgons Herz.

ENDE

Acor von Hel dritter König von Hel
Aia Frau von Har aus Osterland
Aker, Jarl toter Händler aus Osterland
Akren Sitz der Landherrscher von Hed
Aloil Zauberer, der in den Diensten der Könige von Ymris stand und lebte, noch bevor die Schule der Zauberer in Lungold gegründet war
Amory, Wyndon Bauer aus Hed; seine Tochter ist Arin
An großes Königreich mit der Hauptstadt Anuin und dem Herrscher Mathom
Anoth Ärztin am Hofe Heureus von Ymris
Anuin Hauptstadt von An; Sitz von Mathom
Arya eine Frau aus Herun
Ash Sohn und Landerbe von Danan Isig
Astrin Landerbe von Ymris; Bruder Heureus
Athol toter Vater von Morgon, Eliard und Tristan; ein Fürst von Hed
Auber von Aum Nachkomme von Peven von Aum
Aum einstiges Königreich, nun einer der drei Teile von An

Bere Enkel von Danan Isig, Sohn von Vert
Borst von An einstiger Landherrscher von An; kam um, weil er absichtlich einen Teil von An zerstörte, um es dem Zugriff der Feinde zu entziehen

Caerweddin Hauptstadt von Ymris; Sitz von Heureu; eine Hafenstadt an der Mündung des Flußes Thul
Caithnard eine freie Hafenstadt zwischen Ymris und An; Sitz der Schule der Rätselmeister
Col einstiger Herr von Hel
Corrig Gestaltwandler; Ylons Vater, Vorfahre von Rendel
Corvett, Bri Kapitän von Mathom von An

Croeg, Cyn Ritter von An, mit Ländereien in Ost-Aum; ein Abkömmling der Könige von Aum
Croeg, Mara Cyn Croegs Frau; die Blume von An
Cron einstiger Morgol (Landherrscher) von Herun; voller Name Ylcorcron; sein Harfner war Tirunethod
Cyone Frau von Mathom von An; Mutter von Rendel und Rood

Danan Isig Landherrscher und König von Isig
Dhairrhuwyth ein einstiger Morgol von Herun
Duac Sohn von Mathom und Landerbe von An

Ebene der Winde Flachland in Ymris, wo der Turm der Winde steht und sich eine der zerstörten Städte der Erdherren befindet
Ebene von Königsmund ein anderes Flachland, wo ebenfalls die Ruinen einer Stadt der Erdherren verstreut liegen; der Name ist neueren Datums
Edolen ein Erdherr
Eichenland, Grim Verwalter im Dienste von Morgon von Hed
Eichenland, Spring tote Mutter von Morgon von Hed; Frau von Athol
El Morgol (Landherrscher) von Herun; voller Name Elrhiarhodan
Eliard Bruder von Morgon und Landerbe von Hed
Elieu von Hel jüngerer Bruder von Raith von Hel
Erdherren einstige Bewohner des Landes; Erbauer der beiden untergegangenen Städte von Ymris, eine in der Ebene der Winde, eine in der Ebene von Königsmund
Erhabene, der Gesetzgeber und Lebensspender seit dem Untergang der Erdherren
Eriel ein Gestaltwandler; verwandt mit Corrig und Rendel
Eriel Meremont Frau von Heureu, dem Landherrscher von Ymris

Erlenstern-Berg Sitz des Erhabenen
Evern ›der Falkner‹; ein toter König von Hel

Farr der letzte König von Hel

Galil einstiger König von Ymris; Zeitgenosse von Aloil
Ghisteslohm Begründer der Schule der Zauberer in Lungold
Goh eine der Wachen der Morgol von Herun
Grania tote Frau von Danan Isig, Mutter von Sol
Grimberg dort liegt Yrye, das Heim von Har von Osterland

Hagis toter König von An, Großvater von Mathom
Har Landherrscher und König von Osterland; manchmal auch Wolfskönig genannt
Harte Sitz von Danan Isig auf dem Berg Isig
Hed kleines Inselfürstentum, von Bauern bevölkert
Hel einstiges Königreich, nun Teil von An
Herun Königreich mit der Hauptstadt Kronstadt; unter der Herrschaft der Morgol El
Heureu König und Landherrscher von Ymris
Hlurle Handelshafen in der Nähe von Herun
Hugin Sohn des Zauberers Suth
Hwillion, Map ein junger Ritter mit Besitz im Süden von An

Iff mit dem unaussprechlichen Namen Zauberer im Dienste von Herun zur Zeit des Morgol Rhu
Ilon einstiger Harfner von Har von Osterland
Imer eine Wache im Dienste der Morgol
Ingris von Osterland weigerte sich, den in anderer Gestalt auftretenden Har von Osterland aufzunehmen, und mußte dafür sterben
Isig Königreich unter Danans Herrschaft; berühmt für seine kunstvollen Metallarbeiten und Edelsteinschleifereien

Isig-Paß der Weg von Harte zum Erlenstern-Berg
Kale erster König von An, der eine verzweifelte Schlacht mit dem ›Großen Schrei‹ gewann
Kern von Hed einstiger Fürst von Hed; um ihn dreht sich das einzige Rätsel, das je in Hed seinen Ursprung hatte
Kia eine Wache im Dienste der Morgol
Kor, Rustin Händler
Kraal Handelsstadt im hohen Norden am Meer gelegen
Kronstadt Hauptstadt von Herun; umgeben von sieben Rundmauern; Sitz der Morgol El von Herun
Kyrth Handelsstadt in der Nähe von Harte, dem Sitz von Danan Isig; an der Ose gelegen

Laern Rätselmeister in Caithnard; verlor sein Leben bei einem Rätselkampf mit Peven von Aum
Lein Verwandter des Herrn von Marcher
Loor Fischerdorf in Ymris
Lungold alte Stadt, von Ghisteslohm gegründet; Sitz der Schule der Zauberer
Lyra Tochter der Morgol El von Herun; Landerbin von Herun; voller Name Lyraluthuin

Madir alte Zauberin von An
Marcher Gebiet im Norden von Ymris; vom Ritter von Marcher im Namen des Königs regiert
Mathom Landherrscher und König von An; Vater von Rendel, Rood und Duac
Meister Cannon Bauer aus Hed
Meremont Küstengebiet von Ymris unter der Herrschaft des Ritters Meremont
Meroc Tor Ritter und Herrscher von Tor; Untertan Heureus von Ymris

Morgon Landherrscher und Fürst von Hed; der Sternenträger
Nemir von den Schweinen ein toter König von Hel
Nun alte Zauberin von Lungold, im Dienste der Herren von Hel
Nutt Snog Schweinehirt in Hed

Oen von An Eroberer von Aum; König von An; errichtete einen Turm, um die Zauberin Madir gefangenzusetzen
Ohm ein Rätselmeister von Caithnard
Ohro von Hel ein toter König von Hel; ›der Verfluchte‹ genannt
Osterland Königreich unter der Herrschaft von Har mit der Hauptstadt Yrye

Peven von Aum einstiger Herr von Aum; von den Herrschern von An seit fünfhundert Jahren in einem Turm gefangen; er bewacht die alte Krone von Aum

Raith Herr von Hel, aber Mathom, dem Herrscher von An, unterstellt; Abkömmling der alten Könige von Hel
Re von Aum beleidigte einst den Herrn von Hel und ließ sich aus lauter Angst um die eigene Sicherheit vom Herrn von Hel auf seinem eigenen Herrensitz einkerkern
Rendel Tochter von Cyone und Mathom von An, dem Eroberer der Krone von Aum versprochen
Rhu vierter Morgol von Herun; baute sieben Mauern um Kronstadt; starb auf der Suche nach der Lösung eines Rätsels; voller Name Dhairrhuwyth
Rogge, Tobak Händler
Rood Landerbe von An; Sohn von Mathom; Duacs und

Rendels Bruder; Freund von Morgon
Rork Ritter von Umber, aber Heureu unterstellt
Schwarze, Hallard ein Ritter von An mit Besitz in Ost-Hel
Sec ein Erdherr
Seric Wächter des Erhabenen; geschult bei den Zauberern von Lungold
Sol von Isig toter Sohn von Danan Isig; starb vor der Tür zur Höhle der Verlorenen auf dem Grund des Berges Isig; schliff die Steine für die Sterne auf der Harfe, die Yrth baute
Stein, Harl Bauer in Hed
Streifer, Ash Händler aus Kraal
Suth alter Zauberer, Freund von Har von Osterland

Talies alter Zauberer
Tel einer der Rätselmeister an der Schule von Caithnard
Teril Sohn von Rork Umber
Thistin von Aum Herr von Aum, aber Mathom unterstellt
Thod Harfner des Erhabenen
Tir Erdherr; Herr der Erde und des Windes
Tirunethod Harfner des Morgol Cron, des einstigen Herrschers von Herun
Tol kleiner Fischerhafen in Hed
Tor ein Gebiet in Ymris
Trika eine Wache im Dienste der Morgol
Tristan Schwester von Morgon von Hed
Turm der Winde einziges intaktes Bauwerk der Ruinenstadt in der Ebene der Winde; die Spitze des Turmes ist unerreichbar

Umber Gebiet von Ymris, das von Rork regiert wird, der Heureu unterstellt ist
Uon vor drei Jahrhunderten Harfenbauer in Hel

Ustin von Aum einstiger König von Aum; starb vor Verzweiflung über die Eroberung von Aum durch An
Vert Tochter von Danan Isig

Walt, Lathe Urgroßmutter von Morgon von Hed
Walt, Sil Bauer in Hed

Xel wilde Katze von Astrin Ymris; ein Geschenk von Danan Isig

Ylon einstiger Gestaltwandler; früher König von An; Sohn von Oen von An und dem Gestaltwandler Corrig
Ymris Königreich unter der Herrschaft Heureus; Hauptstadt Caerweddin
Yrth mächtigster Zauberer von Lungold nach dem Gründer selbst; manchmal als Harfner von Lungold bekannt; er ist blind
Yrye Heim von Har von Osterland

Zec von Hicon Handwerker, der die Einlegearbeiten auf der Harfe mit den drei Sternen machte

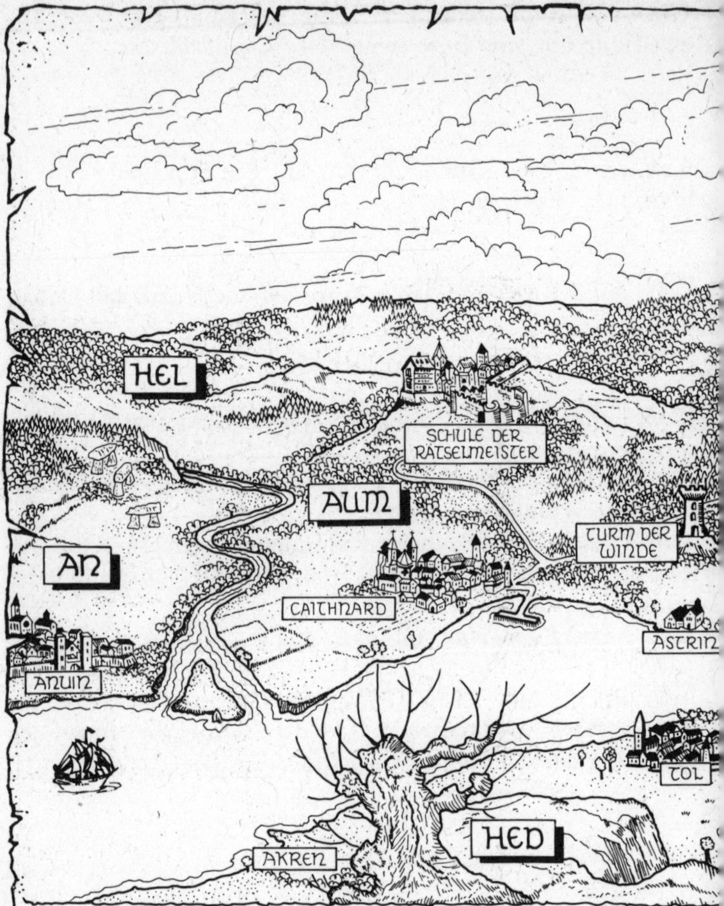
HEL
SCHULE DER
RÄTSELMEISTER
AUM
TURM DER
WINDE
AN
CAITHNARD
ASTRIN
ANUIN
TOL
HED
AKREN

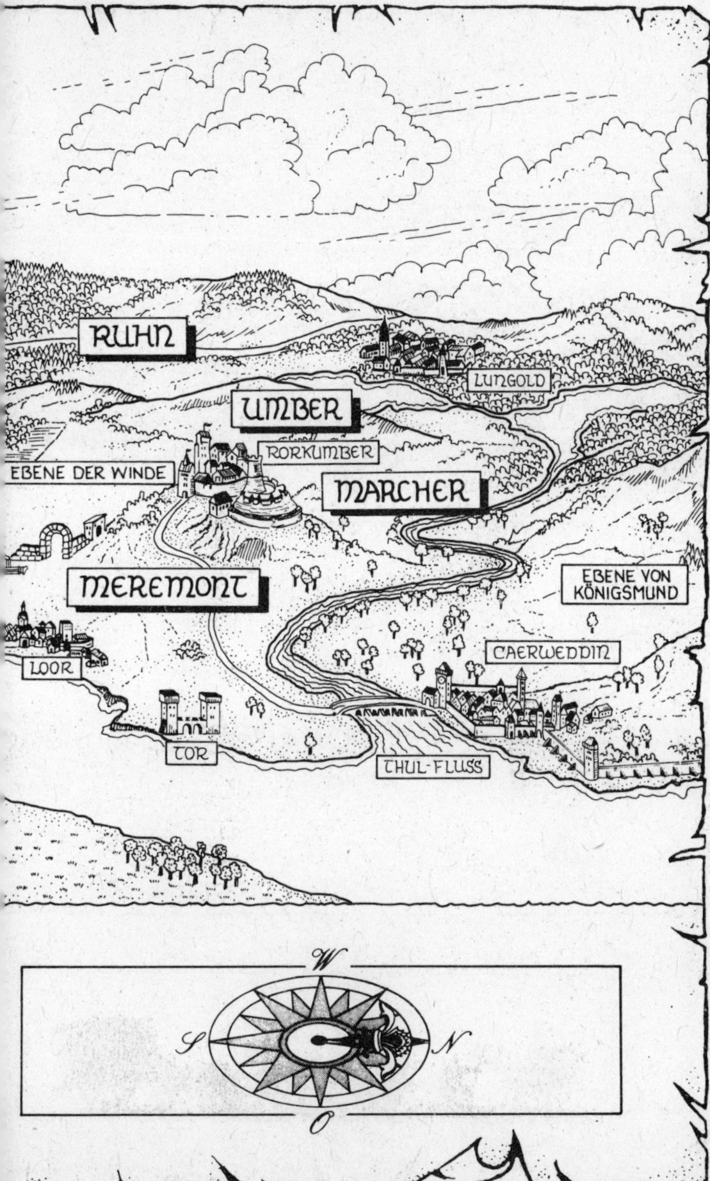

RUHN
LUNGOLD
UMBER
RORKUMBER
EBENE DER WINDE
MARCHER
MEREMONT
EBENE VON KÖNIGSMUND
CAERWEDDIN
LOOR
TOR
THUL-FLUSS
W
S
N
O

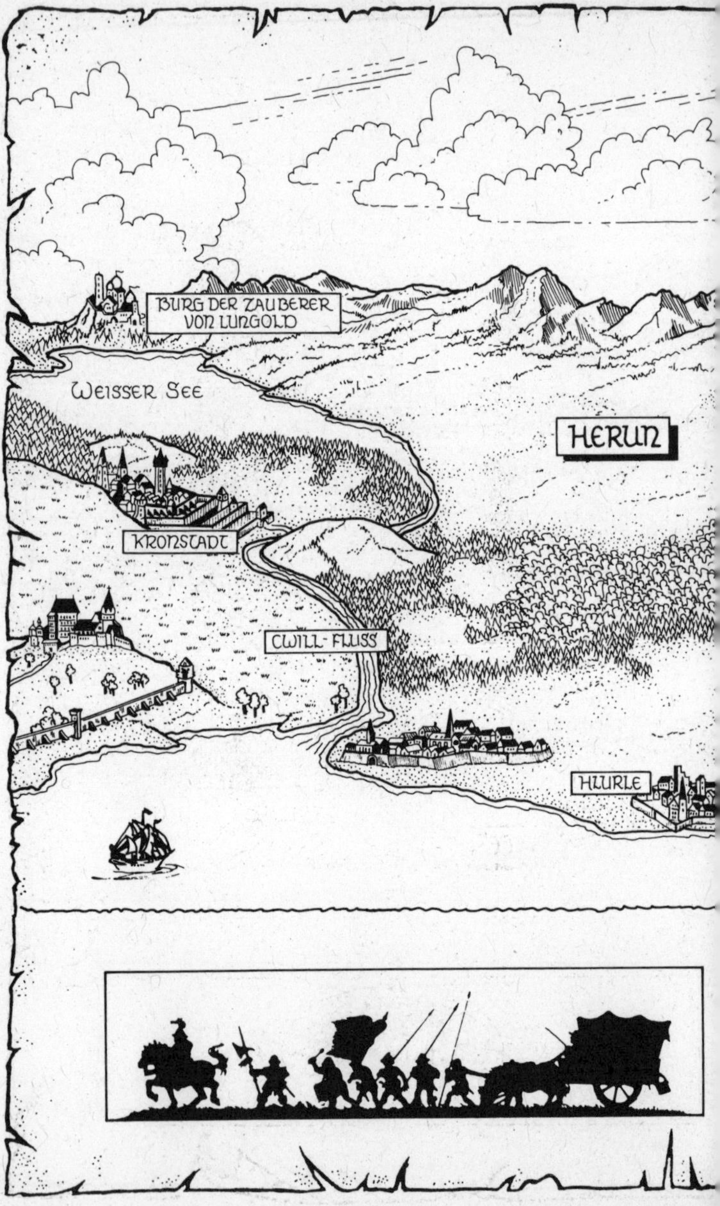
BURG DER ZAUBERER
VON LUNGOLD
WEISSER SEE
HERUN
KRONSTADT
CWILL-FLUSS
HLURLE

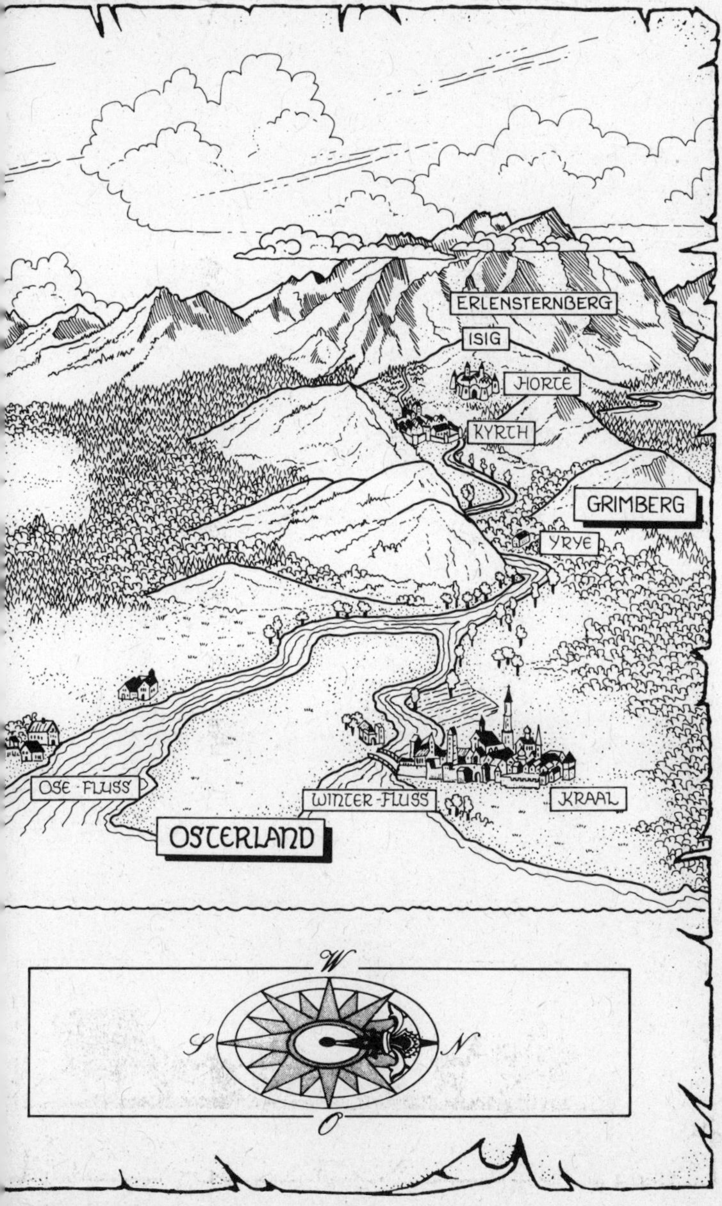
ERLENSTERNBERG
ISIG
HORTE
KYRTH
GRIMBERG
YRYE
OSE-FLUSS
WINTER-FLUSS
KRAAL
OSTERLAND
W
S
N
O

GOLDMANN

Der phantastische Verlag

Raymond Feists Midkemia-Saga – eine unerreichte Fantasy von Liebe und Krieg, Freundschaft und Verrat, Magie und Erlösung.

Midkemia-Saga 1:
Der Lehrling des Magiers 24616

Midkemia-Saga 2:
Der verwaiste Thron 24617

Midkemia-Saga 3:
Die Gilde des Todes 24618

Midkemia-Saga 4:
Dunkel über Sethanon 24611

Goldmann · Der Taschenbuch-Verlag